磨铁经典第七辑·爱欲与忧愁

我们一旦有机会强烈地爱过,
就将毕生追寻那种热烈和光明。

查泰莱夫人的情人

[英] D.H. 劳伦斯 _著

张羽佳 _译

Lady Chatterley's Lover

台海出版社

目 录

第一章 _001

第二章 _014

第三章 _025

第四章 _041

第五章 _056

第六章 _077

第七章 _097

第八章 _119

第九章 _137

第十章 _157

第十一章_212

第十二章_240

第十三章_260

第十四章_286

第十五章_313

第十六章_338

第十七章_372

第十八章_400

第十九章_425

第一章

我们的时代，本质上是一个悲剧的时代，所以我们不愿惨淡地度过此生。社会早已发生剧变，我们身处废墟之中，重新构建起新的小天地，重新燃起新的小希望。这工作可不轻松：眼前并不存在通往未来的平坦之路，但我们在障碍中迂回或匍匐前行。无论多少人的生活已然崩塌，我们都得活下去。

这大概就是康斯坦斯·查泰莱的处境了。战争摧毁了她的人生。而她意识到人必须吃一堑，长一智。

一九一七年，克利福德·查泰莱回家休假的那一个月，康斯坦斯嫁给了他。夫妇二人度了一个月的蜜月，然后克利福德回到佛兰德斯[1]：六个月后，他几乎是支离破碎地被船运回了英国。他的妻子康斯坦斯时年二十三岁，他二十九岁。

他顽强的求生欲令人惊叹。他活了下来，破碎的肢体似乎也逐渐恢复。医生对克利福德进行了整整两年的治疗，然后宣布他已经痊愈，可以回到以往的生活当中了，只是他的下半身——

---

[1] 欧洲历史地区名。位于今法国西北部、比利时西部和荷兰南部。是第一次世界大战时期的前线。——译者注（如无特殊说明，本书注释均为译者注）

从臀部以下的部分——彻底瘫痪了。

一九二〇年,克利福德和康斯坦斯回到了他祖传的宅邸——勒格比庄园。克利福德的父亲已经离开人世,他继承爵位,现在成为克利福德男爵,而康斯坦斯就成了查泰莱夫人。他们住在查泰莱家略为衰败的宅子里,靠着一份不算丰厚的收入,操持起家业,开始了婚姻生活。克利福德有个姐姐,但她已经搬出去生活了。除此之外,再没有其他近亲。他的长兄战死疆场。克利福德彻底残疾,知道自己永远也不会有子嗣,他回到烟雾弥漫的中部家园[1],在此生仅存的日子里尽力维系着查泰莱家族的姓氏。

他并没有因此气馁。他可以坐着轮椅自己到处活动,他有一台巴斯轮椅[2],上面装着小马达,这样他就可以驾驶着轮椅,在花园里慢慢转悠,还可以到那美丽阴郁的园林中去——这园林让他无比骄傲,但他却假装毫不在意。

经历了如此之多的苦难后,在某种程度上,他已经丧失了感受痛苦的能力。他脸色红润,看上去很健康,那淡蓝色的双眼明亮有神,甚至有点挑衅的意味,他看上去依旧有些疏离,但和以前一样活泼开朗,在旁人眼中几乎可以算是过得很快活了。他的肩膀宽厚而强壮,双手非常有力。他身穿价格不菲的服装,系着从邦德街[3]买回来的帅气领带。然而,人们依旧能从他的脸上看到戒备的神情,看到身为残疾人士的那一丝怅然若失。

---

[1] 英格兰中部各郡统称(Midlands),因分布了许多煤矿,而终日烟雾弥漫。
[2] 一种有轮子的躺椅或单人轻便马车,带有可折叠的顶棚,可以打开或关闭,残疾人可使用。它安有三个或四个轮子,可用手拉动或推动。它的名字源于它的发明地——英国巴斯。
[3] 位于伦敦西区,南连皮卡迪利大街,北连牛津街。自18世纪以来一直是广受欢迎的购物区,是许多时尚商店的所在地,出售名牌和昂贵的商品。

他差一点就丢了性命，劫后余生所残存的一切对他来说是如此珍贵。从他充满渴望的明亮眼神中，可以明显地看出，他对于自己死里逃生是多么骄傲自豪。但他的伤势过于严重，导致他内心深处的某些东西已经消失殆尽，他的某些情感已经不复存在，只剩下一个失去感知的空壳。

他的妻子康斯坦斯面色红润，看上去就像个乡村姑娘，柔软的褐色头发，身体健壮，动作不紧不慢，精力异常旺盛。她有一双充满好奇的大眼睛，声音轻柔而温和，仿佛才刚离开自己土生土长的村子。但其实完全不是这么一回事。她的父亲老马尔科姆·里德爵士曾经是著名的皇家艺术学会会员。她的母亲在拉斐尔前派[1]如日中天的时期，曾是一位教养良好的费边社[2]成员。康斯坦斯和她的姐姐自小生活在艺术家和有教养的社会主义者当中，接受的并非循规蹈矩的美学教育。父母把她们带到巴黎、佛罗伦萨和罗马去感受艺术的气息。而为了培养她们的政治修养，父母也曾带着她们去海牙和柏林参加社会主义大会，在那里，演讲者们言谈文雅，举止大方。

正因如此，这两个女孩从小就不畏惧艺术和政治理想。她们就是在这样的自然环境中长大的。她们既国际化，又有乡土本色，这种国际化乡土性的艺术品位，与纯粹的社会理想相辅

---

[1] 19世纪中叶出现于英国的画派。一八四八年，英国青年画家罗塞蒂、亨特、米莱斯等人发起并成立了"拉斐尔前派兄弟团"，该画派认为，文艺复兴全盛时期以前的诗歌和艺术尽善尽美，认为真正的（宗教）艺术存在于拉斐尔之前，因而得名"拉斐尔前派"。
[2] 英国的一个工人社会主义派别，成立于一八八四年，其奉行的思想被称为"费边社会主义"。费边社的传统重在务实的社会建设，倡导建立互助互爱的社会服务。曾促成英国工党的建立，并积极参加该党活动。

相成。

十五岁的时候，姐妹俩被送到德累斯顿[1]去主修音乐。她们的确非常享受那一段时光。她们自由自在地和学生们生活在一起，和男人们争论与哲学、社会学和艺术相关的问题。巾帼不让须眉——正因为她们是女性，所以显得要比男人更为出色。她们和背着吉他的健美青年一同游走于森林之中，琴弦鸣动。她们唱着流浪鸟[2]之歌，自由自在。"自由！"这是一个伟大的词汇。她们在开阔的野外，在清晨的林间，与那些精力充沛、嗓音优美的年轻人为伴，她们可以随心所欲——最重要的是——她们可以畅所欲言。对话才是最为重要的主旋律——尤其是那种热烈的对话交流，爱情不过只是次要的伴奏。

希尔达和康斯坦斯都在十八岁浅尝了爱情的滋味。她们与这些青年如此热情洋溢地交谈，如此澎湃地歌唱，如此自由奔放地在树下野营，那自然，这些男人想要发生进一步的联结。女孩们初期摇摆不定，但双方反复探讨过性爱一事，它理应是非常重要的。况且男人们是如此谦卑地渴求。为什么女孩不能像女王般慷慨，把自己作为奖赏，赐予他们呢？

于是，她们把自己赏赐给了那些和自己争论过最敏感、最亲密的话题的年轻人。辩论和探讨的过程是美妙的——做爱和交合只是某种倒退的原始本能，还让人觉得有点没劲。事后，女孩对男孩的爱意减少，反而有点讨厌他，仿佛这男孩侵犯了自己

---

[1] 德国东部城市，萨克森州首府，有"文化的代名词"之称。
[2] 流浪鸟（Wandervogel）是1896年至1933年德国青年团体发起的反对工业化的运动，他们去乡村徒步旅行，在树林里与大自然交流。根据历史学家的说法，此运动的一个主要贡献是民谣在德国社会得到了更广泛的复兴。

的隐私和内心的自由。因为作为一个女孩,她全部的尊严和生命的意义,理应在于获得绝对的、完美的、纯洁的和高贵的自由。倘若无法摆脱迂腐肮脏的交合与从属关系,那女孩的生命意义何在?

无论人们怎么浪漫化,性爱就是一种古老肮脏的交合与从属关系。歌颂性爱的诗人大多是男人。女人一直都知道世上有更美好、更高层次的事物。而如今,她们比以往任何时候都更清楚地认识到了这一点。女性美好而纯洁的自由,比任何性爱关系都要美妙得多。唯一不幸的是,男人对此的看法远远落后于女人。他们对于性爱这件事,像狗一样执着。

于是女人不得不屈从。男人就像贪吃的孩子。女人必须满足他的需求,否则他很可能会像孩子一样变成讨厌鬼,拍拍屁股一走了之,破坏了这段原本非常美好的关系。但是女人可以在表面屈从于男人的同时,保留心中的自由真我。那些诗人和谈论性事的人似乎没有充分考虑到这一点。女人可以和男人欢爱而不真正交出自我。她当然可以在不屈从于男人掌控的情况下,让他进入自己。而且,她还可以利用性爱来支配那个男人。因为她只需要在欢爱过程中克制自己,让男人先达到高潮,让他筋疲力尽,而自己先不到达顶点,这样她就可以延长交合的时间,让男人作为工具,帮助自己到达高潮和顶峰。

战争爆发,姐妹俩匆匆赶回国,此时二人都已经有了恋爱经历。她们爱上的,都是和自己特别聊得来的年轻人——也就是那种对彼此有浓厚兴趣并且无话不谈的年轻人。与某个真正聪明的年轻男人一小时又一小时地聊,日复一日、月复一月热情洋溢地交谈，能带来如此神奇、如此深刻、如此让人难以置信的快感……这是她们在亲身体验之前从未意识到的！"你将拥有可以交心的男人！"——在她们尚未知晓这天堂般的许诺前，诺言就已经成真。

这些生动又启迪心灵的谈话会拉近二人之间的距离，如果在此之后，性爱之事必将发生，那就让它水到渠成吧。性爱标志着一个篇章的终结。它本身也有属于自己的快感：那是一种产生于体内的奇妙而令人战栗的快感，是自我坚持到最后的痉挛，就像文章收尾的词一样，令人兴奋，而且很像用来表示段落结束和主题终止的那一行星号。

一九一三年暑假，姐妹俩回到家中时，希尔达二十岁，康妮[1]十八岁，她们的父亲一眼就看出她们已经体验过爱情。

正如法国人所说：已经体验过欢爱。但他自己这方面经验丰富，便顺其自然。至于姐妹俩的母亲，她是个神经脆弱的病人，在她生命最后的几个月，只希望自己的女儿们能够"自由"，能够"成就自我"。她这辈子从来没有机会彻底做自己：她没有这样的机会。天知道为什么，作为一个女人，她明明有自己的收入，也有自己的想法。她归咎于她的丈夫。但事实上，这是她无法摆脱自己思想或灵魂上某些迂腐观念的枷锁所导致的，这与马尔科姆爵士无关。他只是放任他那充满敌意、高度亢奋的神经质妻子当家做主，而他本人则完全按照自己的意愿过活。

于是姐妹俩"自由"了，她们回到德累斯顿，回到了她们的

---

[1] 康斯坦斯的昵称。

音乐、大学和年轻男伴身边。她们爱各自的年轻男伴，而她俩的年轻男伴也全心全意地爱着她们。年轻男子们所想到、说出和写出的美妙词句，都是为了这两个年轻姑娘而创作的。康妮的男朋友学的是音乐，而希尔达的男朋友学的是技术。但这两个男人一心只想着他们的女朋友，至少在精神上以及心理上非常依恋。而在肉体上，对于两姐妹来说，他们并没有那么大的吸引力，只是他们自己并不知道这一点。

从他们身上也可以明显地看出，爱情——也就是肉体上的接触——让他们产生了变化。奇妙的是，性爱让男人和女人的身体都产生了一种微妙而不容置疑的变化：女人更加容光焕发，比以往稍稍丰满一些，她们青春面孔的棱角变得柔和，脸上流露出的神情时而是渴望，时而是得意；男人则变得更沉静，更为内向，肩膀和臀部的姿势也收敛起来，不像以前那么招摇，那么自信。

肉体上的性愉悦让姐妹俩几乎屈服于那奇特的男性力量。但她们很快就恢复了理智，把性愉悦当作一种感受，保持了独立自主。而她们的男伴，为了感激女人让他们体验到鱼水之欢，把自己的灵魂献给了她们。但随后，他们看起来又像是捡了芝麻丢了西瓜。康妮的男人脾气阴晴不定，希尔达的男人则喜欢说风凉话。但男人就是这副德行！忘恩负义，贪得无厌。你不愿意和他们上床，他们因为你不肯而心生怨恨；而等你和他们上了床，他们又会出于别的原因怨恨你，或者这怨恨根本毫无理由，只是因为他们是不知足的孩子，无论得到了什么，无论女人怎样尽力，他们都不会满足。

然而，战争爆发了，希尔达和康妮再次赶回家中。在此之前，她俩五月就已经回过一次家，参加母亲的葬礼。她们的两个德国男伴在一九一四年的圣诞节前相继离世：姐妹俩痛哭一场，她们曾热烈地爱过这两个小伙子，但内心深处也就此将他们遗忘。他们不复存在了。

姐妹俩住在父亲位于肯辛顿[1]的家中——实际上房产归母亲所有，和那帮剑桥的年轻人混在一起，这群人代表着"自由"，他们共同的特征就是身穿法兰绒裤子与敞着领口的法兰绒衬衫，教养得体却情绪混乱，说话喜欢低声呢喃，与人交往极为敏感。不知为何，希尔达突然嫁给了一个比她大十岁的男人，他是剑桥圈子里年长的一员，生活富足，依靠家族关系在政府里谋得一份舒适的工作——他还写些哲思散文。希尔达和丈夫一同住在威斯敏斯特[2]的一所小房子里，打入了政府那些上流社会人士的圈子，这些人不算是顶尖精英，但他们都是——或者将来会成为——这个国家真正的智囊团：他们言之有物，或者说至少听上去是这样。

康妮从事一项和战争相关的工作，和那群穿法兰绒裤子的剑桥人来往频繁，这帮人固执己见，对任何事物都要文雅地嘲弄一番。她的"朋友"名叫克利福德·查泰莱，一个二十二岁的年轻人，他原本在德国波恩学习采煤技术，刚匆忙赶回国。他之前曾在剑桥大学待过两年，现在已经当上了一支精锐军团的中尉。他

---

[1] 全称肯辛顿-切尔西区，英国首都伦敦下属辖区。
[2] 英国伦敦市中心的一区，英国政治中心和著名旅游点。白金汉宫、白厅和威斯敏斯特教堂等都位于该区。

穿上这身军装之后，就更加理直气壮地目空一切。

克利福德·查泰莱的社会地位比康妮更高。康妮来自中产知识分子家庭，而他则属于贵族阶级，虽然不是高不可攀的家族，但仍然是贵族。他父亲是准男爵，母亲则是子爵的女儿。

虽然克利福德的出身高于康妮，更"上流社会"，但他自身却没有康妮大气，看上去更为偏狭、胆怯。身处自己狭小的"上层世界"——地主贵族的社会之中，他怡然自得，换到由大批中产阶级、劳动人民和外国人所构成的另外的广袤世界之中，他就会感到害羞和紧张。如果一定要实话实说，他只是有点害怕中下阶级的人，以及和他不属于同等阶级的外国人。他虽然受到了特权的充分保护，但仍无力地感觉到自身难保。这听上去令人费解，但也是我们这个时代特有的现象。

因此，像康斯坦斯·里德这样的姑娘身上特有的那种温和从容的自信，让他着迷。在混乱的外部世界之中，她自信地掌控着自己的人生，而克利福德在这一方面远远比不上她。

不过，他也是个叛逆者——甚至反叛起了自己的阶级。或许"反叛"这个词太过强烈，过于严重。年轻人往往会反对传统，反对任何传统意义上的权威，他只是卷入了这股普遍风行的力量之中。父辈们很可笑，他自己那冥顽不灵的老父亲更是如此。政府很可笑，尤其是那观望派[1]的政府。军队很可笑，那群老古板的将军也是如此，那个红脸的基钦纳[2]简直荒唐到极点。

---

1 指第一次世界大战初期以阿斯奎斯为首的政府。
2 即霍雷肖·赫伯特·基钦纳（1850—1916），英国陆军元帅、伯爵，英国军界实力派人物，以镇压苏丹起义、结束布尔战争和第一次世界大战前组建三百万大军而闻名。

就连这场战争也很可笑,它害死了很多人。

事实上,所有一切都有点可笑,或是非常可笑:当然,一切与权威有关的东西,无论是军队、政府,还是大学,在某种程度上都很可笑。至于那些假模假样的统治阶级,也很可笑。克利福德的父亲杰弗里爵士就非常可笑,他砍掉自家的树,把工人从煤矿里薅出来,将他们推上战场;他自己躲在安全的后方,自称爱国分子。但与此同时,他为国家花的钱的确比他从国家那儿得到的要多。

当查泰莱小姐——艾玛——从中部地区来伦敦做护士时,私下调侃杰弗里爵士和他刚愎的爱国主义很可笑。他们的兄长,也就是继承人赫伯特,则公然嘲笑他的父亲,虽然砍倒拉去填战壕的树都是他的。但克利福德只是有点局促地笑了笑。一切都很可笑,的确如此。但当可笑之事靠得太近,自己不也会沦为笑柄吗?至少像康妮那样属于另一个阶级的人,对待某些事情是认真的。他们还有点信仰。

他们对于士兵,对于强制征兵,对于孩子们缺砂糖和太妃糖这些问题,都很认真。当然,在所有这些问题上,当局都犯过可笑的错误。但是克利福德并没有将此放在心上。对他来说,当局从一开始就很可笑,倒不是什么太妃糖或者士兵的缘故。

而当局也的确很可笑,他们的表现简直荒谬至极,好一阵子如疯帽匠[1]的茶会般混乱。直到前线事态越发严重,劳合·乔治[2]

---

[1] 《爱丽丝梦游仙境》中的人物。
[2] 即大卫·劳合·乔治(1863—1945),英国自由党政治家,1916年出任首相,扩大政府对经济的控制。在担任公职期间,他引入多项改革,为现代福利国家立下基石。

才出来收拾残局。这已经不是用荒谬可以形容的了，就连那些嘴碎的年轻人都笑不出来了。

一九一六年，赫伯特·查泰莱战死沙场，于是克利福德成了继承人。就连这也让他感到恐惧。作为杰弗里爵士的儿子、勒格比庄园的继承人，这一身份的重要性在他心中根深蒂固，他永远无法逃避这一责任。然而他也知道，在战火喧嚣的世界看来，这也是荒唐可笑的。现在他是勒格比的继承人，要对这座庄园负责。这难道不是一件既可怕又很了不起，同时也非常荒唐的事吗？

杰弗里爵士一点也忍受不了这种荒唐。他面色苍白，神情紧张，变得越来越孤僻，无论是劳合·乔治还是别的什么人当政，杰弗里爵士一门心思坚持要拯救他的国家，保住自己的地位。他是如此与世隔绝，如此不了解真正的英国，又是如此无能，竟然对霍雷肖·博顿利[1]这种人评价颇高。杰弗里爵士支持英国和劳合·乔治，就如同他的祖先们支持英格兰和圣乔治[2]——他一直也弄不清这两个乔治之间有什么区别。所以杰弗里爵士砍倒自家的树木，支持劳合·乔治和英国，英国和劳合·乔治。

他想让克利福德结婚，然后生个继承人。克利福德觉得他父亲已经和时代脱节，到了不可救药的地步。但是，自己除了躲避一切事情的荒谬，尤其对自身处境的荒诞而畏缩外，又比自己父

---

[1] 当时的国会议员，1922 年因犯有诈骗罪被判处七年监禁。
[2] 约 260 年出生于巴勒斯坦（也有一说圣乔治原籍卡帕多西亚），为罗马骑兵军官，因试图阻止戴克里先皇帝治下对基督徒的迫害，于 303 年被杀。爱德华三世定其为嘉德骑士的保护圣徒，圣乔治十字成为其军队的重要暗号，经常以屠龙英雄的形象出现在西方文学、雕塑、绘画等领域。

亲好到哪里去呢？无论他愿不愿意，克利福德最后还是郑重其事地接受了他准男爵的爵位，接管了勒格比庄园。

战争最初带来的狂热已然消失……彻底消亡。太多的死亡和恐惧。男人需要支持和安慰，需要锚才能停泊在安全的港湾。男人需要一个妻子。

查泰莱一家兄妹三人，过着奇怪的离群索居的生活，尽管他们还有其他亲戚，却选择与外界隔离，一起住在勒格比庄园。这种孤立感拉近了他们彼此间的关系，尽管他们有爵位和土地，但或许也正因如此，他们才感到身处劣势、岌岌可危。他们与自己生长的中部工业区彻底隔绝开来。他们的父亲杰弗里爵士沉闷阴郁、固执己见、沉默寡言，他们嘲笑父亲，但也同情理解他，而在父亲的影响下，他们也和自己的阶级断绝了来往。

这三人曾说过他们要永远生活在一起。但现在赫伯特已经离开人世，杰弗里爵士想让克利福德结婚。杰弗里爵士几乎没有开口提及此事：他话很少。但他这种沉默而阴郁的坚持，让克利福德很难反抗。

但艾玛坚决不同意！她比克利福德年长十岁，她觉得克利福德结婚就是背弃了他们三兄妹所坚持的原则。

然而，克利福德还是娶了康妮，和她一起度了一个月的蜜月。正值兵荒马乱的一九一七年，他俩仿佛一同站在一艘即将沉没的船上那般亲密无间。他结婚时还是处男：性爱对他来说并不重要。抛开性爱不说，他们二人是如此亲密。康妮对于这种超越了性、超越了男人"满足感"的亲密关系深感狂喜。不管怎么说，克利福德并不像许多男人那样，只追求自己的"满足"。

不，这种亲密关系比单纯性的满足更为深刻，更为私密。性爱不过是种偶然，或者是一种附属品，是某种奇怪又过时的感官过程，这笨拙的过程持之不倦，但并非不可或缺。虽然康妮确实想生几个孩子——只是为了巩固她的地位，好与她的大姑子艾玛抗衡。

但是在一九一八年年初，克利福德支离破碎地被运回家，从此没了有后代的可能。杰弗里爵士抑郁而终。

第二章

一九二〇年秋天,康妮和克利福德回到勒格比庄园的家中。查泰莱小姐仍然对弟弟的倒戈耿耿于怀,于是从家里搬了出去,住在伦敦的一套小公寓里。

勒格比庄园是一座由褐色石头砌成的老房子,低矮而狭长,大约建于十八世纪中期,后来又继续扩建,直到变成一座迷宫般的庄园,却毫无特色。它坐落在一个栽满橡树的高丘之上,这古老的橡树园林十分美丽。但可惜的是,可以看到不远处泰维尔肖矿井的烟囱,以及它吐出的那缭绕的蒸汽和烟雾。远处雾气蒙蒙的小山上,朦胧可见的是泰维尔肖零零散散的简陋村落。这个村落差不多从园林大门开始,蜿蜒伸展出足足一英里[1]长,看上去奇丑无比:一排排寒酸肮脏的小砖房,屋顶盖着黑石板,棱角尖锐,显得单调又凄凉。

康妮习惯了肯辛顿、苏格兰的山,以及苏塞克斯的丘陵——那才是她心中的英格兰。她以年轻人那种坚忍的态度,一下子将

---

[1] 1英里约合1.61千米。

这毫无灵魂、丑陋得彻底的中部煤铁产区全然收入眼底，然后就将其抛在脑后：这里简直匪夷所思，干脆不去多想便是。康妮在勒格比庄园阴森的屋内，能听到矿井里筛煤机的咔嗒声、卷扬机的噗噗声、货车换轨的叮当声以及运煤机车汽笛的轻声嘶鸣。泰维尔肖的矿井平台[1]在燃烧，已经烧了很多年，将火扑灭需要花费大量的钱，所以干脆一直让它烧着。每逢风从那个方向吹来——风向大多如此，房内就充斥着泥土里腐烂物中硫黄燃烧散发的恶臭。但即使在无风的日子，空气中也总是弥漫着一股来自地下的味道：硫黄、铁、煤炭或是酸性物质。而且就连圣诞蔷薇上也常年落着煤灰，简直令人难以置信，仿若厄运天空降下的黑色甘露。

好吧，它就在那儿——和其他事物一样，都是命中注定的！它的确很可怕，但又何必抗争？你没办法摆脱它。它依旧会继续存在下去。生活也会继续！夜晚，红色的斑点在低矮的乌云云层中燃烧，它时而颤动，时而斑驳，时而膨胀，时而收缩，就像是让人灼痛的烧伤。那就是高炉。起初，这些高炉的恐怖气息对康妮产生了一定的吸引力，她觉得自己生活在地下。之后她就习惯了。一般清晨都会下雨。

克利福德声称比起伦敦，他更喜欢勒格比。这个乡村有自己特有的顽强意志，这里的村民胆识过人。康妮好奇除此之外他们还有什么——他们肯定是没什么眼界和头脑的。这里的村民和他们生活的村子一样，憔悴而丑陋，死气沉沉，也同样冷漠。只

---

[1] 从井下运上来的煤土运到井口，筛选完的垃圾留在原地，这些垃圾会自燃或阴燃数年。

是在他们那含混不清的低沉土话里，在他们下班后成群结队回家时铆钉矿靴踩着柏油路发出的踢踏声中，有着某种让人恐惧和好奇的东西。

没有人迎接这对年轻的乡绅回家：没有欢庆的宴席，没有列队迎接的民众，甚至连一朵花都没见到。有的只是一段潮湿的路程，汽车载着他们行驶在阴暗潮湿的车道上，穿过阴郁的树木，爬上园林斜坡——一群湿漉漉的灰羊正在那里吃草——来到深棕色庄园坐落的小山丘上。管家和她的丈夫像两个心里没底的佃农一样，在那里来回踱步，准备结结巴巴地欢迎他们的到来。

勒格比庄园和泰维尔肖村之间没有任何来往，完全没有。没有男人行脱帽礼，也没有女人行屈膝礼。矿工们只是盯着他们看；商人们像对待熟人一样朝着康妮抬抬帽檐，对克利福德则是尴尬地点点头；仅此而已。双方之间存在着一条不可逾越的鸿沟，对彼此都心怀无言的怨恨。起初，康妮对于村民们细雨般持续不断的抵触情绪感到难过。后来，她硬起心肠，把这种恨意看成类似补药的存在，反而成为她生活的动力。这并不是说她和克利福德不受欢迎，只是因为他们和煤矿工人属于完全不同的阶层。不可逾越的鸿沟，不可名状的裂口——或许在特伦特河[1]以南是不存在这种情况的。但在中部地区和工业发达的北部，存在着这样一条无法逾越的鸿沟，两边的人完全没有来往。你站在你那边，我就站在我这一侧！这简直违背了人类的共通性，很是奇怪。

---

[1] 英国中部的河流，发源于斯塔福德郡，北流汇入亨伯河。一般被看作英国南北方的分界线。

不过，全村人在情感上还是同情克利福德和康妮的。在实际生活中，两边态度倒是十分一致：离我远点！

年过花甲的教区长是个好人，他尽心尽职，但村子里那种"离我远点"的态度，让他几乎变成无足轻重的存在。矿工的妻子们几乎都是卫理公会[1]教徒。矿工们什么教都不信。教区长和其他人一样只是个普通人，但是光凭他身上穿的袍子，就足以彻底模糊这一事实。不，他成了阿什比老爷，某个自动传教和祈祷的人。

"就算你是查泰莱夫人，我们自认为和你没什么不同！"——起初，这种本能的固执态度让康妮感到非常迷惑。她向矿工妻子们示好的时候，她们的反应很奇怪，半信半疑，亲切得十分虚伪；那种带有冒犯意味的奇怪言语——哦，老天爷啊！查泰莱夫人和我说话了，现在我可是个大人物了！但她可别因为这样就以为我不如她！——她总能听到女人们用半是谄媚的浓重鼻音说着这些话，简直无法忍受。可这是无法回避的。这些新教教徒就是如此无可救药，令人反感。

克利福德不理会他们，康妮也学着不去搭理他们：每次经过村子，她都对村民熟视无睹，而他们会盯着她看，仿佛她是一尊行走的蜡像。当克利福德必须和他们打交道时，他表现得十分傲慢和轻蔑，他知道自己不能对他们表现得过于友好。事实上，他面对任何不属于自己阶级的人，都显得高高在上、傲气十足。他坚持自己的立场，丝毫没有妥协的意思。村民们既不喜欢他，也

---

1 基督教新教主要宗派之一。

不讨厌他——正如矿井平台和勒格比庄园本身一样，他只是生活的一部分。

但自从克利福德残疾后，他变得十分胆怯，自惭形秽起来。除了家里的仆人，他不愿见任何人，因为他必须坐在轮椅或是巴斯轮椅上。尽管如此，他还是像过去那样精心打扮，穿着高级裁缝替他定制的昂贵服装，像以往一样戴着邦德街买的领带。从上半身看，他和从前一样时髦讲究、仪表堂堂。他从来就不是那种阴柔的现代青年：他面色红润，肩膀宽厚，甚至颇具乡土气息。但他的声音细小而迟疑，他的眼神兼具了果敢和怯懦，自信又犹豫，这些又显露出他的本性。他的举止常常目中无人到让人感到冒犯，然后又表现得谨慎谦逊，几乎是战战兢兢。

康妮和他关系紧密，但又保持着一定的距离——某种现代夫妻的相处之道。残疾给他带来了沉重的打击，他心中受到巨大的伤害，再也不可能轻松、随意。他是个饱受伤痛的人，正因如此，康妮带着满腔热情守在他身边。

但她不禁感慨，他和其他人的联系真是少得可怜。从某种意义上来说，矿工是属于他的工人；但在他眼中，矿工是物而不是人，矿工是矿井的一部分，并不属于生命的一部分，他视他们为粗野的自然现象，而不是像自己一样的人类。在某种程度上，他对那些矿工心存恐惧，自从残疾了以后，他甚至无法忍受他们看着自己。他们古怪粗野的生活，似乎和刺猬的生活一样不自然。[1]

他在远处关注着这些人，但就像从显微镜或者望远镜中观看

---

[1] 刺猬喜静、怕光，用锐利的爪子在树根下、石隙、枯木下挖掘洞穴，昼伏夜出。在克利福德眼中，矿工生活和刺猬的生活习性相似。

一样。他不去接触任何人。除了要遵照传统和勒格比庄园保有联系，以及要维系家族关系而和艾玛有联系外，他与任何人都没有实际的接触。除此之外，没有什么能真正触动他。康妮觉得自己也没有真正地触及他的内心；也许最终根本没有什么可触及的；他内心深处有的只是对人际交往的否定。

然而，他又完全依赖着自己的妻子，每时每刻都离不开她。虽然他高大而强壮，却无能为力。他可以坐着轮椅到处活动，他还有一台带马达装置的巴斯轮椅，可以在园林里慢慢兜圈。可一旦独处，他就像一只迷失的羔羊。他需要康妮陪伴在他身边，以确保自己还真实地活在这个世上。

但他仍然身残志坚。他开始创作小说，写的都是他从前认识的人的逸事趣闻，非常私人。故事写得巧妙，有点毒舌，然而，说不上为什么，一点也不深刻。观察角度非常独特，十分罕见。但他没有触碰这些人物的内心，没有与其产生真正的联结。整个故事仿佛都发生在虚无缥缈的海市蜃楼之中。现如今，由于人们很大程度上就是生活在打着人造灯光的舞台之上，这些故事反倒奇怪地忠于了现代生活，也就是说它们符合了现代人的心理。

克利福德对自己这些小说的在乎几乎到了病态的程度。他希望每个人都认为他的小说写得好，是佳作，是无可匹敌的巅峰之作。他的作品刊登在最时髦的杂志上，自然会得到褒贬不一的评价。但对克利福德来说，负面评价简直是折磨，就像用刀子刺他一样。仿佛他整个人的存在价值都系于他的小说之中。

康妮尽全力帮助他。起初她也觉得很兴奋。他用单调的语言没完没了、坚持不懈地跟她讲述所有的细节，她不得不竭尽所能做出回应。仿佛她的身体、灵魂，甚至情欲都必须被唤醒，融入他小说的主题当中。这使她激动不已，非常着迷。

在物质生活上，他们的日子过得其实很朴素。她必须自己操持这座庄园。可是女管家已经为杰弗里爵士工作了很多年——这个一本正经、干瘪衰老的女人，几乎算不上客厅女侍，甚至不算是女人……她负责服侍爵士用餐，在这个家已经干了四十年。甚至连家里的女佣也不再年轻。这太可怕了！除了任其自然，你还能拿这样一个地方怎么办？那么多没人使用的房间，那么多中部地区的繁文缛节，那些机械化的整洁和呆板的秩序！克利福德坚持雇了个新厨子，一个经验丰富的女人，在他伦敦的住处伺候过他。除此之外，这个地方似乎是在无人领导的机械化状态下运行。一切都进行得井井有条，异常整洁，十分规矩，甚至完全没有欺瞒。可在康妮看来，这不过是一种有条不紊的混乱状态。没有温暖的情感把这个家有机地联系起来。这所房子和废弃的街道一样阴郁乏味。

除了任其自然，她还能做什么呢？于是她干脆就不管不顾了。查泰莱小姐有时会来访，顶着那张高傲瘦削的脸，看到家中一切毫无变化，便流露出扬扬得意的神情。她永远也无法原谅康妮摧毁了她和弟弟观念上的联盟。陪克利福德一起写这些小说的，应该是她——艾玛。查泰莱的小说，是他们查泰莱家族的人创造出来的，是这世上绝无仅有的新作。除此之外没有别的衡量标准。这跟以前的思想和表达没有任何有机的联系，只是这世上出现的全新作品：查泰莱的书，完全属于查泰莱家的创作。

康妮的父亲曾短暂拜访过勒格比庄园，私下对他的女儿说：

"克利福德的小说语言很巧妙，但内容却空洞无物，是无法流传的！"看着这位一生都表现出色的魁梧的苏格兰骑士，康妮的双眼——那双充满疑惑的蓝色大眼睛——变得迷茫起来。内容空洞！他说"内容空洞"是什么意思？可是评论家都称赞克利福德的小说，他几乎已经名声在外，而小说甚至还赚到了钱……那她父亲说克利福德的小说"内容空洞"究竟是什么意思？除了名誉和金钱，小说还能带来什么？

因为康妮已经选择了年轻人的生活标准：此刻拥有的就是一切。瞬间一个个接连发生，但每个瞬间并不需要彼此相属。

那是她在勒格比庄园度过的第二个冬天，她的父亲对她说："康妮，我希望你不要为现实所迫而变成一个'活寡妇'。"

"活寡妇！"康妮含糊地回答，"怎么了？为什么不行？"

"当然可以，如果你自己心甘情愿的话！"她父亲急忙说道。两个男人独处时，他对克利福德也说了同样的话："我恐怕'活寡妇'这个角色不太适合康妮。"

"活寡妇！"克利福德把这个词从法语翻译成英语重复了一次，以确定自己没理解错意思。

他思索了片刻，脸涨得通红。他十分生气，觉得自己受到了冒犯。

"哪里不适合她呢？"他生硬地问道。

"她越来越消瘦……变得棱角分明。她本来不是这样的。她不是那种像沙丁鱼般瘦弱的女孩，她是一条丰满健美的苏格兰鳟鱼。"

"当然，是一条没黑斑的鳟鱼！"克利福德说。

他之后想再和康妮聊一聊"守活寡"这件事……她有名无实的婚姻状态。但他就是说不出口。他与她既过于亲密，又不够亲密。他在精神层面和她相互交融，但二人之间却没有任何肉体关系，谁都不忍心把这不合情理的事情搬到台面上。他们精神上是如此亲密，肉体上却如此疏离。

但康妮猜到她父亲对克利福德说了些什么，而克利福德心中也有些想法。她知道，他根本不在乎自己究竟是独守空闺还是红杏出墙，只要他完全不知情，也没有亲眼见到。眼不见，心不知，这事就不存在。

康妮和克利福德在勒格比庄园已经生活了将近两年，过得恍恍惚惚，全部精力都投入在克利福德和他的作品上。对于他的作品，他俩一直保持着浓厚的兴趣。他们在创作的煎熬中分享想法、争论，感觉在那空洞的文字中，仿佛正在发生着什么，有什么真的在发生。

到目前为止，这就是他们的生活：在虚无之中。其余一切都不复存在。勒格比庄园就在那里，仆人们也在……但他们像是幽灵，并不真实存在。康妮到园林和园林外的树林间散步，她踢着秋日的褐色落叶，摘下春日的报春花，享受着这种孤独与神秘。但这一切都似梦境，或者更确切地说，它像是现实的幻影。对她来说，橡树叶就像是摇曳在镜中的橡树叶，而她自己则是某个书中的人物，采摘的报春花只是影子，是回忆，或是文字。对她来说没有任何实质性的存在……没有触碰，没有联结！只有和克利福德共处的生活，这些用故事情节和意识的细枝末节编织出的无尽网络，这些被马尔科姆爵士称为内容空洞、无法流传下去的故事。为什么它们要言之有物,为什么它们要流传下去?今日祸患自有今日承担[1]。那就今朝有酒今朝醉吧。

克利福德朋友众多,更确切地说是泛泛之交,他邀请他们来勒格比庄园做客。他邀来了各种各样的人,评论家和作家,都是些愿意帮着赞扬他作品的人。这些人为能被邀请去勒格比庄园而感到受宠若惊,于是他们说着恭维的话。康妮对此心知肚明。可又有何不可呢?这也不过是镜子里转瞬即逝的幻影之一。这又有何不妥呢?

对于这些人——大部分是男人——来说,她是招待他们的女主人。她也要接待克利福德那些偶尔登门的贵族亲戚。她性格温和,面色红润,像个乡下姑娘,脸上容易长雀斑,一双蓝色的大眼睛,一头褐色的鬈发,嗓音温柔,身材健壮,腰身丰满,这样的外表在当时来说太有"女人味",有点过时了。她可不是一条"沙丁鱼",没有男孩般干瘪的胸部和窄小的屁股,她太过女性化,达不到时髦的标准。

所以那些男人,尤其是那些不再年轻的老男人,的确对她很好。但是,她知道只要她稍微和其他男人调几句情,可怜的克利福德就会觉得备受煎熬,所以她一点也不给他们机会。她沉默寡言,态度模糊,她和这些男人没有任何联系,也不想和他们有任何瓜葛。克利福德很为自己感到骄傲。

克利福德家的亲戚们对她也很友好。她知道这种友善意味着他们不怕她,而她也清楚,除非你对他们有威慑力,否则他们是

---

[1] 出自《圣经》,意指每一天都有足够的困难和问题需要应对,不必为明天的事情担忧。

不会尊重你的。但她同样与这些人也没什么交往。她让他们友善而轻蔑地对待自己，让这些亲戚觉得自己没必要剑拔弩张地对待这个女主人。她和他们也没有真正意义上的关系。

　　时间在流逝。无论发生过什么，都像不曾发生过一样，因为她是如此完美地和外界失去了一切关联。她和克利福德生活在他们的思想和他创作的小说之中。她招待宾客……庄园里总有客人。时间随着钟表的走动而流逝，送走七点半，转眼就迎来八点半。

第三章

但是康妮意识到她内心深处焦躁不安的情绪在愈演愈烈。在她与世隔绝的生活中滋生出的这种焦躁不安，疯狂地将她攫住。当她不想抽动四肢时，这种情绪让她四肢抽动；当她不想挺直腰板，只想舒服地休息时，这种情绪让她脊柱僵直。这焦躁不安在她体内横冲直撞，撞击着她的子宫，直到她觉得自己必须跳入水中游泳才能将其摆脱——一种令人疯狂的焦躁不安。这使她的心脏无缘无故地剧烈跳动。而且她也变得越发消瘦。

只是因为焦躁不安，她会冲进园林当中，抛下克利福德，脸朝下平躺在蕨草丛中。只为逃离那所房子……她必须逃离那所房子，逃离所有人。这片树林是她唯一的藏身之处，她的避难所。

但树林并不是她真正意义上的逃难之处，不是避难所，因为她和树林没有任何关联。这只是一个她可以远离其他人的地方。她从来没有真正触碰过树林的灵魂——假如树林当真拥有灵魂这种荒谬的东西的话。

她隐约知道自己处在濒临崩溃的边缘。她模糊地意识到自己已经与世隔绝了——她已经与这个充满活力的实质性世界脱节。只有克利福德和他的小说，那些虚无的……空洞无物的小说！除了虚无还是虚无。她隐约感觉到了，但这无异于拿她的头去撞石头。

她的父亲再次提醒她："康妮，你为什么不找个情人呢？对你会大有益处的。"

那年冬天，米凯利斯来勒格比庄园住了几天。他是一个年轻的爱尔兰人，已经凭借自己写的戏剧在美国赚了一大笔钱。因为他写的是上流社会的戏剧，曾一度受到伦敦上流社会的追捧。后来，上流社会逐渐意识到，这个落魄的都柏林小混混是在嘲讽他们，于是他们的态度一百八十度大转弯。米凯利斯成了卑鄙无耻的代名词。人们发现他是反英的。对于发现这一点的这个阶级来说，反英情绪可比最肮脏的罪行还要严重。上流社会将他"碎尸万段"，然后把他的"尸体"扔进了垃圾桶。

尽管如此，米凯利斯在梅菲尔区[1]拥有自己的公寓，仍然一副绅士的派头行走在邦德街上，因为只要付了款，即使是技艺最精湛的裁缝，也无法让他们拒绝档次低下的顾客。

克利福德向这个三十岁的年轻人发出邀请时，正值他事业受挫之时，然而克利福德并没有犹豫。米凯利斯大概拥有几百万的听众，而作为一个无望的局外人，在整个上流社会都在排挤他的这个节骨眼上，被邀请到勒格比山庄，他毫无疑问会感激不尽。因为心存感激，他肯定会帮克利福德打开美国的"局面"。名声！无论是怎样的名声，只要以正确的方式吹捧一个人，就会让他声名鹊起，尤其是在"大洋彼岸"。克利福德刚在文坛崭露头

---

[1] 英国伦敦上流住宅区，位于伦敦市中心和部分西区，是世界上最昂贵的住宅区域之一。

角，有如此强烈的、出色的自我推销本能。最终，米凯利斯在一出戏剧里把克利福德塑造成了一个高尚的形象，克利福德一下子成了家喻户晓的主人公。直到听闻大众的反响，他才发现自己成了嘲讽的对象。

康妮对于克利福德那种盲目而迫切地想要成名的欲望感到有点惊讶。成名意味着，在这个连他自己都不太了解，甚至有点惧怕的捉摸不透的广袤世界里，作为一个作家——一个一流的现代作家被人知晓。康妮的父亲马尔科姆爵士功成名就、老当益壮、喜欢吹嘘自己，康妮从父亲身上意识到，艺术家们的确需要自我经营，尽全力把自己的作品推销出去。但她父亲使用的是现成的渠道，其他皇家艺术学会成员也用同样的方式兜售画作。而克利福德却发掘了五花八门的新式宣传渠道。他把三教九流之人邀请到勒格比庄园，还不用降低自己的身份。但是，他铁了心要尽快为自己打造出名声，于是为此不惜借用任何现成的踏脚石。

米凯利斯乘着豪车，带着私人司机和一个男仆如期而至。他一身的行头绝对是邦德街的气派！但一看到他，克利福德望族之后的内心畏缩了。米凯利斯的内在和他光鲜的外表不完全……不完全……好吧，事实上完全不符。对克利福德来说，光是这第一印象就足以让他掉头离去。然而，他对米凯利斯，以及对他取得的惊人成就，还是表现得毕恭毕敬。成功——人称"成功女神[1]"——徘徊在米凯利斯既卑贱又放肆的脚跟旁，咆哮着保护

---

[1] 原文 bitch-goddess，由美国哲学家和心理学家威廉·詹姆斯（1843—1916）创造，意为金钱上的成功，在其一九〇六年写给英国小说家赫伯特·乔治·威尔斯（1866—1946）的信中首次使用。

着他，这完全震慑住了克利福德：因为克利福德也想把自己卖给名为成功的"成功女神"，只要她愿意宠幸自己。

尽管米凯利斯找的是伦敦最时髦街区的裁缝、帽匠、理发师和鞋匠，但他明显不是英国人。不，不，他显然不是英国人：那张平凡苍白的脸以及行为举止，都不符合英伦风范；还有他心中的那股怨念，完全不是英国人的作风。他怀恨在心，满腔怨念：任何一个地道的英国绅士都能一眼看穿，他们根本不屑于让这种情绪流露在自己的言谈举止之中。可怜的米凯利斯之前经历过太多打击，所以即使到了现在，他还是有点夹着尾巴做人的模样。他凭着纯粹的本能和极度的厚颜无耻，靠一己之力冲破重围登上了舞台，靠自己的戏剧成为个中翘楚。他吸引到了观众。他原以为备受煎熬的日子已经一去而不复返。唉，并非如此……那样的日子永远也不会结束。因为，从某种意义上说，打击是他自找的。他渴望跻身英国的上层社会，而他并不属于那里。上流社会的人是多么享受以各种方式践踏他。他们对他是如此厌恶。

尽管如此，这个都柏林小混混还是带着他的男仆，乘着他的豪车到处跑。

他身上有某些特质是康妮喜欢的。他不装腔作势，对自己没有不切实际的幻想。对于克利福德想要了解的一切，他都可以条理清晰、简明扼要并实事求是地讲述出来。他不会夸大事实，也不会得意忘形。他知道克利福德请自己来勒格比庄园是因为自己有利用价值，于是，他就像个老奸巨猾、冷酷无情的商人或巨贾一样，听任别人问他问题，他尽量不动声色地回答。

"金钱！"他说，"金钱是一种本能。赚钱是人与生俱来的天性。它和你做什么无关,也不是你能耍花招换来的,金钱就是你天性中某种不变的机遇。一旦你开始,你就能赚钱,就会一直赚下去,我想,某种程度上是这样。"

克利福德说:"但是你总得有办法开始赚钱才行啊。"

"哦,的确如此!你必须得先入门。如果你被关在门外,那就什么都做不了。你得先闯出一条路。一旦你摸出门道,钱就赚得停不下来了。"

"可是除了写剧本,你还有其他赚钱的门路吗?"克利福德问道。

"噢,恐怕没有了!我可能是个不错的作家,也可能是个差劲的作家,但这无法改变我是一个作家、一个戏剧作家的事实,我注定成为作家。这是毫无疑问的。"

"那你觉得自己注定会成为一个流行戏剧的作家吗?"康妮问道。

"说到重点了,正是如此!"他突然转向康妮说,"我写的剧本没什么深度。流行本身就没深度可言。硬要说的话,观众也就是那么回事。我的剧本里没有什么能流行的内容。和剧本无关。流行就像天气一样……就是那种时机到了……就必然如此的感觉。"

他转过身来,那双迟钝、凸起的眼睛凝视着康妮,眼中深藏着无尽的幻灭,四目相对,康妮不禁微微颤抖了一下。他看上去如此苍老……永无止息的沧桑,经年累月的幻灭叠加起来,像地质层般一代代沉淀在他身上;但与此同时,他又像个被遗弃的孩子。在某种意义上,是一个被放逐的人,但他又有着老鼠般绝境求生的勇气。

克利福德若有所思地说:"至少你年纪轻轻就事业有成,还是很了不起的。"

"我三十……是的,我三十岁了!"米凯利斯突然尖声说道,随后发出一阵怪笑,空洞之中流露出一丝得意,却又十分苦涩。

"你独身一人吗?"康妮问。

"你指的是什么?我一个人生活吗?我有我的仆人。他说他是希腊人,而且没什么能力。但我还是把他留在了身边。不过我是要结婚的。哦,是的,我必须结婚。"

"听起来就像是你要割扁桃体似的,"康妮笑着说,"成家有那么费劲吗?"

他满眼倾慕地看着她:"怎么说呢,查泰莱夫人,从某种程度上来说是有点困难!我发现……原谅我冒昧……我发现自己无法娶英国女人,甚至不能娶爱尔兰女人……"

"那就试试美国人。"克利福德说了一句。

"哦,美国人!"他空洞地笑了一声,"不了,我已经让我的仆人帮我从土耳其或者……或者更靠近东方的地方找找看了。"

这个性情古怪又忧郁,可事业却取得了非凡成就的人,让康妮惊叹不已。据说他仅在美国就有五万块的收入。有时他看着十分英俊:某些时刻,他侧过脸,垂下头,光线投射在他身上,那凸起的双眼、过于弯曲的浓眉、紧闭的双唇——整张面孔呈现出一种沉静而持久的美,仿若象牙雕刻出的黑人面具。那刹那间的美,展露出定静之态,那超越时间的"定"正是佛陀所追求的,而黑人偶尔在不经意间也能表露出这种神韵——流淌在这个种族血液中的某种古老的、亘古不变而听天由命的神韵。与我们白人的个体反抗不同，黑人对自身种族命运的听天由命已维系了千百万年。然后，像老鼠般游过黑暗的河道。康妮心中突然涌现出对他的同情，这种同情中包含怜悯，还夹杂着嫌恶，这复杂的情绪交融起来，几乎可以等同于爱情。被排挤的人！遭到唾弃的人！他们竟骂他粗鲁！要说粗鲁和自以为是，克利福德比他更甚！也比他愚蠢多了！

米凯利斯立刻意识到自己已经引起了康妮的关注。他转身用那双淡褐色、略微凸起的大眼睛盯着康妮，故作淡然。他在揣摩她的想法，估量她对自己有几分好感。和英国人在一起，他永远都只是个局外人，就算在爱情当中也是如此。然而女人有时候会爱上他……也包括英国女人。

他深知自己和克利福德之间的关系。他们就是两条陌生的狗，本想对着彼此咆哮，但迫不得已，只好朝对方微笑。但和这个女人的关系，他有点拿不准。

早餐都是各自在卧室里享用；克利福德从来不会在午餐前出现，饭厅显得有点冷清。喝过咖啡后，米凯利斯感到焦躁不安，如坐针毡，不知该做些什么。那是十一月一个晴朗的日子……至少对于勒格比来说，算是天气不错。他俯瞰屋外那片阴郁的园林。我的老天！这是什么鬼地方！

他派了一个仆人去问，查泰莱夫人有没有什么需要他效劳的地方——他想开车到谢菲尔德去。得到的答复是，请他到楼上查泰莱夫人的起居室一坐。

康妮的起居室在三楼，位于这座房子正中部分的顶层。克利福德的房间自然是在一楼。能够受邀前往查泰莱夫人的私人会客厅，米凯利斯感到受宠若惊。他盲目地跟在仆人身后……他一向不留意身边事物，也不接触周围的环境。进了她的起居室，他倒是四处扫了几眼，隐约瞥见雷诺阿和塞尚[1]的画，是精美的德国仿制品。

"这里很舒适，"他带着奇怪的笑容说道，仿佛露齿笑会让他疼痛似的，"你住在顶楼是很明智的。"

"是的，我也有同感。"她说。

她的房间是这座房子里唯一一个颜色鲜艳、具有现代气息的房间，也是勒格比庄园中唯一一处能充分展现她个性的地方。克利福德从来没有见过这个房间，她也很少邀请人上来做客。

此刻，康妮和米凯利斯分别坐在壁炉的两侧聊起天来。她问及他自己、他的父母、他的兄弟……她总是对别人的事充满好奇，而一旦她的同情心被唤醒，她就完全忘了阶级观念。米凯利斯直言不讳地讲述起自己，非常坦率，毫不做作，也就是把他那苦涩冷漠的、丧家犬般的灵魂展现在康妮面前。在讲到自己的成功经历时，他表现出一丝复仇般的骄傲。

"可你为什么像一只离群的孤单的鸟儿？"康妮问他。他再次用他那双淡褐色的、凸起的眼睛看着她，目光仿佛在搜寻着什么。

"有些鸟儿天性如此。"他回答道。随后，他用一种熟悉的语气反唇相讥："可是，看看这里，你自己呢？你又何尝不是一只离群索居的鸟儿？"康妮吃了一惊，她思索了片刻，然后说道：

---

[1] 即皮埃尔·奥古斯特·雷诺阿（1841—1919）与保罗·塞尚（1839—1906），同为法国印象派代表画家。

"在某些方面是！并不像你，完完全全孤身一人！"

"我完完全全孤身一人吗？"他带着那奇怪的露齿笑问道，看上去像牙痛一样。他一脸苦笑，眼神是一成不变的忧郁，或是说坚忍，是幻灭，又或者是恐惧。

"怎么？"她看着他问出这句话的时候，呼吸有点急促，"你是孤身一人，不是吗？"

她感到自己被他散发出的魅力强烈地吸引着，几乎就要难以自持了。

"哦，你说得很对！"他说着扭过头去，侧着脸低下头，带着那古老种族的定静神情，而这样的神情如今已经见不到了。正是这一幕——当康妮看到他在疏远自己——令她彻底缴械投降了。

他抬头望着她，深情的目光看透了一切，同时也流露出自己心中的所有。与此同时，那个在深夜哭泣的婴儿，发自肺腑地在她面前哭泣，这哭声不知为何让她的子宫颤抖起来。

"你真是太好了，还能为我操心。"他简洁地说。

"我为什么不能为你操心呢？"她感叹道，说这话时几乎喘不过气来。

他发出一声短促的苦笑。

"哦，如果是这样……我可以握一会儿你的手吗？"他突然直视着她问道，仿佛有股催眠的力量，眼神中散发出恳求，直接触动到她子宫深处。

她望着他，头晕目眩、动弹不得。他走过去，跪在她身边，用双手紧紧握住她的两只脚，把脸埋在她的大腿之上，一动不动。她大脑一片空白，诧异地低头看着他那相当柔嫩的后颈，感受着他的脸压在自己的大腿上。虽然她感到惊慌失措，但还是情不自禁地把自己的手放在他毫无防备的后颈上，充满柔情和怜爱，而他则剧烈颤抖起来。

然后，他抬起头看着她，那灼热的眼睛里散发出巨大的吸引力。康妮全然无法抗拒。她胸中涌现出对他强烈的渴望，这是对他的回应。她必须把一切都交付于他，所有的一切。

作为情人，他有点奇怪，却很温柔。他对女伴非常温柔，他会情不自禁地颤抖，但与此同时又若即若离，意识清醒，能够留意到外面的任何动静。

对康妮来说，这只意味着她把自己赐给了他，没有其他意思。最后，他不再颤抖了，只是安静地躺着，一动不动。然后，她用充满怜爱的手指轻轻抚摩着他那依偎在自己胸前的脑袋。

他站起身时，吻了吻她的双手，又亲了亲她穿着麂皮拖鞋的双脚，然后一言不发地走到房间尽头，背对着她站在那里。他们沉默了好几分钟。然后他转过身，又回到她身边，此时康妮已经坐回刚才在壁炉旁边的位置上。

"这下，我想你会恨我吧！"他平静地说，语气中有种认命的意味。她迅速抬起头看着他。

"我为什么要恨你？"她问道。

"她们大多如此，"他说，然后又补了一句，"我指的是……女人一般来说都会这样。"

"这是我最不该恨你的时候了。"她愤愤地说。

"我知道！我知道！正应该是这样的！你对我实在太好了……"

他痛苦地大喊起来。

她不明白他为什么会感到痛苦。"你不能重新坐下来吗？"她说。他瞥了一眼门口。

"克利福德爵士！"他说，"他会不会……他会不会……？"她没有回答，思考了片刻。"也许吧！"她说，然后抬头看着他，"我不想让克利福德知道，甚至不想让他有所怀疑。那会伤透他的心。但我不认为刚才发生的是个错误，你说呢？"

"错误！老天啊，当然不是！只是你对我实在是太好了……我简直承受不起。"

他转过身去，她看得出他马上就要抽泣起来。

"但是我们不必让克利福德知道，不是吗？"她恳求道，"那会深深伤害他的。如果他永远都不知道，永远不怀疑，就不会伤害到任何人。"

"啊！"他说，反应几乎称得上激烈，"他不可能从我口中得知任何事的！你就看他会不会吧！我会出卖自己？哈！哈！"说到这里，他嘲讽地干笑起来。她不解地看着他。他对她说："我可以吻下你的手然后离开吗？我想，如果可以的话，我要去趟谢菲尔德，在那儿吃顿午饭，然后下午茶时再回来。有什么能为你效劳的吗？我真的能确信你不恨我吗？——确定你之后也不会恨我吗？"他这最后一句话语气中有种绝望的讥讽意味。

"不，我不恨你，"她说，"我觉得你人很好。"

"啊！"他激动地对她说，"比起你说爱我，我更情愿你对我说这句话！这句话意义更为重大……那就下午再见了。在那之前我有很多事要考虑。"他谦恭地吻了吻她的手，然后就离开了。

"我觉得我忍受不了那个年轻人。"克利福德在午饭时说。

"为什么?"康妮问道。

"别看他外表光鲜,其实骨子里就是个没教养的人……只是伺机等着报复我们。"

"我觉得人们一直以来对他都太不友好了。"康妮说。

"难道你不明白为什么?你以为他把自己的大好时光用在做善事上了?"

"我觉得他身上有种宽宏大量的气度。"

"对谁宽宏大量?"

"我不太清楚。"

"你当然不知道。恐怕你是把不择手段误认为宽宏大量了。"

康妮没有继续说话。是她弄错了吗?的确有这种可能。然而,米凯利斯的不择手段却对她有某种吸引力。他拼尽全力跑完全程,而克利福德只敢胆怯地迈出几步。他以自己的方式征服了世界,这正是克利福德所向往的。至于方法和手段……难道米凯利斯的手段比克利福德的手段更卑鄙吗?难道比起克利福德靠着自吹自擂宣传自己而成名,这个可怜的圈外人凭借自己的努力摸爬滚打或是用点歪门邪道,就更低贱吗?成千上万条狗喘着粗气、耷拉着舌头,追赶在"成功女神"的身后。如果你以成功与否的角度来衡量的话,第一个得到她的,就是狗中豪杰!所以米凯利斯完全可以翘起尾巴来。

奇怪的是,他并没有得意忘形。快到下午茶的时候,他拿着一大捧紫罗兰和百合花回来,脸上还是一副丧家犬的神情。康妮有时会好奇,这是不是一种让对手放松警惕的面具,因为这表情从来没有任何变化。他真的是条丧家犬吗？

他一整晚都摆出那副丧家犬相，以掩饰真实的自我，而克利福德看透表象，感受到了米凯利斯内心的傲慢无礼。康妮并没有感觉到，也许是因为这种伎俩不用在女人身上，而只是针对男人，针对他们的自大和傲慢。这个卑贱小人身上那种发自内心的傲慢无礼是坚不可摧的，正因如此，男人们对米凯利斯才如此厌恶。尽管他伪装出一副彬彬有礼的模样，但他的出现本身就是对上流社会的一种侮辱。

康妮爱上了他，但她没有参与男人的聊天，坐在一旁做针线活，尽量不露出任何蛛丝马迹。至于米凯利斯，他表现得无懈可击；依旧是昨天晚上那个忧郁、专注又疏离的年轻人，对招待他的主人表现出一副敬而远之的态度，但又言辞简洁地迎合着他们，恰如其分，不会过分谄媚。康妮觉得他肯定已经忘了早上发生的事。他并没有忘记。但他明白自己的处境……仍然在圈外，那个天生的局外人所处的位置。他并没有把早上的欢爱太当回事。他知道自己是一条没有主人的流浪狗，人人都嫉妒自己脖子上的金项圈，但这一事并不会让自己变成生活安逸的贵族狗。

最终的真相是，无论他表面上打扮得多么时髦华丽，在灵魂深处，他就是一个局外人，一个反社会的人，他自己内心也接受了这个事实。对他来说，离群索居是必需的，就像表面上的恭顺与跻身上流社会的圈子一样，也都是必需的。

但偶尔的爱情体验，作为一种慰藉和安抚，也不是坏事，他并非忘恩负义之人。恰恰相反，他对于这种自然而然、发自内心的善意怀有强烈而深切的感激之情——几乎能为此落泪。在他那苍白而镇静、神情幻灭的面孔之下，他那孩童般的灵魂对这个女人感激涕零，热烈地渴望可以再次亲近她；而与此同时，他那被放逐的灵魂也知道，他不应该再和她有任何瓜葛。

当他们在大厅点蜡烛的时候，他伺机对她说："我可以来找你吗？"

"我会去找你的。"她说。

"哦，好的！"

他等了她很久……但她还是来了。

他是那种激动起来就会战栗不已的情人，高潮来得快，去得也快。他赤裸的身子有一种奇特的孩子气，十分脆弱。他的盔甲来自他的机智和狡猾，来自他狡猾的本能；当这盔甲卸下之时，他看起来更加赤裸，像个孩子，发育尚未完成，还很稚嫩，在徒劳地挣扎着。

他激起了康妮狂热的怜爱和渴望，以及对生理欲望的疯狂渴求。他无法满足她生理上的欲求；他总是快速达到高潮，匆匆结束，然后蜷缩在她的胸前。当她恍惚、失望、怅然若失地躺在那里的时候，他又逐渐恢复了几分。

但她很快就学会了如何掌控他，在他高潮结束后，让他停留在自己体内。在这方面，他表现得十分慷慨，且威力惊人；他在她体内坚挺着，在她律动——疯狂、热情地律动时，带给她欢愉，直到她的高潮终于来临。当他感到自己被动勃起的坚挺带给她狂热的高潮满足时，他有一种奇怪的自豪和满足感。

"啊，太美妙了！"她颤抖着呢喃，然后变得安静，紧紧依偎在他怀中。他孤独地躺在那里，但孤独之中带有一丝自豪。

他那次只逗留了三天,对克利福德来说,米凯利斯和头一天晚上没什么两样;康妮也没看出什么变化。他的外表完全看不出任何破绽。

他给康妮写信,语气还是一贯的哀怨和忧郁,有时是诙谐的,掺杂着某种奇怪的情感,但没有任何情欲的成分。他似乎对她产生了感情,这感情没有任何未来,因此他依然保持着本质上的距离感。他骨子里就是绝望的,而他也不愿意自己产生任何希望。他很讨厌希望。他曾在某个地方读到过这样一句话——"希望狂潮掠过大地"[1],而他的评论是:"希望将一切值得拥有的东西淹没。"

康妮从来没有真正了解过米凯利斯,但是,她以自己的方式爱着他。她一直在自己身上感受到他投射出来的绝望。她没有办法——没有办法在毫无希望的状态下去爱对方。而他,因为根本没有体会过希望,所以完全无法真正地去爱一个人。

他们就这样维持了很长一段时间,给彼此写信,偶尔在伦敦见面。她仍然想要得到身体上的、性的愉悦,虽然这愉悦是在他短暂的高潮结束后,她靠自己主动得到的。他也还是愿意满足她的欲望。这就足以让他们维持这种关系。

而这也足以让康妮产生一种莫名的自信,有点盲目又有点傲慢。这几乎是一种对自身力量的固执的自信,而且伴随着强烈的愉悦。

她在勒格比庄园快活极了。她用自身被唤醒的愉悦心情和

---

[1] 原文为法文,引自法国浪漫主义诗人阿尔弗雷德·德·缪塞(1810—1857)的诗歌《企盼上帝》(*L'Espoir en Dieu*)。

满足感去激发克利福德的创作灵感，令他在这段时间写出了他最好的作品，不明真相的他也感到极其快乐。康妮从米凯利斯那男性被动的勃起中得到了感官满足，这硕果的确被克利福德收割去了。当然，他对此一无所知，如果他知道真相，他也绝对不可能有半点感激之意！

然而，等到她那美妙的愉悦和刺激一去不复返，彻底消失不见之后，她又变得沮丧而烦躁。克利福德是多么渴望这些日子可以重来啊！倘若他知晓个中缘故，或许甚至会希望她和米凯利斯能重温旧梦。

第四章

康妮总有种预感：自己和米克——人们这样称呼米凯利斯——的这段私情没什么希望可言。然而，她对其他男人也提不起兴趣。她和克利福德形影不离。他想要占据她大部分的时间，她也把自己大部分的时间贡献给了他。但她想得到一个男人生活中的大部分精力，克利福德却没有给她，也给不了。她不时和米凯利斯偷欢。但正如她所预感到的那样，这段关系终将走到尽头。米凯利斯做什么事都没有长性。他的天性使然，必须切断一切联系，重新做回那条无牵无挂、离群索居、形单影只的狗。这是他最主要的需求，尽管他总说：是女人甩了我！

这世界本该充满无限可能，但具体到个人经验里，这些可能性被大大缩减了。大海中有很多不错的鱼……或许……但大部分似乎都是鲭鱼或鲱鱼，如果你本身不属于这两种鱼，那你恐怕在海里也很难找到什么好鱼。

克利福德逐渐声名大噪，甚至还赚到了钱。不少人慕名到访，康妮在勒格比庄园几乎整天都要款待各种宾客。但这些客人不是鲭鱼，就是鲱鱼，偶尔也会遇到鲇鱼或海鳗。

来访客人当中有几位常客，他们是克利福德在剑桥读书时的同学。其中一位叫汤米·杜克斯，他一直留在军队里，如今荣升准将。他说："参军让我有时间思考，让我不必面对生活中的战场。"

有一个名叫查尔斯·梅的爱尔兰人，他写一些关于天体的科普文章。还有哈蒙德，他也是一名作家。他们都和克利福德年龄相仿，是当时年轻的知识分子。他们全都信仰精神生活。除此之外，你爱做什么都是自己的私事，无关紧要。谁也不会想着要去打听别人什么时候如厕。这种事只关系到当事人，其他人不会有半点兴趣。

对于日常生活中的大多数琐事——你如何赚钱，你是否爱你的妻子，或是你是否有"外遇"——他们的态度也是一样。所有这些事情只与当事人有关，就像上厕所一样，和旁人没有半点关系。

哈蒙德是个瘦高个，和妻子育有两个孩子，但他大部分时间都耗在打字机上。他说："性这个问题的关键在于，根本没什么可说的。严格来说，根本没任何问题。我们不想跟着一个男人进厕所，那我们为什么要关心他和哪个女人上床呢？这就是问题所在。如果我们不把性这件事看得比上厕所重要，那就不存在任何问题了。这完全没有任何意义，甚至有点可笑，只不过是闲得没事儿找事儿干罢了。"

"的确如此，哈蒙德，确实如此！但如果有人开始和茱莉亚做爱，你就会开始怒火中烧；如果他仍继续，你很快就会气炸了。"茱莉亚是哈蒙德的妻子。

"哎呀，那当然！如果他在我客厅的角落里小便，我也会气炸的。任何事都该发生在恰当的场合。"

"你的意思是,你不介意他在隐蔽的爱巢里和茱莉亚亲热?"

查理·梅[1]的话有些讽刺意味,因为他之前和茱莉亚有过一点暧昧,而哈蒙德严厉地斥责了他。

"我当然会介意。性是我和茱莉亚之间的私事,别人要插足的话,我当然会介意。"

"实际上,"汤米·杜克斯开口了,他身材瘦削,满脸雀斑,看上去比又白又胖的梅更像爱尔兰人,"哈蒙德,实际上你有很强的占有欲,非常想要独断专行,你渴望成功。我一辈子都要待在军队里,已经远离了尘世,而如今,我才发现男人对坚持己见和出人头地的渴求是如此强烈。这个趋势发展得太过火,我们所有人都沉迷于此道。当然,像你这样的男人,认为有贤内助的支持会混得更好。正因如此,你才会醋意大发。这才是性对你而言的意义……它是你和茱莉亚之间至关重要的小小发电机,以便带来最后的成功。如果你慢慢开始走下坡路,你就会像不怎么成功的查理一样,开始四处调情。像你和茱莉亚这样的已婚人士,身上就如同旅客的行李箱一样贴有标签。茱莉亚贴着阿诺德·B.哈蒙德夫人的标签——就像铁路上某人托运的行李箱。你的标签是阿诺德·B.哈蒙德,由哈蒙德夫人转交。哦,你说得对,你说得很对!要拥有精神生活,需要舒适的房子和像样的饭菜作为基础。你说得很对。它甚至需要子孙后代。但这一切都取决于对成功的渴望,那才是万事运转的枢纽。"

---

[1] 查理为查尔斯的昵称。

哈蒙德看起来很生气。他自诩清高正直,不趋炎附势,且对此感到十分自豪。尽管如此,他还是渴望成功。

"千真万确,没有钱是活不下去的,"梅说,"你必须有点钱才能生存和过日子……甚至就连思考的自由,都必须建立在一定的金钱基础之上,不然饿着肚子可没办法思考。但在我看来,你大可不必给性爱贴上这个标签。我们可以自由地和任何人交谈,那么为什么我们不能自由地和任何一个对我们有意思的女人做爱呢?"

"听听这好色的凯尔特人是怎么说的。"克利福德说。

"好色!好吧,为什么不呢?比起和她跳舞,或者甚至只是和她聊聊天气,我看不出和一个女人上床能给她带来更大的害处。只不过是用感官的交流代替了思想上的交流,又有何不可呢?"

"像兔子一样滥交是吧!"哈蒙德说。

"有何不妥呢?兔子招惹了谁?兔子难道比神经兮兮、闹着革命、满腔焦虑与仇恨的人类更糟糕?"

"但即便如此,我们也不是兔子。"哈蒙德说。

"正是如此!我有自己的头脑:我要计算某些天文学的问题,这些研究对我来说几乎比生死更为重要。消化不良有时会妨碍我工作。饥饿对我的影响是灾难性的。同样,性饥渴也会影响我。那我该如何是好?"

哈蒙德讽刺地说:"我本以为纵欲过度导致性方面消化不良对你的影响最为严重。"

"没这回事儿!我不会暴饮暴食,也不会纵欲过度。但若是完全克制,那绝对会把我饿死。"

"当然不是！你可以结婚啊。"

"你怎么知道我能结婚？婚姻可能对思考无益。婚姻有可能……一定会……妨碍我大脑的思考过程。我不适合像那样被困住……所以我就必须像和尚一样清心寡欲吗？我的朋友，这都是腐朽恶臭的思想。我必须生存下去，做我的天文研究。我偶尔需要女人。这没什么值得小题大做的，任何人都没资格以道德为由谴责或者禁止我这么做。我要是看到某个女人戴着写有我名字的标签走来走去，像写着地址和车站的名字的行李箱一样，我会感到很丢人。"

这两个人还在为与茱莉亚暧昧的事耿耿于怀。

"查理，这个想法很有趣，"杜克斯说，"性爱不过是另一种对话的形式，只不过你是用行动表达那些言语，而不是用嘴说出来。我想这挺有道理的。就像我们和女人交流天气或者其他想法一样，我想我们可以和女人在感官和情感上进行交流。性或许是男人和女人之间一种正常的身体对话。除非你和这个女人想法类似，否则不会和她交谈——也就是说，若没有任何兴趣，你是不会和她聊天的。同样，除非你和一个女人产生了情感和理解层面的共鸣，否则你是不会和她上床的。但如果你对……"

"如果你对一个女人恰好有情感和理解层面的共鸣，你就应该和她上床，"梅说，"跟她上床是最为恰当的事。就好比，当你有兴趣和某人聊天时，最为恰当的方式就是畅所欲言。你不会拘谨地把舌头紧咬在齿间。你只会痛快说出自己想说的话。性爱也是同一个道理。"

"不，"哈蒙德说，"完全不是这么一回事。比如你，梅，你在女人身上浪费了一半的精力。你拥有这么聪明的头脑，却永远干不了你真正该做的事。你在男女之事上消耗了太多精力。"

"也许是这样……可哈蒙德，我的兄弟啊，无论结婚与否，你在男女之事上投入的精力也太少了。你可以保持精神上的纯洁和正直，但它会逐渐干枯。在我看来，你那纯洁的心灵干得就像是小提琴的弓[1]。你越唠叨它就越干。"

汤米·杜克斯突然大笑起来。

"够了吧，两位大思想家！"他说，"看看我……我不做任何高尚纯粹的脑力劳动，只是随手记下一些想法。但我既没有结婚，也不会追在女人屁股后头。我认为查理说得很对，可就算他想追求女人，也没必要天天追着她们跑。但我不会禁止他去追。至于哈蒙德，他的占有欲作祟，所以通往婚姻的笔直道路和窄门[2]自然更适合他。等着瞧吧，他有生之年肯定会成为英国文豪[3]，从头到脚布满ABC[4]。至于我呢，我什么都不是。只是喜欢说点风凉话攻击一下别人。克利福德，你怎么看？你认为性爱是推动男性在世界上取得成功的发电机吗？"

一般像这种场合，克利福德都保持沉默。他从不会滔滔不绝，也的确没什么高见，他自己都摸不着头脑，而且还过于情绪

---

[1] 此处为双关，小提琴的弓英文为"fiddlestick"，也有毫无用处的意思。
[2] 出自《新约·马太福音》："请务必竭尽全力进入窄门。因为引到堕落，那门是宽的，路是阔的，进去的人也多；引到永生，那门是窄的，路是小的，找着的人也少。"窄门通常象征邪门歪道的对立面，代表着通往真正的幸福之路，是一条狭窄而艰难的道路。
[3] 英国曾在1878—1919年出版过一套六十七卷的《英国文豪名录》，该书收录了由当时主要文学人物撰写的一系列文学家传记，入选就意味着成了经典大师。
[4] 此处为汤米·杜克斯的幽默说法，因为文豪英文为"man of letters"，其中的"letters"有字母的意思，所以调侃其"从头到脚布满ABC"。

化。此刻他的脸涨得通红，看上去十分尴尬。

"呃，"他说，"我已经是无能之人，在这个问题上我没什么发言权。"

"当然不是这样，"杜克斯说，"你的上半身可算不上无能，你的精神生活完好无损，所以让我们听听你的想法吧。"

"嗯，"克利福德结结巴巴地说，"即便如此，我也没什么想法……我想'把婚结了，一了百了'很好地代表着我的想法。当然，对于互相爱慕的男女而言，这是一件很美妙的事。"

"怎样个美妙法？"汤米问道。

"哦……性爱让二人更为亲密。"克利福德说这话的时候，就像女性在探讨此类问题时一样不安。

"好吧，查理和我相信性爱就像对话一样，是一种交流方式。随便哪个女人和我开启一段关于性的对话，只要时机恰当，我理所当然会和她上床，好让这对话圆满结束。不幸的是，没有女人主动跟我开启这样的对话，所以我彻夜独眠，这也没什么不好的……无论如何，我希望没什么不好吧，因为我又如何知晓呢？不管怎样，没有什么天文计算需要我烦恼，也没有不朽的巨作需要我去撰写。我只不过是一个躲在军队里的家伙而已……"

房间内一片沉默。四个男人抽起烟来。康妮坐在那儿，又缝了一针……是的，她就坐在那里！她必须一声不吭地坐在那里。她必须安静得像只老鼠，以免打扰这些头脑敏锐的绅士进行极其重要的推论。但她又必须在场。没有她在，他们相处得不会如此融洽，他们也不会如此才思泉涌。康妮不在的时候，克利福德会更加紧张不安，更加怯场，谈话也就不会这么顺畅地进行下去。

汤米·杜克斯的表现最为抢眼，康妮的出现给他带来了灵感的火花。她不怎么喜欢哈蒙德，他在精神方面似乎非常自私、自我。至于查尔斯·梅，虽然她喜欢他的某些方面，但他说起话来粗俗不堪，逻辑也很混乱，一点也不像研究天文学的。

不知有多少个夜晚，康妮坐在这里听这四个男人高谈阔论！大多是这四个人的固定搭配，偶尔还会加入一两个其他人。他们似乎从来也没聊出个所以然来，这并没有使她深感烦恼。她喜欢听他们说些心里话，尤其是汤米在场的时候。这种谈天说地很有意思。男人不是在亲吻你，并没有用他的身体触碰你的身体，而是把自己的内心展露给你看。实在太有趣了！但他们的内心是多么冷酷无情啊！

而有时这样的谈话也有点烦人。比起这群人，她更加敬重米凯利斯，可一提到他的名字，这群人就会表现出无情的蔑视，斥责他是不择手段的小杂种、最没教养的粗人。不管是小杂种还是粗人，他都能很快得出自己的推论。他才不会只带着这些想法夸夸其谈，炫耀自己的精神生活。

康妮很喜欢这种精神上的生活，并从中得到了极大的享受。但她确实认为这些人过于沉迷于精神生活了。她喜欢待在那里，在那些美妙的密友之夜——她私下这样称呼他们——置身于缭绕的烟草迷雾之中。令她感到非常有趣也十分自豪的是，如果不是她安静地坐在一旁陪伴，他们连天都聊不下去。她极其敬重思想……而这些男人，至少还努力去诚实地思考。但不知何故，总有一些说不透的秘密。他们都以同样的方式谈论某样东西，不过她就算穷尽一生，也说不出他们究竟在探讨着什么。这事米克也没弄懂。

不过米克没打算做什么,只是过着他自己的人生,倘若被他人欺骗,他也竭尽全力以其人之道还治其人之身。他确实和这个社会背道而驰,这正是克利福德和他的密友们排挤米克的原因。克利福德和他的密友们一直与主流社会为伍,他们或多或少是想拯救人类,或者至少是想指导人类。

星期天晚上,话题转回到爱时,出现了一场精彩的对话。

"祝福那些将我们的心联结在一起的纽带,不论是亲情还是其他……[1]"

汤米·杜克斯说:"我想知道那条纽带是什么……此刻把我们联结起来的纽带是彼此之间思想上的冲突。除此之外,我们之间的联系少得可怜。我们就像世界上所有该死的知识分子一样,一旦分开,就对彼此恶语相加。就这一点而言,每个人都该死,因为人人都是这么做的。否则就是我们分开之时,用虚假的甜言蜜语来掩盖对彼此的恶意。这真是一件奇怪的事情,精神生活似乎只有扎根于恶意才能一片繁茂,扎根于那不可名状、难以理解的恶意当中。自古以来都是如此!看看柏拉图笔下的苏格拉底,还有他身边的那一群人吧!那纯粹的恶意,把别人驳斥得体无完肤的那种纯粹的快感……不论是普罗塔哥拉[2],还是别的什么人!还有亚西比得[3],和其他所有的门徒小喽啰也加入了混战!我不得

---

[1] 改编自约翰·福西特(1740—1817)赞美诗《以爱相连》(*Blest Be the Tie That Binds*)的第一句。
[2] 普罗塔哥拉(公元前481—约前411),古希腊哲学家,智者的主要代表。
[3] 亚西比得(约公元前450—前404),古希腊雅典将军、政治家,苏格拉底的学生,聪明而注重自我的雅典人的典型。

不说，这让我更喜欢安静地坐在菩提树下的佛陀，或是平静地给门徒讲礼拜日小故事的耶稣，没有任何思想上的刀光剑影。不，精神生活从本质上来说就存在问题。它植根于怨恨和嫉妒之中，嫉妒和怨恨。光看结出来的果子就能认出那棵树。"

"我不认为我们都如此怨恨彼此。"克利福德抗议道。

"我亲爱的克利福德，想想我们跟彼此说话时的样子吧，我们所有人。我本人，是最为恶劣的那一个。因为无论如何，我都更喜欢直截了当的怨恨，而不是虚情假意的甜言蜜语，那简直是毒药。当我开始说'克利福德是个多好多好的人'之类的话时，那我就是在同情这个可怜的克利福德。看在老天的分儿上，你们每个人都说些我的坏话吧，这样我就知道我在你们心里还是有点分量的。千万不要对我甜言蜜语，否则我就完蛋了。"

"噢，但我确实认为我们是发自内心地喜欢彼此的。"哈蒙德说。

"我跟你说，我们肯定是……我们在背后没少说彼此的坏话！我是最糟糕的那个。"

"我确实认为你把精神生活和批判活动混为一谈了。我同意你的看法，苏格拉底开启了批判活动的先河，但他的所作所为远不止于此。"查理·梅相当权威地说。这些密友表面上假装虚心的样子，可内心个个都自命不凡。他们都自认权威、不容反驳，但都装出一副如此谦逊的样子。

杜克斯不愿意继续纠结于苏格拉底的话题。

哈蒙德说："千真万确，批评和知识根本不是一回事。"

"当然不是一回事。"贝里随声附和，他是一个皮肤黝黑、十分害羞的年轻人,来此看望杜克斯,打算在勒格比过夜。

所有人的目光都转移到他身上,仿佛听到一头驴开口说话[1]。

"我所说的并不是知识……我指的是精神生活。"杜克斯笑着说,"真正的知识来自意识的整个躯体,就像来自你的大脑和心灵一样,它也来自你的腹部和生殖器。头脑只能分析和思辨。用头脑和理性去统治其他一切,那它们所能做的就只有批判与扼杀一切。我说它们能做的就只有这个,至关重要。天啊,当今的世界太需要批判了……批评至死。因此,让我们好好享受精神生活,以我们的怨恨为荣,把腐朽的旧把戏扒个精光。但是,需要提醒各位,事情是这样的:当生活在现实当中时,你在某种程度上是一个与所有生命有机结合的整体。但一旦你开始了精神生活,你就把苹果摘了下来,你切断了苹果和果树之间的联系——那种有机的联系。如果你的生活中除了精神生活一无所有,那么你自己就是一个摘下来的苹果……你从树上掉了下来。那么,就像摘下的苹果自然会腐烂一样,按照逻辑,你必然会变得满腹怨念。"

克利福德瞪大双眼:这些对他来说全是荒唐的蠢话。康妮暗自发笑。

"好吧,那我们都是摘下来的苹果。"哈蒙德没好气地说,语气相当尖酸。

"那么,就让我们把自己酿成苹果酒吧。"查理说。

---

[1] 出自《圣经·旧约》中先知巴兰那头说话的驴子,该形象常引申为平常沉默驯服,突然开口抗议的人,劳伦斯尤其喜欢引用这一形象。

"但你对布尔什维主义[1]怎么看?"皮肤黝黑的贝里插了一嘴,仿佛之前所说的一切都是为了把话题引到这里。

"棒极了!"查理吼道,"你对布尔什维主义有什么看法?"

"来吧!让我们鞭笞布尔什维主义吧!"杜克斯说。

"恐怕布尔什维主义这个问题过于庞大了。"哈蒙德严肃地摇头说道。

"在我看来,"查理说,"布尔什维主义不过是对所谓资产阶级最极端的仇恨,可至于什么是资产阶级,并没有明确的定义。抛开其他不说,它是资本主义。感觉和情绪也绝对是资产阶级的产物,所以你必须创造一个没有感情和情绪的人。

"然后是个人,特别是比较自我的个体,也算是资产阶级——所以必须压制这样的人。你们必须投身于更伟大的事业,投身到苏维埃社会当中。甚至连有机体都是资产阶级的,所以理想必须是机械化的。唯一一种由许多不同的但同等重要的部分组成的无机单位,就是机器。每个人都是这台机器的零件,而机器的驱动力则是仇恨……对资产阶级的仇恨。在我看来,这就是布尔什维主义。"

"我完全同意!"汤米说,"但在我看来,这也是对整个工业化理念的完美诠释。简单来说,这是工厂主的理想,当然,他不会承认驱动力是仇恨。但驱动力一样还是恨,对生活本身的恨。看看英国中部这些地区,不就一目了然了吗……但这都是精神

---

[1] 20世纪初期俄国的一种意识形态,产生于1903年俄国社会民主工党第二次代表大会,布尔什维克(俄文音译,意为"多数派",以列宁为首的俄国无产阶级政党的称号)的理论和策略,核心是马克思主义的社会主义革命理论和实践,旨在推翻资本主义制度,建立无产阶级专政,实现社会主义和共产主义。该词后被"列宁主义"取代。

生活的一部分，是合乎逻辑的发展。"

哈蒙德说："我不认为布尔什维主义是合乎逻辑的，它否定了前提的主要部分。"

"我亲爱的，它承认物质前提，纯粹的精神主义也同样如此……甚至只接受物质前提。"

"至少布尔什维主义已经走投无路了。"查理说。

"走投无路？明明路还宽着呢！用不了多久，布尔什维克分子将拥有世界上最强大的军队和最精良的机械装备。"

"但这种状态……这种仇恨的状态不能再继续下去了。肯定会引起反抗的……"哈蒙德说。

"呃，我们已经等待了很多年……姑且可以继续等下去。仇恨无异于其他事物，也会慢慢滋长。这是把思想观念强加于生活、强行改变人内心本能的必然结果，我们最深切的情感被迫去迎合某种思想意识。我们像机器一样，按照既定模式运转。我们假装理智主宰着这个世界，殊不知最后一切都化为纯粹的仇恨。我们都是布尔什维克分子，只不过我们太过虚伪，假装不是罢了。俄国人对于自己信仰布尔什维主义这点就毫不掩饰。"

"但是，除了苏维埃的制度，"哈蒙德说，"还有很多其他的制度。布尔什维克分子可不算真聪明。"

"他们当然不算。但是，如果你想达到目的的话，有时候装傻才是真聪明。就我个人而言，我认为布尔什维主义挺蠢的，但我觉得我们西方世界的社会生活也很愚蠢。我甚至认为我们鼎鼎大名的精神生活同样愚蠢。我们都像白痴一样冷漠，都像傻瓜一样无情。我们都是布尔什维克分子，只不过我们给它起了另一个名字。我们自以为是神……近似神的人类！这和布尔什维主义一样。如果一个人不想成为神或布尔什维主义者，他必须是人类，拥有心脏和生殖器……因为布尔什维主义者和神是一回事：它们都完美到不切实际。"

在一片不以为然的沉默中，贝里焦急地问道："可你是相信爱情的吧，汤米，对吗？"

"你这个可爱的孩子！"汤米说，"不，我的小天使，十次里面有九次我的答案都是否定的！爱情在今天又是另一种愚蠢的闹剧。那些扭摆着腰身的家伙操着跳爵士舞的女孩，那些女孩的身材跟小男孩一样，屁股像领扣一样扁平。你是指那种爱情吗？还是那种共有财产、共同受益、互为夫妻的爱情？不，我的好兄弟，我完全不相信这玩意儿！"

"但你总得信点什么吧？"

"我？哦，理性来说，我相信要拥有善良的心、精神抖擞的阴茎、活跃的头脑，以及在淑女面前骂脏话的勇气。"

"好吧，那这些你都有了。"贝里说。

汤米·杜克斯狂笑起来："你这天使般的孩子！要是我有就好了！要是我有就好了！你错了，我的心像土豆一样麻木，我的阴茎耷拉着，从不会抬起头。我宁可把它一刀剁掉，也不敢在我母亲或者姨妈面前骂句脏话……你要知道，她俩可是真正的淑女。而且我并没有什么真智慧，充其量只是一个在精神世界摸爬滚打的人而已。真正拥有智慧是美妙至极的：那样不管是之前提到还是没提到的身体零部件，都会生龙活虎。对于任何一个真正有智慧的男人来说，阴茎都会支棱起脑袋和人打招呼！雷诺阿说他用阴茎画画[1]，他的确这么做了，创作出了美丽的画作！我希望我的也能派上用场。老天啊！当人只剩嘴巴逞能的时候！地狱里又多了一种酷刑！而苏格拉底就是这酷刑的始作俑者。"

"世界上还是有好女人的。"康妮抬起头，终于开口了。

男人们对此十分反感……她应该装作什么也没听见。他们讨厌她承认自己如此投入地参与到这种谈话。

"我的天啊！'如果她们对我不善，我又何必在乎她们有多好？'[2]"

"不，没指望了！我就是没办法和女人产生共鸣。当我面对女人的时候，没有一个女人真正让我产生欲望，而我也不会强迫自己和女人在一起……我的天，还是算了！我还是做我自己，享受精神生活。这是我唯一能做的诚实的事。我可以很愉悦地与女性交谈，但这都是纯洁的，没有任何非分之想。没有任何邪念！你怎么说，希尔德布兰德[3]，我亲爱的小伙子？"

"如果一个人能保持纯洁，生活就简单多了。"贝里说。

"是的，生活实在是太简单不过了！"

---

[1] 据雷诺阿儿子所述，雷诺阿在双手患上关节炎影响其作画后曾这么说过。
[2] 此处套用了乔治·威瑟（1588—1667）的诗歌《我是否应当在绝望中虚度光阴》(Shall I Wasting in Despair)。
[3] 教皇格列高利七世（约1021—1085）的原名，他是神职人员独身制度的坚定拥护者。汤米以此称呼贝里，实为调侃他。

第五章

初冬的阳光并不明媚，在二月的一个清晨，前晚结的霜尚未消散，克利福德和康妮穿过园林去树林里散步。这所谓的散步，指的是克利福德坐在他的巴斯轮椅上"噗噗"前行，康妮走在他身边。

冰冷的空气中仍然充斥着硫黄的气味，不过二人早已对此习以为常。在不远处的地平线上，笼罩着一层冰霜和煤烟混合而成的乳白色雾霾，雾霾之上是一抹蓝天，所以人就像被困在里面，永远身处牢笼之中。生活总像是被困在牢笼中的一场梦，或是一场狂乱。

羊群在园林内高低不平的牧草丛中发出喷鼻声，低矮的草丛根部挂着淡蓝色的霜花。穿过园林，有一条如粉色缎带般的小路，通向一道木门。克利福德命人用从矿井平台中筛出的砾石重新铺了这条小路。当地下的岩石和废料燃烧，散发出硫黄后，不下雨的时候，它们会变成虾子般的亮粉色，在下雨的日子，颜色会深一点，类似蟹红色。此刻这条小路是淡粉色，上面铺了一层蓝白色的霜。这筛出来的砂砾铺成的亮粉色小路总是让康妮心情愉悦，尽管它们本是毫无用处的烂石头和废料。

出了庄园是一个小山坡，克利福德小心翼翼地驶下斜坡，康妮的手始终没有离开他的轮椅。面前出现了一大片树林，最近的是榛树丛，远处是略呈紫色的橡树密林。兔子在树林边缘蹦来蹦去，这里啃啃、那里啃啃。白嘴鸦突然腾空，排成整齐的黑色列队，逐渐消失于那一抹蓝天之中。

康妮打开木门，克利福德吃力地缓慢驶出木门，来到宽阔的马道上。这条马道是个大斜坡，两边是修剪得整整齐齐的茂密榛木丛。这片树林曾经广袤无垠，罗宾汉[1]曾在这里狩猎，如今只遗留这一部分，而这条马道则是当时穿越乡间的古老的大道。当然，时至今日，它只是一条穿越私人树林的马道。从曼斯菲尔德来的路在此处转向北方。

树林里万籁俱寂，地上的枯叶把冰霜掩在自己身下。一只松鸦刺耳地尖鸣，惊得许多小鸟拍翅飞走。但是森林里没有猎物，连只野鸡也没有。它们在战争中被杀得精光，树林也一直无人看守，直到最近，克利福德才重新招了一个守林人。

克利福德深爱着这片树林，他深爱着那些古老的橡树。他觉得那些橡树世世代代都归他所有。他想保护它们。他希望这片树林不受侵犯，与世隔绝。

轮椅缓慢地在斜坡上攀爬，在结冰的土块上摇晃颠簸。突然，左侧出现了一片空地，上面长着一片枯死的蕨草，一棵瘦长的小树苗东倒西歪，几个锯断的大树桩裸露出切面和紧抓地面的

---

[1] 英国民间传说中的英雄人物，武艺出众、机智勇敢，仇视官吏和教士，是一位劫富济贫、行侠仗义的绿林英雄。据说他在诺丁汉北部的舍伍德森林出没。

盘根，毫无生气。空地上还有伐木工焚烧灌木丛和垃圾留下的一片片黑斑。

这是杰弗里爵士在战争期间为了修战壕而砍伐林木的地点之一。马道右侧的小丘不太陡，但上面寸草不生，看上去出奇地荒凉。小丘的顶上本来长满了橡树，现在光秃秃的，从那里你可以越过树林，俯瞰运煤铁路和斯塔克斯门的新煤矿。康妮曾站在那儿眺望，那是这片与世隔绝的幽静树林的一个缺口，让外部的世界长驱直入。但她没有把这告诉克利福德。

这片光秃秃的林地总是让克利福德莫名地怒火中烧。他经历过战争，知道战争意味着什么。但直到他看到这座荒凉的山坡，才真正感到愤怒。他正在找人重新栽种树木。但这让他痛恨杰弗里爵士。

轮椅慢慢攀升的时候，克利福德面无表情地坐在上面。他们到达山坡顶端时，他停了下来，他不愿冒险走这个又长又颠的下坡路。他坐在那里，望着那条一路往下的绿色马道，在蕨类植物和橡树间开出一条清晰的路。它在山脚下急转了个弯，便消失在视线当中。但这马道的曲线竟然如此优雅柔和，这都要归功于旧日策马出行的骑士和贵妇们。

"我认为这才是英格兰的心脏。"克利福德坐在二月暧昧不明的阳光中对康妮说。

"你这么认为？"康妮说，她身穿蓝色的针织裙，坐在路旁的一个树桩上。

"我的确这么想！这就是古老的英格兰，是它的中心，我打算让它完好无缺地保留下去。"

"好的！"康妮说。但是，就在她说这话的时候，她听见斯塔克斯门煤矿十一点的汽笛声。克利福德太习惯这声音，根本意识不到它的存在。

"我要这片树林完好无缺……安然无恙。我不希望有任何人闯入。"克利福德说。

他的话中有一丝悲怆。这片树林里尚存一些野性而古老的英格兰那种神秘的色彩，但杰弗里爵士在战争期间的砍伐却使它遭受重创。树木本是多么静谧啊，无数的细枝卷曲着伸向天空，灰色的树干从褐色的蕨草中拔地而起！在树林中飞翔的鸟儿本是多么安全啊！这片森林里曾经有鹿出没，有弓箭手，还有骑驴云游的僧侣。过往的一切都不曾被遗忘，令人记忆犹新。

克利福德坐在苍白的阳光下，光线照射在他那柔顺的金黄色发丝上，他那张红润脸庞上的表情令人难以捉摸。

"我身处此地之时，是我最介意没有子嗣的时候。"他说。

"可是这片森林比你的家族还要古老。"康妮温柔地说。

"确实如此！"克利福德说，"但是我们把它保留了下来。要不是我们，它应该……就像森林的其他部分一样，应该早就消失了。我们必须把一些传统的英格兰保存下来！"

"必须如此吗？"康妮说，"真的有必要把它保存下来吗，就为了对抗新的英格兰？我知道这让人难过。"

"如果部分传统的英格兰没能保存下来，那英格兰就不复存在了，"克利福德说，"我们这些拥有这种财产并且对它有感情的人，必须把它保存下来。"

他们陷入沉默，气氛有些伤感。

"是的，能保存一小段时间。"康妮说。

"一小段时间！我们也只能做到这样了。我们只能做自己力所能及的。我觉得自从我们家族拥有了这片土地，家族里的每个男性继承人都在此竭尽自己所能。人可以反对迂腐的习俗，但必须把传统保留下来。"又是一阵沉默。

"什么传统？"康妮问道。

"英格兰的传统！这片土地的传统！"

"好吧。"她缓慢地说。

"这就是为什么有个子嗣才管用，人只是锁链中的一环。"他说。

康妮不太喜欢"锁链"这个词，但她什么也没说。她在想克利福德渴望得到儿子时那种诡异的态度，简直冷漠得不像人。

"很遗憾我们不能有儿子。"她说。

他用那双淡蓝色的大眼睛紧盯着她。

"如果你和其他男人生了个孩子，那几乎是件好事了，"他说，"如果我们在勒格比庄园把它[1]养大，它就属于我们，属于这个地方。我对于血缘延续这种事不太在意。如果我们把这个孩子抚养成人，那它就是我们自己的孩子，也会让这个家族得以延续。你不觉得这值得考虑吗？"

康妮终于抬起头来看着他。孩子，她的孩子，对他来说只是一个"它"。它……它……它！

"可是另一个男人怎么办？"她问道。

---

[1] 英语语法中，婴孩的人称代词通常使用"it（它）"，无性别之分，但此处也反映出克利福德对孩子除延续家族之外特质的不在意。

"那很重要吗?这些事真的会严重影响我们的关系吗?你在德国有过的那个情人……他现在对你来说算什么?基本上什么都不算吧。对我来说,在我们生活中出现的这些小插曲、小暧昧都是无关紧要的。它们会慢慢淡去,然后你甚至找不到它们的踪影。在何处……去年白雪,如今何在?[1]在人的一生之中,能够长久坚持下来的才是至关重要的。我自己的人生对我来说十分重要,因为它长久地持续发展着。但偶尔的露水情缘又有什么关系?尤其是偶然发生的性关系!如果人们不荒唐地夸大其词,这事就像鸟儿交配一样,一下就结束了。而事情本应如此,这又有什么所谓?重要的是一生的厮守,重要的是每日的陪伴,而不是偶尔一两次的欢愉。无论发生什么,你我都已结为夫妇。我们已经习惯了彼此的存在。在我看来,习惯比偶尔的欢愉更为重要。我们赖以生存的……是漫长缓慢且持久的东西,而不是任何一种偶然出现的激情。两个人相濡以沫地生活,逐渐就会交融为一体,彼此间会产生无法言喻的共鸣。这才是婚姻的真谛,而不是性,至少不仅仅是性器官的官能。你和我在婚姻中交织为一体。如果我们坚守这一点,我们应该能像安排去看牙医一样,安排性这件事,因为命运已经在生理上剥夺了我们生育的可能。"

康妮坐在那里听着,心里感到有点诧异,也有点恐惧。她不知道克利福德说的是对还是错。米凯利斯是个不错的选择,她爱着他,她在心里这样对自己说。但在某种程度上,她的爱只是她和克利福德婚姻当中的一次短途旅行,暂时逃离这段经苦难和忍

---

[1] 出自法国中世纪最杰出的抒情诗人弗朗索瓦·维庸(1431—约1463)的《大遗言集》中的《古美人歌》。

耐累积形成的长久而缓慢的亲密习惯。也许人类的灵魂需要短途旅行,不应该否认这种需求。但短途旅行的意义在于,你还要重新回到家中。

"可难道你不介意我怀的是哪个男人的孩子吗?"她问。

"为什么要介意呢,康妮,我相信你保持体面和做出选择的本能。你是不可能让那些不合适的人碰你的。"

她想到了米凯利斯!他绝对是克利福德心中不合适的那类人。

"但男人和女人对'不合适的人'可能会有不同的感受。"她说。

"不,"他回答道,"你是在乎我的。我不相信你会喜欢一个我深恶痛绝的男人。我们之间的共鸣不会允许你这么做的。"

她沉默了。她根本无法回答,因为这话的逻辑根本错得离谱。

"若有朝一日确有此事发生,你期望我告诉你实情吗?"她问道,几乎是偷偷地抬头瞥了他一眼。

"完全不用,我最好不知道……但你同意我的观点,不是吗?与厮守终生相比,那种露水情缘根本不算什么吧。你不觉得人可以为了厮守终生而把性爱排在次要的位置上吗?既然我们被性所驱使,何不去利用它?毕竟,这些短暂的欢愉真的重要吗?生活的全部意义不就是用缓慢积累的岁月潜移默化所形成的人格,过一种完整的生活吗?支离破碎的人生是没有意义的。如果没有性生活会让你崩溃,那就出去谈一场恋爱。如果没有孩子会让你崩溃,那就想办法生个孩子吧。但做这些事情,只是为了拥有完整的生活,那才是长久和谐的人生,而你我可以携手完成这个目标……难道你不这么认为吗?只要我们自我调整,去适应这种必需,同时把这种调整与我们稳定的生活编织在一起。你难道不认同我的话吗?"

他的话让康妮有些不知所措。她知道,从理论上来说他是对的。但当她真的想到要和他安安稳稳地过一辈子时,她……犹豫了。难道把自己的余生和他的生活编织在一起,真的是自己的命运?再没有别的出路了吗?

难道仅此而已?她应该满足于和他编织出的稳定生活,在同一块布上,但也许偶尔会编织出一些冒险的花朵。但她怎么知道自己来年的感受如何?人怎么能知道呢?人怎能轻易同意?还给出年复一年的承诺?简单的"同意"二字就这样脱口而出!人为什么要被一个蝴蝶般飘忽不定的词束缚住?它当然一定会飞走,消失得无影无踪,然后被其他的"同意"和"不同意"取代!像空中零零落落的蝴蝶。

"克利福德,我想你说得对。至少目前来说,我同意你的看法。只是生活可能会让这一切变成全新的面貌。"

"但在人生出现全新的面貌之前,你是同意的吧?"

"哦,是的!我想我是认同的,真的。"

她看见一条棕色的西班牙猎犬从小路上跑了出来,它抬起鼻子看着他们,随意地轻声吠了一下。一个拿着猎枪的男人迈着大步跟在狗后面,他的脚步轻快,迎面朝他们走来,好像要攻击他们似的;然后他停下脚步,行了个礼,准备转身下山。原来只是新来的守林人,可是他把康妮吓了一跳,仿佛他是不知道从哪里突然冒出来的危险人物。这就是她对他的看法,就像一个从天而降的威胁。

这男人身穿深绿色的棉绒上衣和长筒橡胶靴……打扮十分

传统，脸颊通红，胡子也是红色的，眼神冷漠。他正在迅速地往山下走。

"梅勒斯！"克利福德喊了一声。

那人微微转过头，飞快地用手轻轻比画了一下，行了个军礼！

"你能把轮椅掉个头，然后推它一把吗？这样轮椅比较容易启动。"克利福德说。

那人立刻把他的猎枪挂在肩上，以同样轻快的奇怪步伐走上前来，仿佛不愿意让人看到他似的。他中等身高，身材瘦削，沉默寡言。他根本没看康妮一眼，只是盯着那辆轮椅。

"康妮，这是新来的守林人梅勒斯。你还没跟夫人打过招呼吧，梅勒斯？"

"没有，先生！"他脱口而出，语气中没有任何情绪。

那人站在那里摘下了帽子，露出他那几乎是金色的浓密头发。他用一种全然无畏的眼神直直地盯着康妮的双眼，眼神中不带一丝感情，仿佛想把她看透一般。这目光令康妮感到害羞，她羞怯地向他点点头。然后他把帽子换到左手，绅士般微微鞠了一躬，却一句话也没说。他手里拿着帽子，一动不动地站在原地。

"但你已经来了有段日子了，是吧？"康妮对他说。

"八个月了，女士……夫人！"他平静地纠正了自己的叫法。

"那你喜欢这里？"

她直视着他的眼睛。他双眼稍稍眯了起来，眼神中带着一丝讽刺，或者是狂妄。

"哦，喜欢的，谢谢您的关心，夫人！我是在这里长大的……"

他又轻轻鞠了一躬，转过身去，戴上帽子，大步走过去抓住轮椅。他说到最后几个字时，口音里带着浓重方言的拖音。也许这是他有意嘲讽康妮，因为之前他说话都没有方言的口音。他几乎可以称得上绅士了。不管怎样，他是一个身手敏捷、独来独往的怪人，他不太合群，但对自己很有信心。

克利福德发动了那小马达，梅勒斯小心翼翼地把轮椅转过来，让它正向前方，面对着蜿蜒伸向黑暗榛树密林的斜坡。

"没什么别的事需要我帮忙了吧，克利福德爵士？"那男人问道。

"有的，你最好和我们同行，以免这轮椅又卡住了。这个马达上坡的时候动力不太足。"那人环顾四周寻找他的狗……这一瞥透露出他的担心。那条西班牙猎犬看着他，轻轻地摇了摇尾巴。他眼中闪过一丝笑意，好像在嘲笑或逗弄那小狗，但又很温柔，笑容转瞬即逝，他又恢复了面无表情。他们下坡的时候走得很快，那男人用手扶着轮椅的扶手，让它保持平稳。他看起来像是一个不受约束的士兵，而不像仆人。他身上的某种气质让康妮想起了汤米·杜克斯。

他们来到榛树林时，康妮突然跑上前去，打开了通往园林的大门。她扶着门，这两个男人经过她的时候打量着她，克利福德面露不悦，另一个男人流露出夹杂着冷漠与好奇的奇怪眼神，仿佛他没有任何个人情感，只是单纯地想看清她的长相。她从他那冷漠的蓝眼睛里看到了痛苦和超然的神情，但又包含一丝温暖。但他为何如此冷漠孤僻，一副拒人于千里之外的样子？

克利福德一穿过园林大门，就停下轮椅，守林人很快跟过来,礼貌地把门关上。

"你为什么跑去开门?"克利福德用他平静的声音低声问道,这表明他的不悦,"这种事有梅勒斯去做。"

"我以为你想一路开进去。"康妮说。

"然后让你跟在我们后面追?"克利福德说。

"哦,呃,有时候我也喜欢跑跑。"

梅勒斯又扶住了轮椅,看上去似乎没有听到他俩的对话,但康妮觉得他什么都留意到了。当他推着轮椅攀爬小丘的陡坡时,他张开嘴急促地喘着气。他其实挺虚弱的。虽然他莫名地充满活力,但看看又有些脆弱和压抑。她的女性直觉感觉到了这一点。

康妮往后退,让轮椅继续前行。天色已经暗了下来,原本低垂在环形浓雾边缘上方的一小抹蓝天再次被遮住,雾霾已经彻底把庄园盖住,只能感受到刺骨的寒意。马上要下雪了。一片灰霾,全都是灰色的!世界看起来疲惫不堪。

轮椅在粉红色小路的尽头等着。克利福德向四周张望寻找康妮。

"你不累吧?"他说。

"哦,不累!"她说。

但她其实是疲惫的。她内心深处滋生出一种迫不及待的异样渴望与不满足。克利福德对此全然不觉:这些都不是他所能察觉的。但那个陌生人却感知到了。对康妮来说,她的世界和生活中所有的一切似乎都让人精疲力竭,她心中的不满比周围的山丘还要久远。

他们来到庄园之中,绕到后门,那里没有台阶。克利福德把自己移到更低的家用轮椅上，他的手臂非常强壮，也很灵活。然后康妮把他失去知觉的两条腿挪到轮椅上。

守林人挺直身子站在一旁，等着主人打发他离开，他仔细地观察着，将一切尽收眼底。当他看到康妮抱着那两条死气沉沉的腿抬到另一辆轮椅上，与此同时克利福德随着她的动作挪过身时，他的脸色变得苍白，一脸恐惧。

"那么，谢谢你的帮助，梅勒斯。"克利福德转动轮椅朝仆人区移动时，漫不经心地说。

"没有别的吩咐了吗，先生？"那个毫无感情的声音传来，如同梦中呓语。

"没有了，再见！"

"再见，先生。"

"再见！很感谢你把轮椅推上山坡……我希望那轮椅对你来说不会太重。"康妮回头望着门外的守林人说。

他突然之间和她四目相对，仿佛从梦中惊醒。他注意到了她。

"哦，不，不重！"他快速回答道。紧接着，他的口音又恢复成浓重的方言："夫人，再见！"

"你的守林人是谁？"午饭时康妮问起来。

"梅勒斯！你刚才见过他了。"克利福德说。

"是的，但他是从哪儿来的？"

"不从哪里来啊！他是泰维尔肖的本地人……我想他父亲是个矿工。"

"他自己也是煤矿工人吗？"

"我想他应该是矿井平台的铁匠——在井口打铁。但战争爆发之前，他在这里守了两年的林子……在他参军之前。我父亲对他的评价一向很好，所以在他复员后回到矿井申请当铁匠时，我就让他继续回来当守林人。他能回来我真的很高兴……在这一带几乎不可能找到一个称职的守林人……这份工作需要一个了解附近居民的人。"

"他没有成家吗？"

"他结婚了。但他的妻子和……和不同的男人厮混……最后跟一个矿工跑了，搬到斯塔克斯门去了，我想她现在还住在那里。"

"这么说这个人现在是孤身一人？"

"差不多吧！他的母亲住在村里，我想他还有个孩子。"

克利福德看着康妮，他那略微凸出的淡蓝色眼睛中流露出茫然的神情。他外表看上去十分机敏，但内心却像中部的天气——烟雾弥漫、混沌不清。而那雾霾似乎还在弥漫。因此，当他以他那特有的方式盯着康妮，古怪而准确无误地回答她的问题时，她觉得他整个精神世界布满迷雾，一片空虚。这让她感到异常恐惧。这使他看上去毫无人性，几乎是个白痴。

她隐约地认识到人类灵魂的一个重大规律：当心灵受到重创，而肉体没有因为这创伤而消亡，那么心灵似乎会跟着肉体一同修复。但这只是表面现象。这只是习惯的复原机制起了作用。慢慢地，慢慢地，心灵上的伤口开始让人感受到它的疼痛，就像瘀青一样，随着时间的推移，剧烈的疼痛只会加深，直到它填满整个心灵。当我们以为自己已经痊愈并且忘却一切之时，我们才不得不面对可怕的后遗症最严重的发作。

克利福德也是如此。他身体一"痊愈"，一回到勒格比庄园，开始写他的小说，感到生命安全了，无论之前发生过什么，他似乎已经彻底遗忘，并且找回了自己的平静。但是现在，随着岁月的流逝，渐渐地，康妮感到恐惧的伤口再度席卷克利福德的内心，并在他心中肆意蔓延。这伤口有那么一段时间过于深切，让人疼到麻木，就像伤口不存在一样。现在，慢慢地，它开始以蔓延恐惧这种方式显现自己的存在，几乎让人麻痹。他精神上仍然很警觉，但是那种麻痹，那种过于巨大的打击所造成的瘀痕，正逐渐在他自我的情感认知中蔓延。

当那种麻痹的感觉在克利福德身上蔓延时，康妮感到它也在自己身上蔓延。一种内心的恐惧、空虚、对一切都漠不关心的情绪，逐渐在她的灵魂中扩散开来。在克利福德情绪激昂的时候，他还能滔滔不绝，仿佛他还能掌握未来似的——就像他在树林里谈到让她生个孩子，让勒格比庄园有个继承人一样。可到了第二天，所有那些高谈阔论就像枯叶般，蜷成一团，碎成粉末，没有任何意义，被一阵风吹得无影无踪。这些话语并不是生机勃勃的鲜活叶片，生长在大树之上，充满青春活力。它们只是承载了一堆无用生命的枯叶而已。

在她看来，到处都是如此。泰维尔肖的煤矿工人又在探讨下一次罢工，康妮觉得罢工并不是活力的表现，而是之前暂时潜伏起来了的战争所带来的伤痕，此刻慢慢浮出表面，造成了不安的剧痛和不满的麻木。伤痕太深，太深，实在太深……一场虚伪而不人道的战争所带来的伤痕。要消除深藏在他们灵魂和身体之中那黑色的瘀血，需要用几代人的鲜血、许多年的时间才能完成，而且还需要有新的希望。

可怜的康妮！随着岁月的流逝，她对于生活中空虚的恐惧对她的影响越来越大。克利福德的精神生活和她自己的精神生活，逐渐让她感到空虚。他们的婚姻，克利福德口中他们基于亲密的惯性建立起的那种完整的生活——在有些时候全都变得彻底空白，虚无缥缈。一切都只是空话，只是没完没了的空话。唯一的现实是空虚，凌驾在空虚之上的是虚伪的话语。

还有就是克利福德的成功：他终于受到了成功女神的青睐！没错，他几乎可以算是个名人了，他的书给他带来了一千英镑的收入。到处都能看到他的照片。有一家画廊里摆放着他的半身像，另外两家画廊里挂着他的画像。他似乎成了当代声音中时髦的代言人。他借着他那残疾人超乎常人的宣传本能，在四五年的时间里，已经成为年轻一辈"知识分子"中的佼佼者。康妮不太明白他到底哪里博学多才。克利福德在幽默地分析人物和动机方面，确实有点小聪明，可最后一切都会变得支离破碎。但他的创作过程很像小狗把沙发垫撕咬成碎片，不同于小狗的是，他的笔法既不年轻也不有趣，而是出乎意料的老气横秋，而且自负到相当固执的地步。他的小说很诡异，而且很空洞。这就是在康妮的灵魂深处反复回响的感觉——它是一面旗帜，对于空虚的完美展示。与此同时也是一种炫耀。一种炫耀！炫耀！炫耀！

米凯利斯准备以克利福德为主角写一部戏剧，他已经构思好情节，并写完了第一幕。因为米凯利斯比克利福德更善于炫耀虚无。这是这些男人身上仅存的最后一丝热情——对于炫耀的热情。在性爱方面，他们毫无激情，犹如槁木死灰。而事到如今，金钱已经不是米凯利斯所要追求的了。克利福德的首要目标从来都不是金钱，虽然他也不会轻易放过能挣到钱的地方，因为金钱是成功的标志。而成功才是他们想要得到的。他们两个人所渴望的，都是大肆炫耀一番……对自我的炫耀，能让他们吸引大众的眼球。

把自己卖身给成功女神——这真是令人费解。对康妮来说，由于她完全置身事外，对这种刺激早已麻木，成功一事在她眼中也成了空虚的一部分。尽管这两个男人无数次把自己卖身给成功女神，可就连这种卖身的行为也没什么意义。就连成功也只是空虚。

米凯利斯写信给克利福德，告诉他这部戏剧的事。康妮当然早已知道此事。克利福德又情绪激昂起来。这次他又要被拿去炫耀了，是别人要来炫耀他，而且还是吹捧他的。他邀请米凯利斯带着他写好的第一幕剧本来勒格比庄园做客。

米凯利斯在夏季来到了勒格比，他身穿一套浅色的西装，戴着一副白色的麂皮手套，给康妮送了一束淡紫色的兰花，很讨人喜欢，而第一幕的剧本也写得精彩绝伦，就连康妮也激动不已……她仅剩的那一点活力为此而激动。米凯利斯为自己能让别人兴奋起来而感到激动，他表现得非常出色……在康妮的眼中显得英俊潇洒。康妮从他身上看到了不再幻灭的古老民族的那种定静之态，也许，是一种极端的不洁变成了纯洁。他恬不知耻地把自己卖身给成功女神，但从远处观望，他似乎是纯洁的，纯洁得像一个非洲象牙面具，那精雕细琢的曲线和平面，把不纯洁想象成纯洁。

他把查泰莱夫妇迷得神魂颠倒，和他俩在一起令他兴奋不已，这是米凯利斯人生当中的巅峰时刻之一。他成功了——他把他俩迷倒了。连克利福德都短暂地爱上了他……如果可以这样描述的话。

因此，第二天早晨，米克比任何时候都忐忑。他坐立不安，心烦意乱，双手在裤子口袋里也不得安宁。康妮夜里没有去找他……而他不知道去哪里找康妮。她竟然在玩弄他的情绪！在他春风得意的时候。

第二天一早，他上楼去她的起居室。她知道他会来的。而他的焦躁不安显而易见。他向她询问起自己的剧本……她觉得剧本写得好吗？他必须听到对剧本的赞赏——这使他产生了最后一丝激情，比任何性高潮都更让他兴奋。她狂热地称赞了剧本。然而，在她大力称赞的时候，她的内心深处知道那作品也是虚无罢了。

"听我说！"他最后突然说道，"你和我为什么不把这件事彻底做个了断？我们为什么不结婚呢？"

"可是我已经结婚了。"她惊讶地说，但心里没什么异样。

"哦，那个啊！……他会顺利跟你离婚的……你和我为什么不结婚呢？我想结婚。我知道这对我来说是最好的选择……成家并且过上正常的生活。我过的这种倒霉生活，简直要把我撕成碎片了。听着，你和我，我们是天造地设的一对……就像手和手套那么般配。我们为什么不结婚呢？你觉得我们有什么理由不结婚吗？"

康妮惊奇地望着他，可心里依然毫无波澜。这些男人，他们都是一丘之貉，他们除了自己什么都不在乎。他们就像小爆竹一样，点燃头顶开始往上蹿，还指望你被他们那小细棍一起带上天。"

"可我已经结婚了，"她说，"你知道我不能离开克利福德。"

"为什么不能？可是为什么不能呢？"他叫喊道，"不出半年，他几乎都不会记得你离开这件事。除了他自己，他根本意识不到其他人的存在。依我看，这个男人对你一丁点儿用处都没有，他在乎的只有自己。"

康妮觉得这话不无道理。但她也觉得米克说这番话恰好表现出他有多自私。

"所有的男人不都只在乎自己吗？"她问。

"哦，多多少少，这一点我承认。男人只有这样，才能成功。但这并不是重点。重点是，男人能给女人带来什么样的生活？他能让她过得幸福，还是不能？如果他不能，他就没权利拥有这个女人……"他顿了一下，用他那淡褐色的大眼睛盯着康妮，几乎有种催眠的效果。"现在我觉得，"他继续说道，"我可以带给一个女人她所渴望的最幸福的生活。我想我可以保证。"

"什么样的幸福生活？"康妮问，她仍然一脸惊讶地看着他，那表情会被误以为是激动，而其实她心如止水。

"各式各样的幸福，该死的，各式各样的！少不了的衣服和珠宝，去任何你喜欢的夜总会，认识任何你想认识的人，享受那种生活节奏……去旅行，无论你到哪里都会被敬若贵宾……该死的，五光十色的好日子。"

他说这话的时候，几乎闪耀着胜利的光芒，康妮望着他，仿佛为他所说的话着迷,可其实一点感觉也没有。他向她许诺的光明前景,甚至无法触动她心灵最肤浅的表层。就连她最外在的自我也几乎没有反应,要是在其他时候,她肯定会为之兴奋。她就是对此一点感觉也没有,她不能为之"兴奋"。她只是坐在那里,呆呆地望着,一副心醉神迷的样子,而内心毫无波动,只是在某处闻到了成功女神那股让人不悦的气味。

米克如坐针毡,在椅子上前倾着身子,几乎歇斯底里地瞪着她——他到底是出于虚荣心更渴望听到她答应,还是因为更怕她会真的答应而惊慌失措,谁又知道呢?

"我得好好考虑一下,"她说,"我现在还无法决定。你可能觉得克利福德不算什么,但他对我而言还是重要的。你想想看他伤残得多严重……"

"哦,该死的!如果一个人要用他残疾的身体博取同情,我也可以说自己是多么孤独,自始至终孑然一身,还有诸如此类的琐碎故事!去他妈的,如果一个人只剩下用残疾博取同情……"

他转过身去,插在裤子口袋里的双手躁动不已。那天晚上,他对她说:"今夜你会来我房间的,对吧?该死的,我真不知道你的房间在哪儿。"

"好吧!"她说。

那一夜,他那小男孩般瘦弱的奇怪裸体,表现得比平常更为兴奋。康妮觉得在他完事之前,自己根本不可能达到高潮。而他那小男孩般的赤裸和柔软,在她心中激起了某种渴望的激情。她不得不在他高潮之后继续狂乱地扭动腰身,而他则英勇地保持着坚挺,以他全部的意志力和自我奉献的精神继续留在她体内,直到她达到高潮，还发出了奇怪的轻声呻吟。

最后，当他从她体内抽离时，他用一种刻薄的、几乎是嘲讽的语气小声说道："你就是不能和男人同时高潮是吧？你必须自己解决！你必须掌握主动权！"

在这样的时刻听到这段简短的话，是她一生中最为震惊的事之一。因为显然，他只有以这种被动配合的方式才有可能完成性生活。

"你什么意思？"她说。

"你知道我什么意思。我高潮结束后，你还得持续好久……我只好咬牙坚持下去，直到你自己努力到高潮为止。"

康妮原本还沉浸在一种难以言表的快感当中，对他产生了某种爱意，却被这意想不到的粗鲁表达吓了一跳。因为，毕竟像许多现代男人一样，他几乎还没开始就已经缴械了。这就迫使女人必须自己主动。

"可是你想让我继续下去，得到自我的满足吧？"她说。

"我想！"他狞笑着说，"棒极了！我想咬紧牙关坚持下去，让你继续折腾我！"

"可是难道你不想吗？"她坚持问道。

他避开了这个问题。"所有该死的女人都是这样，"他说，"要么她们根本没高潮，就好像她们那儿完全没感觉……不然就会等到男人完事儿之后，她们开始自己动起来，而男人必须坚持奉陪到最后。我还从来没有遇到过一个女人能和我同时达到高潮。"

康妮对这种新奇的男性视角没那么在意。只是他对她的抵触情绪以及他那种让人无法理解的粗鲁态度，让她震惊不已。她觉得自己很无辜。

"可是你也想让我得到满足的，不是吗？"她重复了一遍。

"哦，行吧！我很乐意。不过，坚挺着等待女人到达高潮，对男人来说真不是多好玩的事……"

这番话是康妮有生以来所经受过的最残忍的打击。它扼杀了她内心的某些东西。她本来对米凯利斯也没那么强烈的感情，在他开始主动献殷勤之前，她根本不想要他。就好像她一直都不是真心想要他似的。但是，既然他挑起了她的欲望，那她自然也应该可以从他那里得到快感。她几乎因此爱上了他……几乎就在那天夜里，她爱上了他，想嫁给他。

也许他本能地意识到了这一点，这就是他要摧毁这一切的原因——摧毁这不切实际的感情。那天晚上，她对他，或者说对任何男人的性欲，都熄灭了。她的生活从此和他一刀两断，就仿佛他从未存在过一样。

于是她郁郁寡欢地度过每一天。所有的一切都消失殆尽，只剩下克利福德口中所谓的"完整生活"的那空虚乏味的生活方式，两个人长久生活在一起，习惯生活在同一屋檐下。

空虚！接受生命的巨大空虚，似乎是活下去的唯一目的。所有忙碌而重要的琐事，构成了巨大空虚的总和！

第六章

"为什么如今男人和女人不再真心喜欢彼此了呢?"康妮问汤米·杜克斯,他有些类似于康妮的人生导师。

"哦,可他们真心喜欢的呀!我认为,自从人类诞生以来,还没有哪个时代的男人和女人像如今这样彼此喜欢。真心实意的喜欢!就好比我自己,我真心喜欢女人胜过男人,她们更勇敢,面对她们的时候,我可以更真诚。"

康妮思忖着他的话。

"啊,话虽如此,但你从来也没有和哪个女人在一起过!"她说。

"我?我此时不就正在非常真诚地跟一位女人聊天,不然我在干吗?"

"是的,聊天……"

"如果你是个男人,除了和你真诚交谈外,我还能做什么呢?"

"大概没什么可做的了。但倘若是和女人……"

"女人希望你喜欢她,和她聊天,与此同时爱她、渴望得到她。在我看来,这两件事是相互冲突的。"

"但它们不应该是冲突的。"

"毫无疑问,水本不应该如此湿润,它过于潮湿了。但水就是如此!我喜欢女人,也喜欢和她们交谈,因此我不爱她们,也无法对她们产生欲望。这两件事不会同时发生在我身上。"

"我觉得它们应该能同时发生才对。"

"好吧。事情没有成为它应该有的样子——这一事实就不是我能控制的了。"

康妮琢磨了一下这句话。"此言差矣,"她说,"男人可以在爱女人的同时和她们交谈。如果不交谈、无法建立一段友好亲密的关系,我不觉得男人能爱上她们。怎么可能呢?"

"好吧,"他说,"我也说不准。何必用我的结论以偏概全?我只了解我个人的情况。我喜欢女人,但我对她们没有欲望。我喜欢和她们聊天,但是和她们聊天虽然在某方面让我们变得亲密,却让我们在另一方面——就拿接吻来说——离得更为遥远。所以这就是我的答案!但不要把我当作普遍的例子,可能我只是一个特例——一个喜欢女人但不爱女人的男人,如果她们让我假装爱上她们或者演出深陷其中的样子,我甚至会讨厌她们。"

"但这难道不会让你感到悲哀吗?"

"为什么呢?一点也不!我看着查理·梅和其他那些有艳遇的男人……不,我压根儿不羡慕他们!如果命运给我一个我渴望的女人,那再好不过。我认识的女人都不是我想要得到的,也从来没遇到过想要的女人……原因,我想大概是我太冷淡,而且对于有些女人太过于喜欢。"

"你喜欢我吗?"

"非常喜欢!而且你看,我俩之间是不可能接吻的,对吧?"

"完全不可能!"康妮说,"但难道不是应该有点暧昧吗?"

"我的老天啊,为什么应该有?我喜欢克利福德,但是如果我跑去亲他,你会怎么说?"

"但两者之间不是有区别吗?"

"就你我而言,区别在哪里?我们都是聪敏之人,可彼此之间不涉及男女之情。如果此刻我开始表现得像欧洲大陆的那些男人一样,开口闭口聊的都是和性相关的事,你会作何感想?"

"我会讨厌你这么做的。"

"你看吧!我告诉你,如果我当真是个油嘴滑舌的男人,就绝对不可能碰到和我性情相投的女人。遇不到我也不会觉得遗憾,我只是喜欢女人而已。谁能强迫我去爱她们,或是假装爱上她们以享受片刻的性愉悦?"

"不,我不会强迫你的。但是不是有什么不对劲的地方?"

"你也许觉得不对劲,但我并不这么认为。"

"是的,我觉得男人和女人之间有些不对劲的地方。女人对男人而言已经失去了吸引力。"

"男人对女人就有吸引力吗?"

她从另一个角度思索了一下这个问题。

"也没多少。"她诚实答道。

"那么我们就别管这些了,就像普通人那样,体面单纯地对待彼此就好。让那些矫揉造作的性需求见鬼去吧!我拒绝被它操控!"

康妮知道他说的的确没错。然而，这却让她感到如此孤独，如此绝望和彷徨。她觉得自己就像漂浮在池塘死水表面的浮萍。她的存在有何意义？其他任何事物的存在又有何意义？

是她的青春在反抗啊。这些男人看上去既苍老又冷漠。所有的一切都显得苍老而冷漠。米凯利斯就是这样让她失望的，他没多大用处。男人们对女人没兴趣，他们并不真心渴望女性，就连米凯利斯也不是真心的。

而那些粗俗之人假装他们对女人有兴趣、假装献殷勤，其实只是为了满足一己私欲，这样的行径才是最为恶劣的。

这一切实在令人沮丧，可你也只能忍耐。的确，男人对女人而言没有真正的吸引力——如果你能自欺欺人地认为他们还有魅力，就像她假装自己被米凯利斯吸引那样，那已经是你能找到最好的解决方式了。与此同时，你只是继续打发人生，生活依旧毫无意义。她完全理解人们为什么要开鸡尾酒会，为什么醉心于爵士乐，伴随着爵士乐大跳查尔斯顿舞，把自己折腾到筋疲力尽才肯罢休。你必须让自己的青春活力找到宣泄口，否则它会把你吞噬。但是，青春这东西多令人恐惧啊！你觉得自己就像玛士撒拉[1]一样苍老，可青春那玩意儿却在你内心躁动，让你不得安宁。多么平庸的人生啊！而且还毫无前途可言！她几乎希望自己和米克一起私奔，把她的生活变成无尽的鸡尾酒会和爵士舞会。无论如何，这总比无精打采地虚度此生要好。

在某个情绪低落的日子，她独自一人在树林里散步，拖着沉

---

[1] 《圣经》中记载的人物，据传他是活到九百六十九岁的长寿者，后成为西方长寿者的代名词。

重的步子，心神恍惚，甚至没有注意自己走到了哪里。不远处传来一声枪响，让她吓了一跳，随即生起气来。

然后，她往前走的时候，听到了说话声，吓得她不禁退缩。有人！她不想见人。但是她灵敏的耳朵听到了另一个声音，不由得紧张起来——那是一个孩子抽泣的声音。她立刻认真听，有人在伤害孩子。她沿着潮湿的马道大步走过去，一肚子怒火越烧越旺。她觉得自己准备好要去大吵一架了。

转过弯，她看见马道前面有两个人——守林人和一个身穿紫色外套、戴着斜纹厚棉帽的小女孩，那个小女孩正在哭。

"啊，闭嘴，你这个假模假样的小婊子！"男人怒气冲冲地骂道，孩子哭得更响亮了。

康斯坦斯大步走到附近，双眼冒着怒火。那男人转过身来看着她，冷冷地行了个礼，但他也气得脸色发白。

"怎么回事？她为什么要哭？"康斯坦斯不由分说地问道，但呼吸有些急促。

那男人脸上露出一丝嘲弄般的微笑。"这你可得自己问她。"他用浓重的土腔冷漠地回答道。

康妮觉得自己仿佛被他扇了一耳光，立即变了脸。她摆出一副轻蔑的表情，直勾勾地盯着他，深蓝色的双眼中隐隐冒着怒光。

"我问的是你。"她喘着粗气说道。

他摘掉帽子，古怪地微微鞠了一躬。"您的确问的是我，夫人。"他说。然后，他又用方言说："可我没法告诉您。"此刻他俨然变成了一个令人费解的士兵，只是气得脸色苍白。

康妮转向那孩子,她大概九岁或十岁,脸蛋红通通的,一头黑发。"亲爱的,怎么了?告诉我你为什么要哭!"她用平常哄孩子的那种甜腻的口吻说道。大概是看到有人撑腰,那孩子不自觉地哭得更凶了。而康妮的态度则更加温柔。

"好了,好了,别哭了!告诉我他们怎么欺负你了!"语气中满是柔情。与此同时,她摸了摸针织上衣的口袋,碰巧找到了一枚六便士的硬币。

"好吧,你就别哭了!"她在孩子面前弯下腰说,"看看我要给你什么!"

孩子一边呜咽一边吸着鼻涕,把小拳头从布满泪水的脸上移开,露出一双狡猾的黑眼睛,瞥了一眼六便士。然后她又哭了起来,但声音减弱了不少。"好了,告诉我怎么回事,跟我说吧!"康妮说着把硬币放进孩子胖乎乎的小手里,那只小手立刻紧紧地把钱握住。

"是因为……是因为……猫咪!"

小女孩的哭声渐渐减弱,身体还在打战。

"什么猫咪,亲爱的?"

沉默了一会儿后,那个紧握着六便士硬币的小拳头,害羞地指向一丛荆棘。

"在那儿!"

康妮朝那个方向看了一眼,果然有一只大黑猫,四肢扭曲地伸展着,身上还有一点血迹。

"啊!"她嫌恶地惊呼一声。

"夫人,是一只溜进来偷吃猎物的野猫。"那男人嘲讽地说。

她怒气冲冲地瞥了他一眼。"怪不得孩子要哭,她在场的时候你就把猫一枪打死,"她说,"难怪她哭了!"

他望着康妮的眼睛,目光中透露着简单明了的轻蔑,丝毫没有掩饰他的感受。康妮的脸又一下红了起来,她觉得自己在无理取闹,那个男人并不尊重她。

"你叫什么名字?"她逗弄着小女孩问道,"你不愿意告诉我你的名字吗?"

小女孩吸着鼻子,然后很做作地用尖声细语说:"康妮·梅勒斯!"

"康妮·梅勒斯!哎呀,这个名字可真好听!你是不是和你爸爸一起出来玩,然后他开枪打死了一只猫?但那是只坏猫咪!"

那孩子用一双黑眼睛毫无怯意地看着她,打量着她,揣度着这个女人和她的安慰。

"我本来想和奶奶待在家里。"小女孩说。

"是吗?可是你奶奶在哪儿?"

孩子举起一只胳膊,手指着马道的下方:"在农舍里。"

"在农舍里。你想回去找奶奶吗?"

一想到奶奶,小女孩颤抖着又哭了起来:"想!"

"那来吧,我带你回去好吗?我带你回去找奶奶吧,然后你爸爸就可以去做他自己的事了。"她转向那个男人说:"这是你的女儿,对吧?"

他又行了个礼,微微颔首以表肯定。

"我想我可以带她回农舍吧?"康妮问道。

"如果夫人愿意的话。"

他又一次用那种平静、极具洞察力却又超然的目光凝视着她的双眼。一个非常孤独且我行我素的男人。

"你愿意跟我一起回农舍去找你奶奶吗,亲爱的?"

孩子又抬起头来偷瞥康妮一眼,假笑着说:"我愿意!"

康妮不喜欢她,一个被宠坏的小孩,假惺惺的。尽管如此,她还是擦干她脸上的泪水,拉起她的手。守林人安静地敬了个礼。

"再见!"康妮说。

到农舍差不多有一英里的路程,等到守林人那别致的农舍出现在眼前时,大康妮已经烦透了小康妮。这孩子像小猴子一样,满脑子都是小把戏,而且还很自以为是。

农舍的门敞着,屋内传来一些动静。康妮在门口踌躇不前,孩子松开她的手,跑进屋里。

"奶奶!奶奶!"

"怎么了,你怎么已经回来了?"

这是星期六的早晨,奶奶正在给炉子刷黑铅粉。她穿着粗麻布围裙走到门口,手里拿着一把刷铅粉的刷子,鼻子上沾着一团黑色的污迹。她是一个矮小干瘦的女人。

"怎么了,发生什么事了?"她看见康妮站在外面,连忙抬起手臂擦了擦脸。

"早上好!"康妮说,"她刚才在哭,所以我就把她送回家了。"

奶奶立刻转身看了看孩子:"怎么了,你爸上哪儿去了?"

小女孩紧紧抓住奶奶的裙摆,傻笑着。

"他还在那边,"康妮说,"但是他打死了一只偷猎物的野猫,把孩子吓着了。"

"哦，查泰莱夫人，太不该麻烦您了。您的心肠实在太好了，但不应该麻烦您的。哎呀，您看看这怎么好意思！"然后老太太转过身来对那女孩说："你这孩子给查泰莱夫人添了这么多麻烦！哎呀，真不应该麻烦她的！"

"不麻烦，只是走两步而已。"康妮微笑着说。

"哎呀，我必须要说，您心肠真是太好了！所以她刚才哭了呀！我就知道他们父女俩一走远就会出问题。她害怕她爸爸，所以才会哭。对她来说，他几乎就是个陌生人，完全就是陌生人，我觉得他们父女俩不太合得来。她爸爸的脾气古怪。"

康妮不知道该如何作答。

"奶奶，你看！"孩子傻笑着说。

老妇人低头看着小女孩手里的六便士。

"竟然有六便士！哦，夫人，您不应该，您不应该给她的。哎呀，查泰莱夫人待你可真好！要我说，你今天早上真是个走运的女孩！"

她像所有村民一样，把"查泰莱"这个名字念成了"查莱"——"查莱夫人待你可真好！"——康妮忍不住盯着老太婆的鼻子看，老太婆又用手背胡乱抹了一把鼻子，可还是没有擦掉那个污迹。

康妮开始往回走了。"好吧，实在是太感谢您了，查莱夫人，真的。对查莱夫人说声'谢谢'！"——最后这句话是对孩子说的。

"谢谢你。"孩子尖声说道。

"真是个乖孩子。"康妮笑了，她道别后就转身离开了。能摆

085

脱这对祖孙让她松了口气。她想，真奇怪，那个消瘦而骄傲的男人，竟然有这么一个瘦小精明的母亲。

康妮前脚刚走，老太婆就跑到洗碗池旁的一小块镜子前，照了照自己的脸。她看到鼻子上的污迹，不耐烦地跺起脚来。"偏偏就让她看到我穿着粗布围裙，脸上还有脏东西！她得怎么看我啊！"

康妮慢慢朝着勒格比的家走去。"家！"——这个词用在那座让人感到厌倦且容易迷失方向的巨大宅邸上，过于温暖。但是，这个词曾经有过它的价值。可不知怎的，现在它已经失去了意义。在康妮看来，对于她这一代人来说，一切伟大的词汇——爱情、快乐、幸福、家、母亲、父亲、丈夫，似乎都失去了意义，所有这些生意盎然的伟大字眼，现在都变得半死不活，并且逐渐消亡。家乃安身之处，爱情是你无法自欺的感情，快乐是用于形容欢畅舞蹈之词，幸福是用于蒙骗他人的虚伪用词，父亲是只顾自己享乐的独立个体，丈夫是同一屋檐下精神上与之共生的人。至于性，最后一个伟大字眼，只不过是为了刺激而发明出来的辞藻，这种刺激让你短暂体验欢愉，之后只会变得更加支离破碎。一点点消损。就仿佛你是由什么廉价材料制成的，渐渐消损至烟消云散。

最后，唯一剩下的只是那种倔强的坚忍，而从中也能获得某种乐趣。在体验空虚生活的过程中，一步步、一段段，忍着忍着，就会体验到惊人的满足。就这么着吧！人们最后的结语总是这句话——家、爱情、婚姻、米凯利斯，就这么着吧！而人们临终之前，对此生所留下的最后一句话就是：就这么着吧！

至于金钱？这方面可能又要另当别论了。人们总是渴望金钱。金钱、成功，也就是成功女神——汤米·杜克斯学亨利·詹姆斯[1]管成功叫成功女神——是永恒的必需品。你不能花光最后一个铜子儿，然后来一句：就这么着吧！这可不行，哪怕你只要再多活十分钟，你就需要一点儿钱去买这买那。仅仅是为了让生活机械地运转下去，你需要金钱。金钱是你必须拥有的东西，你必须拥有。别的东西倒未必一定。就是这么回事。

当然，活着不是你自己的过错。可只要你活着，钱就是必需品，而且是唯一绝对的必需品。在紧要关头，其他的一切你没有也能活下去。但没钱可不行。没钱是万万不可的。

她想到了米凯利斯，想到了和他私奔的话，她本可以得到的财富，可即便如此，她也不稀罕他的钱。她更情愿要自己帮助克利福德写小说挣的钱，虽然数额更少，可那笔钱是她帮忙挣回来的。"克利福德和我，一年靠写作可以挣一千二百英镑。"她对自己这么说。赚钱！无中生有赚到钱！凭空创造出小说！这是人类最后一件值得骄傲的壮举了！其余的都是乱七八糟的琐事。

于是，她拖着沉重的步子缓慢地往家走，回到克利福德身边，再次和他携手，凭空编造出一部小说——而小说就意味着金钱。克利福德似乎非常在意自己的小说是否被界定为一流的文学作品。她对此完全不在乎。她父亲说克利福德的小说空洞无物，但它去年挣了一千二百英镑！这是简单而决定性的反击！

如果你正值青春年华，只需咬紧牙关，坚持到底，直到金

---

[1] 此处劳伦斯误将这一事迹安在了美国作家亨利·詹姆斯（1843—1916）身上。

钱从天而降，来到你面前，这事关能力。这事关你的意志力，你自身散发出来某种微妙的，微妙又强大的意志力，为你带回了神秘而虚无的金钱——印着数字的小纸片。这简直犹如魔术一般，当然也是一场胜利。成功女神！好吧，如果一个人不得不出卖自己，那就卖身给成功女神吧！就算把自己卖给成功女神了，还是可以在心里蔑视她，这倒是挺棒的。

当然，克利福德还有许多幼稚的禁忌和情结。他希望自己在别人眼中是"出色"的，这完全是自命不凡的妄想。出色的是真正流芳百世的东西。徒有才华却无人赏识可不是一件好事。似乎大部分"出色"的人都没能搭上机遇之车。毕竟每个人只有一次生命，倘若错过了机遇之车，你就会和其他失败者为伍，被遗弃在路旁。

康妮打算明年冬天和克利福德一同去伦敦过冬。既然他俩都已经乘上了机遇之车，不妨在车顶层坐坐，顺便炫耀一番。

最糟糕的是，克利福德变得越来越茫然，越来越心不在焉，时而会陷入空虚抑郁的状态中。这是他心灵上的创伤在慢慢向外渗透。这让康妮想放声尖叫。啊，老天啊，如果意识本身的运行机制出了问题，那还有什么办法？该死的，我已经竭尽全力了！难道要让我彻底失望不成？

有时候她哭得撕心裂肺，但就连她泪流满面时，也会对自己说："傻瓜，把手帕都哭湿了！好像哭能起到什么作用似的！"

自从和米凯利斯分手之后，她已经下定决心，什么都不再奢望。这似乎是最简单的解决方案，除此之外再无他法。她除了自己已经拥有的，其他什么都不想要了。她想经营好自己所拥有的东西：克利福德、小说、勒格比庄园、查泰莱夫人的地位、金钱和名誉，所有这些……她想经营好这一切，让它们有所成就。爱情、性爱，诸如此类的东西，不过是像刨冰一样的玩意儿！轻轻舔一口就将其忘掉吧。如果你不对其牵肠挂肚，那它就无关紧要。性爱尤其如此……根本无关紧要！只要下定决心，你就把这个问题解决掉了。性爱和鸡尾酒：它们持续的时间一样，起到的作用差不多，达到的效果也差不多。

但是一个孩子，一个婴儿！那仍然会让她为之激动。她会非常小心地做那个实验。和哪个男人生孩子这一问题需要考虑，奇怪的是，康妮并不想生下这世上任何一个男人的孩子。米克的孩子！想想就觉得恶心！她还更情愿和兔子生个孩子！汤米·杜克斯？他人品不错，但不知为何，你无法将他与婴儿、与下一代联系在一起。他不可能拥有子孙后代了。克利福德的社交圈不算小，可在他所有的熟人中，康妮一想到其中一个男人要成为自己孩子的父亲，就感到嫌恶。有几个人当作情人或许有可能，包括米克。但是怀上他们的孩子！哎呀！让人羞耻又恶心。

所以也只能这样了！

尽管如此，康妮内心深处还是想要个孩子。等一等！再等等！她要把一批批的男人筛选一遍，看看能不能找到一个合适的人选。"前往耶路撒冷的大街小巷，看能否找到一个真正的男人。"[1]在先知之城耶路撒冷，虽然有成千上万的男人，却没办法找到一个真正的男人！可是真正的男人啊！那完全是另一回事！

---

[1] 改写自《旧约·耶利米书》第五章第一节。

她觉得那男人应该得是个外国人——不能是英格兰人，更不能是爱尔兰人。一个真正意义上的外国人。

但是等一等！再等一等！来年冬天，她要带着克利福德去伦敦。后年冬天，她要带他去法国南部，去意大利。等待！她也不着急要孩子。这是她自己的私事，也是她以女性独特的思维方式，从灵魂深处严肃对待的一件事。她不会随便和一个露水情人冒这个险，她不会这么做！情人随时随地都能找到，但找个和自己生孩子的男人……等一等！还是等等再说吧！这完全是两码事。"前往耶路撒冷的大街小巷……"这不是爱情的问题，这是找一个真正的男子汉的问题。哎呀，你甚至私下可以讨厌这个男人。然而，如果他就是男子汉，个人的厌恶情绪又算得了什么呢？生孩子和个人情感毫无关系。

天气像往常一样阴雨连绵，路面太过潮湿，克利福德没办法坐轮椅出门，但是康妮还是想出门走走。现在她每天都独自出门，大部分时间都去树林里，在那里，她可以真正独处。在那里看不到任何人。

可是，这一天，克利福德想要传话给守林人，因为跑腿的小男孩得了流感——在勒格比好像总有人得流感——康妮说她可以去农舍。

天气比较温和，一点风都没有，仿佛整个世界都在缓慢死去。外面阴暗潮湿，寂静无声，甚至听不见远处煤矿的嘈杂声，因为矿井的工作时间缩短了，今天它们干脆彻底停工了。仿佛世间万物都停止了运转。

树林中万籁俱寂，只有大大的水滴从光秃秃的粗枝上坠落，发出空洞的微弱声响。除此之外，在古老的树林中，只有延绵不断的灰暗，无望的死寂、安静和虚无。

康妮迷迷糊糊地往前走。古老的森林流露出远古的忧郁气质，不知怎的，比起森林外那冷酷无情的世界，古老的森林更能抚慰她的心灵。她喜欢森林残存的内敛，喜欢古老树木的沉默寡言。它们似乎是一股沉默的力量，但外表看上去则生意盎然。它们同样也在等待：固执坚忍地等待着，透露出沉默的力量。也许它们只是在等待生命的尽头，被砍伐，被清走，那是森林的终结，对它们来说，就是万物的终结。但是，也许它们那种强大而高贵的沉默，强壮的树木的那种沉默，别有深意。

康妮从北边走出树林时，看到了守林人的农舍，那是一座颜色较为暗沉的棕色石头小屋，"人"字形的屋顶，有一个漂亮的烟囱，看似无人居住，显得如此寂静孤独。但是烟囱里升起了一缕青烟，房子前面用篱笆围起的小花园里泥土翻好了，收拾得很整洁。屋门关着。

这会儿她到了这里，想到那个眼神奇特、目光敏锐的男人，反而感到有些害羞。她不喜欢给他下达命令，又有点想要离开了。她轻轻敲了敲门，没人应门。她又敲了几下，声音仍然不够大。依旧无人应答。她从窗户往里偷瞄，看到了昏暗的小房间，它透露出极其私密的氛围，甚至有点瘆人，一副不愿被任何人闯入的样子。

她站在屋外听着，似乎听到农舍后面传来了声响。敲了半天门没人应，反而激发出了她的勇气，她不肯就此罢休。

于是她绕着房子一侧往农舍走去。农舍后面的地势升高了一些，所以后院凹陷进去，四周围了一堵低矮的石墙。她拐过屋角，停住了脚步。在离她两步远的小院子里，那个男人正在洗澡，完全没有觉察她的到来。他上半身全裸，灯芯绒马裤滑落到他纤瘦的腰间。他弓着白皙修长的后背，身下是一大盆满是泡沫的肥皂水。他把头浸进水里，用一种古怪的小动作快速地晃动脑袋，然后抬起他瘦削、白皙的手臂，挤出耳朵里的肥皂水，动作敏捷又轻柔，就像一只戏水的鼬鼠，完全旁若无人的样子。康妮从房子的拐角退回去，急忙向树林走去。她不由得受到了惊吓。毕竟，这不过只是一个男人在清洗身子而已，再平常不过的事，天晓得她为何如此震惊！

然而，奇怪的是，这是一次梦幻般的经历——它击中了她的身体内部。她看见那条厚厚的马裤滑落在他那纯洁、细嫩、白皙的腰间，腰上的骨头隐约可见，那种孤独的感觉，那种某个生灵纯粹的寂寥，彻底将她吞噬。一个独自生活的男人，拥有那么完美、洁白的孤独胴体，而内心也如此孤寂。除此之外，还有某种人身上的纯粹的美感。那不是物质之美，甚至也不是身体之美，而是一种柔弱的光芒，一个生命散发出的温暖的白色火焰，这火焰在你可以触摸到的轮廓中显露出来——一具躯体！

康妮的子宫受到了视觉性的冲击，而她知道这一点，这种感觉在她体内扎下了根基。但她理智上更倾向于一笑置之。一个男人在后院里洗澡！毫无疑问，他用的是气味难闻的黄色肥皂！她感到相当恼火，为什么偏偏要让她碰上这种粗俗的私事？

于是她不再继续胡思乱想，但走了一会儿，便在一个树桩上坐下。她脑子一团乱，根本无法思考。尽管她心乱如麻，但她还是决定把口信传达给那个家伙。她不愿意因此打退堂鼓。她必须给他足够的时间穿好衣服,但也不能等太久,以防他外出。他可能正准备出门。

于是她缓慢地往回走,边走边听。她快到农舍时,一切看起来还是老样子。狗叫了一声,她敲了敲门,心不由自主地跳了起来。

她听见那男人走下楼来,脚步很轻。他迅速打开门,吓了她一跳。他自己看上去也有点不自然,但脸上旋即露出了笑容。

"查泰莱夫人!"他说,"您要进来吗?"

他的举止是如此从容得体,她只好跨过门槛,走进了那间相当阴郁的小房间。

"克利福德爵士让我给你带个口信。"她声音轻柔,但呼吸急促。

那男人用他那双能洞察一切的蓝眼睛看着她,这眼神使她把脸微微转向一边。在他眼中,康妮的羞涩表情十分标致,几乎可以说是美丽动人,于是他立刻掌控了局面。

"您愿意坐下来吗?"他估计她是不愿意的,但还是问了一句。门还开着。

"不用了,谢谢!克利福德爵士不知道你是否愿意……"她转达口信时,又不自觉地望着他的双眼。此时他的眼神显得温暖而亲切,尤其是对一个女人来说,温暖而亲切,一点也不拘谨。

"好的,夫人。我马上就去办。"

接到命令后,他整个人都变了,变得冷若冰霜,一副拒人于千里之外的生硬模样。康妮犹豫了,她本该离开的。但是她带着惊讶的神情环视了一下那间干净整洁却十分阴郁的小起居室。

"你一个人住在这儿吗?"她问。

"就我自己,夫人。"

"那你母亲呢……?"

"她住在村中自己的农舍里。"

"和孩子一起住?"康妮问道。

"和孩子一起住!"

他那张饱经沧桑的朴实面孔上露出一种说不清的嘲弄神情。这张脸上的表情总在变化,令人困惑。

"不,"他看见康妮一脸茫然地站在那里,便说道,"我母亲每个星期六来帮我打扫卫生,其他的时间都是我自己收拾。"

康妮再度看向他。他的眼中又泛起了笑意,有点嘲弄的意思,但湛蓝的眼睛变得更有温度了,竟然还有些亲切。他让康妮感到好奇。他穿着长裤和法兰绒衬衫,打了一条灰色领带,头发柔软而潮湿,他的脸色十分苍白,看上去很憔悴。笑意退去时,他的双眸看上去仿佛曾历经苦难,但仍然没有失去暖意。但他的脸色因为孤寂而苍白,她并不是为他而来的。

她有很多话想说,却说不出口。她只是再次抬头看着他说道:"但愿我没有打扰到你?"

略带讽刺的淡淡微笑让他眯起了眼睛。

"我刚才只是在梳头,希望您不要见怪。很抱歉我没穿外套,但我完全不知道是谁在敲门。这里没人敲门,突然听到敲门声还以为出了什么事。"

他在她前面走到花园小径,打开门为她扶着。他穿着衬衫,外面没穿那件厚重的灯芯绒外套，她再次看清了他修长而清瘦的身材，还有点驼背。然而，当她经过他身边时，他那金黄色的发丝和敏锐的双眼中，流露出青春的活力。他有三十七八岁吧。

她拖着沉重的步子，缓慢地走进树林，知道他在背后看着自己；他总是让她情不自禁地心烦意乱。

而他走回屋里时，心想：她很好，她很真实！她自己都不知道自己有多好。

她对他充满好奇。他看上去不像守林人，也不像一个工人，尽管他和当地村民有一些共同之处，但也有一些与众不同之处。

"那个叫梅勒斯的守林人是个古怪的人，"她对克利福德说，"他几乎可以算是一位绅士了。"

"他算吗？"克利福德说，"我可没看出来。"

"可是他不是有某些与众不同之处吗？"康妮坚持道。

"我觉得他是个挺不错的人，但我对他所知甚少。他去年才退伍，还不到一年。我想，他是从印度回来的。他可能在那边学到了一些小招小式，也许他是某个军官的勤务兵，因而提升了自己的地位。有些人就是这样。但这对他们并没有好处，他们回到家时不得不回到原来的阶层。"

康妮盯着克利福德，陷入沉思。他特别蔑视所有想要从下等阶层往上爬的人，她从他身上看到了这一点，也知道这是他们这一类人的通病。

"可是你不觉得他有某些特别之处吗？"她问道。

"坦白说，没觉得！我什么也没注意到。"

他好奇而不安地看着她，眼神有点怀疑。她则觉得克利福德没有对自己说实话；他甚至没对他自己说实话，仅此而已。他不喜欢有人说任何一个人很出色。人们或多或少必须和他处于同等水准，或比他水平低一点。

康妮又感到了她那一代男人的狭隘和吝啬。他们是如此狭隘，如此惧怕生活！

第七章

康妮上楼回到自己的卧室时,做了一件她许久未做的事:她脱下所有的衣服,对着那面大镜子端详起自己的裸体。她并不清楚自己到底在寻找什么,或是在看什么,但她把灯移近,直到光线照亮了全身。

她想,就像她常常思考的那样,一个人如果赤裸着身体,是多么脆弱,多么容易受伤,多么楚楚可怜啊!在某种程度上有种未完工的感觉,不够完整。

她拥有着人们曾经称为曼妙的身材,但现在她的身材却有点过时了——有点太过于丰满,不太像青春期的男孩那般清纯、瘦削。她个子不算高,有点像苏格兰人的身材,比较矮小;但她身材线条流畅,还有一种年纪增长带来的成熟风韵,这种风韵也是很美的。她的皮肤颜色略深,举手投足间散发出某种沉稳的气质,她应该算是那种丰腴、成熟的身材,却缺少了什么。

她的身体本该变得更加结实、更为成熟丰盈,可现在反而更加扁平,变得瘦骨嶙峋。就仿佛这身体得不到足够的阳光和温暖,变得苍白,毫无生气。

这身体对自己无法成为曼妙女性而感到不满，但它也无法成功变成少年那种清瘦的身材，不能变得轻盈又剔透。相反，它变得晦暗无光。

她的乳房很小，呈梨形垂在胸前。但它们还未成熟，有点青涩，寡然无味地垂挂在那里。她的腹部也失去了年轻时那种健美饱满的光泽，当年她的德国情人被她腹部的形态迷得神魂颠倒。那时，她的腹部散发着青春活力，饱含着希望，有它别具一格的美。现在它变得松弛，有点扁平，变纤瘦了，但却是那种松垮的瘦。她的大腿也一样，过去在丰满的状态下，它们看上去如此敏捷耀眼，不知怎的，现在也变得扁平而松弛，变得毫无吸引力。

她的身体变得毫无魅力，变得枯燥乏味、晦暗无光，所有部位都变得无足轻重了。这使她感到极度沮丧和绝望。还有什么希望可言？她老了，二十七岁便已然苍老，肉体失去了光彩和活力。在忽视和否认之中老去，是的，否认。时髦的女人靠着对外表的精心保养，把她们的身体维持得如同精致瓷器般明艳动人。瓷器里面当然空空如也，但康妮就连外表的光鲜亮丽都没有。精神生活！突然之间，她怒不可遏地痛恨起精神生活来，这个大骗局！

她从另一面镜子里看着自己的后背、腰肢和臀部。她的确日渐消瘦，但瘦削的体形并不适合她。当她扭转身体往后看的时候，她腰后的褶皱看起来显得疲惫不堪，她的腰肢曾是多么鲜活动人。而她背部优美的曲线和臀部也失去了曾经的光彩和丰满的感觉。不复存在！只有那个德国男孩为之倾倒，而他已经离开人世将近十年。时光荏苒！他已经离去了十年，而她才二十七岁。

当年那个健康的男孩毫无经验又稍显笨拙的欲望还让她嗤之以鼻！可现在她上哪儿去找这样的欲望？男人们已经失去了欲望。他们就像米凯利斯一样，只有那可怜兮兮的两秒钟高潮，却不存在那种健康的人类情欲了，那种让你热血沸腾、全身焕然一新的情欲。

她依然认为，自己身体最美丽的部位，是那线条迷人的修长后背，从腰窝开始，到饱满、沉静、慵懒的臀部那一段。正如阿拉伯人所说，像沙丘一样，长长的斜坡轻柔地往下滑。在身体的这一部分，希望依然徘徊在生命之中。但就连她身体的这一部分，也变得比以前更清瘦，而且更加生涩、更为收敛了。

但她身体的正面让她痛苦不堪。这一面已经开始松弛，消瘦带来的松弛几乎就像身体的凋零一样，它还没真正体验人生，就已然老去。她想到了自己可能会怀上的那个孩子。她究竟是否还能健康地怀上孩子？

她匆匆套上睡衣，躺到床上，伤心欲绝地抽泣起来。痛苦点燃了她心中冷酷的怒火，她对克利福德、对他的小说以及他那些谈话感到愤慨——对所有像他那样欺骗女人，甚至欺骗女人身体的男人感到深恶痛绝。

这不公平！一点也不公平！那种肉体上深深的不公之感，燃烧着她的灵魂。

可到了清晨，她依旧七点起床，下楼去克利福德那里。他早起后那些贴身私密的事都要由她帮助完成，因为他没有雇男仆，而且拒绝让女佣帮他做这些事。管家的丈夫看着他长大，帮着抬抬抱抱，康妮则负责贴身照顾的私事，而她也是心甘情愿做这些事的。这是克利福德要求的,但她也想做一些力所能及的事。

因此,她几乎从来没有离开过勒格比庄园,就算离开,也不会超过一两天,她离开的时候,由管家贝茨太太代为照顾克利福德。日子久了,他不可避免地把康妮照顾他的付出都视为理所当然。他这样想倒也是自然而然的。

然而,在康妮的内心深处,燃起了怒火,感受到了不公,觉得自己被欺骗了。身体上受到委屈的感觉一旦被唤醒,便十分危险。它必须发泄出来,否则它就会把体验到这种感觉的人吞噬掉。可怜的克利福德,这并非他的过错。他比康妮更加不幸。这都是巨大苦难的一部分。

在某种程度上,他难道没有半点可以指摘之处吗?冷冰冰,缺少简单温暖的肢体接触,难道不应该怪他吗?他从来都不是一个真正温暖的人,甚至也算不上善良,他只是深思熟虑、体贴周到,但这都是因为接受过良好的教育,这教养同时也让他和别人保持一定的距离。而他永远无法像正常男人对待女人那般热情,甚至还不如康妮的父亲对她那样热情,她父亲生活优渥、自私自利,可他仍然可以用自己那一点男性光芒散发出的余热来安慰一个女人。

但是克利福德却并非如此。他们那一类人都没有一丝热情。他们的内心都是冷酷无情、独立自我的,对他们而言,热情意味着品位低劣。你终其一生都不该有热情,并且要坚守自己的立场;如果你和他们是同一阶级的人,这就皆大欢喜了。这样的话,你完全可以让自己保持冷漠的态度,看上去德高望重,同时坚持自我,并享受这种自持带来的满足感。但如果你属于另一阶层、另一族群，那这一套就行不通了，因为仅仅是坚持自己的原则，以统治阶级自居，是毫无乐趣可言的。即便是最精明的贵族，本身也没什么好东西值得坚守，而他们的统治实际上是一场闹剧，形同虚设，在这样的时刻，这么做的意义何在？还有什么意义可言？所有一切都是无情的闹剧。

康妮心中燃起一股叛逆的情绪。这一切到底有什么意义？她自我牺牲，她把自己的一生献给克利福德，有什么用处？她到底在为什么样的人付出？一个虚荣冷酷的灵魂，没有一丝温暖的肢体交流，就像任何一个出身低微的犹太人一样堕落，渴望着把自己卖给成功女神——成功。就连克利福德这种冷漠且不近人情的人，他是如此自信自己属于统治阶级，却也不能免俗地伸着舌头，垂涎三尺地追在成功女神的屁股后面。不得不说，米凯利斯在这件事上其实表现得更有尊严，也远比克利福德成功得多。说实话，如果你仔细观察，克利福德不过是个跳梁小丑，而小丑比恶棍更丢人现眼。

对比这两个男人，米凯利斯的确比克利福德更有用处。他甚至更为需要康妮。随便一个优秀的护士都能照顾好下肢瘫痪的病人！至于他们的英雄事迹，米凯利斯是英勇的鼠辈，而克利福德不过只是一条喜欢哗众取宠的贵宾犬。

家里住了一些访客，其中有克利福德的姨妈伊娃，也就是班纳利夫人。她六十岁，身材瘦削，鼻头泛红。她是个寡妇，但仍有几分贵妇人的气派。她出身于最为显赫的名门望族之一，举手投足之间也尽显风范。康妮喜欢她，因为在她乐意直抒胸臆之时，她表现得如此简单直率，而且她表面上至少很和蔼可亲。在她的内心深处，她可是一个自持的能手，而且也很善于让自己显得高人一等。她绝非势利小人——她太过于自信。在社交场合，她非常擅长冷静地装腔作势，并且让别人对她俯首称臣。

她对康妮很亲切，并试图用名门出身带来的那种尖锐如钻的洞察力，穿透康妮的女性灵魂。

"在我看来，你真的很了不起，"她对康妮说，"你在克利福德身上施展了魔法。我自己从来没见过什么崭露头角的天才，这下他可就算一个了，简直是风靡一时。"伊娃姨妈对克利福德的成就感到十分骄傲。家族再添荣光！她对他的小说毫无兴趣，可她又有什么理由要在乎呢？

"噢，我想这不是我的功劳。"康妮说。

"肯定是你的功劳！不然还有谁呢？而在我看来，你似乎没有从中得到足够的回报。"

"此话怎讲？"

"看看你在这里与世隔绝的生活。我对克利福德说：'要是哪天那孩子受够了这一切，你可就要自食其果了。'"

"可是克利福德在任何方面都从来没有亏待过我。"康妮说。

"你听我说，我亲爱的孩子，"班纳利夫人把她瘦骨嶙峋的手放在康妮的胳膊上，"女人必须享受自己的人生，否则就会后悔自己这辈子没真正活过。相信我！"她又抿了一口白兰地，这也许就是她表现后悔的方式吧。

"但我确实在享受自己的人生啊，不是吗？"

"我可不这么看！克利福德应该带你到伦敦去，让你到处走走。他那群朋友对他来说合得来，但对你来说算什么呢？如果我是你，我会认为现在的生活不够好。你会让你的青春白白溜走，你会在悔恨中度过你的老年，甚至还有中年。"

一口白兰地让这位贵妇平静下来，陷入了沉思，不再开口。

但康妮并不太想去伦敦，不愿意在班纳利夫人的引领之下进入那个时髦的圈子。她不觉得自己很时髦，而那个世界也很无趣。而且在那个世界之下，她感到一种奇特的、刺骨的冷漠，就像拉布拉多[1]的土壤，那里的地面长着鲜活的小花，可地表一英尺以下的土壤完全冰冻住了。

汤米·杜克斯也在勒格比庄园，还有另外几个人：哈利·温特斯洛、杰克·斯特兰奇韦斯和他的妻子奥丽芙。这群人聊天的内容相比起只有克利福德的几个密友在场时，更加漫无边际。而且每个人都觉得有点无聊，因为天气不好，只能打打台球，或者跟着自动钢琴的伴奏跳舞。

奥丽芙正在读一本关于未来的书，书中说那时的婴儿可以用瓶子培育，女人们就可以"免育"了。

"这样的话也太棒了！"她说，"那样一来，女人就可以为自己而活了。"斯特兰奇韦斯想要孩子，可她不想要。

"那你愿意免育吗？"温特斯洛阴险地笑着问她。

"我当然希望我可以，"她说，"无论如何，未来会变得更为合理，女人不需要被自己的生育职能所拖累。"

"也许女人会彻底飘到太空去呢。"杜克斯说。

"我确实认为，文明提高到一定的程度，应该可以消除许多

---

[1] 拉布拉多高原位于加拿大东部，属于北美东部高原山区，是受过冰川侵蚀的岩石高原，多冰川湖，有"湖泊高原"之称。

身体上无用的机能，"克利福德说，"比如说和性爱相关的一切，都无须存在。如果我们能在瓶子里培育婴儿，那我想性爱的确没有存在的必要。"

"不！"奥丽芙大喊一声，"这或许能让人们拥有更多的机会去享受性爱。"

"我想，"班纳利夫人若有所思地说，"如果性爱真的不复存在了，就会有别的东西取而代之。也许是吗啡。空气中弥漫一点吗啡，每个人都会感到飘飘欲仙。"

"每逢周六，政府会在空气中释放乙醚，为了让大家拥有一个愉快的周末！"杰克说，"听起来不错，不过到了星期三我们该怎么办？"

"只要你能忘掉自己肉体的存在，你就会感到快乐，"班纳利夫人说，"一旦你开始意识到肉体的存在，就会痛苦不堪。所以，如果说文明有什么好的，那它就必须帮助我们忘却自己的肉体，这样时光就会在我们不知不觉中快乐地流逝。"

"干脆彻底帮我们摆脱自己的肉体吧，"温特斯洛说，"人类是时候开始改善自己的本性了，尤其是肉体层面。"

"想象一下，如果我们像烟雾一样飘浮在空中。"康妮说。

"这根本不会发生，"杜克斯说，"我们的老把戏会一败涂地，我们的文明将会崩塌。它将坠入无底洞，掉入深渊。相信我，唯一横跨在深渊之上的桥梁就是男性的生殖器。"

"哎呀，得了吧！将军，这怎么可能！"奥丽芙叫道。

"我相信我们的文明将要走向崩塌。"伊娃姨妈说。

"可崩塌之后会发生什么？"克利福德问道。

"我可完全没概念,不过,我想总会发生点什么的。"老夫人说。

"康妮说人们变得像一缕烟雾,奥丽芙说免育的女人和瓶子里的婴儿,杜克斯说连接未来的桥梁是男性的生殖器。我好奇未来究竟会是怎样?"克利福德说。

"哦,别操那个心了!让我们今朝有酒今朝醉吧,"奥丽芙说,"赶快发明出培育婴儿的瓶子,让我们这些可怜的女人早日解脱吧。"

"下一阶段甚至可能会出现真正的男子汉,"汤米说,"真实的、聪明的、健全的男人,还有健全的好女人!这难道不是变革,一个翻天覆地的变革吗?当今的我们称不上男人,女人也算不上女人。我们只是一群懂得思考的临时替代品,是机械和智能方面的实验品。甚至可能会出现由真正的男人和女人缔造出来的文明,取代我们这一小群自命不凡,其实智力也就不超过七岁的人。这比幻化成烟雾或者培育婴儿的瓶子更令人惊叹。"

"哦,每当人们开始谈论真正的女人这个话题,我就不参与了。"奥丽芙说。

"当然,最值得我们拥有的,就是我们的精神了。"温特斯洛说。

"精神![1]"杰克喝着威士忌苏打说道。

"你是这么认为吗?我要肉体的重生!"杜克斯说,"不过,当我们把思想上的重担、金钱和其他东西都推开一些时,它总有

---

1 原文"spirits"一词在英文中也表示烈酒,杰克此时举着威士忌,作者有双关调侃的意思。

一天终将到来。到那时，我们就会得到肢体接触的民主，而不是金钱上的民主。"

康妮心里有个声音在回响："给我肢体接触的民主，给我肉体的重生！"她根本不知道这是什么意思，但这句话却带给她安慰，就像其他毫无意义的事情能起到安慰的作用一样。

不管怎么说，他们说的所有话都愚蠢得可怕，所有这一切——克利福德、伊娃姨妈、奥丽芙和杰克、温特斯洛，甚至就连杜克斯，都让她感到无聊得要命。说，说，说！没完没了地唠叨，真是令人崩溃！

然后，等所有客人离开后，情况也没有好转。她仍旧拖着沉重的步子散步，但愤怒和烦躁的情绪已经挟持住了她的下半身，她无处可逃。日子一天天在煎熬中度过，充满着莫名的痛苦，却平平无奇。只是康妮越发消瘦，甚至连管家都注意到了，问她是否身体不适。虽然她一直说自己身体没问题，可就连汤米·杜克斯也一再坚持说她病了。只是那些让人毛骨悚然的白色墓碑开始让她感到恐惧，卡拉拉大理石惨白的颜色特别恶心，那些墓碑像假牙般令人生厌，它们矗立在泰维尔肖教堂下面的山坡上，她从园林里看到它们时，感到不寒而栗、痛苦不堪。这些假牙似的丑陋墓碑立在山坡上，让她觉得毛骨悚然。她觉得自己用不了多久就会葬身于此，和其他的鬼魂一同被埋在这肮脏的英国中部地区的墓碑和纪念碑之下。

她需要帮助，而她也知道这一点——于是她给姐姐希尔达写了一封简短的求救信："我最近不太舒服，可我也不知道我是怎么了。"

希尔达早已搬到苏格兰生活,收到信后便从苏格兰匆匆赶来。那会儿是三月,她独自开着一辆轻便的双座小汽车过来。她的车沿着车道上行,边开边按着喇叭爬上斜坡,然后绕过长着两棵野山毛榉的椭圆形草地,停在了庄园门前的平地上。

康妮跑到门外的台阶上迎接姐姐。希尔达停好车,走下来,亲了亲她的妹妹。

"可是,康妮!"她大喊一声,"到底出什么事了?"

"没什么!"康妮有些难为情地说,但是她知道,自己和希尔达比起来看上去是多么憔悴。曾经,姐妹俩的皮肤都泛着金色光泽,同样柔软的棕色秀发,同样天生强健而丰腴的体格。可是现在的康妮却十分瘦削,面色如土,套头衫领口露出的脖子又瘦又黄。

"可是你病了,孩子!"希尔达用温柔的嗓音说道,语气有点急促,两姐妹的声音也相似。希尔达差不多比康妮大两岁。

"不,我没生病。也许我就是觉得无聊。"康妮有点悲哀地说。

希尔达的脸上闪现出战斗的光芒。虽然她看上去是一个温柔沉静的女性,可她拥有亚马孙女战士的精神,天生就不是逢迎男人的类型。

"这个鬼地方!"她边轻声说边看着这衰败庞大的勒格比庄园,满眼嫌恶之情。她看起来柔软而温暖,像一颗成熟的梨子,可内心深处却是一个真正的古老亚马孙女战士。

她默默地走去找克利福德。克利福德心想这女人看上去真是漂亮,但也令他畏惧。他妻子的家人不像他这么讲究规矩和礼节。他把他们看作自己生活圈之外的人,但他们一旦进入他的领地，他就得咬紧牙关，勉为其难地和他们打交道。

克利福德正襟危坐在他的轮椅上，金黄色的头发梳得十分顺滑，面色不错，淡蓝色的眼珠有点外凸。他的表情难以捉摸，但看上去很有教养。希尔达觉得这副模样阴沉而愚蠢，而他则等待着希尔达开口。他有一种泰然自若的神态，但希尔达并不在乎他的神态如何。她憋了一肚子火，就算他是教皇或皇帝，也不会有什么差别。

"康妮看上去状态很糟。"她声音轻柔，说话的同时用她那双炯炯有神的灰色眼睛盯着克利福德。她看上去是如此温柔，和康妮一样，但他很清楚那语调下隐藏着苏格兰人的倔强。

"她比以前瘦了一点。"他说。

"你就没想办法做点什么吗？"

"你认为有必要吗？"他用温和而生硬的语气问道，这两种态度经常同时在英格兰人身上出现。

希尔达只是怒视着他，没有回话。她并非能言善辩之人，康妮也不擅长，于是她就凶狠地瞪着他，这比她的任何回答都更让克利福德感到不自在。

"我要带她去看医生，"希尔达终于开口说道，"你能推荐一个附近的好医生吗？"

"恐怕我没办法。"

"那我就带她去伦敦，那里有一位我们信任的医生。"

克利福德虽然怒不可遏，却一言不发。

"我想我干脆还是在这儿住一晚吧，"希尔达说着摘下手套，"明天我开车送她进城去。"

克利福德气得脸色发黄,到了晚上,他的眼白也有点泛黄,简直怒火冲肝。但希尔达始终表现得很谦顺,也很温柔。

晚饭后喝咖啡时,一切看上去风平浪静,希尔达开口说道:"你得雇个护士或什么人来贴身照顾你。你真应该雇一个男仆。"她说话时语气很轻柔,听起来似乎很温和,可是克利福德却觉得自己脑袋上挨了希尔达一记大闷棍。

"你这么认为吗?"他冷冷地说。

"我很肯定!这是必需的。不然的话,父亲和我必须把康妮带走几个月。不能再这样下去了。"

"什么不能继续下去了?"

"你难道没看见这孩子有多可怜吗?"希尔达目不转睛地盯着他问。此刻,他看起来很像一只巨大的煮熟的龙虾,至少她觉得像。

"康妮和我会商量一下此事。"他说。

"我已经和她商量过了。"希尔达说。

克利福德之前由护士照顾了很长时间,他讨厌护士,因为在护士面前全无隐私可言。而且一个男仆……他无法忍受男人一直在他身边打转。任何一个女人都要比男仆强。为什么不能让康妮照顾自己呢?

第二天清晨,姐妹俩驱车离开了。希尔达负责开车,康妮看上去就像一只复活节的小羊羔,坐在希尔达一旁显得格外瘦小。马尔科姆爵士不在伦敦,但肯辛顿的房子可以让她们落脚。

医生仔细地给康妮做了检查,并询问了她生活各方面的情况。"我有时会在画报上看到你和克利福德爵士的照片。你们几乎也算是名人了，不是吗？以前文文静静的小姑娘就这样长大成人了。尽管你上过画报，可你现在还只是个安静的小姑娘。不要紧，不要紧！身体器官方面没什么问题，但不能继续这样下去了！这样不行！告诉克利福德爵士，他得带你到城里去，或者带你出国，让你开心起来。你必须出去散散心，必须这么做！你已经没什么活力了，没有精力，没有任何精力了。心脏的神经已经有一点异样了——啊，是的！其他没什么，就是神经衰弱的问题。去戛纳或者比亚里茨[1]待上一个月，我准保你能好起来。但是不能继续这样下去了，我告诉你，千万不能了，否则后果不堪设想。你一味消耗自己的生命，却不给它注入新的活力。你必须开心起来，找点适当的、健康的方式让自己开心起来。你一直在消耗自己的活力，却没有任何补充。你知道，不能再这样继续下去了。抑郁症！你可不要得上抑郁症啊！"

希尔达咬紧牙关，这表示她已下定决心。

米凯利斯听说她们进城了，就拿着玫瑰花赶了过来。"怎么了，出什么事了？"他叫道，"你瘦成了自己的影子。哎呀，我从没见过人的变化能那么大！你怎么能不让我知道？和我一起去尼斯，去西西里吧！走吧，和我一起去西西里吧，这会儿那里的天气正好。你需要阳光！你需要活力！哎呀，你日渐消瘦！跟我离开吧！去非洲吧！哦，该死的克利福德爵士！甩了他，跟我走吧！他一跟你离婚我就娶你。跟着我离开，尝试真正的生活吧！老天爷啊！勒格比那个地方能害死任何人。讨厌的地方！肮脏的

---

[1] 比亚里茨，位于法国西南部大西洋沿岸，距离西班牙边境三十五千米，是一个豪华的海滨旅游度假胜地。

地方！谁去了都活不长！跟我一起去有阳光的地方吧！你需要的是阳光，当然，还需要正常的生活。"

但是，康妮一想到此时此地要抛弃克利福德，就于心不忍。她做不到。不行……没办法！她就是做不到。她必须得回到勒格比庄园。

米凯利斯让人厌烦。希尔达不喜欢米凯利斯，但是比起克利福德，她觉得米凯利斯更讨人喜欢一些。姐妹俩回到了英格兰中部。

她们回到勒格比庄园的时候，克利福德的眼睛还是黄的，希尔达和他谈了谈。他同样深感心力交瘁，但是他不得不听希尔达说话，希尔达转述了医生所说的一切，当然，没提及米凯利斯说的话，而他在听希尔达给出的最后通牒时，一言不发。

"这是一个可靠男仆的地址，他伺候过医生的一个残疾病人，直到那个病人上个月去世。他真的是个好人，而且一定会来照顾你的。"

"但我不是残疾人，我也不需要一个男仆。"克利福德这个可怜鬼说道。

"这里有两个女护工的地址，我见过其中一个，她会很称职。她有五十来岁，性格安静、身体强壮、十分和善，而且也算有教养……"

克利福德只是生着闷气，不肯回话。

"好吧，克利福德。如果我们到了明天还是没有定论，那我就给父亲发个电报，然后我们会把康妮带走。"

"康妮愿意离开吗？"克利福德问道。

"她不愿意离开,但她知道她必须这么做。我们的母亲死于癌症,是抑郁引发的。我们不可能再冒任何的风险了。"

于是,第二天,克利福德提议雇用波尔顿太太,她是泰维尔肖教区的护士。显然管家贝茨太太之前就想到过这个人。波尔顿太太正好准备从教区护士的职位上退下来,并打算此后接一些私人护理的工作。克利福德对于把自己交到陌生人手里有种奇怪的恐惧,但是这位波尔顿太太曾在他得猩红热时照顾过他,所以他俩也算是旧识。

姐妹俩立刻前去拜访波尔顿太太,她住在算是泰维尔肖比较体面的街道上的一所新房子里。她们见到的是一位四十多岁的女人,面容姣好,身穿护士服、白色衣领和白围裙。她正在一个拥挤的小客厅里给自己沏茶。

波尔顿太太非常殷勤,彬彬有礼,看上去人很和气,说起话来有点含混不清,但用的都是纯正的标准英语。由于多年来一直负责照管生病的矿工,她自视甚高,而且相当自信。简而言之,虽然她不是什么位高权重的人,但她也属于村里的统治阶级,非常受人尊敬。

"的确,查泰莱夫人看上去不太好!怎么回事,她以前那么健美,现在却成了这个样子?才一个冬天她就憔悴成这样!噢,太不容易了,真的。可怜的克利福德爵士!唉,那场战争,都是那场战争害的。"

波尔顿太太说,如果沙德罗医生允许她离职,她愿意立刻前往勒格比庄园 ——"按理说,我还要在教区当两周护士,不过你知道,他们或许可以找个人替我。"

希尔达立刻动身去见沙德罗医生。到了星期天，波尔顿太太带着两个箱子，乘着利弗家的马车来到了勒格比庄园。希尔达和她聊过几次，波尔顿太太随时都能聊起来。而且她看起来如此年轻！她激动的时候，苍白的脸颊上会泛起红晕。她当时都四十七岁了。

二十二年前，她的丈夫特德·波尔顿死于矿井之中，到去年圣诞节刚好二十二年，他在圣诞节时丧生，留下她和两个孩子，其中一个还在襁褓之中。噢，当时的婴儿伊迪丝，现在已经结婚了，嫁给了在谢菲尔德布茨药店工作的一个年轻人。波尔顿太太的另一个女儿在切斯特菲尔德当教师。周末没人约她出去玩的时候，她会回家看看。现在的年轻人可会享受生活了，可不像艾薇·波尔顿年轻时那样。

特德·波尔顿在矿井爆炸中丧生时，年仅二十八岁。站在前方的监工大喊让大家赶紧趴下，他们一共有四个人，其他人都及时趴下了，只有特德没来得及，就这样丢了性命。后来调查事故时，矿主那边的人说特德惊慌失措，试图逃跑，而且不服从命令，所以这其实算是他自己的过错。因此赔偿金只有三百英镑，而且他们表现得仿佛这笔钱是一份恩赐，而不是法律上的赔偿，因为实际上出意外是那个男人自己的过错。而且，他们还不让她一次性把钱拿到手，她本来想用这笔钱开一家小铺子。但矿井的人说她肯定会把钱挥霍掉，说不定全拿去喝酒！所以她只能每周去领取三十先令。是的，每个周一早上她都得到办公室去取钱，站在那里等上好几个小时才轮到她。是的，将近四年的时间，她每周一都去取钱。家中有两个嗷嗷待哺的小孩，她还能怎么办呢？但是特德的母亲待她很好，等那个婴儿学会走路之后，她就担起了白天照顾两个孩子的责任，而她，艾薇·波尔顿，则前往谢菲尔德的野战医院上课，到了第四年，她甚至学了护理课程，并考到了护士资格证。她下定决心要独立生活，并抚养她的两个孩子。所以她在乌斯韦特医院做了一段时间的助手，那是个很小的地方。但是，当公司——泰维尔肖煤矿公司——说白了也就是杰弗里爵士，看到她能够独立生活时，对待她的态度变好了，给她提供了教区护士的工作，还处处关照帮助她，对于这一点，她也替公司说了公道话。从那以后，她就一直做着教区护士的工作，直到最近，她觉得有点吃不消，她需要稍微轻松一点的工作，如果当教区护士的话，需要到处奔波，十分忙碌。

"是的，公司待我不薄，我一直都是这么告诉别人的。但我永远无法忘记他们对特德的评价，因为在下井的矿工里头，他算是最为沉着无畏的，而他们的评价等于给他贴上了懦夫的标签。可他人都已经死在那儿了，也没办法反驳其他人说的话。"

那女人说话的时候，流露出一种奇怪的复杂感情。她喜欢那些矿工，她多年来都在照顾他们，但她觉得自己比那些矿工地位高。她认为自己差不多是上流社会的人，而与此同时，她心里又郁积着对统治阶级的怨恨。那些矿主！在矿主和工人起争执的时候，她总是支持工人。但两方若相安无事，她就渴望比别人优越，渴望成为上流社会的一员。上流社会使她着迷，激起了她那种英国人特有的对优越感的热情。能够来到勒格比庄园，她兴奋不已；能和查泰莱夫人说上话，让她激动，哎呀，查泰莱夫人可不是普通矿工的妻子能比拟的！她滔滔不绝地表达了自己的钦慕之情。然而，从她身上可以察觉出对查泰莱家族的恨意，对矿主们的怨念。

"哎呀，的确，那当然会把查泰莱夫人累垮的！幸好她有个姐姐来帮她。无论是上流贵族还是下等人，男人都不会思考这些，他们把女人为他们所做的一切当作理所当然。噢，我已经训过那些矿工不知道多少次了。但是克利福德爵士的确很不容易，你知道的，他都残疾成那样了。查泰莱家族一向心高气傲，待人很冷漠，当然他们也有资格这么做。可后来竟沦落到这步田地！这对查泰莱夫人来说太难了，也许对她尤其残酷。她错过了多少东西啊！我和特德才一起生活了三年，可说实话，在我拥有他的日子里，我得到了一个永生难忘的丈夫。他是个千里挑一的好男人，每天都乐呵呵的。谁能想到他会死于非命？虽然是我亲手清洗了他的尸体，可其实直到今天，我都不相信他死了，我一直都不愿相信。但对我来说，他从未死去，从来没有。我一直不愿意接受这个事实。"

这对勒格比庄园来说是一种全新的声音，康妮觉得很新鲜，让她感到耳目一新。

不过，到勒格比庄园的头一个星期里，波尔顿太太非常安静，她那自信、强势的态度全然消失，她显得很紧张。在克利福德面前，她十分羞涩，几乎有些害怕，而且不怎么说话。克利福德很喜欢她这样的表现，很快就恢复到以往的镇定自若，开始指使她做这做那，却连正眼都不看她一下。

"她是个挺有用的小人物。"他说。康妮惊奇地瞪大双眼，但她没有反驳克利福德。两个不同的人对她的印象竟然如此不同！

没过多久，克利福德就变得颐指气使起来，对女护工摆起了爵士的架子。波尔顿太太其实挺期待被人使唤，而克利福德却在不知不觉间顺了她的意。别人对我们的期待竟会如此轻易地影响我们！在她给矿工们包扎或者做护理的时候，他们就像孩子一样，和她聊天，向她倾诉心中的苦闷。在她照顾矿工的这些年间，他们总是让她觉得自己很了不起，几乎像是超人一样。现在克利福德让她觉得自己十分渺小，就像是仆人一样，她默默地接受了这一切，调整自己以迎合上层阶级。

她来照料克利福德的时候，一声不吭。她脸型较长，容貌标致，双眼总是朝下看着地面。而且她会非常谦恭地说："我现在可以做这个吗，克利福德爵士？我现在可以做那个吗？"

"不用，一会儿再说。需要的时候我再吩咐你。"

"好的，克利福德爵士。"

"过半个小时再过来。"

"好的，克利福德爵士。"

"你可以把这些旧报纸带出去吗？"

"好的，克利福德爵士。"

她轻手轻脚地离开房间，半小时后又轻手轻脚地回来。她被使唤来使唤去，但她并不介意。她正在体验着上层阶级。她既不憎恨克利福德，也不讨厌他。他只是上层阶级这一现象里的一部分，在此之前她并不了解，但从此之后就会有所了解。她觉得跟查泰莱夫人在一起更自在，毕竟在这个家里女主人才是当家做主的。

晚上由波尔顿太太服侍克利福德上床就寝，她的卧室和他隔了一条走廊，如果他夜里按铃叫她，她就可以立刻过来。早上她也伺候他梳洗，没过多久，所有贴身事务都由她负责。她甚至以她那女性特有的温柔、小心翼翼的方式替他刮胡子。她非常称职，很能干，很快就知道如何把他控制于自己的掌心之中。当你在他的下巴上涂上泡沫，轻轻地摩挲着他又短又硬的胡楂儿时，他和普通的矿工们其实也没有太大的区别。她并不太介意他那种冷漠且不坦率的态度，她正在体验一种全新的经历。

然而，在克利福德内心深处，他永远无法原谅康妮放弃亲自照顾自己，把他甩给了一个陌生的女人。他对自己说，这个行为扼杀了他俩之间亲密关系培育出来的花朵。但是康妮对此并不在意。在她看来，他们的亲密关系所滋生出的美丽花朵，就像一株兰花，是寄生在她生命之树上的球茎，在她眼中，是一朵相当残败的花。

现在她有了更多独处的时间，她可以在楼上的房间里轻轻地弹弹琴，唱唱歌："路边的荨麻碰不得，因为爱情的束缚总难解。"[1]她直到最近才意识到，这种爱情的束缚有多难解开。不过谢天谢地，她还是把它们解开了！她很高兴能自己待着，不用总是陪克利福德聊天。当他独自一人时，他会在打字机上敲个不停。但当他不"工作"，而康妮也碰巧在旁边时，他就会滔滔不绝，没完没了，细致地分析人们的动机、事情的结果、人物与性格之类的，事到如今，她已经听够了。在她感到厌倦前，她享受

---

[1] 1840年流行的歌曲，据说歌词出自沃尔特·司各特爵士（1771—1832）之手。司各特爵士是18世纪末苏格兰著名历史小说家及诗人，其创作的诗充满浪漫的冒险故事，深受读者欢迎。

了多年这种谈话，然后突然之间，她忍无可忍了。她实在太庆幸现在自己能独处了。

就仿佛他和她的意识之间有成千上万的根须和细丝盘根交错，交织成混乱的一团，直到它们之间再也没有空间彼此缠绕，生命之树正逐渐枯死。而此时此刻，她正巧妙地悄悄解开他和她意识之间的纠缠，她轻柔地把细丝一根根解开，耐心又急切地想要让自己从束缚中彻底解脱出来。虽然波尔顿太太的到来帮了大忙，但是，这种爱的束缚比大多数束缚都更难解开。

但克利福德仍然希望能和康妮一起度过从前那种亲密的夜晚：聊天或是放声朗读。不过现在她可以安排波尔顿太太在晚上十点钟进来打断他们。到了十点，康妮就可以上楼独处。波尔顿太太会悉心照料好克利福德。

波尔顿太太和贝茨太太相处得十分融洽，所以一同在女管家的房间里用餐。让人奇怪的是，仆人们的区域似乎离主人更近了，就像在克利福德的书房门口，以前感觉是那么遥远。贝茨太太有时候会去波尔顿太太的房里坐坐，康妮能听见她们低声聊天，当她和克利福德各自待在自己的房间时，不知怎的，她觉得劳动人民强有力的动静似乎已经要占据整个起居室了。仅仅因为波尔顿太太的到来，勒格比庄园就发生了如此巨大的变化。

而康妮觉得自己解脱了，进入了另一个世界，她觉得自己的呼吸都和以往不同了。但她还是害怕自己的许多根须——也许是最致命的根须——仍然和克利福德的根须纠缠在一起。但即便如此，她呼吸得更自由了，她即将开启生命之中的一个全新阶段。

第八章

波尔顿太太对康妮也保持着关爱有加的态度,她觉得必须让女主人也享受到自己女性化的专业照护。她老是劝夫人出去走走,驾车到乌斯韦特去,呼吸一下新鲜空气。因为康妮已经养成习惯,每天沉静地坐在火炉旁,假装在读书,或者有气无力地做点针线活儿,几乎足不出户。

希尔达离开后不久,有一天刮起了风,波尔顿太太说:"这会儿您干吗不去树林里散散步,看看守林人小屋后面那片水仙呢?附近一天之内可以往返的去处当中,那是您能看到的最美的景色了。您可以采一些放在房间里,野水仙看起来总是那么令人愉快,不是吗?"

康妮欣然接受了这个提议,甚至都没介意她说水仙花时用了简称。野生水仙花!毕竟,人不能总自作自受。春回大地……"四季更迭,那快乐的日子和甜蜜的朝夕,一去却不为我而归来。"[1]

还有那个守林人,他瘦削白皙的身体,像一朵无形花朵的那

---

[1] 出自英国诗人约翰·弥尔顿(1608—1674)的《失乐园》。

孤寂的花蕊！由于陷入难言的抑郁状态中，她已经忘记了这个人的存在。但现在，心中又有什么苏醒了……"门廊与大门之外，一片苍白。"[1]……她要做的就是穿过门廊和大门走出去。

她变得比之前更加强壮，也可以走得更远了，树林里的风比园林里温和一些，刮到身上不会那么让她疲惫。她想要忘却，忘却这个世界，忘却所有可怕的行尸走肉。"你必须重生！我相信肉体的复活！一粒麦子若不落在地里死去，是决不会发芽的。当番红花绽放之时，我也会苏醒，仰望阳光！"[2]在三月的微风之中，无数的词句掠过她的脑海。

天空中洒下一缕缕阳光，出奇地明亮，照亮了树林边缘的白屈菜，它们长在榛枝下，闪烁着金灿灿的光芒。树林里十分寂静，比以前更为寂静，但一阵大风吹过，就会有几缕阳光透落下来。春天，最早的一茬银莲花已经开了，星星点点的白色银莲花撒满了整片随风摇曳的草地，把树林染成了一片苍白。"世界在你的气息之中，变得苍白。"[3]但这一次，是普罗塞尔平娜[4]的呼吸，她在一个寒冷的清晨，从地狱来到人间。凛冽的寒风吹来，头顶上狂风和细枝纠缠在一起，怒吼着。风就像押沙龙[5]一样，也被困于树枝之间，拼命想要挣脱出来。银莲花在绿色的衬裙上抖动着它们赤裸的白色肩膀，看上去冷得瑟瑟发抖。但它们却抵

---

[1] 出自英国诗人、剧作家和文学评论家史文朋（1837—1909）的《普罗塞尔皮娜的花园》。
[2] 引自《新约·约翰福音》。
[3] 出自英国诗人史文朋的《普罗塞尔皮娜的花园》。
[4] 谷物与丰收女神。宙斯与色列斯之女，被冥王哈得斯诱拐为妻，成为冥王之后。
[5] 《圣经》中人物，古代以色列-犹太王国国王大卫的第三子，试图组织人反抗他的父亲，失败后骑马逃走，但长发被树枝缠绕，逃跑失败后被杀。

住了寒风。小径边上,还有几朵最早冒头的小报春花,黄色的花蕾正在绽放。

狂风在头顶上方咆哮,枝条在风中摇动,在地面只能感受到阵阵寒意。康妮在树林中出奇地激动,她两颊通红,两只蓝眼睛绽放着光芒。她放缓步子前行,摘了几朵报春花和刚刚绽放的紫罗兰,花儿闻起来香甜又冷冽,散发出冷冷的甜味。她继续游荡,不知道自己身在何处。

直到她来到树林尽头的空地上,看到了那个布满苔藓的石头农舍,那屋子看上去差不多是玫瑰色的,就像蘑菇伞下的颜色,石屋沐浴在阳光下,变得温暖。大门一旁开着黄色的茉莉花,门紧闭着。门里没有动静,烟囱里没有冒烟,也没有狗叫声。

她悄悄地绕到屋子后面,那里地势更高,她是有借口的:去看水仙花。

眼前就是那一片水仙花,短短的花茎,在风中左右摇摆着、颤抖着,沙沙作响,它们看上去如此鲜艳,充满活力,可是它们的小脸蛋却无处可藏,风迎面吹来,把花朵都吹得背对着。

鲜艳明媚的可怜花瓣在狂风中郁闷地摆来摆去。但也许它们确实喜欢如此,也许它们真心喜欢在风中摇曳着身姿。

康斯坦斯背靠着一棵小松树坐了下来,小松树在她背后摇晃,以一种奇特的生命力,富有弹性且充满力量地朝着天空生长。树干生意盎然地耸立着,树梢沐浴在阳光之中!看着一缕阳光将水仙花染成了金色,她的双手和腿也被阳光晒得暖和起来。她甚至还闻到了花儿持久不散的淡淡香味。然后,她安静地独自坐在那里,仿佛卷入了自己命运的洪流中。她之前被绳子束缚着,就像一艘停泊在岸边的小船,在波浪中颠簸起伏,可现在她挣脱了束缚,可以随波逐流了。

寒意取代了阳光,水仙花被笼罩在阴影之中,安静地垂下脑袋。它们会这样低头度过白天,熬过寒冷而漫长的夜晚。看似弱不禁风的它们竟如此顽强!

她站了起来,身子感到有点僵硬。她摘了几朵水仙花,随后往坡下走去。她不喜欢折断鲜花,但她又想带一两朵回家。她不得不回到勒格比庄园,回到围墙之中,而如今她厌恶勒格比,尤其讨厌它那厚厚的围墙。围墙!总是这些围墙!可是在这样起风的日子里,人们还是需要那些围墙的。

她回到家时,克利福德问她:"你去哪儿了?"

"我穿过树林去了另一端,这些小水仙花是不是很可爱?想想看,它们竟然是从泥土里长出来的!"

"少了空气和阳光,它们也长不出来。"他说。

"但是,是大地孕育它们的。"康妮立刻反驳道,脱口而出的话让她自己都感到惊诧。

第二天下午,她又去了树林里。她沿着落叶松丛中蜿蜒而上的宽阔马道,一直朝上走到一个名叫"约翰井"的泉眼处。这一侧的山坡气温很低,幽暗的落叶松林间一朵花都没开。但冰冷刺骨的泉水,却从井台上轻涌上来,那小小的井台是用泛红的白色鹅卵石堆积而成的。泉水是如此冰凉和清澈!太美好了!新来的守林人想必又添了些新石子进去。那涓涓细流向山下流去的时候,她听到流水微弱地叮咚作响。即便下坡漫山遍野都是光秃秃的狰狞落叶松,密不透风,在风中发出低沉的怒吼,可她还是听得见泉水的叮咚声，如小铃铛般清脆。

这地方有点阴森，寒冷又潮湿。然而，几百年来，这口井肯定一直都是人们饮水的地方。不过现在已经无人问津。那片狭小的空地杂草丛生，阴冷而荒凉。

她站起身来，缓慢地朝家中走去。往回走的时候，她听到右边传来微弱的敲击声，她停下脚步，安静地听着。是锤打的声音，还是啄木鸟的声音？肯定是锤打的声音。

她继续往前走，边走边听。然后，她注意到幼小的冷杉树之间有一条狭窄的小径，这条小径似乎通不到任何地方。但她觉得有人走过这条小径。她壮着胆子转进了小径，穿过茂密的幼杉树往下走，没走多久，两边的景色就被古老的橡树林所取代。她沿着这条小径走，越来越接近锤打的声音，即便风很大，树林依旧十分寂静，因为树木即使在风中呼啸，仍然能够营造出寂静的氛围。

她看到一小片隐秘的空地，还有一间用粗糙的木杆搭建而成的秘密小屋。她之前从没来过这里！她意识到，这个安静的地方是用来饲养雉鸡的。身着衬衫的守林人正跪在地上锤打着什么。那条狗发出一声短促而尖锐的吠声，朝她小跑着冲来，守林人猛然抬起头，看见了她。他的眼神中流露出一丝惊诧。

他站起来，向她行了个礼，沉默地看着她脚步虚浮地走过来。他不喜欢别人不请自来，他珍惜独自一人的时光，将其视为他生命中唯一也是最后的自由。

"我就是好奇敲打声从何而来。"她感到全身无力，喘着粗气说道，而且他直直盯着自己，她还感到有点恐惧。

"我正在给这些小鸡搭鸡笼。"他用浓重的土话说道。

她不知道该如何作答,而且她感到浑身无力。

"我得稍微坐一会儿。"她说。

"进屋坐会儿吧。"他说完便领着她向小屋走去。他推开一些柴火和杂物,拉出一把用榛树枝做的粗木椅子。

"要生点火吗?"他讲方言的时候,流露出一种奇怪的天真。

"哦,不用麻烦了。"她答道。

但是他看了看她的手:都冻青了。于是,他赶紧拿了些落叶松的树枝放到屋角用砖垒成的小壁炉里,不一会儿,黄色的火焰就蹿上了烟囱。他在壁炉旁给她摆好了座位。

"你就坐这儿,让自己暖和起来吧。"他说。

她照做了。他有一种保护者般的奇怪权威感,立刻就让她服从了。于是她坐下来就着火焰暖手,不时地往炉火里添些柴火,而他又回到屋外敲打起来。她并不想无所事事地坐在火炉旁的角落里,她宁愿在门口看他干活,但自己得到了守林人的照顾,所以她不得不听从他的安排。

小屋十分温馨,墙壁是用没上漆的松木板嵌成的。在她坐着的椅子旁边,放着一张简陋的小桌子和一张小凳子,一条木工用的板凳,还有一个大箱子。屋里还摆放着工具、没用过的木板、一些钉子。挂钩上挂着许多东西:斧头、短柄小斧头、捕兽夹子、几袋东西,还有他的外套。屋内没有窗户,光线从敞开的门投射进来。这里面乱七八糟的,但同时也是个小小的庇护所。

她听着那人敲锤子的声音,听起来他憋了一肚子怨气。他觉得压抑。有人侵犯了他的私人空间,入侵者还十分危险!一个女人!他已经活到了这个地步——在这世界上唯一渴望的就是独处。然而他却无力保护自己的隐私,他受雇于人,而这些人是他的主人。

他尤其不想再和女人有任何接触。他害怕和女人扯上关系,上一次和异性的接触让他深受伤害。他觉得如果不能独自待着,如果别人硬要来打扰他,他会死掉的。他彻底地远离了外面的世界,他最后的避难所就是这片树林,他可以藏身于此!

康妮逐渐暖和起来了,她把火生得太旺——最后甚至觉得燥热。她走到门口,在凳子上坐下,看着那个男人干活。他似乎没有注意到她的存在,但他知道她在那儿。然而,他却继续工作,似乎很专心。他那条棕色的狗坐在他身边,打量着这个可疑的世界。

那个男人身材修长,沉默寡言,干起活来动作很迅速,他做好了手中的鸡笼,把它翻过来,试了试滑门,然后把它放在一边。随后他站起身来,取来一个旧鸡笼,把它拿到他刚才干活的木墩上。他蹲下来,试了试木条还结不结实,有几根木条被他折断了。他开始拔木条上的钉子,然后把鸡笼翻过来,开始思索该怎么处理。他完全没有表现出自己意识到有个女人在场。

于是康妮目不转睛地注视着他。她在他赤身时看到的那种孤独感,此刻在他穿着衣服的情况下又出现了:孤独、专注,就像一只独自工作的动物,但同时也在沉思,像一个回避和所有人类接触的灵魂。就连此时此刻,他都在安静又耐心地回避着她。这个本来缺乏耐心、热情如火的男人,此刻却表现出了沉静和无限的耐心,正是这一点触动到了康妮子宫的深处。她从他低垂的脑袋,从他灵活而沉稳的双手,从他蜷缩着的修长而敏感的腰身上，看出了这一点，看出了他的耐心和孤僻。她觉得这个男人的人生经历比自己更为复杂，更为宽广，也许更加痛苦。而这个想法让她松了口气，她觉得自己几乎不需要承担什么责任。

于是她坐在小屋门口，恍如置身梦境之中，完全意识不到时间的流逝和这个特殊的环境。她是如此心神恍惚，以至于当他猛一抬头，从她脸上看到了那种完全平静、满眼期待的神情。对他而言，这种表情意味着期待。突然之间，他的胯下燃起一条细细的火舌，他心底发出了呻吟。他对于和人进一步的亲密接触恐惧得要命。他最希望的就是她能离开，让他一个人待在自己的私人空间。康妮的意志让他感到恐惧，那种女性的意志，以及她那现代女性的坚持不懈。而在所有一切当中，最令他恐惧的是她那种冷酷又随心所欲的上流社会的傲慢。因为他毕竟只是受雇于人。她的出现让他厌恶。

康妮感受到一些不安，突然回过神来。她站起身。下午已经过去，天色已晚，可她还是不能离开。她走到那个男人跟前，他挺直身板站在那里，那张疲惫的脸僵硬而茫然，可双眼在看着她。

"这里太好了，真宁静啊，"她说，"我以前从没来过这儿。"

"没来过吗？"

"我想我以后时不时还会到这儿来坐坐。"

"哦？"

"你不在这儿的时候会锁上小屋的门吗？"

"会锁的，夫人。"

"你能不能也给我一把钥匙，这样我就可以时不时来这里坐坐？这里有两把钥匙吗？"

"据我所知，没有。"

他重新说起了土话。康妮犹豫了一下，他显然在和她对着干。可说到底，这小屋难道是他的吗？

"我们不能再配一把钥匙吗？"她用轻柔的声线问道，可是语气中透露出一个女人不达目的绝不善罢甘休的决心。

"再配一把！"他瞥了康妮一眼，眼神中闪烁着怒火，又略带一丝嘲讽。

"是的，用这把钥匙再配一把。"她红着脸说。

"克利福德爵士可能知道哪里还有一把。"他以此搪塞康妮。

"也对！"她说，"他可能还有一把钥匙。不然的话，我们可以用你的这把钥匙去另配一把。我想只需要一天左右的时间，在此期间，你可以暂时不用这把钥匙吧？"

"那可说不准，夫人！附近一带我不认识会配钥匙的人。"

康妮突然气得满脸通红。

"很好！"她说，"我自己想办法。"

"悉听尊便，夫人。"

他们的视线相交。他的眼神冷酷而狰狞，充满厌恶和轻蔑，对于康妮接下来要做什么漠不关心。而她则因为遭到拒绝而怒火中烧。

但她的心情随即沉入谷底，她看到了当自己不顺从于他时，他是多么讨厌自己。她还看出他已经被逼到绝境了。

"再见！"

"再见，夫人！"他行了个礼，猛然转身离开。她唤醒了他心中沉睡已久的那难以抑制的愤怒，对任性妄为的女人的愤怒。他却无力反抗，无可奈何。他深知这一点！

而康妮对这个任性妄为的男人感到愤怒。不过只是一个下人而已！她闷闷不乐地往家走。

她看见波尔顿太太正站在山丘上面那棵大山毛榉树下四处张望着找她。

"夫人，我正想着您是不是快回来了。"那女人快活地说。

"我回来晚了吗？"康妮问。

"没……只是克利福德爵士正在等着用茶点呢。"

"那你为什么不去准备茶点呢？"

"哦，我觉得这不是我这种身份能做的。我觉得克利福德爵士不会喜欢我伺候他用茶的，夫人。"

"我不觉得有什么不可以的。"康妮说。

她走进克利福德的书房，那个旧铜壶在托盘上冒着热气。

"克利福德，我回来晚了吗？"她说着，放下手里的花，拿起了茶叶罐，她站在托盘前，帽子和围巾都还没来得及摘下。"我很抱歉！可你为什么不让波尔顿太太沏茶呢？"

"我没想到这一点。"他讽刺地说，"我不觉得她能胜任操办茶桌的事宜。"

"噢，不过是个银茶壶，没什么神圣之处。"康妮说。

他诧异地抬头看了她一眼。

"你一整个下午都干了些什么？"他说。

"散了会儿步，然后在一个避风的地方坐了一阵。你知道吗，那棵大冬青树上还结着浆果呢。"

她摘下围巾，但仍没摘下帽子，然后坐下来沏茶。烤面包肯定已经硬得不行了。她把保温罩套在茶壶上，然后起身找来一个小玻璃杯，准备插她的紫罗兰。可怜的花儿都蔫儿了，无力的脑袋耷拉在花茎上。

"它们会活过来的！"她一边说一边把插着紫罗兰的杯子端到他面前，让他闻一下。

"比朱诺的眼睑还甜美。"[1]他引了一句。

"我看不出这句话和紫罗兰有什么联系，"她说，"伊丽莎白时代的人都挺华而不实的。"

她替他斟了一杯茶。

"离'约翰井'不远的那个小屋还有另一把钥匙吗？就是养雉鸡的地方。"她说。

"可能有吧。你问这个干什么？"

"我今天碰巧发现了那个地方——之前我从未见过那里。我觉得那个地方可真不错。我偶尔可以过去坐坐，不是吗？"

"梅勒斯在那里吗？"

"在的。我就是听见他用锤子敲东西，才发现了那个地方。他看上去一点也不喜欢我贸然闯入。事实上，我问他有没有另一把钥匙时，他表现得都有点粗鲁了。"

"他说了什么？"

"哦，没什么——只是他的态度。他还说钥匙的事他一无所知。"

1　引自莎士比亚的剧作《冬天的故事》。

"父亲的书房里可能有一把。贝茨认得所有的钥匙,钥匙都放在那里。我会让他找找看的。"

"噢,拜托了!"她说。

"所以你刚才说,梅勒斯对你表现得有些粗鲁?"

"哦,其实没什么!但我觉得他不希望我自由进出他的堡垒。"

"我想大概是吧。"

"不过,我不明白他为什么要介意。毕竟那也不是他的家!那里不是他的私人领地。我不明白,如果我乐意的话,为什么不能在那儿坐会儿。"

"的确如此!"克利福德说,"他这个人过于自视甚高。"

"你是这样认为的吗?"

"噢,绝对如此!他觉得自己非同一般。你知道他有过一个妻子,他们的关系不好,所以他一九一五年参了军,我记得他是被派到印度去了。无论如何,他在埃及的骑兵团当过一段时间的铁匠,总是和马扯上关系,在饲马这方面,他是个好手。后来,有个驻印度的上校看上了他,于是提拔他当了中尉。是的,军队授予了他军衔。我记得他追随他的上校回到了印度,去了西北边境。后来他生了病,得到了一笔抚恤金。我想,他是去年才退伍的。像他这样的男人,要重新适应原来的阶级,自然不是一件易事。他内心肯定会有一番斗争。但在我看来,他还称得上尽职尽责。只是我可不会忍受他摆出梅勒斯中尉的架子。"

"他满口浓郁的德比郡[1]土话,他们怎么能让他当军官呢?"

---

[1] 英国英格兰中部的郡,劳伦斯的家乡位于诺丁汉郡和德比郡的交界地带,当地人会说德比郡方言。

"他平常不说土话……只是时不时会冒出来几句。他可以说很标准的英语。我想他是觉得既然自己要回到以前的地位,最好还是按照符合身份的方式说话。"

"你之前怎么从没告诉过我他的事?"

"哦,我才没耐心讲这些传奇故事。它们破坏了所有的社会秩序。发生这种事简直是天大的不幸。"

康妮表示认同。这些不知足的人到哪里都不安分,他们的存在又有什么用?

接连好几天天气都很晴朗,克利福德也决定去树林里转转。风依然冷飕飕的,但不那么让人厌倦,阳光则如同生命本身,温暖而充实。

"真是不可思议,"康妮说,"天气晴朗的时候,人的感觉是多么不同啊。平常我们觉得连空气都半死不活的。人类正在破坏空气。"

"你认为人类在做这种事吗?"他问。

"我是这么认为的。人类把那么多的烦恼、不满和愤怒从口中吐到空气当中,足以扼杀掉空气中的活力。我对此十分肯定。"

"也许是空气的某种成分降低了人类的活力?"他说。

"不,是人类在荼毒宇宙。"她断言道。

"玷污了自己的家园。"克利福德说。

轮椅继续"噗噗"往前移动。榛子丛中悬挂着淡金色的柔荑花序,银莲花绽放在阳光充足的地方,好像在为生活的快乐而高声欢呼,如过往般美好,那时人们会和它们一同赞颂生机。他们闻到一股淡淡的苹果花般的芳香。康妮为克利福德采了几朵。

他接过花儿,好奇地看着它们。

"你仍然是未被蹂躏的沉静的新娘,"[1]他引了一句,"比起希腊瓮,这句诗似乎更适合用于描述鲜花。"

"'蹂躏'是多么可怕的一个词!"她说,"只有人类才会蹂躏东西。"

"哦,我不清楚……蜗牛之类的东西也会这么做。"他说。

"就连蜗牛,也只是把花吃掉,蜜蜂是不会蹂躏的。"

她很讨厌克利福德什么时候都要咬文嚼字。紫罗兰是朱诺的眼睑,银莲花是未被蹂躏的新娘。她是如此厌恶这些辞藻,它们总是挡在她和生活之间:若说有什么蹂躏了生活,那就是这些现成的词句,它们从一切活物身上吸走了所有生命的精华。

和克利福德的这次散步多少有些扫兴。他和康妮之间的气氛有些紧张,双方都故作不知,但这种剑拔弩张的气氛确实存在。突然之间,她凭借女性本能的全部力量把他推开。她想要摆脱克利福德,尤其是他的意识,他的文字,他对他自己的痴迷——他对自己和自己的文字无休止的痴迷,这些她统统想要远离。

又开始下雨了。但过了一两天,她冒雨到树林里去了。一进树林,她就朝着小屋走去。虽然下着雨,但天气并没有那么寒冷,树林显得非常寂静,十分遥远,在迷蒙的雨中似乎难以接近。

她来到那片空地上。那里一个人也没有!小屋的门锁着。她坐在圆木制成的门槛上,躲在简陋的门廊下,身体蜷缩成一团取暖。她就这样坐在那里,凝望着雨滴,聆听着林间仿若无声的各

---

[1] 出自约翰·济慈(1795—1821)的诗歌《希腊古瓮颂》。

种动静,虽然并没有看到起风的迹象,但还是能听到风儿掠过树枝发出的奇怪的沙沙声。老橡树环绕在小屋四周,原本强壮的灰色树干,此刻在雨水的浸淫之下变成了黑色,枝身浑圆,充满活力,朝四周伸展出粗壮的枝杈。地面上几乎看不见灌木丛的踪影,只是零星的一点银莲花,有一两株灌木,分不清是接骨木还是绣球花,还有一团淡紫色的荆棘。银莲花绿色的绒毛几乎彻底把褐色的老蕨草遮盖住了。也许这是一片尚未遭到蹂躏的土地。蹂躏!整个世界都遭到了蹂躏。

可有些东西是不会被蹂躏的。你不能蹂躏一罐沙丁鱼。很多女人就像沙丁鱼一样,男人也是如此。但是大地……!

雨势渐渐变小。橡树林不像之前那么昏暗了。康妮想离开,可她还是继续坐着。但她开始觉得冷了,然而,她内心的怨恨激发出了令她无法抵抗的惰性,致使她待在那里动弹不得,仿佛瘫痪了一般。

被蹂躏!人在没被碰触的情况下,竟然还是可能会惨遭蹂躏。被陈词滥调蹂躏成污言秽语,被腐朽思想蹂躏成顽固执念。

一条湿漉漉的棕色猎犬跑了过来,没有叫,只是翘着那条湿尾巴。那个男人跟在后面,身穿一件被雨淋湿的黑色油皮夹克,看上去像个车夫,脸色微微泛红。她感觉到他在看到自己的那一刻,本来疾驰的脚步慢了下来。粗糙的门廊下只有巴掌宽的干地,她站起身来。他行了个礼,但一句话也没说,只是慢慢走过来。她开始后退。

"我正打算离开。"她说。

"你是在等着进屋吗?"他问的时候,眼睛看着小屋,并没有看她。

"不是,我只是坐在这里避一会儿雨。"她平静地说道,语调沉静而庄严。

他看着她。康妮看上去很冷。

"克利福德爵士没有另一把钥匙了?"他问道。

"没有,不过没关系。我坐在门廊下面也完全淋不着雨。再见!"她讨厌他讲话时候满嘴土话。

她往外走的时候,他紧紧地注视着她。然后他拉起外套,把手伸进裤子口袋,掏出了小屋的钥匙。

"也许这把钥匙最好还是给你吧,我可以另外找个地方去养鸡。"

她看着他。

"你这话是什么意思?"她问道。

"我的意思是,我可以找个其他地方去养雉鸡。如果你想来这里,你不会希望我一天到晚在这里到处折腾。"

她看着他,从他让人摸不着头脑的方言中猜出了他的意思。

"你为什么不说正常的英语?"她冷冷地说。

"我觉得我说的就是正常的英语。"

她气得一时之间不知道该说什么。

"所以如果你想要这里的钥匙,那就拿去。或者,最好是我明天把钥匙给你,让我先把里面的东西都清理干净。你觉得可以吗?"

她更生气了。

"我不想要你的钥匙,"她说,"我也根本不需要你清理掉任何东西。我一点也不想把你赶出你的小屋,谢谢你!我只想偶尔来这里坐坐,像今天这样。不过我完全可以坐在门廊下,所以,请不要再提这件事了。"

他又用那双邪恶的蓝眼睛看了她一眼。

"哎呀,"他又操着浓重的方言说道,"夫人大驾光临,就像过圣诞似的,欢迎都来不及,不管是钥匙还是这里的一切,都随便夫人使用。只是每年到了这个时候,小鸡安顿好了,我要忙里忙外照料它们。到了冬天的时候,我几乎不太需要来这里。可是到了春暖花开,克利福德爵士就让我开始养鸡……而夫人来这儿的时候,也不会想看着我整天在这里到处转悠吧。"

她听完他的话,恍惚间有点惊讶。

"我为什么要介意你待在这儿?"她问道。

他好奇地看着她。

"我太碍眼呗!"他简短而意味深长地说。她的脸"唰"的一下红了起来。"好吧!"她最后开口说道,"我不会妨碍你的。我觉得我根本不会介意坐在那儿看你照看那些雉鸡。我挺享受这样的。但既然你认为这妨碍了你,那我就不打扰你了,不用担心。是克利福德爵士雇你当守林人的,不是我。"

这句话听起来怪怪的,她也不知道为什么。但她也没有深究。

"不,夫人。这是夫人您自己的小屋。夫人您想什么时候来都可以。您只要提前一周通知我,让我卷铺盖走人。只不过……"

"只不过什么?"她困惑地问道。

他把帽子往后推了推,姿势古怪而滑稽。

"只不过您来的时候,完全可以独享这个小屋,不用忍受我这个家伙在一旁碍眼。"

"可是为什么呢？"她生气地说，"你不是一个文明人吗？你觉得我应该怕你吗？我为什么要在乎你的存在，留意你是否在这里？这有什么重要的吗？"

他看着她，脸上闪过狡黠的笑容。

"这不重要，夫人。一点也不重要。"他说。

"既然如此，那到底为什么呢？"她问。

"那么，我再给夫人配一把钥匙好吗？"

"不用了，谢谢你！我不想要。"

"无论如何，我还是配一把吧。我们最好还是有两把钥匙。"

"我觉得你这个人挺无礼的。"康妮说着脸红了起来，有些气喘。

"不，不是的！"他赶紧解释，"您可别这么说！不，不是的！我压根儿没这个意思。我就是想着，如果您要来，我就得搬走，重新找地方养鸡，这就意味着得多干很多活儿。可如果夫人不介意我在这儿，那么……这是克利福德爵士的小屋，一切都按照夫人的意思，您可以随心所欲，只是我在这里干该干的零碎活儿时，您别理会我就行。"

康妮离开了小屋，她觉得莫名其妙。她不确定梅勒斯是否侮辱了自己，自己是否遭到了严重的冒犯。也许这个人只是实话实说，他以为她会希望他远离自己。好像她做梦都希望他这么做！仿佛他和他的存在，真的如此重要似的，真是愚蠢至极。

她一头雾水地回到家中，不知道自己在想什么，也不知道这是什么感觉。

第九章

　　康妮惊讶于自己对克利福德的厌恶感。更重要的是，她觉得自己从没真正喜欢过他。倒也不是恨他，恨也需要有情感的投入。她对他，只有一种肉体层面的厌恶。在她看来，她嫁给他，似乎正是因为自己不喜欢他，暗自反感他的肉体。但是，她之所以嫁给他，的确是因为他在精神上对她有吸引力，让她感到兴奋。在某种程度上，他似乎支配着她，高高在上。

　　如今，精神上的兴奋已经消失殆尽，她只能感受到肉体上的厌恶。这种厌恶从她内心深处涌现出来——她意识到这种感觉一直在吞噬着她的生命。

　　她感到虚弱无力，孤苦无依。她希望能从外界得到一些帮助。可纵观偌大的世界，没人能给予她帮助。社会因为疯狂而变得令人恐惧。文明社会已经疯了。金钱和所谓的爱情，是这疯狂社会中人类所狂热追求的两大目标，而金钱遥遥领先。人们在疯狂追求这两种欲望——金钱和爱情——的过程中证明着自己。看看米凯利斯！他的生活和行为简直就是疯癫的。他的爱情也是一种癫狂。

还有克利福德，也是一回事。所有那些空谈！所有的写作！所有那些为了让自己出人头地而做的疯狂挣扎！这一切都是癫狂而已。而且他疯得变本加厉，真是彻底疯癫了。

恐惧让康妮感到筋疲力尽。不过，克利福德至少放松了对她的掌控，把魔爪伸向了波尔顿太太。他还没有意识到这一点。就像许多疯子一样，他精神错乱的程度是能够通过他意识不到的部分来衡量的——他精神世界中存在一片广袤的荒漠。

波尔顿太太在许多方面的确令人赞许。但她有种奇怪的强势，总是没完没了地主张自己的意愿，这是现代女性癫狂的标志之一。她认为自己非常顺从，总是先人后己。克利福德让她着迷，因为他仿佛是出于一种更出色的本能，总是或经常打压她的意志，让她受挫。他主张的意志，比她的更为精妙，更加敏锐。这也是他吸引她的地方。

或许这也是他曾经让康妮为之着迷的地方。

"今天天气可真好！"波尔顿太太会用她那亲切、循循善诱的声音说，"我觉得您今天会想坐着轮椅出去转转，肯定会很舒服，阳光可真明媚啊。"

"是吗？你能把那本书递给我吗——那本，黄色的那本。还有，我想那些风信子最好还是拿走吧。"

"为什么，它们那么漂亮！"她说"漂亮"的时候露出了口音，"而且花香如此迷人。"

"我讨厌的就是这股花香，"他说，"闻起来就像在葬礼上。"

"您这么认为吗！"她惊讶地感叹了一声，虽然感受到了冒犯，但同时被他的气势震慑住了，于是她把风信子拿出了房间。

她十分崇拜他那高高在上的挑剔劲儿。

"今天早上是要我替您刮胡子，还是您自己来呢？"总是那种温柔亲切、恭谨顺从却又在暗暗操控的口吻。

"我不知道。你介意等一会儿吗？我准备好了按铃通知你。"

"好的，克利福德爵士！"她回答道，语气是那么温柔顺从，然后悄然无声地退出房间。但每一次碰壁，都会在她心里积攒下新的意志力。

过了一会儿，克利福德一按铃，她就会立刻出现在他面前。然后他会说："我想，今天早上还是你给我刮胡子吧。"

她的心微微颤动了一下，便格外温柔地回答说："好的，克利福德爵士！"

她触碰他的时候，动作熟练而敏捷，轻柔而缠绵，慢慢悠悠的。起初，他很反感她无尽温柔的手指不停游走在他脸上的那种触感。但现在他却喜欢上了这种触碰，而且越发享受了。他几乎每天都让她给自己刮胡子：刮胡子时，她的脸离他很近，她的眼神非常专注，小心翼翼的，生怕出什么差错。渐渐地，她的指尖彻底熟悉了克利福德的脸颊和嘴唇，熟悉了他的下颌和脖颈。他养尊处优，身体也十分健康，他的面容和脖颈长得十分俊美，而且他还是位绅士。

她长得也很漂亮，脸蛋白皙瘦长，看上去十分沉静，她的眼睛很明亮，但没有流露出任何情绪。渐渐地，她凭借自己无限的温柔，几乎是爱意，扼住了他的喉咙，而他也屈服于她。

现在，她几乎替他打点一切，他跟波尔顿太太在一起时会觉得更为自在。康妮伺候他的时候，他还会感到羞耻，但他可以更坦然地接受波尔顿太太的服侍。她喜欢照料克利福德。她爱上了对他的身体拥有完全掌控权的感觉，就连卑微的活儿也不在话下。有一天，她对康妮说："只要你把他们看透了，所有的男人都是婴儿。哎呀，我在泰维尔肖矿井的时候，对付过最强悍的工人。他们一旦身体有什么不适，你必须照顾他们的时候，他们就成了婴儿，只不过是个巨婴罢了。嗨，所有男人都差不了多少。"

起初，波尔顿太太以为，像克利福德爵士这样的绅士，一位真正的绅士，肯定会有些与众不同，所以克利福德一开始才占据了先机。但是，渐渐地，用她自己的话来说，当她看透了克利福德之后，就发现他和其他男人一样，只是一个住在大人躯壳里的婴儿：只不过这个婴儿性情古怪、举止文雅、有权有势，还懂得各种她做梦也想不到的稀奇知识，他仗着这些，还是可以对她颐指气使。

康妮偶尔很想对克利福德说："看在老天的分儿上，不要如此彻底地掉进那个女人的魔爪之中！"但考虑到她对他并没有在乎到那一步，所以也就没有开口。

他们仍然习惯一同度过夜晚的时光，一直到晚上十点才分开。在这段时间里，他们会聊聊天，或者一起读书，或是校阅他的手稿。但是那种兴奋感早已不复存在。他的手稿让她感到厌烦，但她仍然尽职尽责地用打字机帮他把手稿打出来。但假以时日，这项工作也会由波尔顿太太接手。

因为康妮曾向波尔顿太太提议，说她应该学会使用打字机。波尔顿太太保持着随时待命的习惯，立刻就着手开干，勤奋刻苦地练习起来。所以现在克利福德偶尔会口述一封信给她，她会用打字机把信打出来，虽然速度比较慢，但从不出错。而他也很有耐心，如果遇到生僻的单词，或者偶有用法语拼写的短语，他会用字母替她拼写出来。她激动万分的反应令指导她几乎成了一种乐趣。

现在，用过晚餐后，康妮有时会以头痛为借口上楼回到自己的房间。

"也许波尔顿太太可以陪你玩一会儿皮克牌[1]。"她对克利福德说。

"噢，我一个人完全没问题。你回你自己的房间去休息吧，亲爱的。"

但是康妮前脚刚走，他就立刻按铃叫来波尔顿太太，让她和自己一起玩皮克牌或是贝齐克纸牌[2]，有时甚至还会下象棋。他教会了她所有这些游戏。波尔顿太太像个小女孩一样羞红着脸，畏畏缩缩，手指犹豫不决地摩挲着她的王后或是骑士，然后又把手缩了回去，康妮看到这一幕时觉得莫名地讨厌。而克利福德则微微一笑，带着半开玩笑的优越感对波尔顿太太说："你必须得说：j'adoube！[3]"

她抬起头来，用明亮、惊奇的双眼望着他，然后害羞而顺从地含糊说道："j'adoube！"

没错，他是在教育她。而他很享受这一过程，这给了他一种

---

[1]　一种双人玩的纸牌游戏。
[2]　法国流行的纸牌游戏，通常是两个或者四个人用六十四张牌玩。
[3]　法语直译为"我摆正一下棋子"。在国际象棋中，棋手触碰了某个棋子，就一定要走动这个棋子。如果需要调好棋子的位置，要说"j'adoube"或"I adjust"等向对方示意，才不会犯规。

权威感。她也因此十分激动。她正在一点一点地掌握绅士们所知晓的一切，掌握那些使他们跻身上流社会的东西，除了金钱。这令她兴奋不已。而与此同时，她也让克利福德想要自己陪在他身边。对他来说，她那种发自内心的兴奋，是一种不言而喻的恭维。

在康妮看来，克利福德似乎显露出他的本来面目：有点粗鄙，有点庸俗，毫无想象力且十分油腻。艾薇·波尔顿的鬼把戏和表面谦逊实则强势的手段也同样让人一眼能看穿。但是，这个女人从克利福德身上体验到的那种真实的激动，倒是让康妮感到惊讶。倒不是说她爱上了这个男人。她之所以激动，是因为自己接触到了一个上层阶级的男人，这个有爵位的绅士，这个既能写书又能作诗的作家，他的照片还刊登在画报上。她的激动发展成了某种奇怪的热情，他的"教育"在她心中唤起了激情与回应，这种激情与回应比任何一种爱情都要强烈得多。事实上，正是因为她不可能产生爱情这一事实，才能让她拥有被另一种激情刺激到的自由，这种深入骨髓的激情源自求知，她想知晓他所了解的一切。

毫无疑问，这个女人在某种程度上爱上了克利福德：无论我们如何定义"爱"这个字。她看上去那么漂亮，那么年轻，而她那双灰色的眼睛有时十分迷人。与此同时，她偶尔会流露出一种满足的神情，甚至是扬扬得意的满足，一副沾沾自喜的样子。啊，那种沾沾自喜。康妮是多么厌恶啊！

但是也难怪克利福德成了那个女人的俘虏！她对他崇拜得五体投地，从不动摇，完全任他使唤，让他随心所欲。难怪他被奉承得飘飘然。

康妮听过他们二人促膝长谈。或者更确切地说,主要是波尔顿太太一个人在说。她把泰维尔肖村子里的家长里短滔滔不绝地讲给克利福德听。她说的内容比家长里短的流言更为精彩。简直就是盖斯凯尔夫人[1]、乔治·艾略特[2]和米特福德小姐[3]三人融为一体,还把她们没敢写进小说的内容都补充上了。一旦打开话匣子,波尔顿太太对于老百姓生活的描述,可比任何一本书都要精彩。她对村里所有人都非常熟悉,对大家所有鸡毛蒜皮的琐事都怀有极大的兴趣,听她说村里传的闲言碎语虽然有点丢脸,却十分过瘾。起初,她不敢在克利福德面前"大谈泰维尔肖"——按她自己的说法。但一旦说起来,就停不下来了。克利福德边听边为创作寻找"素材",还真找到不少呢。康妮意识到,他所谓的天赋不过如此:善于利用私下的流言蜚语,脑子足够聪明,听的时候还表现出事不关己的淡然态度。当然,波尔顿太太在"大谈泰维尔肖"的时候,表现得非常积极热情,甚至有些忘乎所以。真是不可思议!村里发生了那么多的事,她又恰好都知晓。她聊的内容都够写好几十卷小说了。

康妮对波尔顿太太的讲述也听得十分入迷,但事后她总会觉得有点丢脸。她不应该带着这种诡异而狂热的猎奇心理去听。毕竟,一个人或许可以听到别人最隐秘的事,但必须本着对饱受苦

---

[1] 伊丽莎白·盖斯凯尔(1810—1865),英国女作家,其作品多涉及维多利亚时代的社会道德问题。
[2] 乔治·艾略特(1819—1880),英国女作家,早年作品体现出她对英国乡村生活的亲身体验。
[3] 玛丽·拉塞尔·米特福德(1787—1855),英国女作家,戏剧家,擅以女性独特的细腻笔触描绘村庄的自然与乡土文化。

难、挣扎的灵魂的尊重的态度去听,并且要怀有明辨是非的善意与同情心,因为即使是讽刺也可以看作一种同情。真正决定我们这一生的,正是我们同情心的摇摆与缩减。创作得当的小说最重要的意义也在于此。它可以提供信息,把我们同情的良知引领到全新的地方,也可以让我们减少对腐朽事物的同情。因此,创作巧妙的小说,可以揭示生命中最为隐秘的地带:因为正是在生命中暗藏激情的隐秘角落,敏感意识的潮汐才最需要跌宕起伏,洗刷过往、更新迭代。

但小说和流言蜚语一样,也能激起虚假的同情和反感,让心灵变得更呆板,更麻木。小说可以把最为堕落的情感吹捧得圣洁无比,只要这些情感在传统意义上是"纯洁"的。于是,小说就像流言蜚语一样,最终变得无比恶毒,而且,因为小说总是表面站在道德的制高点上帮好人说话,所以它会格外恶毒。波尔顿太太散播流言时就总是在帮好人说话。"他是个多么坏的家伙,而她是个多么好的女人。"可是,康妮甚至可以从波尔顿太太说的那些闲话当中看出来,那女人不过是一个花言巧语的人,而那男人则是一个脾气不好的老实人。而波尔顿太太深受恶毒的传统道德的绑架,经过她一描述,脾气不好的老实人变成了一个"坏家伙",而花言巧语的女人则成了"好女人"。

正因如此,流言蜚语让人感到羞耻。出于同样的原因,大多数小说,尤其是流行小说,也让人感到羞耻。公众现在只对迎合自己堕落品位的内容感兴趣。

虽然如此,与波尔顿太太的闲聊让他们对泰维尔肖村有了全新的认识。这里丑陋的生活似乎如惊涛骇浪般恐怖——根本不像表面看起来那样单调乏味。波尔顿太太提到的人，克利福德当然全都认得，康妮只认识其中的一两个。但听上去这些事更像是发生在中非的丛林，而不是英国的村庄。

"我想您准听说了，奥尔索普小姐上星期结婚了！谁能想得到啊！奥尔索普小姐，那个老鞋匠詹姆斯·奥尔索普的女儿。您知道他们在帕伊克罗夫特建了栋房子。那老头去年摔了一跤去世了。虽然他已经八十三岁，可身手敏捷得像个小伙子。去年冬天，孩子们在贝斯特伍德山上铺了一条滑冰道，然后老詹姆斯在上面滑了一跤，把大腿摔断了，就这样丢了性命，可怜的老头，真是太可惜了。哎哟，他把自己所有的财产都留给了塔蒂，一分钱都没给儿子们留。我知道，塔蒂比我大五岁——没错，她去年秋天满五十三岁。而您知道，他们一家可都是很虔诚的教徒，真的！她在主日学校里教了三十年的书，直到她父亲去世。然后她开始和金布鲁克来的一个男人交往，我不知道您是否认识他，一个年纪挺大的家伙，红鼻头，打扮得相当时髦，他名叫威尔科克，在哈里森家的贮木场里工作。呃，他至少有六十五岁了，可您要是看见他俩手挽着手，在门口亲嘴儿的样子，准会以为他们是一对年轻的小情侣呢——可不是嘛，就在正对着帕伊克罗夫特路的窗子那里，她坐在他的大腿上，谁路过都能看见。而且他还有几个四十来岁的儿子——他的妻子两年前才去世。要是老詹姆斯·奥尔索普没有从坟墓里爬出来，那是因为根本没法子起死回生：因为他生前对女儿管得可严厉了！现在他俩结了婚，搬到金布鲁克去了，听那儿的人说，她从早到晚穿着一件睡袍晃来晃去，多不体面啊。我敢说，一把年纪的人还这样，太丢人现眼了！哎哟喂，他们比年轻人还过分，看着就恶心。要我说，这事儿都怪那些电影。但是你也没办法不让他们看电影。我老是说：去看看有教育意义的好电影，但是看在老天的分儿上，别看那些剧情片和爱情片。无论如何，别让孩子们受到这些片子的荼毒！可是你看看，成年人比孩子还糟糕，年纪大的学坏更快、更严重。还说什么道德！根本没人在乎。但我必须承认，人们如果能爱怎么着就怎么着，也就能比以往过得更自在了。可如今，他们不得不收敛些，矿井现在非常不景气，工人们都挣不到钱。村里怨声载道，实在可怕，尤其是女人们。男人们倒还好，比较能忍耐！他们又能怎么办呢，可怜的家伙！但是女人们，哦，她们才不管那么多！她们四处炫耀，还为玛丽公主[1]的婚礼凑了份子钱，然后，等她们看到公主收到的豪华礼物时，简直气疯了——她算老几，凭什么比别人强！斯旺·埃德加百货公司[2]为什么不给我送一件皮大衣，而一下子给她送了六件？我可真后悔当时捐了十先令[3]！我倒想知道，她能给我点儿什么？在矿上，我春天连一件新外套都买不起，我爸爸累死累活地工作，而她却一车一车地收礼物。也该轮到穷人搞点钱花花了，富人们也享受得够久了。我想要一件新的春装外套，我真想要，可我能上哪儿弄去呢？我就劝她们：'就算没有你们想要的华丽新衣，可你们如今能吃得饱，穿得暖，应该知足。'而她们却反驳我说：'如果让玛丽公主穿着破衣服到处走，让她一无所有，她怎么就不能知足感

1　1922年2月，乔治五世的女儿玛丽公主出嫁。
2　伦敦有名的百货商店。
3　英国的旧辅币单位，在1971年英国货币改革时被废除。废除前，一磅等于二十先令，而当时矿工的平均工资每周二十先令左右，因此，十先令是一笔不小的数目。

恩呢？像她这样的人有一车一车的礼物，而我却连件春天的新外套都没有。这太过分了。公主！这和公主没有什么狗屁关系！说来说去都是钱的问题，而且因为她很有钱，人们就会给她更多的钱！没人给我一毛钱，可我和其他人一样拥有同等的权利。别跟我扯什么教育不教育，钱才是最重要的。我想要一件春天的新外套，真的想要，可我得不到，因为没钱，买不起……'她们一心就只想着衣服。她们认为花七八基尼[1]买一件冬天的外套——要知道，她们可是矿工的女儿——花两基尼买一顶儿童夏天戴的帽子，根本算不了什么。然后她们戴着两基尼的帽子去原始卫理公会[2]的教堂，在我那个年代，女孩子们戴一顶三先令六便士的帽子，就已经骄傲得不行了。我听说，在今年的原始卫理公会周年庆祝活动上，他们为主日学校的孩子们搭建了一个平台，就像一个大看台，都快高到天花板上了。我听教女生一班的汤普森小姐说，光是台上坐着的那些学生为主日而购置的新服装，就超过了一千英镑。现在又不怎么景气！可你也拦不住她们。这些姑娘对衣服着了魔似的。小伙子也一样。小伙子们把每一分钱都花在自己身上：衣服、香烟、在矿工之家喝酒，每周去谢菲尔德闲逛两三趟。哎呀，这世道早变了。而且他们什么都不怕，什么都不敬畏，年轻人就是这样。上了年纪的男人多有耐心，多善良啊，真的，他们什么都交给女人管。而换来的就是这样的结果——这些女人成了掌控主权的魔鬼。但小伙子们可不像他们

---

[1] 英国旧金币名，一基尼等于二十一先令。
[2] 基督教新教卫斯理宗教会之一。在英国工会运动的形成阶段发挥了重要作用，一直是英国卫理公会主要团体中最具工人阶级色彩的。

的老爹。他们可不愿做出任何牺牲,一点也不,他们所做的一切都是为了自己。如果你对他们说,他们应该存些钱好成家立业,他们就会说:'着什么急,以后再说,我要趁年轻及时行乐。这年头谁还存钱啊!'啊,他们真是既粗鲁又自私,你说是不是。所有的事情都落在年纪大的男人肩上,一切的前景看着都很糟糕。"

克利福德开始对自己的村子有了新的认识。这个地方总是使他感到恐惧,但他曾经以为这里至少还算稳定。可现在……?

"在村民当中,信仰社会主义和布尔什维主义的人多吗?"他问。

"噢!"波尔顿太太说,"确实能听到几人大声嚷嚷这些。但这些人大都是欠了一屁股债的女人。男人们不理会这个。我不相信泰维尔肖的男人们有一天都变成信仰红色的人。他们都太本分了。年轻人有时候会叫嚣,但这并不是说他们真的关心这些。他们想要兜里有点钱,好去矿工之家喝酒,要么去谢菲尔德闲逛。他们只关心这个。在他们没钱的时候,他们会去听那些红色分子的高谈阔论。但没人真的相信那些话。"

"那么依你看,村子里没什么危险吧?"

"哦,没事的!只要矿上景气,就不会有什么问题。但如果情况一直不好转,年轻人可能会闹起来。我跟您说,他们是一群自私自利、被宠坏的家伙。但依我看,他们干不出什么大事。他们除了骑着摩托车招摇过市,去谢菲尔德的舞厅跳舞,不会认真对待其他任何事。你根本没办法让他们认真起来。正经一点的小伙子会穿着晚礼服到舞厅去,在一群姑娘面前显摆一番,跳点查尔斯顿的新舞步之类的。我敢肯定，有时候公共汽车上会挤满穿着晚礼服的小伙子，都是矿工的孩子，一起去舞厅，更不用说那些开车或是骑摩托车带着女朋友去舞厅的小伙子了。除了唐卡斯特和德比的赛马会——他们每一场赛马都会下注——他们不会认真思考任何事情。还有足球！但即使是足球也不比从前，差得太远了。他们说，踢球就像干苦力一样。不，他们宁愿星期六下午骑摩托车去谢菲尔德或诺丁汉。"

"可他们到了那里之后做些什么呢？"

"哦，四处闲逛——到天皇茶室那种高级的地方喝喝茶——带着某个姑娘去舞厅、电影院或是帝国剧院[1]。女孩和男孩一样自由自在。她们想干吗就干吗。"

"可他们没钱做这些的时候，又干些什么？"

"不知怎的，他们好像总有法子能弄到点钱。但要是没钱，他们就开始骂骂咧咧。可是我不觉得他们会和布尔什维主义扯上关系，因为所有的小伙子想要的都只是弄到些钱去享乐，姑娘们也一样，想要弄点钱去买漂亮的衣服——别的什么事也不关心。他们没那个头脑，成不了社会主义。他们根本无法严肃、认真地对待任何事情，而且永远也不会。"

康妮心想，底层阶级听起来和其他阶级没什么两样。无论是泰维尔肖、伦敦上流社区梅费尔，还是肯辛顿那样的贵族区，同样的剧情在一遍遍重复上演。现在，全社会只有一个阶级，那就是拜金阶级。男拜金主义者和女拜金主义者，唯一的区别在于钱

---

[1] 诺丁汉城里帝国剧院及其周边的娱乐场所。

的多少，以及对金钱欲望的大小。

克利福德受到波尔顿太太的影响，开始对矿井产生了新的兴趣。他开始产生某种归属感，重新找到了自信。毕竟，他才是泰维尔肖真正的主人，矿井其实就是他本人。他重新得到了大权在握的感觉，而在此之前，他因为恐惧一直在逃避。

泰维尔肖的煤矿产量越来越低，现在只剩下两家煤矿还在运营：泰维尔肖本地的矿井和新伦敦的矿井。泰维尔肖曾经是名声在外的矿井，赚了不少钱。但它的黄金时代已经过去。新伦敦的矿产资源从来都不算丰富，平常也只是勉强过得去。但现在整体不景气，像新伦敦这样的矿井就更加无人问津了。

"很多泰维尔肖的矿工都离开了，到斯塔克斯门和怀特沃尔谋生去了，"波尔顿太太说，"克利福德爵士，您还没见过战后在斯塔克斯门新建的那些工厂吧？哦，您哪天得抽空去看看，都是些新潮的玩意儿：他们在矿井口建起了巨大的化学工厂，看起来一点也不像是煤矿。他们说，他们从化工副产品中赚的钱，比从煤炭里赚的还多——具体是什么东西我忘记了。他们还给工人安排了新房子，都是漂亮的大宅子！但当然，这些新工厂从全国各地吸引来了许多不三不四的人。很多泰维尔肖的工人去了那里后混得还不错，比咱们自己的工人过得好多了。他们说泰维尔肖矿井完了，没希望了——只需再等几年，它就得关门大吉。新伦敦煤矿会先倒闭。老实说，如果泰维尔肖矿井停产，那麻烦就大了。罢工已经够糟糕的了，但我保证，如果矿井彻底关门，那就真像世界末日一样。在我还是小女孩的时候，这里就已经是全国最好的矿井了，要是哪个男人能在这里找到工作，会觉得自己特别幸运。啊，泰维尔肖真的赚了不少钱。而现在，大家都说这艘船要沉了，是时候跳船求生了。听起来真让人心寒！当然，还有很多工人不到迫不得已是不会离开的。他们不喜欢那些新式的矿井，挖得那么深，还要让他们操作一堆机器。有些人就是害怕那些"铁人"——他们是这么称呼那些机器的，现在采煤都是这些机器负责，以前可都是人干的活儿。他们说花钱买机器也是一种浪费。但浪费在机器上的钱，都从工人的工资上省了出来，而且省了更多。看来大地上很快就不需要人类了，干活的都是机器。但他们说，以前人们抛弃老式织袜机的时候，也是这么说的，这些我还能记得一点。但是说真的，机器越多，所需要的人力会也会增加，就是这么一回事！他们还说，从泰维尔肖挖的煤里提取出来的化学物质，和从斯塔克斯门的煤里提取的化学物质是不一样的，这可真奇怪，明明两个煤矿相距不到三英里。但他们说情况的确如此。大家都觉得实在是太可惜了，怎么就不能做点什么改善一下工人的生活呢，怎么就不能再雇用一点女工呢。所有女孩每天都跑到谢菲尔德闲逛！人人都说泰维尔肖煤矿要完蛋了，现在就是一艘正在往下沉的船，大家就该抱头鼠窜，远离沉船，我敢说，要是泰维尔肖还能起死回生，那定会引起巨大的轰动。不过，村里的风言风语多了去了。在战争期间，煤矿曾有过一段辉煌的时期。当时杰弗里爵士不知怎的，自己搞了一个信托保管，这样家里的财产就一辈子安稳了。大家是这么说的！但他们又说，现如今就连主人和矿主也没法从煤矿里挣到钱了。简直难以置信！哎呀，我一直以为矿井能永永远远地开下去。我年轻那会儿，哪能料想得到会走到今天这一步！可是新英格兰煤矿已经关了，科尔威克·伍德煤矿也关门大吉了——是啊，走过那片矮树林，看见荒废的科尔威克·伍德煤矿矗立在树林之中，灌木长得都盖过了矿井口，矿井的铁轨都锈红了，那场景真的让人难以忘怀。死去的矿井，就像死亡本身一样。哎呀，如果泰维尔肖煤矿也关门大吉，那我们可如何是好？连想都不敢想。除了罢工那会儿，泰维尔肖总是热热闹闹的，可即便在罢工的时候，扇风机的风轮也没停过，只有往上面运拉煤的小马时，风轮才会停下来。我敢肯定这世界已经让人彻底糊涂了，过了今年，都不知道自己明年什么情况，真的不好说。"

波尔顿太太的一席话，重新燃起了克利福德的斗志。正如她向克利福德指出的那样，他的收入是有保障的，因为有他父亲设下的信托，尽管那笔钱的数额不大。矿井的死活对他影响不大。他想要占领的是另一个世界，是文学和名誉的世界，是流行风尚的世界，而不是劳动者的世界。

此刻，他意识到了流行世界的成功和劳动阶层的成功之间的区别——也就是享乐群体和劳苦大众之间的区别。作为一个独立的个体，他一直在用他的小说取悦着高高在上的享乐者，而且混得很成功。但是，在享乐群体之下，是广大的劳动人民，他们冷酷、不讲究，而且相当可怕，但也需要有人去满足他们的需求。要满足他们的需求，可比满足享乐群体要困难得多。当他在创作自己的小说，在这个世界上"出人头地"的时候，泰维尔肖正在走向绝境。

他现在意识到，这位成功的成功女神嗜好两道佳肴：一道是作家和艺术家对她的恭维与奉承、爱抚和挑逗；而另一道是更为血腥的骨与肉。这骨与肉则是由开工厂挣钱的老板们提供的。

是的，两群狗正为了成功女神你争我斗：一群是阿谀奉承的人，他们负责给她提供消遣娱乐、小说、电影和戏剧；另一群没那么浮夸，但是更为野蛮，他们给她献上肉食——货真价实的金钱。那些提供消遣娱乐的狗，打扮得光鲜亮丽，喜欢哗众取宠，为了讨成功女神的欢心，互相争斗，冲着彼此咆哮。但是，这与那群提供肉骨头的狗之间无声的生死搏斗相比，根本不算什么。

在波尔顿太太的影响下，克利福德受到了诱惑，也想加入另外一群狗的斗争，用工业生产的野蛮手段来讨成功女神的欢心。不知怎的，他突然鼓起了勇气。

在某种程度上，波尔顿太太让他成为一个真正的男子汉，这是康妮从来没能做到的。康妮让他与外界隔绝，变得极为敏感，使他对自身和自身处境认知得太过清晰。而波尔顿太太让他只关注外部世界。他的内心世界开始变得像糨糊一般柔软，表面上也变得更有生命力了。

他甚至打起精神，又去了一次矿井。到了那里，他乘着矿车下到矿井里，然后又被矿车拉到各个开采点。他在战前学过的许多知识，本来似乎已彻底遗忘，此刻重新记起来了。下肢瘫痪的他坐在矿车里，井下经理打着强光给他看地下的煤层。他很少开口，但是大脑倒是运转了起来。

他开始阅读手中与煤炭开采工业相关的技术著作，研究政府工作报告，并且认真研读了用德文写的有关采矿、煤炭化学、页岩化学的最新资料。当然，最有价值的新发现都是尽最大可能保密的。但是，一旦开始在煤矿开采领域做起研究，调查各种方法和手段，研究煤炭的副产品和提炼出化学产品的可能性，你就会发现现代技术人才是多么有创新意识，是多么聪明绝顶，简直令人震惊，就仿佛魔鬼真的把自己的智慧借给了工业技术专家一样。艺术和文学搞的都是一些情情爱爱的东西，一些可怜的、愚蠢至极的玩意儿，工业技术科学要比它们有趣得多。在这个领域，人就像神明或是魔鬼一样，在灵感的刺激下发明创造，并且为了实现这些发明而奋斗。在研究活动当中，人已经超出了任何可计算的心理年龄。但是克利福德知道，要是回到情感和实际生活中，这些搞发明创造的人的心理年龄不过也就十三岁左右，都是心智尚未成熟的孩子。简直是天壤之别，让人震惊。

随它去吧。让人类在情感和"人性"思维上沦为普遍的白痴吧，克利福德并不在意。把那些统统忘却吧。他感兴趣的，是现代采煤的技术，是如何将泰维尔肖拉出深渊。

他每天都下到矿井里，做各种研究，他让那些总经理、地面经理、井下经理和工程师经历了他们做梦也想象不到的磨炼。权力！他感到全身上下涌现出一股全新的力量感：对所有人的支配权，对成百上千煤矿工人的支配权。他渐渐发现：他正在慢慢将一切掌握在自己手中。

他似乎真的重生了。现在，他重新拥有了活力！他和康妮之前过着那种与世隔绝、极度自我的艺术家和思想家的生活，而他在那个过程中渐渐消亡。现在，就让那种生活见鬼去吧。让它沉睡吧。他只感到生命从煤炭、从矿井里涌入他的体内。煤矿里的污浊空气对他而言，比氧气还好。这让他充分体会到权力的感觉，权力。他正在做某件事；而且他将要成就一番事业。他要胜利，要赢——不像他以前那样靠写小说赢得一切，那不过是沽名钓誉，不仅耗损了大量的精力，还要遭到恶意的攻击。他要的是作为一个男子汉的胜利。

起初，他认为解决方法在于发电：把煤转化为电能。后来，他又产生了一个新想法。德国人发明了一种新型机车发动机，可以自行补充燃料，不需要配司炉工。而且这种机车烧的是一种新燃料，在特定的条件下，少量的燃料就可以产生巨大热能。

这是一种新型的浓缩燃料，它燃烧得非常缓慢，却能够产生巨大的热量，最先吸引克利福德的正是这一点。这种燃料燃烧的时候肯定借助了某种外部的助燃剂，不可能只靠空气。他开始做实验，并找了一个在化学方面很有才华的聪明小伙子来帮他。

他感到得意扬扬。他终于摆脱了自我。他终于实现了此生深藏心底的渴望——摆脱自我。艺术并没有为他实现这一愿望。艺术只是让情况变得更糟。可是现在，他做到了。

他并没有意识到波尔顿太太在这件事上给了他多大的力量。他不知道自己有多么依赖她。可尽管如此，很明显，当他和波尔顿太太在一起的时候，他的语气不再那么高高在上，变得平易近人、十分亲昵，几乎在用平民的口吻说话。

和康妮在一起的时候，他反倒有点拘谨。他觉得自己亏欠她所有的一切，只要她表面上还尊重自己，他就对她表现出最大的尊重和体贴。但很明显，他内心深处隐隐惧怕着康妮。他心中重生的阿喀琉斯[1]依然长着脚踝,克利福德的弱点就是女人,像他的妻子康妮这样的女人,足以给他带来致命的打击。他对她一半顺从,一半畏惧,对她极为和气。和康妮说话时,他的声音总会有点紧张,只要她在场,他就开始沉默。

但是,当他和波尔顿太太独处的时候,他才真正感到自己是爵士,是一家之主,他跟她说话时,语气轻松,喋喋不休,几乎变得和她一样。他让她给自己刮胡子,或是像个孩子一样让她用海绵给自己擦洗全身,仿佛他真的就是个孩子。

---

[1] 希腊神话中的英雄,海洋女神忒提斯和凡人英雄珀琉斯之子。阿喀琉斯出生后,他的母亲握住他的脚踝将他浸泡在冥河水中,使他全身刀枪不入,唯有被握住的脚踝没有浸到冥河水,成了他唯一的弱点。

第十章

康妮现在总是独自一人,来勒格比庄园做客的人越来越少。克利福德不再需要他们,甚至连那帮密友都不怎么搭理了。他变得很古怪,宁愿听收音机,为此他花了一大笔钱,最后终于装好了,效果不错。就连在信号不太稳定的英格兰中部,他有时也能收到马德里或法兰克福的电波。

他会连续好几个小时独坐在那里,听着喇叭嘶吼。这让康妮感到大为震惊,不知该作何反应。可他坐在那里,脸上一副茫然、恍惚的神情,就像失了魂似的,他一直在听,或看上去似乎在听着那不可言说的广播内容。

他真的在听吗?还是说,他只是把收音机当作催眠剂,心里则在盘算着其他的事?康妮并不知道。她逃回楼上自己的房间里,或者逃到外面的树林里。有时,她心中充满恐惧,一种对于整个人类文明开始显露其疯狂初症的恐惧。

可是,克利福德现在已经游走到了工业活动这一古怪的方向,几乎变成了另一种生物,外表长着坚硬能干的壳,而内心却柔软如糨糊,就像一只生存于现代化工业和金融界中的奇特的螃蟹或龙虾——属于甲壳纲的无脊椎动物，外壳像机器一样由钢铁制成，壳内则是一团软肉，康妮真的是进退两难。

她还是没有获得自由，因为克利福德必须把她留在身边。他似乎神经质般地恐惧，生怕康妮会离开他。他体内奇怪的软弱部分，那在世为人的感性部分，像个孩子一样提心吊胆地依赖着她，几乎像傻子一样。她必须作为他的妻子，作为查泰莱夫人，留在他的身边，留在勒格比庄园。否则他就会像个傻瓜一样，迷失在荒野之上。

康妮意识到这种过度的依赖有些可怕。她听过他与煤矿经理、董事会成员以及青年科学家们的对话。他对事物的敏锐洞察力，对权力的掌控，对那群所谓实干家的那种异于常人的驾驭能力，让康妮感到震惊。他自己也成了一个实干家，而且还是一个非常精明强干的实干家，成了主人。康妮认为这应该归功于波尔顿太太，在克利福德人生的危急关头，波尔顿太太对他产生了影响。

但是，当这个精明的实干家独自面对自己的情感生活时，他几乎就变成了一个傻子。他崇拜康妮。她是他的妻子，一个更崇高的存在，他出于一种奇怪的偶像崇拜心理，卑微地崇拜着她，就像野蛮人一样——基于对崇拜对象力量的巨大恐惧，甚至是对这位可怕的偶像的力量的憎恨。他唯一想要的就是康妮发誓，发誓对自己不离不弃。

"克利福德，"她对他说——在她拿到小屋的钥匙之后的某一天，"你真的愿意我生一个孩子吗？"

他用那双十分外凸的淡蓝色眼睛看着康妮，眼神中流露出一丝小心翼翼的忧虑。

"如果不会影响我们之间的关系,我倒不介意。"他说。

"影响什么?"她问。

"你和我的关系啊,影响我们对彼此的爱。如果会影响到这一点,那我肯定是反对的。哎呀,说不定某一天我也会拥有自己的孩子呢!"

她一脸惊讶地看着他。

"我的意思是,说不定某一天我的能力又恢复了。"

她仍然惊讶地瞪大双眼,而他感到不自在起来。

"所以你不想要我生个孩子?"她说。

"我跟你说,"他像条走投无路的狗一样答得飞快,"只要孩子不影响你对我的爱,我是很乐意的。如果它影响到这一点,那我死也不愿意。"

恐惧使一阵寒意涌上康妮的心头,同时产生了对克利福德的鄙夷,她只好默不作声。这真是傻子的胡言乱语,他已经不知道自己在说什么了。

"哦,我对你的感情不会因此受到任何影响。"她用带着几分讥讽的语气说。

"那就行!"他说,"这就是关键!如果不影响的话,那我一点也不介意。我指的是,有个孩子在家里跑来跑去,感觉自己在为孩子创造未来,这是一件非常好的事情。这样我就有了奋斗的目标,而且我知道那是你的孩子,是不是,亲爱的?那我会将其视如己出,因为在这件事上,你才是最重要的。你知道这一点的,对吧,亲爱的?我不参与,我是无足轻重的。就生命的角度而言，你才是伟大的'神'。你知道这一点的，不是吗？我是说，我自己是这么认为的。我的意思是，可对你来说，我无足轻重。我活着是为了你和你的未来。我对我自己而言，也什么都不算。"

康妮听完这一席话，心里感到越来越沮丧，对他的厌恶感又加深了。就是这种睁眼瞎话，荼毒着人类的存在。哪个头脑清醒的男人会对女人说这种话！虽说男人的头脑都不怎么清醒。但凡有一丝廉耻之心的男人，怎么可能把人生责任这样可怕的重担放在一个女人肩上，然后把她丢弃在虚无之中？

更过分的是，半个小时之后，康妮就听到了克利福德和波尔顿太太在聊天，声音中洋溢着热情和冲动，他对那女人流露出一种不自知的热情，仿佛对他来说，波尔顿太太是半个情妇，半个养母。波尔顿太太正精心给他穿上晚礼服，因为家里来了重要的商界访客。

有时，康妮真的觉得自己会在这种时候死去。她觉得自己会被诡异的谎言和愚蠢至极的残酷行为碾压致死。克利福德在生意上那种奇怪的高效，某种程度上震慑住了康妮，而他私底下对她的崇拜又使她恐慌。他们之间什么也没有。这些日子里，她甚至不再触碰克利福德，而他也不碰她一下。他甚至都不再牵起她的手，温柔地握着它。完全没有。而正因为他们没有任何肢体接触，他就用他那番偶像崇拜宣言来折磨她。那是彻底失去性能力的人的残酷举措。她觉得自己快要失去理智，或者是失去性命了。

她一有空就逃到树林里去。一天下午，当她坐在那里，看着

"约翰井"冰冷的泉水冒着泡泡,陷入沉思时,守林人迈着大步朝她走来。

"我给您配了一把钥匙,夫人!"他行了个礼,然后把钥匙递给她。

"太谢谢你了!"她吓了一跳,说道。

"请您别介意,小屋不算太整洁,"他说,"我尽我所能打扫了一下。"

"可我不想给你添麻烦!"她说。

"哦,一点儿也不麻烦。大约一周后,我要安排母鸡孵蛋。但它们不会害怕您的。我早晚得来看看它们,不过我会尽量不打扰到您。"

"你不会打扰到我的,"她反驳了一句,"要是我妨碍到你了,那我宁愿彻底不去那个小屋。"

他用那双锐利的蓝眼睛看着她。他看上去很友善,却又有些疏离。虽然他看上去十分消瘦且病恹恹的,但至少他头脑清醒,体格健全。他突然咳嗽了一下。

"你怎么咳嗽了?"她说。

"没什么——就是感冒。上次得了肺炎之后,落下了咳嗽的病根,但没什么大不了的。"

他和她保持距离,不愿再靠近一步。

她经常在早上或是下午去小屋,但他从不在那里。毫无疑问,他在故意躲着她。他想保有自己的个人空间。

他把小屋收拾得整整齐齐,在壁炉旁边放上了小桌子和小椅子,留好一小堆点火用的木柴和小圆木,把工具和捕猎夹子尽可能地放到远处，以此来隐藏自己的痕迹。他用树枝和稻草在外面的空地上搭了一个低矮的棚子，为母鸡们提供遮挡，棚顶下面有五个鸡笼。有一天，她来的时候，发现两只褐色的母鸡正卧在鸡笼里，看上去警觉又凶悍，它们正孵着蛋，沉浸于母性深沉的热血本能之中，骄傲地支棱起自己的羽毛。这场面几乎让康妮心碎。她自己是如此孤苦无依，毫无用处，根本算不上是一个女人，只是一个可怕的存在。

五个鸡笼里养的都是母鸡，三只褐色的，一只灰色的，还有一只黑色的。它们的姿势都一样，母性的冲动和天性让它们温柔而笨重地挤作一团，卧在蛋上，把羽毛支棱得非常蓬松。康妮蹲在它们面前的时候，它们用炯炯有神的眼睛盯着她，发出短促而尖锐的咯咯声，以表示愤怒和警告，但这主要是生人靠近时，母性让它们本能地表现出的愤怒。

康妮在小屋放粮食的桶里找到了谷粒，她把谷粒放在手中递给它们。它们不吃，其中一只母鸡狠狠地啄了一下她的手，吓了康妮一大跳。但她渴望给母鸡们喂点什么，这些孵蛋的母亲都不吃不喝。她用小罐子装来一点水，见其中一只母鸡喝起水时，她感到十分高兴。

现在她每天都去看望这群母鸡，它们是世界上唯一能温暖她内心的东西了。克利福德的主张让她从头凉到脚。波尔顿太太的声音，那些登门造访的商人的声音，都使她浑身冰凉。米凯利斯偶尔寄来的信也同样使她感到一阵寒意。她觉得如果一直这样持续下去，她只剩死路一条。

然而，现在已经到了春天，树林里冒出了风铃草，榛树上萌发的嫩芽就像绿雨飞溅。春天已然到来，可万物依然冷酷，依旧无情，实在是太可怕了。只有那些支棱着美丽的羽毛卧在鸡蛋上的母鸡，它们正在孵蛋的炙热身体才是温暖的。康妮总觉得自己随时都有可能昏厥。

随后的某个阳光明媚的日子，榛树下一丛丛报春花绽放，小径上星星点点地开了许多紫罗兰。午后时分，康妮来到鸡笼旁，看到一只非常非常小的雏鸡迈着小碎步欢快地蹦跶来蹦跶去，母鸡则惊恐地咯咯直叫。那只瘦弱的小鸡是灰褐色的，身上有深色的斑点。在当下那一刻，这只小鸡是全天下最有生命力的小东西。康妮带着狂喜的心情蹲下来看着小鸡。生命，生命！纯洁无瑕的、充满活力的、无所畏惧的新生命！新生命！如此娇小，却又如此无畏！即使当它听到母亲警示的尖叫后落荒而逃，好不容易爬回鸡笼，躲藏进母亲的羽翼之下时，它也并非真正感到害怕，而是把这一切当作一场游戏，生命的游戏。因为过不了一会儿，一个尖尖的小脑袋又从母鸡金棕色的羽毛里探了出来，打量着外面的大千世界。

康妮彻底被眼前的一切迷住了。与此同时，她从来也没有像此刻这样，如此强烈地感受到女人与生俱来的伤心与落寞的痛苦。这痛苦变得越来越难以承受。

现在的她只渴望一件事，那就是到树林里的那块空地上去。其余的一切不过是一场痛苦的梦。但有时，女主人的职责会让她一整天都被困在勒格比庄园。这让她觉得自己好像也变得越来越空虚，极度空虚，空虚到失去理智。

一天傍晚，她顾不上有没有客人，吃完晚饭就逃走了。天色已晚,她飞奔着穿过园林,就像生怕被叫回去似的。她走进树林时,太阳西下,天空已经变成了玫瑰色,但她还是在花丛中继续前行。头顶上的霞光还会亮上一阵子。

她来到空地上,满面通红,意识有些恍惚。守林人在那里,只穿了件衬衫,正准备关上鸡笼的门,这样小鸡们就可以安全过夜了。但是,还有一个三只鸡仔组成的小分队留在稻草棚顶下面,踮着小爪子吧嗒吧嗒地跑来跑去,无论紧张的鸡妈妈怎么叫,这几只机警的黄褐色小东西都不肯回笼子里。

"我必须来看看这些小鸡!"她一边气喘吁吁地说,一边害羞地瞥了守林人一眼,几乎就像没意识到他的存在一样,"又孵出新的小鸡了吗?"

"到目前为止已经有三十六只了!"他说,"还不错!"

看着这些小鸡破壳而出,给他带来了奇妙的愉悦感。

康妮蹲在最后一个鸡笼前面。三只小鸡已经跑进笼里,但它们顽皮的小脑袋还是从黄色的羽毛里探了出来,然后又缩了回去,最后只剩下圆圆的小脑袋从鸡妈妈硕大的身体下往外张望。

"我想摸摸它们,"她说着,小心翼翼地把手指伸进鸡笼的栅栏里。但是那只母鸡凶狠地啄了一下她的手,康妮吓得赶紧把手缩了回来。

"它怎么啄我!它讨厌我!"她诧异地说,"可我是不会伤害它们的呀。"

站在她头顶上方的那个男人笑了出来,他在她身边蹲下,两膝分开,然后安静而从容地把手慢慢伸进鸡笼。那只老母鸡也啄了啄他,但没有那么用力。他用温柔而坚定的手指,在老母鸡的羽毛中慢慢摸索着，然后从它的羽翼下拉出一只轻声啾啾叫的小鸡。

"给你！"他边说边把手伸到她面前。她接过那只灰褐色的小东西，把它捧在双手之间，它就站在那儿，两条火柴棍般细得吓人的小腿支撑着它的身体，它用微弱的力气保持着平衡，康妮感受到了掌间那几乎没有重量的小爪子的颤抖。但它还是勇敢地抬起了那漂亮而匀称的小脑袋，机灵地看看四周，轻轻地"叽"了一声。"实在是太可爱了！太顽皮了！"她柔声说。

守林人蹲在她旁边，也饶有兴致地看着她手里那只胆大包天的小鸡。突然之间，他看见一滴眼泪落在她的手腕上。

于是他站起身来，朝着另一个鸡笼走去。因为他突然意识到，过往的火焰在他的小腹之处燃烧奔腾，他原本希望这股欲火永远熄灭。他转过身背对着她，极力压抑着这一团火。但它蹿了上来，又向下蔓延，在他的膝盖上打转。

他再次转过身来看着她。她跪在那里，茫然而缓慢地把手伸向前方，好让小鸡能回到母鸡身边。她身上散发出沉默而绝望的气息，他心中燃起了对她的怜悯之情。

不知不觉间，他已飞快向她走去，又在她身旁蹲了下来，因为她害怕母鸡，所以他从她手中接过小鸡放回笼子里。他腹股沟后方那团火突然间烧得更猛烈了。

他担心地瞥了她一眼。她避开他的目光，把脸偏到一边，再也压抑不住，放声痛哭起来，哭出了她这一代人绝望的苦痛。他的心突然熔化，仿佛落下一滴火花，于是他伸出手，将手指放在她的膝盖上。

"你别哭了。"他柔声说道。

但她却掩面而泣,觉得自己的心真的要碎了,其他一切都不再重要。

他把手搭在她的肩头,轻柔地沿着她背部的曲线往下游走,情不自禁地抚慰着她,最后来到她蜷缩着的腰上。出于某种盲目的本能,他的手轻轻地、轻轻地爱抚着她的腰线。

她找到自己的小手帕,慌乱地想擦干自己脸上的泪水。

"要不要到小屋去?"他用平静的语气不动声色地说。

他轻轻地用手抓住她的上臂,把她拉了起来,慢慢引领她走向小屋,直到她走到屋内才松手。然后他把椅子和桌子挪到一边,从工具箱里拿出一条棕色的军用毯,缓慢地把毯子铺在地上。她一动不动地站在那里,瞄了他的脸一眼。

他面色苍白,没有一丝表情,一副屈服于命运的样子。

"你躺在这儿吧。"他柔声说,随后关上门,小屋里暗了下来,非常昏暗。

奇怪的是,她竟顺从地躺到毯子上。紧接着,她感到那只柔软的、摸索着的手,带着无法抗拒的渴望,抚摩着她的身体,触碰着她的脸庞。那只手带着无限的慰藉和信念,轻柔地抚摩着她的脸。到了最后,他在她脸颊上轻轻落下一吻。

她安静地躺着,仿佛已然睡去,坠入梦中。然后,她感觉到他的手温柔地摸索着,带着一种奇怪而挫败的笨拙感,探入她的衣衫之中,让她全身为之一颤。然而,那只手也还是知道,知道如何解开它想要解开的衣物。他小心翼翼地、慢慢地把那件单薄的贴身丝质衬裙拉下来,褪到她的脚踝处。他因为剧烈的快感而颤抖起来，抚摸着那温暖柔软的身体，在她的肚脐上亲吻了片刻。他必须立刻进入她身体之中，进入她柔软、宁静的胴体中那片平静之土。对他来说，进入女人身体的时刻，能让他获得纯粹的宁静。

她静静地躺着，仿佛已然入睡，总是处于某种不完全清醒的状态中。性爱和高潮都是他的，全都属于他。她不能再取悦自己了。就连他双臂紧紧地搂着她，就连在他身体激烈抽动后将种子喷洒在她体内这一过程，她都处于一种昏睡的状态。直到他结束，轻轻躺在她的胸前喘着粗气，她才苏醒过来。

然后，她不禁感到好奇，只是隐约有些好奇，为什么？这到底有什么必要？为什么性爱驱散了她心中的大片乌云，给她带来了平静？这是真实的吗？这是真实的吗？

她那颗饱受折磨的现代女性的大脑仍然不得消停。这是真实的吗？她知道，如果把自己献给了这个男人，那这就是真实的。但如果她不把自己的心交出去，那性爱也就没有任何意义。她变得苍老，她觉得自己有几百万岁了。到了最后，她再也无法承受自我的重担。她做好了任由他处置的准备。就让他掠夺一切吧。

那男人伏在她身上一动也不动，十分神秘。他的感受是什么？他在思考着什么？她一概不知。对康妮来说，他是个陌生人，她对他毫不了解。她只好等待着，因为她不敢打破他那神秘的静默。他躺在那里，双臂搂着她，身子压在她的身上，他那被汗水弄湿的身体紧贴着她的身体，如此亲密无间。他们对彼此一无所知，却让人感到宁静。他静止不动，非常平和。

当他终于缓过神来，离开她的身子时，她有所察觉，觉得自己仿佛被抛弃了一样。在黑暗之中,他把她的连衣裙往下拉到膝盖的位置,又在一旁站了一会儿,显然是在整理自己的衣服。然后他安静地打开门走了出去。

她看到在落日余晖的映衬下,一弯明亮无比的月牙闪耀在橡树梢头。她很快站起身来收拾了一下自己,穿戴整齐后朝小屋门口走去。

所有低矮的树丛都被笼罩在了阴影之中,几乎是一片漆黑。然而头顶上的天空却晶莹剔透,尽管没有透出任何亮光。他穿过矮林的阴影朝她走来,抬起的脸庞就像一个苍白的斑点。

"我们走吧?"他说。

"去哪里?"

"我陪你走到园林门口。"

他自作主张地安排好了一切。他锁上小屋的门,然后跟着她往回走。

"你不会后悔吧?"他走到她身旁时问道。

"不!不后悔!你后悔了吗?"她说。

"对于刚才发生的事,我不后悔!"他说。过了一会儿,他又补了一句:"但还有其他的事。"

"其他什么事?"她说。

"克利福德爵士。其他的人。所有那些乱七八糟的麻烦事。"

"为什么是麻烦事?"她失望地说。

"总会发生的。对你对我都一样,总会有一些麻烦事发生。"他在黑暗中稳步前行。

"那你后悔了?"她说。

"某种程度上是有点！"他抬头望着天空回答道，"我本以为这一切已经与我无关。现在我又开始了。"

"开始什么？"

"活着。"

"活着！"她异常激动地重复了一次。

"这就是活着，"他说，"根本没办法摆脱它。如果真的能摆脱它，那你基本和行尸走肉没什么区别。所以，如果我必须破茧重来，那就这样吧。"

她并不完全同意，可还是……

"这不过是爱情罢了。"她欢快地说。

"不管那是什么，都一样。"他回答。

他们沉默地穿过越发幽暗的树林，一直走到园林门口。

"但你不会恨我的，对吧？"她惆怅地说。

"不，不。"他回答道。突然之间，他怀着先前紧密相连时的激情，又把她紧紧搂在胸前。"不，我觉得刚才很美妙，非常美妙。对你来说也是吗？"

"是的，我也这么觉得。"她有点口是心非地回答道，因为欢爱的过程中她始终魂不守舍。

他温柔地吻着她，满怀柔情地在她唇上留下热吻。

"要是这世上只有你我就好了。"他哀伤地说。

她笑了。他们来到园林门口，他为她打开门。

"我就送你到这里了。"他说。

"好的！"她伸出一只手，仿佛是要握手道别。但他却用双手握住了她的手。

"你还想我再去吗？"她满怀期待地问道。

"当然！当然！"

她离他而去，穿过了园林。

他站在原地，看着她走进黑暗之中，远方的地平线一片苍白。他几乎是带着苦涩的心情望着她离去。在他只想与世隔绝的时候，她再次让他和外界产生了联系。作为一个男人，活到今天他只想孤独终老，她却让他失去了孤苦的个人空间。

他转身走进幽暗的树林。四处万籁俱静，月亮已经升到空中。但他仍听到了夜里的喧嚣，斯塔克斯门矿场的引擎声，主干道上的车辆声。他缓慢地爬上了光秃秃的小山坡。站在坡顶，他可以俯瞰整个乡野：斯塔克斯门矿场一排排明亮的灯光，泰维尔肖矿井亮灯的面积要小些，还有泰维尔肖村子里昏黄的灯光，到处都是，零零落落地分散在漆黑的村庄之中。远处可见的是熔炉散发出的红光，那光呈淡淡的粉红色，因为夜空十分清朗，倾倒下来的液态金属那炽热的红光把天空染成了粉红色。斯塔克斯门的电灯照射出刺眼又邪恶的强光！那些灯光中隐含着难以言喻的邪恶本质。中部工业区的夜晚，到处都令人不安，让人持续不断地产生恐惧。他能听到斯塔克斯门矿场起重机转动的声响，把晚上七点上班的矿工运下矿。矿井采取的是三班倒的工作制。

他往坡下走，又进到了与世隔绝的幽暗树林里。但他知道树林的与世隔绝是一种幻觉。工业的喧嚣打破了这片幽静，虽然看不见那刺眼的灯光，但它的存在无疑是在嘲笑着这片树林的寂静。男人没办法再离群索居地过着私密的生活了。这个世界不允许隐士的存在。现在他和一个女人发生了关系，给自己带来了新一轮的痛苦和毁灭。因为凭借过往的经验，他知道这意味着什么。

这不是女人的过错，甚至不是爱情的过错，也不是性爱的过错。错误源自那些邪恶的电光，源自引擎那恶魔般的轰鸣。在那里，在那机械化的贪婪世界里，贪婪的机械化和机械化的贪婪，闪烁着灯光，喷出烧热的金属，轰鸣出拥挤的车流，那里存在着巨大的罪恶根源，随时准备摧毁不愿与其同流合污的一切事物。很快，它就会摧毁树林，蓝铃花也不再绽放。在翻滚奔腾的铁流下，所有脆弱的事物都将湮灭。

他怀着无尽的柔情想着那个女人。可怜孤单的人儿，她都不知道自己有多美好。而且啊，她日常接触的那些粗鄙之辈，根本配不上她！可怜的人儿，她身上也带有一丝野生风信子的柔弱，她可不像时下的现代女性，她们都有如橡胶制品和白金那般坚韧。她们会把她摧毁的！就像她们摧毁所有天生娇柔的生命一样，她们毫无疑问会将她摧毁！娇柔！在她性格之中，有娇柔的部分，娇柔得就像刚发芽的风信子一般，而这种娇柔在今天那些合成塑料般的女人身上已经不复存在。但他会尽自己的心力来保护她一阵子。就那么一阵子，直到无情的钢铁世界和机械化的贪婪的物欲之神把他们——她和他——都摧毁为止。

他拿着猎枪，带着狗回到家中——那个漆黑的农舍。他点上灯，生起炉火，吃起了晚饭——面包、奶酪、小洋葱和啤酒。他独处于自己喜爱的宁静之中。他的房子干净而整洁，尽管相当简朴。可是，炉火是明亮的，壁炉是洁白的，油灯在铺着白色油布的桌子上方悬挂着，十分明亮。他尝试去阅读一本有关印度的书,但今晚他读不进去。他穿着衬衫坐在火炉旁,没有抽烟,手旁放着一杯啤酒。他心里想的都是康妮。

坦白说,他很后悔和她发生的这一切,也许主要是对她感到抱歉。他有一种不祥的预感。并不是感到自己做错了什么或是产生了罪恶感,在这一方面他并没有受过良心的谴责。他知道,所谓良心,主要是对社会的惧怕,或是对自我的恐惧。他并不恐惧自我。但是他十分清楚地知道自己惧怕社会,他本能地知道,社会是一头恶毒又有些疯狂的野兽。

那个女人!如果她能和他在一起,而这世上除了他俩就别无他人,那该多好啊!欲望再次燃起,他的阳具像只鲜活的小鸟般开始激动起来。与此同时,他感到一股压力压在他的双肩之上,那是对于把自己和她暴露给外面那玩意儿的恐惧,那玩意儿在电光之中闪着邪恶的光芒。她,可怜的小东西,对他来说只是一个年轻的女人,却是一个和他有过肌肤之亲,并且让他依旧渴求的年轻女人。

奇怪的欲火让他伸了个懒腰,在过去四年间,他一直独居,远离了男女之事。他站起身来,拿起外套和猎枪,把灯调暗,带着狗走到屋外,走进繁星点点的夜晚。在欲望的驱使下,他心怀着对外界那邪恶玩意儿的恐惧,放轻了脚步,开始在树林里漫步巡查。他爱黑暗,爱把自己包裹于黑暗之中。这夜色正符合他膨胀的欲望,无论如何,这无处安放的欲望都可谓宝贵的财富——他那躁动不安的阳具,腰腹间燃起的火焰!啊,要是有其他人与他同仇敌忾就好了,他们可以一同对抗外面那个闪着电光的玩意儿,可以一起保存生命的温柔、女人的娇柔,以及欲望这种与生俱来的财富。要是有人能并肩作战就好了！可男人们都在外面，歌颂着那玩意儿，要么旗开得胜，要么被机械化的贪婪或者贪婪的机械化碾压得粉身碎骨。

而康斯坦斯这边，她来不及多想就匆忙穿过园林回家了。对于刚发生的一切，她还来不及深思。她得赶上晚餐的时间。

可她懊恼地发现大门已经锁上了，只能按门铃叫门。波尔顿太太把门打开了。

"哎呀，您在这儿呢，夫人！我都开始怀疑您是不是迷路了！"她有点调侃地说，"不过克利福德爵士还没有问起您，林利先生今天上门来和他谈事情。看样子他会留下来吃晚饭，您说是吧，夫人？"

"似乎是。"康妮说。

"要不我把晚餐时间往后推迟一刻钟？这样您更衣时间更宽裕些。"

"最好如此。"

林利先生是矿上的总经理，一个上了年纪的老头，来自北方，这人没什么活力，达不到克利福德的标准，他既跟不上战后的形势，也对付不了战后的矿工——他们总是故意磨洋工。康妮喜欢林利先生，但她很高兴林利先生的妻子今晚没来——她不用忍受他妻子的谄媚。

林利先生留下来用晚餐，康妮是深受男人们喜爱的女主人，她是如此谦逊，又如此殷勤周到、细致体贴。她那双大大的蓝眼睛和温柔安详的神态，足以掩藏她内心真正的想法。康妮经常扮演女主人这个角色，这几乎成了她的第二天性，但是毫无疑问只是第二天性。然而，奇怪的是，每当她扮演这个角色时，总能达到忘我的境界。

她耐心地等待着，直到可以上楼去思考自己的心事。她总是在等待，这似乎成了她最擅长的事。

可是，回到自己的房间后，她仍然感到茫然和困惑。她不知道该作何感想。说真的，他到底是个怎样的男人？他真的喜欢她吗？她觉得也没那么喜欢。但他很亲切。他身上有某种特质，一种温暖而天真的亲切感，有点奇怪，来得也很突然，这一特质几乎让她的身体为他绽放。但她觉得，他可能对任何一个女人都如此亲切。尽管如此，这种亲切感还是莫名其妙地令人感到安慰和宽心。而且他是个热情的人，健康而又充满激情。但他也许没什么特别的，他跟任何一个女人在一起，可能都像和她在一起的时候那样。这真的不是针对哪个人。对他来说，她只是一个女人罢了。

但或许那样更好。毕竟，他是把她看作一个女人来亲切对待她的，之前没有哪个男人这样对待过她。男人对她的社会身份十分友好，但对她的女性身份却十分残酷，他们蔑视她，或是完全无视她。男人们对康斯坦斯·里德和查泰莱夫人都极其友善，却完全不尊重她的女性情欲。而他根本不理会康斯坦斯和查泰莱夫人，他只是轻轻地抚摩她的腰臀、她的双乳。

第二天，她又去了林间。这是一个阴沉静谧的午后，深绿色的水银花在榛树丛中蔓延生长，每一棵树都悄无声息地尽全力抽出新芽。今天，她几乎可以从自己体内感受到旺盛的精力，感受到那些庞大树木内的汁液一路朝上，朝上，涌到芽尖，使劲伸展成火红的小橡树叶,那古铜色有如血液。就像潮汐喷涌着奔流而上,挥洒在天空之中。

她来到那片空地上,但没看到他的身影。她原本也没太指望能见到他。小雏鸡们动作像昆虫一样轻盈,从鸡笼里跑了出来,鸡笼里的母鸡们焦急地咯咯直叫。康妮坐在那里,看着雏鸡,等待着。她只是等着。就连那些小鸡,她都没怎么注意看。她就这么等待着。

时间像梦一般缓缓流逝,而他并没有出现。她本来也没太期望能见到他。他从来不会下午过来。她必须回家去准备下午茶。但她得强迫着自己才能离开。

回家的路上,下起了毛毛细雨。

"又下雨了吗?"见她甩着帽子上的雨水,克利福德问道。

"只是小雨。"

她斟茶时沉默不语,挥洒不去脑中执拗的念头。她今天就是想见到守林人,想看看之前发生的一切是不是真实的。究竟是不是真实的。

"一会儿我给你读点什么吧?"克利福德说。

她看着他。他察觉到什么了吗?

"春天让我不太舒服——我想我还是去休息一下吧。"她说。

"随你吧。你觉得很难受吗?"

"没有!只是有点累……都怪春天的天气。要不你让波尔顿太太陪你打打牌什么的?"

"不用!我想我还是听听收音机好了。"

她从他的语气中听到了一种异样的满足。她上楼回到自己的卧室，在房间里听见收音机开始咆哮，传出一阵软乎乎的、故作高雅的愚蠢嗓音，就像是接连不断的街头叫卖声，模仿着老式街头叫卖人，装腔作势得十分明显。她穿上那件紫色的旧雨衣，从侧门溜了出去。

蒙蒙细雨像一层面纱，笼罩着整个世界，外面看上去神秘而安静，还不算太冷。她匆匆穿过园林，觉得身上渐渐暖和了起来。她不得不敞开那薄薄的雨衣。

在黄昏的细雨中，树林间悄然无声，平静而隐秘，到处都是分不清品种的鸟蛋、发了一半的嫩芽，还有含苞待放的花朵。在暮色之中，所有赤裸幽暗的树木都泛着微光，仿佛它们褪去了自己的衣衫，大地之上的所有植物似乎都以绿色为旋律哼唱起了小曲。

空地上仍然不见人影。几乎所有的小鸡都钻到鸡妈妈的羽翼之下，只剩最后一两只大胆的小鸡还在草棚下干燥的地面上啄食。它们有点搞不清楚自己想干吗。

行吧！他依然没有出现。他是故意不来的。不然就是出了什么岔子。也许她应该去他家看看。

但她生来就习惯于等待。她用钥匙打开小屋的门，里面十分整洁，玉米放在箱子里，毯子叠好放在架子上，稻草整齐地堆在角落，这捆稻草是新放进来的。防风灯挂在钉子上。桌子和椅子已经放回到她之前躺过的地方。

她坐在门口的凳子上。四周的一切仿佛静止了！风轻柔地吹打着细雨，朦胧一片，却听不见一丝风声。万籁俱静。树木像某种强壮的生物，挺立在那里，忽明忽暗、若隐若现、沉默寡言、生机勃勃。一切都是如此鲜活!

夜色更深了,她必须得回去了。他在躲着她。

可突然间,他迈着大步走进空地,身穿一件像车夫常穿的那种黑色油皮夹克,浑身湿淋淋的,闪着水光。他飞快地瞥了一眼小屋,稍稍行了个礼,然后转向一边,朝鸡舍走去。他一言不发地蹲在那里,仔细地检查一切,然后小心地把母鸡和小鸡关好,让它们安全度过夜晚。

最后,他慢慢朝她走来。她仍然坐在凳子上。他走到门廊下,站在她面前。

"那么,你还是来了。"他操着方言说道。

"是的,"她抬头看着他说,"你来晚了!"

"是!"他转过头望着远处的树林回答道。

她缓慢站了起来,把凳子拉到一边。

"你想进来吗?"她问道。

他低头看着她,眼神锐利。

"你每天晚上都到这儿来,人们不会胡思乱想吗?"他说。

"为什么?"她抬头看着他,一脸迷惑,"我说过我会来的。没有人知道。"

"可是他们很快就会知道的。"他回答道,"到那时怎么办?"

她不知该如何作答。

"他们为什么会知道?"她说。

"纸是包不住火的。"他认命地说。

她的嘴唇微微颤抖了一下。

"那我也没办法。"她支支吾吾地说。

"不。"他说。"你有办法,你可以不来——如果你愿意的话。"他压低嗓音补了一句。

"可我不愿意。"她喃喃说道。

他望着远处的树林,没有回话。

"可是人们发现了怎么办?"他终于问了一句,"想想看!我不过是你丈夫的仆人,想想看你会感到多么耻辱。"

她抬头看着他那张别过去的脸。

"是不是,"她结结巴巴地问,"是不是你不想要我了?"

"你想想看!"他说,"想想看,如果人们发现了——克利福德爵士和——所有人都会嚼舌根——"

"那我可以离开。"

"到哪里去?"

"哪里都可以!我自己有钱。我母亲在信托给我留了两万英镑,我知道这笔钱克利福德是动不了的。我可以一走了之。"

"但或许你不想一走了之呢。"

"我想,我想走!我不在乎会发生什么。"

"啊,你以为你不在乎!但你会在乎的!你不得不在乎,人人如此。你得记住,你是爵士夫人,你在和一个守林人私通。我又不算是什么绅士。是的,你应该在乎。你应该在乎的。"

"我不应该在乎。我为什么要在乎爵士夫人这个头衔!我真的很厌恶这个头衔。我觉得人们每次称呼我,都是在取笑我。而他们也的确是,他们就是!连你这样称呼我的时候,都是在取笑我。"

"我?"

他第一次直视她,注视着她的双眸。

"我没有取笑你。"他说。

在他凝视着她的双眼时,她看到他的眼神变得深邃起来,越发深邃,瞳孔也扩散开来。

"难道你不在乎风险吗?"他用沙哑的嗓音问道,"你应该在乎的。不要等到一切都无法挽回才开始后悔。"

他奇怪的声音里混杂着警告和恳求。

"可我又没什么可失去的。"她烦躁地说,"如果你了解我所拥有的究竟是什么,你会觉得我很乐意失去这一切。但你是在为你自己害怕吧?"

"是的!"他直截了当地说,"我是。我怕。我害怕。我总会害怕点儿什么。"

"害怕什么?"她问道。

他以奇怪的姿势猛然朝后偏了偏头,示意着外面的世界。

"外面的一切!所有人!外面有那么多人。"

说完这句话,他弯下腰,突然吻了下她沮丧的脸庞。

"不,我不在乎。"他说,"我们做吧,其他的都见鬼去吧。但如果你将来为曾做过这些事后悔……"

"不要拒绝我。"她恳求道。

他用手指抚摩着她的脸颊,突然又吻了她一下。

"那就让我进屋吧。"他轻声说,"把你的雨衣脱掉。"

他挂起猎枪,脱下湿漉漉的皮夹克,伸手去拿毯子。

"我又拿来了一条毯子。"他说,"如果你愿意的话,我们可以把毯子盖在身上。"

"我不能待太久。"她说,"晚饭时间是七点半。"

他匆匆看了她一眼,又看了看他的表。

"好吧。"他说。

他关上门,点亮了挂在墙上的防风灯,灯光很微弱。

"总有一天,我们可以在一起待很长时间。"他说。

他小心翼翼地把两条毯子铺在地上,其中一条叠起来给她当枕头。然后他在凳子上坐了片刻,把她拉到自己身边,用一只胳膊紧紧地搂着她,另一只手爱抚着她的身子。当他触碰到她时,她听到了他喘息的声音。在轻薄的衬裙下,她赤身裸体。

"啊!你的触感也太美妙了!"他一边说,一边用手指抚摩着她娇嫩又温暖的腰臀间那片隐秘的肌肤。他低下头,用脸颊一次次在她的腹部和大腿上磨蹭。他着迷的程度,再次让她感到有些好奇。她不太理解,他通过触摸鲜活而神秘的身体所发现的美,到底是怎样的,看上去几乎心醉神迷。只有拥有激情才能体验到这种美。而在激情熄灭或缺席之时,便无法理解这种美所带来的强烈悸动,甚至会引人反感;触碰彼此所产生的那种有温度的、鲜活的美,比视觉上的美要深刻得多。她感受到他的脸颊在她的大腿、腹部和臀部上游走,他的胡楂和柔软浓密的发丝紧紧地扫过她的肌肤,她的双膝开始颤抖。她感到内心深处涌起一股前所未有的骚动,一种全新的赤裸状态涌现出来。她感到一丝恐惧。她有点希望他不要这样爱抚自己。他将她彻底包裹起来。可是,她还在等待,继续等待。

他带着释放和满足的强烈感受在她体内达到了高潮,此时的他完全沉浸在平和的情绪之中,而她仍然在等待着。她觉得自己有点被冷落了。她知道，这当中也有部分的责任要归咎于自己。是她用意志力让自己的情感和身体分离。也许她注定要咎由自取。她静静地躺着，感受着他在自己体内的抽动，他迫切地想要深入的专注，他在种子喷洒之时突如其来的颤抖，然后是慢慢放缓的挺进。屁股挺进的动作看上去肯定有点滑稽。如果你是一个女人，并且完全没有投入这场性爱之中，那么你肯定会觉得男人屁股挺进的姿势实在是太滑稽了。男人的这种姿势和动作，的确是可笑至极！

但她一动不动地躺在那里，丝毫没有退缩。甚至在他高潮之后，她也没有像对待米凯利斯那样，努力让自己兴奋起来，依靠自身达到满足；她只是静静地躺着，眼中慢慢盈满泪水，最后夺眶而出。

他也安静地躺着，但紧紧地搂着她，试图用自己的双腿盖住她那两条可怜的腿，不让她着凉。他躺在她身上，带着真实而亲密的暖意。

"你冷吗？"他轻声细语地问，仿佛她离自己非常近，如此之近。而她却觉得自己没办法和他共鸣，仿佛离他很远。

"不冷！但我必须要走了。"她温柔地说。

他叹了口气，把她搂得更紧了，然后放松平静下来。

他没有猜到她眼泪的含义。他以为她和自己同时达到了高潮。

"我必须得走了。"她重复道。

他直起身子，在她身边跪了一会儿，吻了吻她的大腿内侧，然后把她的裙子拉下来。在昏暗无比的灯光中，他心不在焉地扣好自己的衣服，甚至没有转过身去。

"找机会，你一定要来我的小屋一次。"他低下头看着她说道，脸上带着温暖、自信又自在的表情。

但她呆呆地躺在那里，抬头望着他，心里想的是：陌生人！陌生人！她甚至有些反感他了。

他穿上外套，找到掉在地上的帽子，然后背起猎枪。

"起来吧！"他一边说，一边低头用那双温暖平和的眼睛看着她。

她缓慢地站起来。她不想离开，也不想留下。他帮她穿上那件单薄的雨衣，检查了一下她是否穿戴整齐。

然后他打开了门。屋外天色已暗。忠心耿耿的狗原本卧在门廊下，看到他就开心地站了起来。灰蒙蒙的毛毛细雨从黑夜的空中跌落，外面已经伸手不见五指。

"啊，我得拿上提灯。"他说，"不会有人发现的。"

二人走在狭窄的小径上，他走在前头，手里的防风灯来回摇晃，灯放得很低，照亮了湿漉漉的草地，泛着水光的黑色树根形状似蛇，花朵也十分苍白。除此之外，目之所及皆是灰色的雨雾和一片漆黑。

"找机会，你一定要来我的小屋一趟。"他说，"好吗？事已至此，我们干脆一不做，二不休。"

他们彼此之间没有什么暧昧情愫，他也从来没有真正和她聊过些什么，他对她奇怪的渴望与执念，让她困惑不已，而她也不由自主地讨厌他那一口方言。他说的那句"你一定要来"似乎不是在对她说，而是对某个粗俗的村妇说的。她认出了马道上的毛地黄叶子，大概知道他们走到哪里了。

"现在是七点过一刻,"他说,"你来得及回去吃晚饭。"他似乎感觉到了她的疏离,声线也有所变化。他们拐过马道最后一个弯,朝着榛树篱墙和园林门走去时,他吹灭了防风灯。"从这儿开始,我们就能看见路了。"他说着,温柔地拉起她的胳膊。

但路还是挺难走的,仍然看不清脚下,但他会用脚步摸索着地面往前走——他已经习惯了黑暗。到了园林门口,他把手电筒给她。"园林里面要亮一些,"他说,"不过,还是拿上它吧,以免你走错路。"

他说得没错,空旷的园林中央,似乎飘荡着幽暗的鬼火。他猛然把她拉到怀里,再次把手伸进她的衣裙中,用他那潮湿冰冷的手抚摩着她温暖的胴体。

"能够摸到你这样的女人,我死也甘愿。"他压着嗓子说道,"要是你能再停留一分钟就好了。"

她突然感觉到他又一次燃起了占有她的欲望。

"不行,我得赶紧回去了。"她有点失控地说。

"好吧。"他说了一句,态度立刻转变,放手让她离开。

她转身准备离开,可旋即又转过身来对他说:"吻我。"

黑夜中什么也看不清,他朝她弯下腰,亲到了她的左眼。她朝他噘起嘴唇,他轻轻地吻上了她的唇,但马上又抽离开来。他讨厌亲吻嘴唇。

"我明天还会过来的。"她边走边说,然后又补充了一句,"如果来得了的话。"

"好!别来得太晚。"他在黑暗中回了一句。身影已经彻底消失在夜色当中。

"晚安。"她说。

"晚安，夫人。"是他的声音。

她停下脚步，回头望着潮湿的黑暗。她只能看到他的轮廓。"你为什么要这么叫我？"她说。

"没什么。"他回答道，"那就晚安了，赶紧走吧！"

她消失于浓厚的深灰夜色中。她到家时发现侧门还开着，便偷偷溜回到自己的房间，没人发现她。刚关上门，晚餐的锣声就响了，但她还是要洗个澡——她必须洗澡。"我以后不能再那么晚回来了。"她对自己说，"这实在太烦人了。"

第二天她没有去树林里，而是和克利福德一起去了乌斯韦特。他现在偶尔可以乘车出门，他雇了一个强壮的年轻人当司机，需要的时候，司机可以帮他下车。他特别想见见自己的教父莱斯利·温特——他住在离乌斯韦特不远的希普利宅邸。温特是一位上了年纪的绅士，腰缠万贯，在爱德华国王统治时期[1]，是最为风光的富豪矿主之一。爱德华国王外出狩猎时，不止一次下榻在希普利宅邸。这是一幢气派的老宅子，刷着装饰用的灰泥，布置得十分雅致，因为温特是个老光棍，很为自己独特的品位而感到骄傲，但是这个宅邸四周被煤矿包围。莱斯利·温特很依赖克利福德，但因为克利福德的照片经常出现在画报上，以及他的文学创作，让老温特私下有点看不起他。这老头和爱德华国王一样都是老派纨绔子弟，他认为生活就是生活，那些乱编故事的人和他不是同一类人。至于康妮，这位乡绅对她总是相当殷勤，在

---

[1] 此处指爱德华七世在位期间，即1901年至1910年。

他看来，她是一个迷人而端庄的少女，嫁给克利福德简直是一朵鲜花插在牛粪上，而且她没有机会为勒格比庄园生一个继承人，实在是非常遗憾。他自己就没有继承人。

康妮好奇，如果老温特知道克利福德的守林人和她发生了性关系，并且还对她说"找机会，你一定要来我的小屋一趟"，他会作何评价。他会对她嫌恶不已，会看不起她，因为他对那些攀高枝的工人阶级简直是深恶痛绝。如果她在自己的阶层当中找个情人，他是不会介意的，因为老天赐予了康妮娴静顺从的少女气质，也许和男人纠缠不清本是她天性的一部分。温特称她为"亲爱的孩子"，硬是送了她一幅相当精美的十八世纪贵妇的微缩画，也不管康妮想不想要。

但康妮一门心思想着她和守林人的私情。毕竟，温特先生是一位真正的绅士，一个精通世故的人，他把她作为一个人来看待，一个有品位的个体；他不会不分"你"或"您"，不会把她和其他那些庸脂俗粉混为一谈。

那一天，以及接下来的两天，她都没有到树林里去。只要她感觉到，或者想象自己能感觉到那个男人在等待着她、渴望着他，她就不踏入林子。但是到了第四天，她感到心烦意乱、心神不宁。她仍然不愿意到树林里去，不愿再一次向那个男人张开自己的双腿。她想遍了自己可以去做的事情——开车去谢菲尔德，去探访朋友，可一想到这些事情，就让她心生厌恶之情。最后，她还是决定出去散散步，不过不是朝树林的方向，而是往相反的方向走。她准备穿过园林栅栏另一边的小铁门，走去马里黑。这是一个宁静阴沉的春日，天气几乎有点暖和。她心不在焉地走着，沉浸在自己的思绪之中，而她甚至没有意识到自己在想些什么。她并没有真正留意周遭的一切，直到她被马里黑农场那条狗的叫声吓了一跳。马里黑农场！这个农场的牧场一直延伸到勒格比庄园的篱笆那里，所以两家算是邻居，但是康妮已经好长时间没到农场这边来了。

"贝尔！"她对那条白色的大牛头梗说，"贝尔！你已经忘记我了？你不认识我了吗？"她害怕狗，贝尔后退了一点对着她咆哮，她想穿过农场的院子，绕到畜牧场的那条小路上去。

弗林特太太走了出来。她和康斯坦斯年纪相仿，以前当过教师，但康妮怀疑她是个虚伪的小人。

"哎呀，是查泰莱夫人！哎呀！"弗林特太太的眼睛又放射出光芒，像小姑娘一样脸涨得通红，"贝尔，贝尔。怎么回事！一直朝着查泰莱夫人狂吠！贝尔！你给我安静点！"她冲上前去，用手里拿着的那块白布比画了几下把狗轰开，然后走到康妮跟前。

"它以前认得我的。"康妮一边和她握手一边说。弗林特一家是查泰莱家的佃户。

"它当然认得夫人您了！它不过就是想出出风头，"弗林特太太眼睛一亮，抬起头来，泛红的脸上透露出一丝疑惑的神情，"但是它好久都没看见您了。我真希望您身体好些了。"

"是的，谢谢你，我挺好的。"

"这一整个冬天我们都没怎么见到您。您愿意进来看看我的宝宝吗？"

"呃！"康妮犹豫了一下，"那我就待一会儿吧。"

弗林特太太慌慌张张地跑进去收拾屋子,康妮则慢慢地走在她后面,在相当黑暗的厨房里踌躇不前,炉子上烧的水开了。弗林特太太走了过来。

"我真希望您别介意,"她说,"您这边请吧。"

她俩走进客厅,壁炉前铺着一块碎呢炉边地毯,上面坐着一个婴儿。桌子上已经随意地摆放好了茶具。一个年轻的女仆退到走廊,看上去十分害羞,动作有些笨拙。

这个宝宝一岁左右,是个活泼的小家伙,和他父亲一样长着一头红发,浅蓝色的眼睛看上去很淘气。她是个女孩,一点也不害怕生人。她坐在靠垫中间,四周摆满了碎布做的洋娃娃和其他当下时髦的玩具。

"啊,她也太可爱了!"康妮说,"她长大了不少啊!已经是一个大女孩了!一个大女孩!"

这个孩子出生的时候,康妮给她送了一条披肩,圣诞节时,又给她送了几只塑料鸭子。

"你瞧,约瑟芬!是谁来看你了?这是谁呀,约瑟芬?这可是查泰莱夫人——你认识查泰莱夫人的,是不是?"

这个古怪而调皮的小家伙,一脸淘气地盯着康妮。对她来说,夫人不夫人的,没什么区别。

"来吧!你要不要上我这儿来呀?"康妮对宝宝说。

孩子完全不在乎,于是康妮把她抱起来,放在自己腿上。把一个孩子抱在大腿上的感觉是多么温暖、多么美好啊,还有那柔软的小胳膊和两条乱踢的小腿儿。

"我正准备一个人随便来点下午茶。卢克去市场了,所以我想什么时候吃就什么时候吃。您想来点儿茶吗,查泰莱夫人?我想这肯定没有您平常喝的高级,可如果您不介意……"

康妮并不介意,虽然她不希望别人提醒她平常习惯喝的茶有多高级。桌子被重新摆设了一番,换上了家里最精致的杯子和上好的茶壶。

"这也太麻烦你了。"康妮说。

可是,如果弗林特太太不折腾一番,她又有何乐趣呢?于是康妮和宝宝玩耍起来,小女孩特有的勇敢让康妮感到很有意思,她从宝宝稚嫩而温暖的身体中得到了一种更深层的满足。年轻的生命!如此无所畏惧!因为毫无防备,所以如此无畏。年纪大的人才会因为恐惧而变得狭隘!

她喝了一杯很浓的茶,吃了上好的黄油配面包,还吃了洋李子罐头。弗林特太太激动得满面红光,仿佛康妮是一位英勇的骑士。她俩聊起了女人间的悄悄话,而且双方都十分享受这一过程。

"不过,这茶点真的不怎么样。"弗林特太太说。

"这比我在家里吃得还香。"康妮诚实地说。

"哦!"弗林特太太惊叹一声,她当然不相信康妮的话。

但是康妮最终还是站起身来。

"我得回去了。"她说,"我丈夫不知道我到哪儿去了。他要胡思乱想了。"

"他可绝对想不到您在这里。"弗林特太太兴奋地笑着说,"他会派人到处找您的。"

"再见了,约瑟芬。"康妮吻了吻宝宝,揉了揉她稀疏的红头发。

弗林特太太坚持要打开那扇用门闩锁得严严实实的前门[1]。康妮置身于农场前方的小花园中，花园四周用水蜡树树篱围了起来。小径两旁种着两排耳朵形状的报春花，如天鹅绒般柔软，颜色十分艳丽。

"好美的报春花。"康妮说。

"卢克管它们叫鲁莽花。"弗林特太太笑着说，"您摘一点吧。"

她热情洋溢地为康妮摘了些柔软的淡黄色报春花。

"够了！够了！"康妮说。

她们走到花园的门口。

"您要往哪边走？"弗林特太太问道。

"朝畜牧场那边。"

"让我想想哦！噢，没错，奶牛都在围栏里，不过它们还没回来。可大门锁着，您得爬过去呀。"

"我可以爬的。"康妮说。

"也许我可以陪您走到围栏那边。"

她们沿着被兔子啃得光秃秃的牧场走下去。嘈杂的傍晚，鸟儿在林中得意扬扬地啼鸣。一个男人正在召唤最后几头奶牛回栏，草场上被日积月累踩踏出了一条小路，这些牛拖着步子慢慢顺着小路往回走。

"今晚挤牛奶又要晚了。"弗林特太太严厉地说，"它们知道卢克天黑以后才会回家。"

---

[1] 在英国，一般客人是走后花园由厨房的门进入屋内，只有贵客才由前门进出。

她们走到围栏边,围栏外长满了密密麻麻的小冷杉树。那儿有一扇小门,但上着锁。门里面的草地上放着一个空瓶子。

"那是守林人的空瓶子,用来装他的牛奶。"弗林特太太解释说,"我们把牛奶给他送到这儿,然后他自己过来取。"

"什么时候?"康妮说。

"哦,随便什么时候,他路过来拿就行。通常是在早上。好吧,再见了,查泰莱夫人!有空一定要再来啊!您能光临寒舍实在是太荣幸了!"

康妮翻过栅栏,走到一条狭窄的小径上,路两旁密密麻麻地长满了矮小的冷杉树。弗林特太太戴着一顶遮阳帽,穿过牧场朝家跑去,她骨子里还是个教师。康斯坦斯不喜欢这片新种的茂密树林,它看起来阴森恐怖、令人窒息。她低下头,加快脚步,脑子里想着弗林特家的宝宝。她真是一个可爱的小家伙,但她遗传了一点她父亲的罗圈腿,已经能看出一点征兆了,但也许她长大之后就不这样了。有个宝宝是多么温暖、多么令人满足的一件事啊,瞧瞧弗林特太太那神气活现的样子!无论如何,她拥有了一样康妮尚未拥有,而且很明显,永远也不可能拥有的东西。是的,弗林特太太炫耀的是她成为母亲的特权。康妮只是有点嫉妒,稍稍有一点。她无法克制。

她本来还陷在沉思中,突然回过神来,轻轻惊呼了一声。一个男人出现在那里。

是守林人。他活像头巴兰的驴,横在小径中央,挡住了她的去路。

"这是怎么回事?"他惊讶地说。

"你怎么会在这里？"她喘着气说。

"你是怎么来的？你去过小屋了吗？"

"不！没有！我去了马里黑。"

他诧异地看着她，想要一探究竟，她有些心虚地低下了头。

"那你现在要去小屋吗？"他的语气相当不悦。

"不！我去不了。我在马里黑逗留了一会儿。没人知道我在哪儿。我已经晚了，必须得赶回去。"

"看来，是想躲着我，是吗？"他带着一丝嘲讽的笑意说道。

"不！不！不是那个意思。只是……"

"怎么，那还有别的什么意思？"他说。他走到她跟前，伸开双臂把她拥入怀中。她感到他的下体紧贴着她，而且还生龙活虎的。

"噢，现在不行，现在不行。"她一边喊一边试图把他推开。

"为什么不行？现在才晚上六点钟，你还有半个小时。不行！不行！我想要你。"

他紧紧抱着她，她感到了他急迫的欲望。按照她过往的本能，她会为了自由而奋力抗争。但此刻，她体内萌发出另一种异样的感觉，让她的身体变得迟钝而沉重。他的身体迫切地抵在她身上，她再也无力反抗。

他环顾四周。

"过来——到这里来！从这里穿过去。"他说，锐利的目光穿透了浓密的冷杉树林，这些树刚栽没多久，高度只有成年冷杉树的一半。

他回过头来看着她。她看到了他的双眼，眼神紧张而明亮，十分凛冽,却没有爱意。但是她已经失去了斗志。她的四肢变得出奇地沉重。她屈服了。她放弃了。

他引领她穿过荆棘丛生的冷杉树丛,这一段路很难走,随后他们来到一小块空地,空地上还有一堆粗壮的枯枝。他把几根枯树枝扔到地上,把自己的外套和马甲盖在树枝上面,她不得不像动物一样,躺在枯枝下面,而他则穿着衬衫和马裤站在那里等待着,用着魔般的眼神注视着她。但他还算考虑周到——他让她舒舒服服地躺下。可是他扯断了她内衣的带子,因为她只是呆呆地躺在那里,没有帮他解开衣服。

他敞开衣服,袒露着身体,在他进入她的体内时,她感受到他赤裸的肌肤紧贴着自己的肌肤。有那么一会儿,他还在她的身体里,肿胀得厉害,微微颤抖。然后,当他开始抽动起来时,突如其来的高潮让他无法自控,这唤醒了她体内前所未有的奇妙快感,直击心底。心中激起的涟漪荡漾来,荡漾去,如柔和的火焰般摇摆交叠,柔软如羽毛,奔向璀璨的顶峰,这感觉太美妙了,美妙到融化了她热情似火的内心。这高潮就如同钟声一般,一声比一声响亮,最后响彻云霄。她躺在那里,完全没有意识到自己最后发出了狂野的呻吟。但他太快达到高潮了,实在是太快了,而她也无法再通过自己来强行满足自己。这和以往不同,完全不一样。她无能为力。她再也没办法让他保持硬挺,攀附在他身上达到自己的高潮。她感觉到他在逐渐缩小、萎缩、退去,她只能等待,继续等待,在心底发出呻吟,直到他滑出她的体内,到了彻底离她而去的那个可怕时刻。而与此同时,她的整个子宫已经彻底敞开,柔情似水,柔声呼唤着,就像潮水下的海葵一样,呼唤着让他卷土重来，把自己送上快乐云霄。意乱情迷的她下意识地紧贴在他身上，他始终没有彻底从她体内抽离，她感到他那柔软的阴茎在她体内再次骚动，她感受到前所未有的韵律，他以某种奇特的节奏不断加速抽动，在她体内不断肿胀、肿胀，直到最后填满了她撕裂的意识。然后他又开始了那种言语难以形容的律动，并不是真正意义上的动作，而是纯粹的越发深邃的感官旋涡，在她的肌肤和意识中，越来越深，直到他融化成一种意识的液体，围绕旋涡不停旋转，而她躺在那里，无意识地发出几声含混不清的叫喊。声音从最无边的黑夜中迸发而出，是生命的呼唤！当男人把生命的种子喷洒在她体内时，他听到了身下女人的叫喊，一丝敬畏之情油然而生。呻吟渐渐平息，他也平静下来，一动不动地躺着，大脑一片空白，而她也慢慢松开了紧抱着男人的双手，呆呆地躺在那里。他躺在她身上，对一切浑然不觉，甚至感觉不到彼此的存在，他们都心神恍惚了。直到最后，他才慢慢苏醒过来，意识到自己毫无遮掩地赤裸着身体，而她也意识到他正慢慢离开自己的身体。他快要抽离出去了；但在她的内心深处，她觉得自己根本无法忍受他的身体和自己分离，留下自己赤裸在光天化日之下。现在他必须永远遮盖着她的身体。

但最后他还是抽身离开，吻了吻她，把衣服盖在她身上，然后开始穿衣服。她躺在那里，抬头看着那些树枝，还是动弹不得。他站起身来，系好马裤，朝四周打量了一番。茂密的树丛将他们包围，听不到任何声响，只有那条忠心耿耿的狗躺在那里，鼻子放在爪子上。他又在草丛上坐下，默默地握住康妮的手。

她转过身来看着他。"刚才我们同时达到了高潮。"他说。

她没有说话。

"能这样实在太棒了。大多数人活了一辈子都从来没有体验过这种感受呢。"他以梦呓般的语气说道。

她凝视着他若有所思的脸。

"是吗？"她说，"你开心吗？"

他直视着她的双眼。"开心啊。"他说，"唉，不过不说这个了。"他不想让她说话，便俯下身来吻她，而她觉得，他必须永远这样吻着她。

她终于坐了起来。

"人们不是经常一起高潮的吗？"她带着天真的好奇心问道。

"很多人一辈子都没体验过同时高潮。你从他们毫无经验的样子中就可以看出来。"他无意之间说漏了嘴，后悔自己开启了这个话题。

"你和其他女人也像这样同时达到高潮过吗？"

他看着她，觉得有些好笑。

"我不知道，"他说，"我不知道。"

她知道，他不想告诉她的事，永远也不会跟她说。她看着他的脸，对他的激情开始在体内涌动。她竭尽全力压抑自己，因为这意味着她自我的迷失。

他穿上马甲和外套，又从荆棘中挤出一条路来，走回到小径上。

最后一丝余晖轻触树林。"我就不送你回去了，"他说，"最好还是不送了。"

她惆怅地看着他,然后转身离去。他的狗在焦急地等待他回家,而他似乎也没什么想说的。温情荡然无存。

康妮缓慢地朝家走,意识到她的内心蕴藏着某种更深刻的东西。她体内滋生出了另一个自我,在她的子宫和五脏六腑内燃烧到熔化,最后变得无比柔软,而这全新的自我爱慕着他。她对他的迷恋,让她走起路来双腿都酥软不已。这个自我,此时此刻在她的子宫和五脏六腑之中流淌着,让她仿若重生一般,却又如此脆弱,对他的爱慕之情让她仿佛变成了最天真的女人,令她无助。它就像个孩子,她自言自语道,有了这个自我,感觉就像是体内有了个孩子。的确如此,就仿佛她那一向紧闭的子宫敞开了大门,被全新的生命填满,这新生命虽然几乎成了负担,却十分美好。

"要是我能有个孩子就好了!"她心里想着,"要是我怀上了他的孩子就好了!"——一想到这里,她的四肢都快要融化了,而她还意识到,给自己生个孩子和为自己全身心渴求的男人生个孩子,这两者之间有着天壤之别。前者在某种意义上来说似乎是稀松平常——但与一个自己全身心爱慕的人生下孩子,这样的想法让她觉得自己已经彻底脱胎换骨,仿佛她正在下沉,深深地沉入所有女性的核心,沉入万物苏醒之初。

对她来说,新鲜的并不是和男人之间的情欲,而是对他的爱慕之情。她知道自己一直以来都惧怕爱情,因为爱情会让她感到无力;即便到了现在,她仍然对爱情心有余悸,生怕自己对他过于痴迷,然后会失去自我,变得不复存在,而她不愿意抹杀自己的存在,不愿像原始部落的女人一样,沦为男人的奴隶。她决不能成为奴隶。她惧怕自己对他的爱慕，却不会立刻压抑这份情感。她知道自己能够与之抗衡。她心中有个意志坚定的恶魔，它本可以压制子宫中一涌而出的柔情蜜意，将其碾得粉碎。她甚至现在就可以这样做，或者她自认为可以做得到，然后她就可以随心所欲地支配自己的情欲了。

啊，是啊，像酒神[1]的女祭司那样热情奔放，像酒神的信徒那样狂奔着穿越林间去拜访酒神——那个光芒四射的阳物没有独立的人格，纯粹是上帝派来服务女性的仆人！男人，作为独立的个体，不要妄想僭越。他只不过是神殿的仆人，那光辉阳具的持有者和守护者，她的所属物罢了。

因此，随着全新意识的变化，过往热烈的情欲在她体内重燃了片刻，男人沦为可悲的生物，仅仅是一个阳具的持有者，等他履行完满足女性的义务，就将他撕成碎片。她感觉到自己的四肢与身体，充满了酒神女祭司的力量，那个女人闪烁着光辉，以迅雷不及掩耳之势将男人击倒。可在她感受到这一点时，她内心十分沉重。她不想要这种感受，她早已熟知这一感受，它如此贫瘠，而且无法孕育出新的生命；爱慕之情才是她的珍宝。如此深不可测，如此温柔，如此深沉，又如此神秘。不，不，她要放弃她坚硬闪亮的女性权力；她对此早已感到厌倦，这份权力让她变得僵硬；她要沐浴到全新的生命力之中，沉浸到自己的子宫和五脏六腑之中，那里吟唱着无声的爱慕之歌。现在就开始惧怕这个男人，恐怕还为时过早。

---

[1] 酒神巴克斯是罗马神话中司掌酒、农业与戏剧文化的神，对应希腊神话中的狄俄尼索斯。

"我一直走到马里黑农场那边,和弗林特太太一起喝了下午茶。"她对克利福德说,"我想去看看宝宝。她实在太可爱了,头发就像是红色的蜘蛛网。一个小可爱!弗林特先生去市场了,所以弗林特太太和我还有宝宝一起喝了下午茶。你好奇我到哪儿去了吗?"

"呃,我就是有些好奇,不过我猜你就是到谁家喝茶去了。"克利福德酸溜溜地说。他的某种直觉让他感受到妻子身上出现了变化,某种他完全无法理解的新变化,但他把改变归结于那个婴儿。他认为康妮之所以苦恼,是因为她没有孩子,也就是说,她没办法单凭自己就生出一个孩子来。

"我看见您穿过园林走到铁门那儿去了,夫人。"波尔顿太太说,"所以我还以为您去拜访神父了。"

"我差点儿就去了,但我中途拐去马里黑了。"

两个女人四目相视:波尔顿太太明亮的灰眼睛在探究着什么;康妮的蓝眼珠蒙眬迷离,出奇地美丽。波尔顿太太几乎能肯定康妮有了情人,可这怎么可能呢?情人又能是谁?这附近哪儿还有男人?

"噢,如果您偶尔出去看看朋友,对您可是非常有好处的。"波尔顿太太说,"我刚才还跟克利福德爵士说,夫人要是多出门和人接触接触,那对她可是天大的好处。"

"是的,我很高兴我去了,那可真是一个古灵精怪、可爱又淘气的孩子,克利福德。"康妮说,"她的头发像蜘蛛网一样,是鲜艳的橙红色,还长了一双最古怪、淘气的浅蓝色眼睛,像陶瓷一样。当然是个女孩,不然不会这么大胆,简直比小时候的弗朗西斯·德雷克爵士[1]还要大胆。"

"您说得对,夫人——一个彻彻底底的弗林特翻版。他们家都是一头红发,天生大胆。"波尔顿太太说。

"你难道不想看看那个宝宝吗,克利福德?我已经邀请她们来喝茶了,这样你就能看到她了。"

"邀请谁?"他非常不安地看着康妮问道。

"弗林特太太和她的宝宝,下个星期一。"

"你可以让她们上楼到你房间里用茶。"他说。

"怎么了,难道你不想看看那个宝宝吗?"她大声说道。

"我会见她,但我可不想和她们一起坐着喝一下午的茶。"

"噢。"康妮惊呼一声,瞪大双眼茫然地看着他。

她看到的并不是克利福德,而是另一个人。

"夫人,您可以在您房间里舒舒服服地享用下午茶,而且克利福德爵士不在场,弗林特太太也会更轻松自在。"波尔顿太太说道。

她敢肯定康妮有个情人,她心里有什么在欢腾。可他是谁?他到底是谁?也许弗林特太太能提供些线索。

康妮当天晚上不想洗澡。他与她肌肤相亲的触感,在她身上留下的痕迹,对她来说都是宝贵的,在某种意义上甚至是神圣的。

克利福德感到心神不宁。晚饭后他不肯让她离开,而她极度渴望能够独处。她看着他,但出乎意料地顺从。

"我们是玩牌,还是我给你读点什么,或者是做点其他什么

---

[1] 弗朗西斯·德雷克爵士(约1540—1596),海军中将,英国伊丽莎白时代的航海家、奴隶贩和政治家。

事?"他不安地问。

"你给我读点什么吧。"康妮说。

"我该读什么呢——诗歌还是散文?或者是戏剧?"

"读拉辛[1]吧。"她说。

用纯正的法语气势磅礴地朗读拉辛的作品,曾经是克利福德的拿手绝活,可现如今他略为生疏,朗读起来有点不自信;他确实更想要听收音机。可是康妮正在做针线活儿,在给弗林特太太的宝宝缝一件丝绸小斗篷,用的是她从自己连衣裙上裁剪下来的淡黄色丝绸布料。在到家之后和晚饭之前这么短的时间里,她已经剪好了布料,而此刻她温柔地坐在那里,全神贯注地做着针线活儿,耳边响着克利福德朗读的声音。

在她内心深处,她能感觉到激情在嗡嗡作响,就像深沉钟声的余音缭绕。

克利福德跟她说了些关于拉辛的事。过了好久,她才回过神来听明白他说的是什么。

"没错!没错!"她抬头看着他说,"实在太棒了。"

她那双蓝眼睛闪烁着光芒,她坐在那里流露出温柔而沉静的神态,克利福德再次为此感到恐惧。她从未如此温柔,如此沉静。他无法自拔地为她沉迷,仿佛她身上散发出的某种香气使他陶醉。于是他无力地继续读着拉辛,法语的喉音在康妮听来就像烟囱里的风声。至于拉辛的作品,她一个字也没听进去。

她沉浸在自己温柔的狂喜之中,就像一片森林在春天欢

---

[1] 让·拉辛(1639—1699),法国剧作家,与高乃依和莫里哀合称17世纪最伟大的三位法国剧作家。

快轻柔的风中哗哗作响，慢慢吐出新芽。她能感觉到和那个男人——那个无名的男人——身处同一个世界当中，踩着优雅的步伐，雄性的神秘力量让这个世界无比美丽。她感受到他以及他的孩子，存在于自己的每一根血管当中。她的孩子就像曙光一样，流淌在她全身血液当中。

"她没有双手，没有双眸，没有双脚，也没有珍宝般闪着金光的秀发[1]……"

她仿佛是一片森林，一片幽暗的橡树林，盘根错节，无数萌芽低声哼唱着伸展开来。与此同时，欲望之鸟在她体内那错综复杂、枝叶交错的广袤森林中沉睡。

但是克利福德还在继续读着，时而噼里啪啦，时而叽里咕噜，发出奇怪的声响。这声音也太古怪了！他这个人也太古怪了，他埋头看着书本，性格乖张，贪得无厌却又十分有教养，肩膀宽阔，却少了一双真正的腿。如此奇怪的生物，拥有某种鸟类的精明冷酷、不屈不挠的意志力，却没有一丝温度，毫无热情！是某种属于未来的生物，没有灵魂可言，有的只是极度警觉的、冷酷的意志。对他的恐惧让康妮打了个寒战。可转念一想，温柔热情的生命之火比他更强大，而他根本接触不到真相。

他读完了。康妮吓了一跳。她抬起头来，看到克利福德正在用他那双苍白可怕的眼睛盯着自己看，眼神中流露出恨意，这让她更为惊恐。

"实在是太谢谢你了！你读拉辛真的读得太投入了！"她柔

---

[1] 此处摘选自史文朋的诗歌《朝圣者》。

声说。

"几乎和你听得一样投入。"他冷酷无情地说,"你在做什么?"

"我在给弗林特太太的宝宝做条小裙子。"

他别过脸去。孩子!孩子!她一门心思就只想着孩子。

"归根结底,"他用激昂的语气说,"你能从拉辛的作品当中得到想要的一切。有理有序的感情比混乱无序的情感更为重要。"

她瞪大双眼注视着他,眼神蒙眬而迷离。

"是的,我敢肯定是这样的。"她说。

"现代社会容忍情感肆意释放,只会将其变得更为庸俗。我们需要的是传统对情感的约束。"

"是的。"她慢吞吞地说,心里想着他听收音机里那些煽情蠢话时一脸空洞的模样,"人们假装有感情,其实他们什么都感受不到。我想这就是所谓的浪漫主义吧。"

"正是如此!"他说。

实际上,他感到疲惫不堪。这个夜晚让他筋疲力尽。他宁愿看一晚上技术书籍,或是和他的矿场经理们在一起,或是去听听收音机。

波尔顿太太端着两杯麦乳精走进屋里:一杯给克利福德,有助于他的睡眠;另一杯给康妮,让她喝了多长点肉。这是她推荐给主人晚上睡觉前喝的常规饮品。

康妮很高兴喝完麦乳精就能离开,也很庆幸不用服侍克利福德就寝。她拿起他的杯子,放在托盘上,然后拿起托盘,准备一并端到外面去。

"晚安,克利福德!一定要睡个好觉。拉辛的诗仿佛让人置身于梦境之中。晚安！"

不知不觉间,她已经走到了门口。连晚安吻都没有就离开了。他用尖锐而冷漠的目光注视着她。她居然这样！他花了一整晚给她念诗,她甚至没有亲吻他道声晚安。她是如此冷漠无情！虽说晚安吻只是走个形式,可生活就是建立于这种形式之上的。他用冰冷而愤怒的视线盯着她离去后的那道门。愤怒！

对黑夜的恐惧又涌上了克利福德的心头。他过于敏感的神经遍布全身,在他没有精神工作却又精力充沛时,或者当他没在听收音机,彻底无所事事的时候,他就会受困在焦虑的情绪之中,感觉到危险正在逼近,坠入虚无之中。他感到害怕。如果康妮愿意的话,她可以驱散他的恐惧。但很明显她不愿意,她不愿意。她冷漠无情,对克利福德为她所做的一切都无动于衷。他为她献出了自己的人生,而她却以冷漠无情来回应他。她只满足自己的需求。"贵妇爱自由意志。"[1]

现在让她着迷的是孩子。只因她想拥有一个她自己的孩子,只属于她一个人的,和他无关！

就克利福德的情况而言,他是非常健康的。他看上去气色很好,面色红润,肩膀宽阔而有力,胸膛厚实,最近还胖了一些。可与此同时,他畏惧死亡。可怕的空洞感似乎在某处以某种方式威胁着他,那种空虚之感,一旦他坠入其中,所有的能量就彻底崩塌。他会失去所有的精力。有时候,他觉得自己已经死去,彻底死了。

---

[1] 引自英国童谣。

因此，他那双向外凸的淡蓝色眼睛流露出奇怪的神情，鬼鬼祟祟的，但又有点残酷、冰冷，可同时又几乎是狂妄自大的。这种狂妄自大的神情是非常奇特的——仿佛生命虽然待他不公，他却战胜了生命。"谁又知晓意志的奥秘——因为它甚至能战胜天使——"[1]

但他恐惧的是那些无法入眠的夜晚。然后，当毁灭感从四面八方朝他席卷而来时，那的确是非常可怕的。真的让人毛骨悚然，毫无生机却依旧存在：在黑夜之中，行尸走肉般地存活于世。

但现在，他可以按铃召唤波尔顿太太。她总是随叫随到。这是极大的安慰。她来的时候穿着晨衣，头发编成一条辫子垂在身后，虽然棕色的辫子里夹杂着几丝银发，但奇异地流露出暧昧的少女气质。她会为他煮杯咖啡或是洋甘菊茶，她会陪他下棋或玩皮克牌。她有一种女人特有的本领，即使在她半梦半醒之间，也能下得一手好棋，水平不容克利福德小觑。于是，在寂静夜晚的亲密气氛当中，他们一起坐着，或是她坐着，克利福德躺在床上，孤独的灯光投射在他们身上，她几乎要睡着了，他则几乎要坠入恐惧之中，他们一同下棋玩牌，一起玩着——之后，他们一起喝咖啡，吃饼干，在寂静的深夜，几乎不发一言，但彼此都感到安心。

而在今夜，波尔顿太太正在猜想查泰莱夫人的情人到底是谁。她想到了自己的特德，他过世许久，但对她而言，却并没有真正死去。她一想起特德，对于这个世界——尤其是对于主人们（他

---

[1] 引自美国作家爱伦·坡（1809—1849）的短篇小说《丽姬娅》中的铭文。

们杀害了她的丈夫）的陈年旧恨就会卷土重来。他们并没有亲手杀死特德。可是，从情感层面来说，那些主人就是罪魁祸首。在她内心深处，她因此成了虚无主义，一个彻彻底底的无政府主义者。

半梦半醒间，她思念着自己的特德，思索着查泰莱夫人那位神秘的情人，这两种思绪交织在一起，然后，她觉得自己和查泰莱夫人是同仇敌忾的，都痛恨着克利福德爵士以及他所代表的一切。可与此同时，她陪克利福德玩皮克牌，他们以六便士为赌注。和一位爵士一起玩皮克牌，甚至输给他六便士，这些给她带来了巨大的满足。

他们打牌的时候，总会赌点钱。这让他玩得忘乎所以。而且通常来说赢的都是克利福德。今晚他也在赢。所以，他要玩到拂晓时分才肯睡。幸好，凌晨四点半左右就能见到第一缕阳光。

此刻，康妮躺在床上睡得很熟。但守林人无法入睡。他关好鸡笼，在树林里巡了一圈，然后回家吃了晚饭。但晚饭过后，他并没有上床睡觉，而是坐在壁炉边陷入了沉思。

他回想起自己在泰维尔肖的童年，想到自己那持续了五六年的婚姻生活。他想起了自己的妻子，那段回忆总是让他痛苦不堪。她是如此蛮横无理。但自从一九一五年春天入伍后，他就再也没有见过她了。然而她人就在那儿，住在离他不到三英里远的地方，而且比以前更不讲道理。他希望在有生之年都不要再见到她。

他想起自己在海外的军旅生涯：印度、埃及，然后重返印度；那段漫无目的、不需要思考太多、与军队里的马匹共同生活的日子；还有和他彼此敬爱的上校；他还想起了自己当军官的那几年，当上了中尉，有很大潜力能成为上尉。然后是上校死于肺炎，他自己也死里逃生，他受损的健康，他内心深深的不安；他离开军队回到英国，重新当上了底层劳工。

他只是得过且过地敷衍度日。他本来以为，在这片树林里，至少能够安全生活上一段时间。狩猎期尚未到来，他得先把雉鸡养大，还不用伺候狩猎的贵族们。他可以孤身一人，远离尘世，这正是他所渴望的。他必须有个赖以生活之所，而这里是他的故乡。他的母亲还生活在此处，虽然母亲和他的关系一直不算亲近。他可以继续活下去，活一天算一天，没有什么牵挂，对未来也没什么期盼。因为他不知道该如何自处。

他不知道该如何自处。由于他当了几年军官，和其他军官、公务员一同工作，又与他们的妻子和家人交往，他已经完全丧失了"出人头地"的野心。他了解中产阶级和上层阶级后，发现他们韧性十足，像橡胶一样坚韧不拔，而且毫无活力，这只会让他感到冰冷，这让他觉得自己和他们不是同一类人。

于是，他回到了自己的阶层。回来之后，却发现这个阶层的人卑鄙粗俗的举止是多么令人厌恶，而自己离开的这些年早已忘记了这一切。他现在终于承认，举止是多么重要。他也承认，哪怕只是假装不在乎几个小钱和生活中鸡毛蒜皮的小事，都是十分重要的。但普通老百姓之间可不存在假装这一说。买培根多花一分钱还是少花一分钱，可比修改福音书更为重要。他受不了这一点。

此外，还有劳资纠纷。他在有产阶级中生活过，知道期待找到解决劳资纠纷的方法是全然徒劳的。除了死，没有别的解决办法。唯一能做的就是不关心，不去在意工资的多少。

然而，如果你贫困潦倒，你不得不在意。不管怎么说，工资正成为他们唯一在意的事。对金钱的在意就像一个巨大的恶性肿瘤，吞噬着各个阶层的每一个人。他拒绝在意金钱。

可除此之外还有什么？除了追逐金钱，生活还剩下什么？什么都没有。

然而，他可以独自生活，享受着孤独所带来的那一丁点儿满足，还可以饲养雉鸡，而这些雉鸡最终将在早餐后被那些大腹便便的男人猎杀。这是徒劳无功的，全然徒劳的。

但为什么要在乎，何苦自寻烦恼？他之前一直都毫不在乎、无忧无虑，直到现在，这个女人进入了他的生活。他差不多比她年长十岁。要按人生经历来说，他从底层出生，大概经验要比她丰富上千年。他们之间的联系越来越紧密了。他可以预见到，总有一天，他们会牢牢套在一起，他们不得不共同生活。"因为爱情的束缚总难解！"

然后又能怎样？又能怎样？他必须在一无所有的情况下从头再来吗？他必须和这个女人纠缠在一起吗？他必须与她那残疾的丈夫吵个不可开交吗？而且还要和自己那个蛮横无理的妻子吵个不可开交吗？她对自己恨之入骨。痛苦！无尽的痛苦！再说，他已不再年轻，也不算是精力充沛。他也不是那种对一切满不在乎的人。任何痛苦和丑陋都能让他，也让那个女人受伤！

但是，即便他们摆脱了克利福德爵士和爵士妻子的身份，就算他们全身而退，他们接下来又能做些什么？他自己要做些什么？他这辈子要作何打算？因为他必须找些事做。他不能当个吃软饭的,仅仅依靠康妮的钱和自己那微薄的退休金度日。

这个问题根本无法解决。他只想到前往美国这一个法子,去尝试新的生活。他完全不相信美元的力量。但也许,那里还有别的什么。

他无法入眠,甚至都没办法躺在床上。他在冥思苦想中呆坐到了半夜,突然从椅子上站起来,伸手拿起外套和猎枪。

"来吧,姑娘。"他对狗说,"我们最好还是到外头去吧。"

今夜的空中缀满繁星,但并没有月亮的身影。他小心谨慎地踩着轻轻的步伐,缓慢地巡视了一圈,甚至有点蹑手蹑脚。他唯一要对付的是煤矿工人设下的捕兔陷阱,尤其是马里黑那一带的斯塔克斯门的矿工所设的。但现在是繁殖的季节,就连煤矿工人也会敬畏大自然的规律,少布点陷阱。不过,轻手轻脚地到处巡逻,搜寻偷猎者,倒让他的心神平静下来,不再继续胡思乱想。

但是,当他缓慢又谨慎地巡逻完毕后——差不多走了五英里的路程——他累了。他走到山顶,四处眺望。除了斯塔克斯门煤矿发出的微弱噪声外,周围一片死寂,那个矿场从不停工,而且除了矿场上一排排明亮的电灯外,四周几乎看不见任何灯光。整个世界都在烟雾缭绕的黑夜中沉睡。此刻是凌晨两点半。但即便是在睡梦中,这也是一个残酷不安的世界,火车或行驶在公路上的重型卡车发出的噪声带来纷扰,熔炉里闪耀的玫瑰色光芒照亮天际。这是一个由铁与煤构成的世界:铁的冷酷和煤的烟雾,以及驱使这一切的无穷无尽的贪欲。只剩贪婪,贪婪在搅乱这一丝清梦。

夜里很凉,他开始咳嗽。一股冷风吹过山丘。他想到了那个女人。此时此刻，只要能够把她拥入怀中，与她裹在一条毯子里相拥而眠，他愿意付出自己所拥有的一切，甚至是付出自己未来可能拥有的一切。天长地久的希望，过去所得到的一切，他都可以放弃，只要能够有她在身边，两人紧紧相拥，裹在同一条毯子里入睡，只是一起睡觉就足够了。似乎搂着那个女人入睡才是他唯一的需要。

他走到那间小屋，用毯子把自己包裹起来，躺在地板上想要入睡。但是他睡不着，他觉得很冷。此外，残酷的现实让他意识到自己的天性中缺失的部分。他痛苦地感受到了自己孤独天性的缺憾。他想要她，想要抚摩她，想要把她紧紧搂在怀里，感受片刻的完满，然后睡去。

他再次站起身来，走出屋外，这次他走向园林的大门，然后沿着小路慢慢朝庄园走去。现在已经快到凌晨四点了，天空依然晴朗，温度很低，但曙光尚未露脸。他习惯了黑暗，能够看得清路。

慢慢地，慢慢地，那幢大宅子像磁铁一样吸引着他。他想要靠近她。这不是情欲，并非如此。而是一种孤独的缺憾引发的残酷感觉，他需要将一个沉默的女人拥抱在怀中。也许他能找到她。也许他甚至可以把她叫到自己身边，或是想办法接近她。因为这种需求令他迫不及待。

他轻手轻脚地、慢慢地爬上斜坡，逐渐靠近宅邸。然后，他绕过坡顶那几棵参天大树，来到车道上，车道在门前菱形的草坪那里绕了一个大弯。此时映入眼帘的是两棵高大的山毛榉树，它们挺立在宅邸前那一大片菱形、平整的草坪上，在黑暗之中十分显眼。

眼前就是那座庄园,低矮狭长,十分昏暗,只有楼下克利福德的卧室还亮着灯。她住在哪个房间里呢?那个握着脆弱细丝另一端的女人,这根细丝正无情地拉扯着他的心。他并不知道她住在哪个房间。

他手里拿着猎枪,走得更近了一些,一动不动地站在车道上,望着那座房子。也许他现在就能找到她,想法子到她的身边去。这房子又不是固若金汤——他和窃贼一样聪明,为什么不去找她呢?

他纹丝不动地站在那里,等待着,而拂晓的晨光不知不觉地在他身后微微亮起。他看见屋里的灯熄灭了。但他没有看见波尔顿太太走到窗前,拉开了深蓝色的旧丝绸窗帘,站在黑暗的房间里,看着窗外全新一天即将到来前那半明半暗的天色,盼望着黎明快点来临,等待着,等待着克利福德真正确信天已经亮了。因为只要他确信黎明到来,就几乎立刻能睡着。

她睡眼惺忪地站在窗前,等待着。当她站在那儿时,突然大吃一惊,差点喊出声来。因为外面车道上站着一个男人,那是晨曦中的一道黑影。她面色苍白地清醒过来,朝外面看着,没有发出一丝声响,她不想惊动克利福德爵士。

阳光鼓足劲儿洒向这个世界,那个黑影似乎变得更小,轮廓更为清晰了。她认出了那把猎枪、那双长筒橡胶靴和宽松的夹克——那不就是奥利弗·梅勒斯,那个守林人。是的,因为还有条狗站在那儿,像影子一样在他周围闻来闻去,等着他呢!

那个男人想干什么?他想把屋子里的人都吵醒吗?他为什么

呆呆地站在那里，抬头看着这房子，就像一条发情的公狗站在母狗家门外？

老天爷啊！这一信息让波尔顿太太灵机一动。他是查泰莱夫人的情人！是他！是他！

回想一下！哎呀，她——艾薇·波尔顿，自己也曾经对他有过一点动心。当时他还是个十六岁的小伙子，而她已经是二十六岁的女人了。那是在她学习护理的时候，在解剖学和一些必修的科目上，他帮了她很多。他是个聪明的孩子，得到了谢菲尔德文法学校的奖学金，还学过法语和其他课程。最终，他还是跑到矿井口当上了铁匠，给马钉马掌，他自己说是因为他喜欢马，但实际上是因为他害怕出去面对这个世界，只是他从来也不愿意承认罢了。

但他是个好人，是个好小伙子，帮了她很多，他很擅长把问题解答清晰。他和克利福德爵士一样聪明，而且总是很招女人喜欢。人们说，他的女人缘要比男人缘好。

直到他娶了那个伯莎·库茨，就如同自暴自弃一般。有些人结婚是为了刁难自己，因为他们对某些事情感到失望。难怪这段婚姻一败涂地。整个战争期间，他离开了好几年，还当上了中尉，成了十足的绅士，成为上等人！然后就又回到泰维尔肖当起了守林人！真的，有些人就是给了他机会都不会把握！他重新操起了一口浓重的德比郡土话，而她——艾薇·波尔顿知道他可以像绅士一样说纯正的英语，千真万确。

哎呀，哎呀！所以夫人是爱上他了！好吧，夫人也不是第一个被他迷住的人——他身上有某种特质。可试想一下！他是泰维尔肖土生土长的小伙子,而她是勒格比庄园的夫人!我的天,这简直是给了趾高气扬的查泰莱家族一记响亮的耳光!

可随着天色越来越亮,这守林人已经意识到了:这都是徒劳!试图把自己从孤独感中解脱出来,是徒劳无功的。你必须一辈子忍受这孤独。只有偶尔,某些时刻,孤独的沟壑才会被填满。偶尔!但你必须等待时机的到来。接受自己的孤独,一辈子与之为伴。然后,等时机一到,再次欣然接受那些填平沟壑的时光。时机总会到来,但在此之前,你无法强求。

转瞬之间,让他追逐她而来的火热欲望戛然而止。他掐死了这股欲望,因为必须如此。只有彼此渴望才有意义。如果她不来找他,那他也不会追随在她身后。他不能那么做。他必须离开,直到她到来。

他慢慢地转过身去,思绪万千,再次接受了这份孤独。他知道这样更好。她必须来找他:追随在她身后是没有用的。徒劳无功!

波尔顿太太看着他的身影渐渐消失,看见他的狗追在他身后。

"哎呀,哎呀!"她说,"他是唯一一个我没有想到的男人;可恰好也是我应该想到的那个男人。他还是个小伙子的时候,对我很好,就在我刚失去特德的时候。哎呀,有意思!要是特德知道这件事的话,会怎么说呢!"

她得意扬扬地看了一眼已经睡熟的克利福德,轻手轻脚地走出了房间。

第十一章

康妮开始整理勒格比庄园内的一个杂物间。庄园内有好几个这样的杂物间：这座宅子里简直拥挤不堪，这家人从来不会卖掉任何东西。杰弗里爵士的父亲喜爱绘画，母亲则热衷于十六世纪的家具。杰弗里爵士本人喜欢橡木雕刻的老箱子和圣具箱。这些收藏就这样代代相传。克利福德收藏非常现代的绘画，花的钱倒不算多。

于是，在杂物间里存放着几幅埃德温·亨利·兰茨尔爵士[1]糟糕的画作，几幅威廉·亨利·亨特[2]画的鸟巢，看上去可怜兮兮，还有一些学院派的作品，这些东西足以把皇家艺术学会会员的女儿吓倒。她决意要找一天彻底检查一下这些东西，把它们都清理掉。但那些奇形怪状的家具引起了她的兴趣。

她发现了一个用红木做的祖传摇篮，为了防止破损和干腐，被人精心地包裹了起来。她拆开包装，看了看这个摇篮。这东西

---

[1] 埃德温·亨利·兰茨尔（1802—1873），英国画家，以绘制动物而闻名，特别是马、狗和鹿。
[2] 威廉·亨利·亨特（1790—1864），英国水彩画家，他的准确性以及对静物与鸟巢细节的描绘赢得了人们的关注，因此获得了绰号"鸟巢亨特"。

有某种独特的魅力——她久久注视着它。

"它派不上用场实在是太可惜了。"正在一旁帮忙的波尔顿太太叹了口气,"不过这种样式的摇篮现在已经过时了。"

"也许还用得着,我或许会有个孩子呢。"康妮轻描淡写地说了一句,语气仿佛在说自己可能会买顶新帽子。

"您是说如果克利福德爵士遭遇了什么不测?"波尔顿太太结结巴巴地说。

"不!我指的是以现有情况而言,克利福德爵士只是肌肉麻痹而已——并不影响他。"康妮说,撒起谎来就像呼吸一样自然。

这是克利福德给她灌输的想法。他说:"当然,我还是可能会有孩子的。我可不是彻底残疾了。就算臀部和腿部的肌肉瘫痪了,可生育能力或许很容易就能恢复。然后就可以人工把精子移植过去。"

在他精力充沛、尽心尽力解决矿井问题的时候,他真的觉得自己的性能力仿佛正在恢复。康妮看到他这副模样,心生恐惧。但她十分机智,利用他的建议来掩护自己。因为她真的希望自己能怀上孩子——只是那个孩子不可能是克利福德的。

波尔顿太太大吃一惊,一时之间不知该说些什么。她并不相信康妮的话——她看出这是诡计。不过,现在的医生的确有这样的能力。他们可以人工授精。

"哎呀,我的夫人,我希望并祈祷您能怀上孩子。这对您、对大家来说都是件好事。说实在的,勒格比庄园要是有个后代,那可是天翻地覆的变化啊!"

"可不是嘛!"康妮说。

康妮选了三幅皇家艺术学会会员六十年前的画,准备送给肖特兰兹公爵夫人,用于她下次的慈善义卖——她被称为"义卖公爵夫人",她总是向郡内的富豪索要物件拿去义卖。收到三幅镶好框的出自皇家艺术学会会员的画作,她会非常开心的。甚至还有可能因为这几幅画登门道谢。她之前上门拜访的时候,克利福德气得暴跳如雷。

但是,我的天哪!波尔顿太太自己在心里嘀咕。你想怀的怕不是奥利弗·梅勒斯的孩子吧?哦,我的老天,那勒格比庄园的摇篮里将会躺进一个泰维尔肖的宝宝,天哪!不过也不算辱没了这个摇篮!

在杂物间里的各种乱七八糟的东西中,有一个很大的黑色亮漆盒子,有六七十年的历史,做工十分精巧,里面装着你能想象得到的各种物件。最上层放着一套完整的梳妆用品:刷子、瓶子、镜子、梳子、盒子,甚至还有三片装在保护套里的精美的小剃须刀,还有剃须碗之类的。下一层装的是一套书写工具:吸墨纸、钢笔、墨水瓶、纸、信封、便笺本。然后再下一层装着一整套的缝纫工具:三把不同尺寸的剪刀、顶针、针、丝线和棉线,还有蛋形织补架,所有东西的质量都是上乘的,做工也很精良。另外还有一层是药箱,药瓶上贴着鸦片酊、没药酊、丁香精油等标签,但瓶子里是空的。所有物件都是全新的,整个盒子关起来时,大小就像是一个装得很满的周末旅行手袋。在盒子里面,所有物品像拼图一样紧紧凑在一起。药瓶都洒不了:因为没有空间让它倒下。

这盒子的做工和设计都堪称完美,是维多利亚时代的精湛工艺。但不知为何，它看上去有些吓人。某个查泰莱家族的先人肯定也感受到了这一点，因为这东西从来没人使用过。它给人一种没有灵魂的怪异感觉。

然而，波尔顿太太却为之激动不已。

"瞧瞧，多漂亮的刷子啊，这么奢华，就连剃须刷都那么精致，三把完美的刷子！天哪！还有那些剪刀！用钱能买到最精致的东西也莫过于此了。啊，要我说也太好看了！"

"你真这么觉得吗？"康妮说，"那这盒子就归你了。"

"噢，不行的，我的夫人！"

"当然可以！不然它只会在这里躺到世界末日。如果你不要的话，我就把它和那些画一起送给公爵夫人，可她不配得到这么多东西。你就收下吧。"

"啊，夫人！哎呀，我这辈子都还不了您的恩情。"

"你不用客气。"康妮笑着说。

波尔顿太太抱着那个漆黑的大盒子走下楼去，激动得满脸通红。

贝茨先生驾着轻便的双轮马车，把波尔顿太太和那只盒子一起送回了她在村里的家中。而她必须叫几个朋友来，给她们显摆一下这个盒子：她请来了学校的女老师、药剂师的妻子、出纳助理的妻子威登太太。她们都对这个盒子赞叹不已。紧接着，大家就开始议论起查泰莱夫人的孩子。

"这世上总有奇迹发生！"威登太太说。

但是波尔顿太太坚定地相信，如果查泰莱夫人真有怀孕的那一天，那孩子一定是克利福德爵士的。就是如此！

没过多久，牧师温和地对克利福德说："我们是不是真能希望勒格比庄园未来会有个继承人？啊，倘若如此，那真要感谢仁慈的上帝啊！"

"嗯，我们总归要抱有希望。"克利福德语气略带讽刺地说，而与此同时，他自己也开始怀有某种信念。他开始相信自己真的可以拥有后代。

一天下午，莱斯利·温特登门拜访——大家都称他为"乡绅温特"。他七十来岁，身材瘦削，收拾得干净整洁，正如波尔顿太太对贝茨太太所说的那样，他是个十足的绅士。确实，从头到脚都透露出绅士风范！他十分老派，说话的时候老发出老掉牙的"哈哈"声，感觉比十八世纪戴着布袋假发[1]的人还过时。时光飞逝，只将这些精致的旧羽抖落于身后。

他们谈论起矿井的问题。克利福德认为，他矿上的煤，即使是质量一般的那种，也可以加工成浓缩燃料。假如搭配一定湿度的酸性空气，在强压下燃烧，这种燃料可以产生巨大的热能。人们老早就注意到，在特别潮湿的强风中，矿井平台上的煤燃烧得特别旺，几乎不产生任何烟雾，烧完剩下的是细细的粉末，而不是燃烧不完全所剩下的那种粉红色煤渣。

"但是你要到哪儿去找适合的机器来烧这种燃料呢？"温特问道。

"我可以自己来制造这些机器，而且我要用自己的燃料，然后我会出售煤矿发的电。我有把握能做到。"

---

[1] 用于18世纪的一种假发，假发末端用袋子包裹起来，大多由律师或者医生使用。

"我亲爱的孩子,如果你能做到,那可真是太棒了,太棒了。哈哈!棒极了!如果我能帮上什么忙,我很乐意效劳。恐怕我有点落伍了,我的煤矿和我也差不多。但谁知道呢,等我撒手人寰,矿上也许会出现像你这样的人。太棒了!矿井又可以把所有工人都雇回来了,你也不用担心是否能把煤卖出去的问题了。这主意实在太棒了,我希望它能成功。如果我自己有几个儿子,毫无疑问,他们会替希普利煤矿想出最时髦的法子——毫无疑问!顺便问问,亲爱的孩子,有传言说,我们或许可以期待勒格比庄园后继有人,这传言有任何根据吗?"

"有这样的传言?"克利福德问道。

"是这样的,我亲爱的孩子,菲林伍德的马歇尔曾这样问过我,我对这个传言的了解仅限于此。当然,如果没有任何根据,我是不会跟外界传播这些内容的。"

"呃,温特先生,"克利福德不安地说,但他的双眼却异常明亮,"有希望,总是有希望的。"

温特从房间那头走过来,握起了克利福德的手。

"我亲爱的孩子,我亲爱的小伙子,你都不敢相信听到这些消息对我来说意味着什么!听到你说有希望后继有人,还有可能重新把泰维尔肖的每个工人都雇回来。啊,我的孩子!能在竞争中保持领先,能给所有愿意工作的人提供一个职位……"

老人真的感动不已。

第二天,康妮正在往玻璃花瓶里插一束高高的郁金香。

"康妮,"克利福德说,"你知道外面传言说你要给勒格比庄园生个继承人吗?"

康妮因恐惧而眼前一黑,但她依然站定不动,摆弄着那些花。

"没听说!"她说,"这是在开玩笑吗?还是恶意中伤?"

他沉默了半晌才答道:"我希望两者都不是。我希望这是一个预言。"

康妮继续整理着她的花。

"今天早上我收到父亲的来信,"她说,"他想知道,我是否知道他已经替我接受了亚历山大·库珀爵士的邀请,邀我七月和八月去威尼斯的埃斯梅拉达别墅。"

"七月和八月?"克利福德说。

"噢,我不会待那么久。你确定不来吗?"

"我不出国旅行。"克利福德脱口而出。

她把花拿到窗前。

"那你介意我去吗?"她说,"你知道,这已经是答应好的事,今年夏天去度假。"

"你要去多久?"

"大概三个星期吧。"

两个人都没再开口。

"好吧。"克利福德缓慢地说,语气有点阴郁,"我想我可以忍耐三个星期:前提是我能百分之百确定你会回来。"

"我会回来的。"她平静而简短地说道,内心十分笃定。她想着的是另一个男人。

克利福德感觉到了她的笃定,不知为何,他相信她的话,他相信她是为了自己而回来。他感到如释重负,立刻高兴起来。

"如果是那样的话,"他说,"我觉得没什么问题,你说呢?"

"我也是这么想的。"她说。

"换个环境你会开心吧?"

她抬起头,一双蓝眼睛奇怪地看着他。

"我想再去看看威尼斯,"她说,"去潟湖对面的鹅卵石小岛泡泡海水。但你知道我讨厌利多岛[1]!而且我觉得我不会喜欢亚历山大·库珀爵士和库珀夫人。不过,如果希尔达在那儿,我们又有自己的贡多拉[2]的话,那会很美好的。我真希望你能来。"

她这句话说得很真诚。她很想用这种方式让他开心。

"啊,可是想想看,我在巴黎北站、在加莱码头的样子!"

"可为什么不行呢?我看到其他在战争中受伤的士兵,坐着人抬的轿子出门。再说,我们可以开车过去。"

"那我们还得带上两个男仆。"

"哦,不用!有菲尔德就差不多能行。那边总能找到另一个男仆的。"

但克利福德摇了摇头。

"今年就算了,亲爱的!今年不行!明年我或许会试试。"

她郁闷地走开了。明年!明年会发生什么?她自己也不是真的想去威尼斯:至少现在不想,现在她还有另一个男人。但她还是要去,这是一种自我约束,而且还有另一个原因——如果她怀了孩子,克利福德就会认为她是在威尼斯找的情人。

---

[1] 意大利威尼斯的一个小岛,著名的旅游胜地。
[2] 意大利语音译,是极具威尼斯地方特色的尖舟,造型独特,如新月一般,拥有一千多年的历史,一直是居住在潟湖上的威尼斯人代步的工具。

现在已经五月了,他们计划在六月出发。总有这些安排!人生总是被人安排好了的!一个轮子转动会带动另一个,人往往身不由己!

时值五月,可是气温很低,又下起了雨。寒冷潮湿的五月适合玉米和牧草的生长!这年头,玉米和牧草非常重要!康妮必须去一趟乌斯韦特,那是他们的小镇,在那里,查泰莱这一姓氏仍然拥有贵族的威慑力。她独自前往,菲尔德开车送她。

尽管已是五月,处处新绿,但乡间依然是一幅惨淡的景象。天气很冷,雨中混杂着烟雾,空气中弥漫着一种疲惫不堪的气息。人们只能生活在反抗之中。难怪这些人看上去既丑陋又顽强。

汽车艰难地爬着坡,驶过泰维尔肖那条脏乱狭长的街道,穿过黑乎乎的砖房,那些黑色石板屋顶尖利的边缘闪闪发光,泥土被煤尘染成了黑色,路面又湿又黑。仿佛凄凉入侵,渗透了所有的一切。自然之美在这里荡然无存,没有任何生命的喜悦,连鸟兽皆有的那种对于外在美欣赏的本能,在这里也不复存在,人类的感官直觉消失殆尽,简直骇人听闻。杂货店里堆满了肥皂,蔬果店里则摆满了大黄和柠檬!女帽店里丑得吓人的帽子!丑东西一个接着一个,丑陋,丑陋,无比丑陋。紧接着是俗气可怕的电影院,外墙装饰着石膏和镀金,还有那湿漉漉的电影海报——《女人的爱情》。接下来是那座原始卫理会新盖的大教堂。教堂外的砖墙光秃秃的,毫无装饰,只装了镶嵌着红色和绿色的彩绘玻璃的大窗子,实在是够原始的。再往高处走是卫斯理小教堂,坐落在铁栏杆和被煤灰染黑的灌木后,砖墙已经泛黑。公理会教堂自视甚高，是由粗糙的砂岩建造的，还有一座不算太高的尖塔。教堂不远处是新建的学校，由昂贵的粉色砖块砌成，操场上铺着砾石，外面围着铁栏杆，看上去十分气派，让人联想到教堂和监狱的混合体。五年级的女生正在上声乐课，刚完成"拉—咪—哆—拉"的发声练习，准备开始唱"甜美的童谣"。很难想象还有什么比这更不像歌的，完全不像一首自然而然的歌谣——只是跟着曲子大致发出奇怪的号叫。这歌声不像野人唱的——野人至少还有点节奏。和动物的叫声也不一样——动物嚎叫的时候至少还在表达着什么。这是世上绝无仅有的声音，竟然被称作歌唱。菲尔德给车加油的时候，康妮坐在车里听着这歌声，心情十分沉重。这些人原本活生生的感官直觉像被钉死在门上的钉子一样死气沉沉，留下的只有机械式的奇怪号叫和超乎寻常的意志力，这些人未来会变成什么样子？

一辆运煤车从坡上下来，在雨中叮当作响。菲尔德驱车往山坡上开，沿途经过看着门面很大却死气沉沉的布料铺、服装店，还有邮局，然后他们来到了一个萧条的小市场。萨姆·布莱克正从"太阳旅馆"的门口往外张望，朝着查泰莱夫人的汽车鞠了个躬。他坚称自己开的是旅馆，为出差的商人提供住处，而不是酒馆。

教堂在左侧稍远一些的地方，被黑色的树林包围。此时汽车开始下坡，把"矿工酒馆"抛在身后。他们已经开过了"威灵顿""纳尔逊""三桶"和"太阳"这些店铺，现在又经过了"矿工酒馆"，随后来到"机械楼"，接下来是新建成的、装饰花哨的"矿工之家"，等等，又经过了几座所谓的新"别墅"，车子驶入了黑乎乎的大路，朝着斯塔克斯门开去。道路两旁是黑乎乎的树篱和深绿色的田野。

泰维尔肖！那就是泰维尔肖！快乐的英格兰！莎士比亚的英格兰！不，这是如今的英格兰，自从康妮搬到这里居住之后，就已经心知肚明。这里正在孕育着一种全新的人类，他们对于金钱、社会和政治方面过于在意，而那些自然流露和内心本能的一面，早已泯灭，消失殆尽。他们都是半死不活的行尸走肉：但仅存的另一半意识却固执得令人恐惧。这一切都有种异乎寻常、神秘莫测的意味。这就是底层社会，让人难以预料。我们该如何理解行尸走肉的反应？一辆大卡车从谢菲尔德开来，上面载满了钢铁工人，这群诡异的人身材矮小，人模人样却扭曲变形，他们正准备到马特洛克游玩，康妮看见这些人，五脏六腑就搅在了一起，她想：啊，天啊，人类对自己的同类做了些什么？人类的领袖们对他们的同胞做了什么？他们把同胞糟蹋得失去了人性，现在人与人之间再也不存在什么友谊了！这是一场噩梦。

恐惧的浪潮袭来，康妮再一次从中感受到挥之不去的灰暗绝望的气息。劳工们就是一群这样的生物，以她对上层社会的了解，未来根本没有希望可言，没有一丝希望。可是她还想要有个孩子，想要一个勒格比庄园的继承人！勒格比庄园的继承人！她害怕得浑身发抖。

可是，梅勒斯却出身于此——是的，但他和她一样，与这一切格格不入。甚至在他心里，也没有留下任何情谊。它死了。人与人之间的情谊已经死去。就这一切而言，只剩下孤独和绝望。而这就是英格兰，英格兰大部分地区都是如此——康妮对此了如指掌，因为她是从英格兰的中心驱车出发的。

汽车正朝着斯塔克斯门往上开。雨慢慢停了,天空中出现了五月罕见的明媚阳光。乡村绵延起伏,朝南延伸到皮克区[1],往东延伸到曼斯菲尔德和诺丁汉。他们正在朝南行驶。

汽车攀上高地时,康妮可以看到,在她左侧起伏的丘陵高处,耸立着高大的沃索普城堡,在阴云的笼罩下呈深灰色。城堡下方是新建的矿工宿舍,灰泥墙面略带红色,再往下弥漫着煤矿吐出的黑烟和白色蒸汽,这煤矿每年把成千上万英镑的收入送到公爵和其他股东的腰包里。那座雄伟的古堡已是一片废墟,但残存的主楼依然悬在低垂的天际下,俯视着脚下潮湿空气中飘动的黑白烟雾。

拐了个弯,他们在高地上朝着斯塔克斯门驶去。从公路上望去,斯塔克斯门只不过是一座雄伟奢华的新酒店——康宁斯比酒店,外墙红白相间,装修得金碧辉煌,孤零零地矗立在荒凉的路边。但如果你仔细看,会发现左边有一排排漂亮的"摩登"住宅,建得就像多米诺骨牌一样,留出了空地和花园,仿佛是一些诡异的"主人"在这片令人惊叹的大地上玩的一种奇特的多米诺骨牌游戏。在这片住宅区的后面,矗立着一片让人望而生畏的惊人的建筑,其中包括一个真正的现代煤矿、一些化工厂,还有很多巨大的长廊,其造型设计都是前所未见的。在那些庞然大物中,矿井的井口和平台本身根本微不足道。而在这片巨大的建筑前面,多米诺骨牌永远矗立在那里,带着些许诡异的气息,等待着主人把玩。

---

[1] 位于英国德比郡,但延伸到毗连的五个郡,如今是英格兰最大的国家公园之一。

这就是斯塔克斯门,是战后出现在这个世界上的新面孔。虽然连康妮也不知道,但事实上,从"酒店"往坡下走半英里的地方就是老斯塔克斯门,那儿有几座老矿井、一些熏黑的老砖房、一两所小教堂、一两间商铺,还有一家小酒馆。

但老斯塔克斯门已经不算数了。巨大的烟雾和蒸汽从上面的新矿场升起,这才是如今的斯塔克斯门:没有小教堂,没有酒馆,甚至没有商铺。只有巨大的工厂,就像是现代的奥林匹亚,坐拥供奉诸神的神殿;此外还有普通住宅,然后是那座酒店。这座所谓的酒店虽然看起来十分高档,但实际上只是一家供矿工取乐的酒馆。

就在康妮来到勒格比庄园后,这座全新的煤矿拔地而起,这些标准住宅里挤满了从四面八方汇聚而来的乌合之众。他们热衷的勾当之一,就是偷猎克利福德树林里的兔子。

汽车沿着高地继续行驶,看着连绵起伏的德比郡蔓延开来。这个郡!它曾经可是一个骄傲而高贵的地方。再次出现在视线当中的是前方高耸于天际线边缘的查德威克宅邸[1],它华丽而雄伟,窗户比墙体的面积都大,是伊丽莎白时代最著名的建筑之一。它孤傲地矗立在巨大的园林上方,但早已过时,无人在意。它仍被保存了下来,但仅仅作为一个供人参观的场所。"看看我们的祖先当年是何等风光!"

那已是过往。现实摆在府邸下方。只有老天知道未来在何

---

[1] 此处指代的是哈德威克府邸,是位于英格兰德比郡的一座修建于伊丽莎白时期的乡村别墅,修建于1590年至1597年,外观为文艺复兴式建筑风格。1959年,哈德威克府邸的所有权移交给国家名胜古迹信托。现在开放给一般民众参观,也是著名的观光景点。

处。汽车已经转了个弯,穿过矿工居住的那片被煤烟熏黑的老农舍,下坡朝乌斯韦特驶去。天气潮湿的时候,乌斯韦特朝天空送去大量烟雾和蒸汽,就像在为什么神仙焚香一样。乌斯韦特位于谷底,所有通往谢菲尔德的铁道钢轨都从此经过,煤矿和钢铁厂那高耸的烟囱吐出烟雾,发出耀眼的火光,教堂那可怜的螺旋形小尖顶,已经摇摇欲坠,可依旧在烟雾中矗立着,这一切总是让康妮动容。这个古老的集镇坐落于山谷的中心。其中一家主要的旅馆是查泰莱旅馆。对生活在乌斯韦特的人来说,勒格比庄园被称为勒格比,仿佛它是一大片土地,而对外人而言,那里仅仅是一幢大宅子:临近泰维尔肖村的勒格比府——勒格比,贵族的乡间宅邸。

黑漆漆的矿工农舍齐刷刷地矗立在人行道旁,和一百多年前的煤矿工人住处同样的紧密相连,同样的狭小。这些房屋沿路一字排开。道路已经变成了街道,当你置身其中,立刻就会忘记开阔起伏的乡村,那里大多数的建筑依旧是城堡和大宅子,但它们就像幽灵一样。此刻,你俯视着纵横交错的空荡铁轨,铸造厂和其他"工厂"在你周围拔地而起,它们是如此庞大,让你觉得被高墙包围。铸铁发出巨大的铿锵声,大卡车震动着大地,汽笛发出嘶鸣。

可是,一旦你继续下坡,进入教堂后面那蜿蜒曲折的镇中心,就再次置身于两个世纪前的世界中,回到了查泰莱旅馆所处的那弯曲的街道上,还有那家老药房,这些街道曾经通往由城堡和富丽堂皇的大宅子组成的那个荒芜而开阔的世界。

拐角处,一个警察举起手,三辆运铁的卡车驶过,震得那座岌岌可危的老教堂左右摇晃。直到卡车驶过,他才能向查泰莱夫人行礼致敬。

这座小镇就是这样。在小镇弯弯曲曲的老街两旁,挤满了矿工破旧漆黑的住宅。这些老房子的后面,紧挨着一排排新建的粉红色的房屋,更为宽敞,它们遍布在山谷之中——是更为现代的矿工住所。在更远点的地方,再次回到城堡所处的那延绵起伏的广阔高地上,烟雾映衬着蒸汽摇曳,一片片崭新的红砖表明那同样是矿工们的新住处,有的盖在洼地上,有的盖在山坡上,远在天际,却丑得人神共愤。而在这些新房子之间,依然零星可见古老的大马车和英式农舍的破败残迹,甚至是罗宾汉时代的老英格兰遗留下来的。矿工们不工作的时候,会在那里四处闲逛,以缓解压抑好动的本能所带来的沮丧。

英格兰,我的英格兰!但哪一个才是属于我的英格兰?英格兰富丽堂皇的豪宅在照片上的确出彩,而且还营造出与伊丽莎白时期有所关联的错觉。那些漂亮的老宅邸,从安妮女王和汤姆·琼斯时代起就矗立在那里。但煤灰落在黄褐色的灰泥墙上,把墙壁染得漆黑,本来金黄色的外墙早已消失不见。就像那些豪宅一样,这些宅邸也一个个被遗弃。现在正在把它们彻底拆除。至于英格兰的农舍——它们就矗立在那里——灰泥砌成的砖房散落在毫无未来的乡野之间。

现在他们正在拆除那些富丽堂皇的宅邸,乔治王时代的宅邸也一并拆掉。而此时此刻,就在康妮坐车经过的时候,弗里特奇利——一幢乔治王时代的完美大宅子——正在被人拆毁。这幢大宅子翻修得很好,直到战争爆发以前,韦瑟利家族一直居住于此，过着奢华的生活。但现在，它过于庞大，耗费太高，乡间也变得不太适宜居住。乡绅们都搬去了更舒适惬意的地方生活，在那些地方，他们可以肆意挥霍，而不必亲眼见证钱是怎么赚来的。

这就是历史。一个英格兰摧毁了另一个英格兰。煤矿曾经是宅邸的生财之道。现在煤矿摧毁了这些宅邸，就如同已经被它们摧毁的农舍一样。工业的英格兰摧毁了农业的英格兰。一种意义摧毁了另一种意义。新英格兰摧毁了旧英格兰。这种连续不断的取而代之并不是自然形成的，而是机械化的。

康妮属于有闲阶级，一直紧抓着旧英格兰过去的光辉无法释怀。她花了许多年才意识到，旧英格兰实际上已经被这可怕的、令人毛骨悚然的新英格兰摧毁了，而摧毁的过程将会一直持续，直到旧英格兰荡然无存为止。弗里特奇利不复存在，伊斯特伍德也已消失不见，希普利在不久的将来也将灰飞烟灭——乡绅温特心爱的希普利。

康妮在希普利府逗留了片刻。府邸后面园林的大门正好开在煤矿铁路的道口附近；希普利煤矿本身就坐落于树林的另一端。园林的门是敞开的，因为穿过园林有一条煤矿工人拥有通行权的小路。他们会在园林里溜达。

汽车经过了观赏池塘，然后驶入直通宅邸的私家车道，池塘里漂浮着矿工丢弃的报纸。车道旁耸立着一栋可爱的灰泥建筑，是十八世纪中期的风格。屋外有一条紫杉夹道的美丽小径，通往另一座更古老的房子，大宅沉着地四散开来，乔治王时代的玻璃窗似乎在愉快地眨着眼睛。大宅后方是美轮美奂的花园。

比起勒格比庄园，康妮更喜欢这里的内部装饰。希普利更加明亮、更有活力、更时髦，也更为优雅。所有的房间都嵌了奶油色的嵌板，天花板用镀金工艺点缀，每样东西都摆放得井井有条，所有家具都十分精美，一看就是不惜投掷重金购置的。就连走廊也建造得宽敞美丽，曲折有致，充满活力。

莱斯利·温特孑然一身。他爱极了自己的大宅子。但他的园林被自己的三个煤矿所包围。他在思想上一向开明大方。他对矿工进入他的园林，几乎抱着欢迎的态度。他发家致富不就是依靠这些矿工嘛！于是，当他看到一群群不修边幅的矿工在他的观赏池塘边闲逛时——不是在园林的私人区域，不行，他对此的界限非常严格——他会说："矿工也许不像小鹿那般赏心悦目，但他们带来的利润要高得多。"

但那是在维多利亚女王统治时期[1]的后半段——煤矿代表着财富的黄金时代。那时候，矿工还是"好工人"。

温特曾经略带歉意地对他的客人——当时的威尔士王子——说了这番话。王子用喉音浓重的英语回答道："你说得很对。如果桑德灵厄姆庄园[2]下面有煤炭，我就会在草坪上挖一个矿井，并将其看作一流的园林风景。哦，我很愿意把狍换成煤矿工人。我听说，给你干活的都是些好工人。"

但话说回来，王子对金钱之美和工业主义福祉的看法可能有些过头了。

---

[1] 维多利亚女王在位时期为1837年到1901年，其统治时期是英国最强盛的"日不落帝国"时期。
[2] 威尔士王子爱德华七世在1863年购于诺福克郡东北部一村庄的王室产业与宅邸。

然而，王子后来成了国王，国王死了，如今又有了一位新国王，他的主要职责似乎就是向穷人开放施食处。

那些"好工人"不知不觉就把希普利给围了起来。新建的采矿村将园林紧紧包围，乡绅不知怎么觉得这些村民已经不是自己过去熟悉的那一群人了。他曾经温和却高傲地自居为此片领土和矿工们的主人，而现在，由于渗透进来了一种新的思想，他莫名其妙地被排挤了出去。他反而成了不再属于这片土地的人。这一点毫无疑问。那些煤矿和工业，都有自己的意志，而这种意志是与贵族主人针锋相对的。所有的矿工都成了这意志的一分子，与之反抗是十分困难的。它要么把你赶出这片土地，要么直接夺去你的性命。

乡绅温特老爷子可是个斗士，扛过了这一切。但他晚饭后再也不愿意去园林散步了。他几乎是躲在屋里足不出户。有一次，他没戴帽子，穿着漆皮皮鞋和紫色丝袜，一边与康妮聊天一边走到大门口，依然是上流社会的谈吐，偶尔还夹杂着标志性的"哈哈"。但是，当他和一小群矿工擦肩而过时，他们并没有行礼或者做其他动作，只是站在那里盯着他看，康妮感觉到这教养良好的清瘦老人退缩了，就像一只关在笼子里的优雅羚羊鹿，在粗俗目光的凝视下畏缩了一样。矿工们的敌意并不是针对他——完全不是。但他们的精神是"冷酷"的，想把他驱赶出去。矿工们内心深处埋藏着深深的怨恨。他们"为他工作"。他们自身丑陋粗俗，于是就憎恨温特的温文尔雅，憎恨他穿着考究、教养良好。"他算老几！"他们怨恨的正是彼此之间的差异。

而在他那颗英格兰之心隐秘的深处，很大程度上还存在着一个斗士，他相信矿工们对这种阶级差异的憎恨合情合理。他觉得自己一出生就养尊处优，的确有一点不公平。然而，他代表了一种体制，而他是不可能就这样被排挤出去的。

除非死亡伸出魔爪。康妮来访后不久，温特乡绅突然撒手人寰。他在遗嘱里给克利福德留下了可观的遗产。

继承人们立即下令拆除希普利庄园。维持这幢大宅子的花销实在过于高昂。没人愿意住在那里。所以庄园就此分崩离析。紫杉林荫道的大树全被砍掉了。园林内的树木被砍光，土地被分成了若干块。此处离乌斯韦特不远。在这片奇异的荒野之地，在这荒无人烟的无主之地上，建起了全新的双户联排住宅，随之又出现了一条条街道，这些房子大受追捧！这里变成了希普利府住宅区。

距离康妮最后一次拜访希普利还不到一年，就发生了这一切。希普利府住宅区拔地而起，新街道上盖满了一排排由红砖砌成的双户联排"别墅"。做梦也想象不到，十二个月前，这里矗立着一幢粉刷着灰泥的宅邸。

这就是爱德华国王执政后期的园林景观——用煤矿来装饰草坪。

一个英格兰摧毁了另一个英格兰。乡绅温特和勒格比庄园的英格兰已经不复存在，终结了。只是摧毁进程尚未彻底结束。

接下来会发生什么？康妮无法想象。她只能眼见砖块新砌的街道延伸到田野之中，新盖的建筑从煤矿里拔地而起，新来的姑娘穿着丝袜，新来的矿工小伙子在舞厅或是矿工之家闲逛。年青一代完全意识不到老英格兰的存在。曾经连续的意识出现了断层，几乎和美国一样——但实际上这沟壑是工业化带来的。未来会发生什么呢？

康妮总觉得没有未来可言。她想把头埋在沙子里——或者，至少埋在一个活生生的男人怀中。

这个世界是如此复杂，如此诡异，如此令人恐惧！普通老百姓人口众多，实在太可怕了。她在回家的路上就是这么想的，她看见煤矿工人无精打采地从矿井里走出来，一个个灰头土脸，身形扭曲，一边肩膀比另一边高，穿着打了铁掌的靴子，拖着沉重的步子往前走。长期在地下工作让他们脸色惨白，只能看到白眼珠乱转，因为矿井太矮，他们只能一直缩着脖子，肩膀已经彻底变形了。男人们！这可是男人啊！唉，在某些方面，他们算得上勤勉的好男人。可在其他方面，他们根本已经称不上男人。经过训练，男人与生俱来的某些特质已经彻底从他们的天性中被扼杀掉了。可他们还是男人，他们繁衍后代，可能还会有人为他们生孩子。可怕，想想就觉得可怕！他们是好人，十分善良。但他们称不上完整的人，只拥有人类阴暗的那一半。到目前为止，他们还算是"好人"。但即便如此，这也只是他们拥有那一半人性中的闪光点。假如他们死去的那一半复苏了呢！这可不行，这实在太可怕了，想都不敢想。康妮对劳工阶级是极度恐惧的。在她眼中，他们似乎都十分诡异。他们的生活中完全不存在审美，不存在直觉，他们总是"在矿井里"。

这种男人的后代！哦，我的天！哦，我的天啊！

可梅勒斯就是这种男人的后代。也不完全一样。四十年的岁月足以改变一个人，能让一个男人产生巨变。铁和煤已经深深地侵蚀了男人的身体和灵魂。

身体丑陋不堪,生命力却旺盛!所有这些人未来会变成什么样?也许随着煤炭的枯竭,他们会再度从地球表面上消失。当煤矿需要他们的时候,这帮人会成群结队地不知从哪里冒出来。也许他们只是从煤层里爬出来的奇怪生物群。他们是来自另一个世界的生物,他们是一些元素,为煤元素服务,正如铸铁工人也是元素,为铁元素服务一样。男人并非男人,而是有生命的煤、铁和黏土。元素构成的生物群、碳、铁、硅——元素。他们也许拥有矿物的那些奇特而非人之美:有煤炭的光泽,有钢铁的重量、美丽的蓝色以及它的无坚不摧,有玻璃的透明。来自矿物世界的由元素构成的生物,怪异而扭曲!就像鱼儿属于海洋,虫类属于枯木一样,他们则属于煤、铁和黏土。他们是矿物分解时产生的生命!

回到家中,把脑袋埋进沙子里不用再面对那一切,这让康妮感到庆幸。她甚至愿意多花时间和克利福德聊天。因为她对英格兰中部地区开采煤矿和铸铁工业的恐惧,就像流感一样,使她全身上下产生了一种怪异的感觉。

"当然啦,我不得不在本特利小姐的店里喝杯茶。"她说。

"是吗!温特应该会请你喝茶的。"

"噢,他说了,但我可不敢让本特利小姐失望。"

本特利小姐是个老处女,长着大鼻子,言行十分浪漫,她招待人用茶点时细心周到,简直跟提供圣餐似的。

"她问起我了吗?"克利福德说。

"当然了!——'请问夫人,克利福德爵士贵体是否安康?'

我相信你在她心中比卡维尔护士[1]还重要!"

"我想你一定告诉她我现在容光焕发吧。"

"没错!她看上去欣喜若狂,就仿佛我说天堂为你敞开了大门。我对她说,如果她到泰维尔肖的话,请务必要来探望你。"

"我!为什么?来看我?"

"哎呀,是啊,克利福德。你这么受人崇拜,不可能不给予别人一点回报。在她眼中,卡帕多西亚的圣乔治[2]也不如你。"

"你觉得她会来吗?"

"噢,她脸都羞红了,那一刹那显得十分美丽,可怜的人儿!为什么男人不娶那些真正崇拜他们的女人呢?"

"等她们开始崇拜已为时太晚。她说了她会来吗?"

"啊,"康妮模仿着本特利小姐上气不接下气地说,"夫人,我怎么胆敢如此冒昧!"

"胆敢冒昧!太可笑了!但我祈求上苍别让她出现。她的茶怎么样?"

"哦,是立顿的茶,非常浓。不过克利福德,你知道你对本特利小姐以及许多像她这样的人来说,就是《玫瑰传奇》[3]吗?"

"即便如此,我也没觉得这有多值得高兴。"

"她们把画报上每一张你的照片都视若珍宝,或许每天夜里

---

1 伊迪丝·路易莎·卡维尔(1865—1915),英国人,在第一次世界大战中无差别地拯救战争双方的士兵,帮助约两百名协约国士兵逃离德国占领的比利时而被逮捕,后被德国判处死刑。尽管国际上有同情的呼声,她还是被德国射击队队枪决。
2 英国著名的守护神,现代历史学家认为其出生于公元3世纪中叶,在欧洲流行的神话传说中,他曾斩杀过一条恶龙。
3 一首法国13世纪骑士浪漫故事的寓言长诗,中世纪流传最为广泛的文学作品之一。

都为你祈祷。这真是太不可思议了。"

她上楼去更衣。

那天晚上，克利福德对康妮说："你的确相信婚姻中有某种永恒的东西存在，是吧？"

她看着他。

"可是克利福德，你把'永恒'说得就像是一个罩子，或是一条长长的锁链，无论人走多远，锁链都追随其后。"

他不快地看着她。

"我想说的是，"他说，"如果你去威尼斯，你该不会抱有认真来一场艳遇的希望吧？"

"在威尼斯认真来场艳遇？不。我向你保证！不会的，我在威尼斯最多也就是逢场作戏一下。"

她说这话时带着一种奇怪的轻蔑。他皱紧眉头，看着她。

第二天早晨，她下楼时，发现守林人的狗弗洛西正坐在克利福德房间外面的走廊上，轻声呜咽着。

"哎呀，弗洛西！"她温柔地说，"你在这儿干什么？"

她悄悄打开了克利福德的房门。克利福德挺直身子坐在床上，把放在床上的小桌子和打字机推到一边，守林人则立正站在床脚。弗洛西跑进屋里。梅勒斯微微摇头，使了个眼色，命令弗洛西重新回到门口去，它一溜烟跑了出去。

"哦，早上好，克利福德。"康妮说，"我不知道你在忙。"然后她看着守林人，对他说了句"早上好"。他含糊地回应了一下，似乎漫不经心地看着她。但是，仅仅是他出现在这里，康妮就感觉到激情热浪涌上心头。

"我打扰到你们了吗,克利福德?我很抱歉。"

"没有,没什么要紧事。"

她又轻手轻脚地退出克利福德的房间,上楼回到自己蓝色的梳妆室。她坐在窗边,看着他沿着车道往外走,他动作出奇地安静,尽量让自己不要引起别人的注意。他有一种与生俱来的沉静,有股疏离的傲气,同时还掺杂着某种脆弱的神情。一个雇工!克利福德的其中一个雇工!"亲爱的布鲁特斯,倘若我们低人一等,那过错并不在我们的命运,而在我们自己。"[1]

他是低人一等的吗?他是吗?他是怎么看待她的呢?

这一天阳光明媚,康妮在花园里干活,波尔顿太太给她打下手。不知为何,人与人之间那种难以言说的、起起伏伏的同情心,让这两个女人变得更为亲近。她们把康乃馨固定在木杆上,然后种了一些夏季的花花草草。这是她俩都很喜欢干的活儿。康妮把幼苗柔软的根放进松软的黑土坑里,然后轻轻把它们埋好的时候,心里感到尤其快乐。在这个春季的清晨,她感到子宫深处也在颤抖,仿佛阳光抚摩着子宫,让它快乐起来。

"你丈夫过世已经很多年了吧?"她一边拿起另一株幼苗种进土坑,一边对波尔顿太太说。

"二十三年!"波尔顿太太边说,边小心翼翼地把耧斗菜苗分成一株一株的,"他们把他送回家已经二十三年了。"

"把他送回家!"听到这可怕的结局,康妮的心头猛然一震。

"你觉得他为什么会出事?"她问,"他和你在一起快乐吗?"

---

[1] 引自威廉·莎士比亚的剧作《恺撒大帝》。

这是女人才会问彼此的问题。波尔顿太太用手背拨开垂到脸上的一缕发丝。

"我的夫人,我不知道!他是那种不会屈服于任何事情的人——他不愿意随波逐流。而且他讨厌为世上任何事情低头。做人太过于固执,容易把自己害死。你要知道,他根本不在乎。要怪就怪那个矿井,他根本不应该下到矿井里工作。但他还是个小伙子的时候,他父亲就逼他下矿井。然后,等过了二十岁,就很难从矿井里脱身了。"

"他说过他讨厌下矿井工作吗?"

"哦,没有!从来没说过!他从没说过自己讨厌什么。最多只是做个鬼脸。他是那种没心没肺的人——就像开战后第一批兴高采烈地冲上战场的小伙子一样,一上战场就送了命。他倒也不是没心眼,但他就是不在乎。我曾经对他说:'你什么也不在乎,谁也不关心!'可他还是在乎的!我生第一个孩子的时候,他一动不动地坐在那里,等孩子生出来了,他看着我的眼神仿佛一切都生死攸关。我生这个孩子很遭罪,但我还得安慰他。我对他说:'没事的,亲爱的,没事了!'他看了我一眼,带着那种奇怪的笑容。他从来也没说过什么。但是,我相信在那之后,他在夜里再也无法和我体会到闺房之乐了。他再也没办法彻底达到高潮。我曾经对他说:'啊,亲爱的,你来吧……'我有时候还会说些露骨的话挑逗他。他什么也不说。但他就是不愿意高潮,或者说他根本没办法达到高潮。他不想再让我生孩子了。我一直都责怪他母亲让他进了产房,他就不应该待在那里。男人一旦开始琢磨,就会把事情弄得越来越复杂。"

"他这么在意吗?"康妮惊奇地说。

"是的,他似乎没办法接受生产的痛苦是一件自然的事。这也就让他无法享受任何夫妻的闺房之乐。我对他说:'如果我觉得无所谓,你为什么要介意?该小心的是我……'但他从头到尾只说了一句:'这样不对!'"

"也许他太过于敏感了。"康妮说。

"就是这么回事!当你了解男人,你就明白他们就是这样——在不该敏感的地方过于敏感。我相信,连他自己都意识不到,他有多恨那煤矿,恨死它了。他死后看起来很安详,仿佛他得到了解脱。他生前是个英俊的小伙子,死后是一副如此安详纯洁的模样,就像他一心求死似的,我的心都碎了。啊,这实在让我心碎,真的。可这都怪煤矿。"

她痛苦地流下了几滴泪水,康妮哭得更厉害。这是一个温暖的春日,泥土和黄花散发着芬芳,许多植物都开始抽芽,花园静静地沐浴在明媚的阳光中。

"这对你来说肯定很煎熬!"康妮说。

"哦,我的夫人!一开始我根本反应不过来。我只能说:'啊,我的男人啊,你为什么要离开我!'——我就是这么哭喊的。但我总觉得他会回来。"

"可是他并不想离开你。"康妮说。

"哦,是的,我的夫人!那只是我哭喊时说的傻话。而我一直期待他回来,尤其是在夜里,我一直惊醒,心里总想:他为什么没有躺在我身边!就好像是我情感上不愿相信他已经离开人世。我就是觉得他必须回来躺在我身旁,这样我才能感觉到他与我同在。我想要的仅此而已：能感受他躺在我身边，感受到他的体温。我经历了无数次打击才明白，他回不来了，这花了我好几年的时间。"

"他身体的触感。"康妮说。

"就是这个，夫人，他身体的触感！直到今天为止，我都无法忘记那种感觉，而且永远也不会忘。如果真的有天堂，他一定会在那里，紧贴着躺在我身旁，好让我安然入睡。"

康妮望着那张忧郁而美丽的脸庞，心生恐惧。泰维尔肖的另一个多情女子！他身体的触感！因为爱情的束缚总难解开！

"一旦你让某个男人融入你血液当中，那就可怕了！"她说。

"啊，夫人！那就是你如此痛苦的根源。你会觉得人们都想让他死。你会觉得那个煤矿非常想让他死。啊，我觉得，要不是因为那个煤矿，还有那些管理煤矿的人，他就不会离开我。但如果男人和女人彼此相爱，他们都想拆散这对相爱的男女。"

"如果他们发生肉体关系的话。"康妮说。

"夫人，您说得对！这世界上有很多铁石心肠的人。每天早上当他起床下煤矿的时候，我都有种不祥的预感，有什么不对劲的。但他还能怎么做？一个男人能怎么做？"

那女人心中燃起了某种奇怪的恨意。

"但触碰彼此的感觉能持续这么久吗？"康妮突然问道，"你过了这么久还能感受到他肌肤的触感？"

"啊，我的夫人，除此之外还有什么能长久保留下来呢？孩子们长大成人就会离你而去。但是男人，唉！但就连这个，就连触碰他的记忆，那些人都想扼杀掉。甚至连你自己的孩子也一样！唉，好吧！我们或许已经和孩子们渐渐疏远，谁知道呢。但感情是不一样的。或许最好的方式是从不在意，但是话又说回来，每当我看着那些从来没有真正被男人温暖过的女人，无论她们打扮得多么花枝招展，无论她们怎样四处招蜂引蝶，呃，在我看来，她们总归只是可怜虫而已。不，我有自己的活法，我不怎么看得上其他人。"

第十二章

康妮吃过午饭就直接前往树林。今天天气可真好,初露头角的蒲公英像一朵朵小太阳,刚开花的雏菊洁白无比。榛树的树叶展开了一半,树丛上挂着残存的土灰色柳絮,仿佛编织出了一片蕾丝。黄色的地黄连拥簇成团,漫山遍野,迫不及待地争相绽放,闪烁着黄色的光芒。就是这种黄色,初夏生机勃勃的黄色。报春花开得遍地都是,虽然颜色并不鲜艳,可花儿结伴相拥,不再羞赧。繁茂的深绿色风信子仿若一片海洋,花蕾像鲜嫩的玉米棒一样冒出头来,而马道上的勿忘我丰茂蓬勃,楼斗菜伸展开它们深紫色的褶皱,灌木丛下有一些蓝色的鸟蛋碎壳。眼见之处皆是花蕾和生命的跃动!

守林人不在小屋。四下静悄悄的,棕色的小鸡欢快地跑来跑去。康妮继续朝着农舍走去,因为她想找到他。

农舍沐浴在阳光之下,靠近树林边缘。小花园里,那一簇簇重瓣水仙花在大敞的屋门附近绽放,红色的雏菊点缀在小径的两侧。一声狗叫传来,弗洛西跑了过来。

大门敞着!所以他在家。阳光洒在红砖铺成的地面上!她走上小径时，透过窗户看见他正坐在桌旁吃东西，身上只穿了件衬衫。狗轻轻吠了一声，慢慢地摇着尾巴。

他站起身来，走到门口，用一块红色的手帕擦了擦嘴，嘴里还在嚼着食物。

"我可以进来吗？"她说。

"进来吧！"

阳光照进了简单朴素的房间，屋内弥漫着羊排的香味，羊排是用火炉前的荷兰炖锅做的，因为锅还架在火炉的围栏上，旁边的白色灶台上放着一个煎土豆用的黑色平底锅，锅下面垫着一张纸。炉火通红，火苗不高，炉门关上了，烧水壶在嘶鸣。

桌上放着他的盘子，里面有土豆和吃剩的羊排，还有篮子里的面包、盐和一个装着啤酒的蓝色杯子。桌布是白色的油布，他站在房内的阴处。

"你午饭吃得太晚了，"她说，"继续吃吧！"

她在门边阳光下的一把木椅上坐了下来。

"我之前必须去一趟乌斯韦特。"他说着在桌边坐了下来，但并没有继续用餐。

"吃吧。"她说。

但他没碰食物。

"你要不要来点什么？"他问她，"你要不要喝杯茶？壶里的水烧开了。"他差一点又从椅子上站了起来。

"如果你愿意让我自己泡茶的话。"她说着站起身来。他看起来情绪低落，她觉得自己打扰到他了。

"好吧，茶壶在那里。"他指了指摆放在墙角的一个灰褐色橱柜,"茶杯也在那儿,茶叶就在你头顶的壁炉架上。"

她拿出黑色的茶壶,从壁炉架上取下一罐茶叶。她用热水冲洗了一下茶壶,呆立了片刻,不知道该把水倒在哪里。

"把水倒出去吧。"他意识到她的迟疑,"水是干净的。"

她走到门口,把壶里的水倒在小径上。这里实在太美了,如此宁静,这可是真真切切的森林。橡树抽出了赭黄色的新叶,花园里的红色雏菊就像红色的毛绒纽扣。她瞥了一眼那个巨大带孔的砂岩石板,本来的门槛如今已经鲜有人问津。

"这里可真美,"她说,"宁静之美,一切都生机勃勃,同时又如此静谧。"

他又开始吃午餐了,吃得很慢,一副漫不经心的样子,她能感觉到他有些沮丧。她安静地泡好茶,把茶壶放在炉架上,她知道人们都是这么做的。他把盘子推到一边,走到屋子后面。她听到门闩"咔嗒"响了一声,然后他端着盘子回来,里面放着奶酪和黄油。

她把两个杯子放在桌子上,这儿只有两个杯子。

"你想喝杯茶吗?"她说。

"如果你希望我喝的话。糖在橱柜里,还有一个小奶壶。牛奶在食品储藏室的罐子里。"

"要我把你的盘子收走吗?"她问他。他抬头看着她,脸上露出一丝讽刺的微笑。

"呃……如果你愿意的话。"他一边说,一边慢悠悠地吃着面包和奶酪。她走到屋后侧间的洗碗池旁,水泵装在这里。左边有一扇门,肯定是食品储藏室的门。她打开门闩,看到那个他称之为"食品储藏室"的地方,几乎笑了出来——只不过是一个刷成了白色的狭长的壁橱。里面挤放着一小桶啤酒、一些盘子和零星的食物。她从黄色的罐子里倒了点牛奶。

"你是怎么弄到牛奶的?"她回到餐桌旁时问他。

"弗林特家!他们在养兔场尽头给我留了一瓶牛奶。你知道,就是上次我碰到你的地方!"

但他看起来依然很沮丧。

她把茶倒好,拿起奶壶。

"我不要牛奶。"他说完仿佛听到了什么声音,警觉地往门外看了看。

"也许我们最好还是把门关上。"他说。

"可是天气那么好,太可惜了。"她回答道,"没有人会来这里的,不是吗?"

"平常没人来,就怕万一,可说不准啊。"

"即使有人来也没关系,"她说,"我们只是在一起喝杯茶而已。勺子在哪里?"

他探过身子拉开了桌子的抽屉。康妮在门口阳光能晒到的桌子旁坐着。

"弗洛西!"他叫了一声——那猎犬本来趴在楼梯下的小垫子上,"去听听有没有人!"

他举起手指,说"听听"时十分生动。那条狗立刻跑出去侦察。

"你今天情绪不太好?"她问他。

他的蓝眼睛立刻转了过来,直勾勾地盯着她。

"情绪不好！没有的事，就是心烦！我逮到两个偷猎的人，必须得去要两张传票。而且，唉，我不喜欢和人打交道。"

他冰冷地说着标准英语，语气中带着愤怒。

"你讨厌当猎场守林人吗？"她问。

"当守林人，我不讨厌！只要能让我自己待着就行。但是，当我不得不去警察局或是其他什么地方浪费时间，等着一群白痴来处理我的事……呃，好吧，我会生气……"他带着一丝幽默感微微一笑。

"你就不能彻底独立生活吗？"她问。

"我？我想我可以，如果你指的是靠我的养老金过活。我可以！但我必须得工作，不然我就活不下去了。也就是说，我必须有点事做打发时间。而且我脾气太差，不适合给自己工作。只能为别人工作，不然不出一个月，我脾气一上来，就甩手不干了。所以总的来说，我在这儿过得很好，尤其是最近……"

他对着她笑了起来，幽默地调侃了一下。

"但你为什么脾气不好？"她问道，"你的意思是你脾气一直都那么糟？"

"差不多吧，"他笑着说，"我消化不了胆汁。"

"什么胆汁？"她说。

"胆汁！"他说，"难道你不知道那是什么？"她没有回答，感到很失望。他没把她的话当回事。

"下个月我要离开一段时间。"她说。

"你要离开？去哪儿？"

"去威尼斯！"

"威尼斯！和克利福德爵士一起去？要去多久？"

"大概一个月吧。"她答道,"克利福德不去。"

"他留在这里？"他问。

"是的！他讨厌行动不便还要出门。"

"唉,可怜的家伙！"他同情地说。

二人都没继续开口。

"我离开之后,你不会忘了我吧？"她问道。他再次抬起眼睛,直勾勾地盯着她。

"忘记？"他说,"你知道人是无法忘记的。这不是记性的问题。"

她想问:那是什么的问题？但她没有开口,而是压低嗓音说:"我告诉克利福德我可能会有一个孩子。"

这下他认真地看着她,神情紧张,一脸疑惑。

"你说了？"他终于开口道,"那他怎么说？"

"哦,他不会介意的。只要孩子对外名义上是他的,他其实会很高兴的。"她不敢抬头看他。

他沉默了很长时间,然后又盯着她的脸。

"你肯定没有提到我,对吧？"他说。

"没有。没有提到你。"她说。

"那就好,他肯定无法忍受我替他传宗接代。那你要去哪里弄个孩子？"

"我可能会在威尼斯来段艳遇。"她说。

"的确可能。"他慢吞吞地回答,"所以这就是你要去威尼斯的原因？"

"不是真的为了去谈情说爱。"说完她抬起头来望着他,一副恳求的样子。

"只是表面上假装有这么回事。"他说。

二人又陷入了沉默。他坐在那里,凝视着窗外,脸上带着淡淡的笑容,一半苦涩,一半嘲讽。她讨厌他这种笑容。

"那你没有采取任何避孕措施吧?"他突然问她,"因为我什么也没有做。"

"没有。"她有气无力地说,"我讨厌那样做。"

他看了看她,脸上又露出那诡异而微妙的笑容,目光转向窗外。沉默让气氛变得紧张起来。

最后,他转过头来,讽刺地说:"那么,这就是你要我的理由,为了生个孩子?"

她垂下了头。

"不。并不是这个原因。"她说。

"那究竟是什么原因?"他的语气相当尖锐。

她抬起头来,用责备的目光看着他说:"我不知道。"

他突然大笑起来。

"那我要是知道就见鬼了。"他说。

二人沉默了许久,是那种冰冷的沉默。

"好吧,"他最后说道,"夫人,那就如您所愿吧。要是您怀上孩子,我很乐意把孩子给克利福德爵士。我也没什么可损失。恰恰相反,我还拥有了一段美好的经历,非常美好!"说着,他伸了个懒腰,忍着没打出哈欠。"如果你利用了我,也没什么,"他说,"反正这也不是我第一次被人利用了。之前被人利用的时候,可不像这次这么愉悦。当然,这样的事也没办法让人觉得非常体面。"他又伸了个懒腰,他的肌肉在颤抖,牙关奇怪地紧咬着。

"但我并没有利用你。"她辩解道。

"我愿为夫人效劳。"他回答。

"不是那样的,"她说,"我喜欢你的身体。"

"你喜欢?"他笑着说,"好吧,那我们就扯平了,因为我也喜欢你的身体。"

他奇怪地看着她,眼神越发深邃。

"你想现在上楼去吗?"他用一种嘶哑的声音问她,仿佛快要窒息了。

"不,不要在这里。现在不行!"她加重语气说道,虽然如果他稍微强硬一点,她就跟着他上去了,因为她根本无法抵抗他。

他又转过脸去,似乎忘记了她的存在。

"我想抚摩你,就像你抚摩我那样。"她说,"我从来没有真正触碰过你的身体。"

他看着她,又笑了。"现在?"他说。

"不!不是!不是在这儿!去小屋里。你介意吗?"

"我是怎么触碰你的?"他问。

"你爱抚我的时候。"

他望着她,对上了她那双沉重而渴望的眼眸。

"你喜欢我爱抚你吗?"他依然在笑她。

"是的,你呢?"她说。

"噢,我!"然后他语气有所改变。"当然,"他说,"不用问你也知道。"这倒是真心话。

她站起身拿上帽子。"我得走了。"她说。

"这就要走了吗？"他礼貌地回应道。

她想让他触碰自己，对她说点什么，但他什么也没说，只是礼貌地在一旁等着。

"谢谢你的茶。"她说。

"我还没有感谢夫人呢，谢谢您赏光用我的茶壶沏茶。"他说。

她沿着小径走去，他站在门口，微笑着。弗洛西翘着尾巴跑了过来。康妮只好一言不发，拖着沉重的步子缓慢地走进树林里，心里清楚他还站在那儿看着自己，脸上带着那种难以猜透的笑容。

她闷闷不乐地走回家，感到十分烦躁。

她很讨厌他说自己被利用了，因为从某种意义上来说，这的确是事实。但他不应该把话说出来。于是，她又一次夹在了两种情感当中：一种是对他的厌恶；另一种是与他言归于好的渴望。

用下午茶的时候，她始终心绪不宁，心情烦躁，结束后便立刻上楼回到自己的房间。但是，回到自己的房间也无济于事，她坐立不安。她必须做点什么去解决这个问题。她得回到小屋去；如果他不在那里也不要紧。

她从侧门溜了出去，气鼓鼓地直奔目的地。当她来到那块空地时，她内心极度忐忑不安。但他又刚好在那里，穿着衬衫，弯腰把母鸡从鸡笼里放出来，他周围的小鸡已经长肥不少，动作没有以前灵活了，但还是比母鸡苗条许多。

她径直朝他走去。

"你看，我来了！"她说。

"啊，我看到了！"他说着直起腰，一脸打趣的表情看着她。

"你现在也让母鸡出来了？"她问。

"是的，它们孵小鸡都快把自己饿成皮包骨了，"他说，"现在它们完全不着急出来觅食。抱窝的母鸡已经失去了自我，一门心思只想着孵蛋和小鸡。"

这些可怜的母鸡，如此盲目的付出！即使这些蛋不是它们自己生的！康妮同情地看着它们。这对男女陷入了无助的沉默之中。

"我们进小屋去吧？"他问。

"你想要我进去吗？"她带着怀疑的神情问道。

"是的，如果你想进来的话。"

她没有说话。

"那就进来吧！"说。

然后她跟着他进了小屋。他关上门后，屋内一片漆黑，于是他像之前那样，点亮了油灯，油灯散发出微弱的光芒。

"你没穿内衣吧？"他问她。

"是的！"

"好吧，那我也把衣服脱了。"

他铺开毯子，把其中一条放在旁边。她摘下帽子，抖了抖头发。他坐下来，脱下鞋子和绑腿，脱掉了灯芯绒马裤。

"那就躺下吧！"他穿着衬衫站在那里说道。她默默地照他说的做了，然后他躺在她身边，拉上一旁的毯子盖在二人身上。

"来吧！"他说。

他把她的裙子掀到她胸口，露出了她的乳房。他轻轻地吻着她的双乳，将乳头含在唇间，温柔地吮吸着。

"啊，你太可口，实在太可口了！"他说着，突然把脸依偎在她温暖的小腹上，来回磨蹭。

她把手臂伸进他的衬衫里搂着他，但她很害怕，害怕他瘦削、光滑、赤裸的身体，它看上去充满力量，她害怕他那强壮有力的肌肉。她感到恐惧，畏缩了。

当他轻声叹息着说"啊，你太可口"时，她的身体因为迎合而战栗，而精神上却因为抗拒而变得僵硬，身体上令人恐惧的亲密程度、他对占有自己的迫不及待——这些都让她僵硬。这一次，激情的强烈愉悦感并没有让她妥协；她躺在那里，双手无力地放在他奋力挺进的身体上，扮演着配合者的角色，与此同时，她的灵魂似乎出窍了一样飘浮在她头顶上方，俯瞰着下面的一切，他臀部冲刺的模样让她觉得可笑，他的阴茎因急于攀登小小的顶峰宣泄热流而紧张焦虑的神情，看上去也十分滑稽。是的，这就是爱，这臀部上下起伏的可笑动作，以及这微不足道、湿润的可怜小阴茎的渐渐疲软。这就是神圣的爱！总之，当代人蔑视这种表演式的行为是正确的；因为这的确是一种表演。正如一些诗人所说，创造男人的上帝一定怀有一种邪恶的幽默感，将男人创造成理性的人，却强迫他使用这种可笑的姿势，而且还迫使他们对这可笑的表演欲罢不能，这个说法很有道理。即使是莫泊桑也觉得性爱是件丢人且让人失望的事。男人们不齿于性行为，但又趋之若鹜。

她那奇特的女性头脑让她轻蔑地冷眼旁观，虽然一动不动地躺在那里，但她内心却压抑着挺起腰部把这个男人从自己体内赶出去的冲动，她想要挣开他恶心的拥抱，摆脱他那可笑的臀部的撞击。他的身体愚蠢而厚颜无耻，一点儿也不完美，那副尚未进化完全的笨拙模样，让人略感不适。彻底的进化肯定会淘汰这种表演，淘汰这种"功能"。

他很快达到了高潮，随后便趴在那里一动不动，退回到一言不发的状态，他们之间这种静止不动的奇特距离，甚至比她神游的意识更为遥远，她的心开始啜泣。她能感觉到他在渐渐远去，越来越远，把她像岸边石头那样丢在原地。他在抽离，他的心正在远离她。他知道这一点。

康妮被自己矛盾的意识和反应折磨，感到痛苦万分，不禁哭了出来。他没有注意到，或者甚至根本不知道。眼泪的暴风雨愈演愈烈，不仅吓着了她自己，也吓了他一跳。

"唉！"他说，"刚才那次不行。你没有高潮。"——原来他知道！她哭得更加痛切。

"可那有什么关系？"他说，"偶尔是会这样的。"

"我……我没法爱你。"她抽泣着，突然觉得自己的心都碎了。

"你没法？没所谓，别担心！又没有法律规定你必须爱我。顺其自然就好。"

他仍然躺在那里，手仍然放在她的胸上。但她已经抽回了搂着他的双手。

他的话并没有带来太大的安慰。她哭得更大声了。

"别哭，别哭了！"他说，"人生在世，有起有伏，只是这一次不太好。"

她痛苦地哭着，泣不成声："可是我想要爱你，而我做不到。

这种感觉太糟糕了。"

他笑了一下，感到有点苦涩，也有点好玩。

"就算你认为这感觉很糟糕，"他说，"也没什么大不了的。你不要自寻烦恼就好。不要因为爱不爱我而烦恼。你千万不要强迫自己。一篮子核桃里肯定有个把坏果子。无论好坏都得认命。"

他把手从她胸上拿开，不再碰触她。没有了他的触碰，她反而感到了一种近乎变态的满足。她讨厌他那口土话——连个"你"都说不清楚。他能全凭自己的意愿直接站起身来，居高临下地对着她的脸扣上那可笑的灯芯绒马裤的扣子。米凯利斯至少还比较有礼貌，知道转过身去扣扣子。这个男人实在太过自信，他都不知道在别人眼中他是怎样的一个小丑，一个没教养的粗人。

可是，当他沉默地站起来，准备离开她时，她却突然心生恐惧，紧紧地抱住他。

"不！不要走！不要离开我！别生我的气！抱着我！抱紧我！"她发疯似的呢喃着，甚至不知道自己在说些什么，用不知道哪儿来的那么大力气拼命抱着他。她想要逃离自己，想要他把自己从内心深处的愤怒和抗拒中拯救出来。然而，控制她内心的抵抗力量是多么强大啊！

他再次把她拥入怀中，把她拉到自己身边。突然之间，她在他怀里变得娇小，娇小地依偎着他。它消失了，那种抗拒的感觉消失了，她融化于一种妙不可言的平静之中。当她在他怀中渐渐融化，变得娇小而可爱时，他对她的欲望无限膨胀起来，他所有的血管似乎都因为强烈又温柔的情欲而滚烫，而点燃这欲火的正是她，正是她的温柔，他怀中女人那摄人心魄的美已经穿透他的肌肤渗入他的血液之中。他的手带着纯粹而温柔的情欲，轻柔地、激动而陶醉地爱抚着她，抚摸着她丝绸般光滑的腰部，他的手向下游走，一直向下，来到她柔软温暖的臀部，越来越靠近她身体最为敏感的部位。她觉得他仿佛是一团欲望的火焰，但又十分温柔，而她觉得自己正熔化于这火焰之中。她释放了压抑的自我。她感觉到他的阴茎以一种无声的惊人力量以及坚定的自信抵着自己，于是她让自己迎向他，屈服于他。战栗的快感让她接近死亡，她对他敞开了自己。啊，如果他此时不温柔待她，那是多么残忍啊，因为她对他彻底敞开了自己，毫无防备。

那股强悍有力、不可阻挡的力量进入她的体内，让她再次颤抖起来，如此奇怪而可怕。他的进入可能伴随着一把剑，刺入她舒展开来的柔弱身躯，那似乎意味着死亡。恐惧带来的痛苦突然袭来，她只能紧紧抱着他。但是，他以一种异常的、缓慢的力量进入，幽暗而平和，那是一种笨拙而原始的温柔，仿佛回到了创世之初。她心中的恐惧渐渐消散，她敢于让自己的内心平静下来，她不再有所保留。她敢于放开一切，放任自我，纵身跃入洪流之中。

她仿佛就是大海，只有黑色的海浪汹涌澎湃，此起彼伏，汇聚成巨大的浪涛，慢慢地，她的体内暗潮涌动起来，她就是海洋，幽暗无声的海水在她体内翻腾。啊，大海在她身体的深处分裂开来，向两侧翻腾而去，化身为长驱直入的巨浪，绵绵不绝，在她最敏感的部位——潜入者温柔潜入的大海中央，海水分向两侧翻腾，随着潜入得越深，触碰越深，她的身体也就展露得越来越深，她体内奔腾到海岸的巨浪也随之拍打得越来越重，让她暴露无遗。而潜入者越是接近那些通过触碰可以感受到的未知存在，她体内的海浪就翻腾得离她自己越来越远，直到她突然间感受到一阵温柔战栗的痉挛，她血肉深处最为敏感的地方感受到了触动，她知道自己被触动了，她登上了快乐的顶峰，欲仙欲死。她不复存在了，她并没有消失，她只是重生了：成了一个完整的女人。

啊，太美妙了，太美妙了！在浪潮退去的过程中，她体会到了所有的美妙之处。此时，她满怀柔情地紧紧依偎在这个陌生男人身上，盲目地依恋着他那萎缩的阴茎，它在猛烈地冲刺之后，已变得如此温柔脆弱，不知不觉地缩了回去。当那神秘敏感的东西从她体内抽离、离开时，她因为失落而下意识惊呼了一声，试图让它重回自己体内。它刚才表现得如此完美！简直令她欲罢不能！

直到现在，她才意识到阴茎犹如那小小的花蕾，含蓄而柔嫩，她因为惊奇和心酸，再次脱口而出一声惊呼，那是她那颗女人之心对它的疼惜，因为它刚才还如此勇猛，此刻却这般柔弱。

"太美好了！"她呻吟道，"刚才实在太美好了！"但他什么也没说，只是静静地趴在她身上，轻轻地吻了她一下。她幸福地呻吟着，既像是一件祭品，又像是刚刚来到这个世界。

此刻，她对他非比寻常的好奇心被唤醒了。一个男人！那种奇妙的雄性力量在她身上迸发！她的双手游走在他身上，仍然带有一丝恐惧。男人——她一直以来都觉得男人让她感到陌生，充满敌意，而且令她反感。而现如今她触碰着他，就如同凡间的女儿得到上帝之子的宠幸。他的触感是如此美好，他的肌肤是如此纯洁！太美妙，实在是太美妙了，那么强壮，那么纯洁，那么柔弱，这敏感的身体又是那么沉静！这强壮而柔弱的身体，处于一种完全静止的状态。实在是太美了！太美丽了！她的手怯生生地顺着他的后背往下游走，抚摩到他那柔软、浑圆且小巧的屁股。太美了！美得不可方物！突然之间，一团全新意识的火苗在她的体内流窜。到底是怎么一回事，眼前这完美的胴体，之前为什么只让她感到厌恶？触摸温热、鲜活的臀部，那美好的感觉是难以言表的！生命中蕴含着生命，那纯粹的热度与力量之美。还有他双腿之间睾丸的奇怪重量！如此神秘！多么奇妙而神秘的分量，握在手里沉甸甸的，却是那么柔软！这是根，一切美好事物的根源，一切圆满之美的原始之根。

她紧紧抱着他，心中的惊诧几乎接近敬畏和恐惧。他也紧紧地抱着她，但一句话也没说。他从来都不善言辞。她悄悄贴近他，越贴越近，只是为了靠近他的感官奇迹。他处于那种难以理解的、完全沉静的状态之中，她再次感觉到了阴茎在慢慢变大、硬挺起来，是一股新的力量。她的心因敬畏而融化了。

而这一次，他进入她体内时是如此温柔，让她头晕目眩，这是一次纯粹的温柔和绚丽，是任何意识都无法捕捉到的。她的整个身体像血浆一样，无意识地战栗着，充满生命力。她不知道那是怎么一回事。她不记得发生了什么。只知道它胜过世间一切美好事物，她只记得这一点。结束之后，她静止了，一无所知，她不知道这样持续了多久。他仍然和她在一起，和她一起陷入了深不见底的寂静深渊之中。一切尽在不言中。

当她因重新意识到外界的存在而清醒过来时,她搂着他的胸膛喃喃道:"我的爱人!我的爱人!"他默默地抱着她。她蜷缩在他的胸前,如此完美。

但他的沉默深不可测。他双手拥抱着她,就像捧着鲜花一样,如此沉静,如此陌生。"你在想什么?"她在他耳边呢喃,"你在想什么?告诉我吧!跟我说点儿什么吧!"

他温柔地吻着她,喃喃地说:"噢,我的姑娘!"

但是她不知道他这话是什么意思,她不知道他在想些什么。他如此安静,让她觉得无法触碰。

"你是爱我的,对吗?"她低声问道。

"是的,你知道的!"他说。

"但是我想听你亲口对我说!"她恳求道。

"是啊!是啊!难道你感觉不到吗?"他含糊其词,但语调轻柔而坚定。她紧紧地搂着他,越来越紧。陷入爱情的他,比她要平和得多,而她就是想要他给出肯定的答案。

"你就是爱我的!"她坚定地轻声说道。他的手温柔地抚摸着她,仿佛在爱抚一朵花,没有肉欲的战栗,却带着说不上的亲近感。然而,让她无法摆脱的是爱情的渴望,这渴望令她躁动难安。

"说你会永远爱我!"她恳求道。

"好!"他心不在焉地说。她感觉到自己的问题正在把他从自己身边推开。

"我们是不是应该起来了?"他终于开口道。

"不要!"她说。

但她能感觉到他的意识已经开始游离,侧耳听着屋外的动静。

"天就快黑了。"他说。她从他的声音中听出了外界给他带来的压力。女人难免会为放弃美好时光而感到悲伤,她不情不愿地吻了吻他。

他站起身来,把灯调亮,然后开始穿衣服,很快就穿戴整齐。然后他站在她头顶上方,系好马裤,睁大乌黑的眼睛低头看着她,他的脸颊微微泛红,头发乱蓬蓬的,在昏暗的光线下显得出奇地温暖沉静,迷人而俊美,她永远也不会告诉他,他到底有多迷人。他的样子让她想要紧紧依偎着他,抱着他,因为在他俊美的外表之下有一种温暖慵懒、遥不可及的感觉,这让她想要放声大喊,想要抓紧他、占有他。她永远也无法拥有他。于是,她就这样躺在毯子上,一丝不挂,露出臀部优美的曲线,而他猜不透她在想些什么,但对他来说,她也同样美丽、温柔,而且允许他进入其中,她的美胜于世间万物。

"我爱你,因为我能进入你的身体。"他说。

"你喜欢我吗?"她心跳加速。

"我能进入你身体里,这治愈了一切。我爱你,因为你向我打开了自己。我爱你,因为我可以像这样进入你。"

他弯下腰,亲吻着她柔软的腹部,用脸颊在她肚子上蹭了几下,然后给她盖上毯子。

"你永远都不会离开我吧?"她说。

"别问这种问题。"他说。

"但你的确相信我是爱你的吧?"她说。

"你此时此刻爱着我,你从前根本想不到如今会这么爱我。

可你一旦开始思考这件事，谁知道以后会发生什么呢！"

"别，别说这种话！你不会真的以为我想要利用你吧，你真的这么想吗？"

"如何利用？"

"利用你生个孩子……？"

"这个世上任何人都能生孩子。"他一边说，一边坐下来系紧绑腿。

"啊，不！"她叫道，"你不会真的这么想吧？"

"呃！"他皱着眉看着她说，"这没什么大不了。"

她静静地躺着。他轻轻地打开了门。天空一片深蓝色，远处的天边呈现出晶莹剔透的青绿色。他走出屋外，把母鸡关起来，柔声跟他的狗嘀咕了几句。她躺在那里，感叹着生命和万物的奇迹。

他回到屋里时，她还躺在那儿，像吉卜赛人一样光芒四射。他坐在她旁边的小凳子上。

"你离开之前，必须找一天晚上来我的农舍，你来不来？"他抬起眉毛看着她问道，两只手垂在双膝之间。

"你来不来？"她鹦鹉学舌地逗他。

他笑了起来。"是啊，你来不来？"他重复道。

"是啊！"她模仿着他的土腔。

"对啊！"他说。

"对啊！"她学着说。

"来和我睡一宿，"他说，"我们必须这么做。你啥时候来？"

"我啥时候来？"她说。

"不对,"他说,"你学得不像。所以你啥时候来?"

"也许星期天。"她用土话说。

"也许是星期天!哎呀!"

他立刻大笑起来。

"不行,你学不来。"他不想让她继续学下去了。

"为什么我学不来?"她说。

他放声大笑。不知怎的,她努力说方言的样子是如此滑稽。

"好吧,你得走了!"他说。

"我得走?"她说。

"要说'该'啊。"他纠正道。

"为什么你说'得',而我要说'该'?"她抗议道,"你耍赖。"

"这又不是比赛。"说着,他俯下身子轻轻地抚摩着她的脸颊。

她站起身来,在他两眼之间落下一吻,这双望着她的眼睛是如此乌黑,如此温柔,难以言喻的温柔,美得让人无法自持。

"是吗?"她说,"那你喜欢我吗?"

他吻上了她,没有回答。

"你得走了,让我给你拍拍灰。"他说。

他的手坚定地滑过她凹凸有致的身体,不带一丝情欲,却带着温柔而亲密的了解。

当她在暮色中跑回家时,整个世界就像是梦境一般:园林里的树木仿佛被锚定在大海之中,澎湃着,起伏着,而通往勒格比庄园那上下起伏的山坡,仿佛也拥有了生命。

第十三章

星期天，克利福德想去树林里转转。这是个风和日丽的清晨，梨花和梅花突然竞相开放，林间到处点缀着白色的花朵，令人惊叹。

世界一片欣欣向荣的景象，而克利福德却需要他人帮助才能从轮椅挪到巴斯轮椅上，这对他来说着实有些残酷。但他已经忘记了这一点，甚至似乎还因为自己的残疾而变得骄傲起来。康妮帮他搬动那两条失去知觉的腿时，仍然会觉得难受。还好现在这已经是波尔顿太太或菲尔德的工作了。

她在车道顶端的山毛榉树篱边等着他。他的轮椅"噗噗"作响地爬到坡上，行动迟缓得如同久病的老人，但他的神情却骄傲无比。来到妻子身边时，他说："克利福德爵士骑着他口喷白沫的骏马！"

"至少鼻子在喷着热气！"她笑着说。

他停了下来，回头看了看那座狭长低矮的棕色老房子。

"勒格比庄园连眼皮都没抬一下。"他说，"不过话又说回来，它何必吃惊呢！我身下坐的可是人类智慧的结晶，比马要强多了。"

"我想也是。柏拉图的那些寓言之中,前往天堂的灵魂乘坐的是由两匹马拉着的战车,换作现在,他们坐的估计就是福特汽车了。"她说。

"或者劳斯莱斯——柏拉图可是个贵族!"

"的确如此!不能再抽打或是虐待黑马了。柏拉图做梦也想不到,我们如今乘坐的家伙跑得比他的黑白两匹骏马[1]还要快,而且我们根本不需要骏马,只需要一台马达!"

"只需要有马达和汽油。"克利福德说。

"我希望明年能把这个老宅子修缮一下。我想我可以另外投入一千磅修葺房屋,但是矿场那边开销太大了!"他补充道。

"哦,很好!"康妮说,"但愿工人不会再罢工了!"

"再闹一次罢工对他们有什么用?只会毁了煤矿业,最后还能剩下点儿什么——我敢肯定那帮愚蠢的家伙已经开始看清这一点了!"

"也许他们不介意毁掉煤矿业。"康妮说。

"啊,别说这种妇人之见了!即便煤矿业没办法让他们的腰包鼓鼓的,至少填饱了他们的肚子。"他说这话的口吻竟带些波尔顿太太的口吻。

"可你那天不是说过,你自己是个保守的无政府主义者吗?"她天真地问。

"你到底听懂我是什么意思了吗?"他反问道,"我的意思只

---

[1] 古希腊哲学家柏拉图认为人的灵魂有三重本质:一个骑手,驾着一辆由一黑一白两匹马拉着的战车。黑色的马代表欲望灵魂,白色的马代表意志灵魂,骑手代表理性灵魂。

是说，在完全私人的时间内，只要人们保持生活形式和组织机构的完整，那他们想成为什么样的人就成为什么样的人，想怎么感受就怎么感受，想做什么就做什么。"

康妮默默往前走了几步。她固执地说："这听起来就像是在说，只要蛋壳完好无损，鸡蛋就可以随心所欲地变质。但是坏掉的鸡蛋是会自己裂开的。"

"我不认为人像鸡蛋一样，"他说，"哪怕天使的蛋也无法和人相比，我亲爱的小福音传教士。"

在这阳光明媚的早晨，他情绪高昂。云雀在园林上空叽叽喳喳地叫个不停，远处山谷中的矿井无声地冒着蒸汽。眼前的景象几乎回到了过去，就像是战前时光。康妮并不真想和他争辩，但她也并非真想和克利福德一起去树林里。于是她带着愤愤不平的情绪走在他的轮椅旁边。

"不。"他说，"如果事情处理妥当，以后就不会再闹罢工了。"

"为什么不会？"

"因为罢工将变得难上加难。"

"可是那些工人会任由你这么做吗？"她问。

"我们不会征求他们的意见。我们应该趁他们不注意的时候行动——这是在为他们着想，为了挽救煤矿业。"

"也是为了你自己的利益。"她说。

"那是当然！为了大家的利益。但比起我来说，更多的是为了他们着想。没有矿井我也能生存，他们就没办法了。如果没有矿井，他们统统都要饿死。而我还有别的经济来源。"

他们抬头眺望浅浅山谷中的煤矿,再望向煤矿后方,只见泰维尔肖村中那些黑色屋顶的农舍像蛇一样蜿蜒排列在山坡上。那座褐色的老教堂里传出了钟声:礼拜天,礼拜天,礼拜天!

"可是那些人会任由你发号施令吗?"她说。

"亲爱的,他们不得不这么做——只要处理手段足够温和。"

"可是难道就不能达成共识吗?"

"当然可能——等他们意识到煤矿业比个人更重要的时候。"

"但是你一定要拥有这个产业吗?"她说。

"我不一定要拥有。但在某种程度上,它的确是属于我的,是的,绝对是。财产的所有权现在已经变成了一个宗教问题——自耶稣和圣方济各以来就是如此。重点并不是把你所拥有的一切都分给穷人,而是利用你拥有的一切来促进产业,给穷人提供就业机会。这是唯一能让所有人吃饱穿暖的方法。把我们所拥有的全都送给穷人,意味着我们要和穷人一起挨饿。共同挨饿并不是一个崇高的目标。就连普遍贫穷都不是一件让人愉快的事情。贫穷是丑陋的。"

"但是贫富差距的问题呢?"

"这就是命运。为什么木星比海王星大?你不能扭转天意!"

"但是当人们一旦开始羡慕、嫉妒和不满——"她开始说。

"尽你所能阻止这事的发生。总得有人当家做主。"

"谁来当家做主呢?"她问。

"这些产业的持有者和经营者啊。"

二人沉默了半响。

"在我看来,他们不是什么好主人。"她说。

"那你认为他们应该怎么做?"

"他们没太把自己的领导地位当回事。"她说。

"他们对自己领导地位的态度,可远比你对爵士夫人地位的态度要严肃得多。"他说。

"这地位是强加给我的。我并不真的想要这个身份。"她脱口而出。他停下轮椅看着她。

"现在是谁在逃避责任?"他说,"现在是谁在试图逃避自己领导地位的责任——正如你刚才所说的那样?"

"可我根本不想要任何领导地位。"她抗议道。

"啊!你就是在畏缩。既然得到了这个地位——命中注定要成为爵士夫人,你就不应该辜负这个头衔。是谁给予了矿工们所值得拥有的一切:他们的政治自由,他们受教育的机会——尽管不算多好,他们的卫生条件,他们的医疗保障,他们的书籍,他们的音乐,所有一切。是谁给他们的?是矿工自己挣来的吗?不是的!这都是英格兰所有像勒格比和希普利这样的庄园做出的贡献,而且必须继续贡献下去。这就是你的责任。"

康妮听着,脸涨得通红。

"我是想要贡献些什么。"她说,"但是没人允许我啊。当今社会所有一切都用于买卖;你刚刚提到的所有这些东西,都是勒格比和希普利庄园卖给老百姓的,而且从中赚了不少钱。所有的东西都要花钱买。你从来也不会发自内心地同情别人。再说了,是谁剥夺了人们自然的生活和男子气概,把可怕的工业化社会丢到他们面前?罪魁祸首究竟是谁?"

"我还能怎么做?"他脸色发青地问,"让他们来掠夺我?"

"为什么泰维尔肖如此丑陋,如此可怕?为什么他们的生活如此绝望?"

"泰维尔肖是他们自己建造的,体现的是他们自由的意志。他们为自己建造了美丽的泰维希尔,他们过着自己的美丽人生。我无法替他们过他们自己的日子。每只甲虫都有自己的生活。"

"但你让他们为你工作。他们在你经营的煤矿上生活。"

"完全不是那么一回事。每只甲虫都为了自己的食物而奔波。没有一个工人是被迫为我工作的。"

"他们的生活是工业化的,毫无未来可言,我们的生活同样如此。"她喊道。

"我并不这样认为。这只是一种浪漫的修辞手法,是一种听着让人心醉神迷,却逐渐消亡的浪漫主义的残余之物。你可一点儿也不像个毫无未来的人,我亲爱的康妮。"

此话倒一点不假。因为她深蓝色的双眼闪闪发光,两颊通红,看上去充满了反叛的激情,全然没有一丝绝望、沮丧的神情。她注意到,在杂草丛生的地方,冒出了毛茸茸的野樱草,绒毛还没有完全退去,看上去朦朦胧胧的。她气愤地纳闷,为什么她觉得克利福德大错特错,却又不能告诉他,没办法明确指出他具体错在哪里。

"难怪那些人都恨你。"她说。

"他们才不恨我呢!"他回应道,"别搞错了,按照你对'人类'这个词的理解,他们根本算不上人。他们只是一群你搞不懂的动物,而且你永远也无法真正理解他们。不要把你的幻想强加于他人。普罗大众一直都是一个样子,未来也仍是如此。尼禄[1]的奴隶与我们的矿工或福特汽车的工人几乎没有什么区别,我指的是为尼禄下矿和耕田的奴隶。这就是普罗大众——他们是不会改变的。某个个体可以从普罗大众中脱颖而出。但一个人的突出并不会改变整个群体。普罗大众是不会发生变化的。这是社会科学研究中最重要的事实之一。面包与马戏![2]只是到了今天,教育成了马戏的替代品,更糟糕了。当今社会的症结正在于,我们把节目单上马戏表演的部分弄得乱七八糟,然后用微不足道的教育来荼毒普罗大众。"

当克利福德激动地高谈阔论起他对普罗大众的看法时,康妮觉得害怕。他的一些话透露出残酷的真相,但这种真相却杀人诛心。

克利福德看到她脸色苍白、默不作声,便再次启动了轮椅,没再继续说下去,直到他停在木门前,康妮为他打开门,他才再次开口。

"我们现在需要拿起的,"他说,"是鞭子,而非利剑。自古以来,普罗大众就一直被统治,直到世界末日,他们都会被统治着。要说有朝一日他们可以统治自己,那纯粹是虚伪和胡闹。"

"但是你能统治他们吗?"她问。

"我?噢,当然可以!我的思想和意志都没有残废,我又不是用双腿统治的。我能尽到我统治者的本分——完全能够尽到

---

[1] 尼禄(37—68),罗马帝国的第五位皇帝,在位时期,行事残暴,杀死了自己的母亲及几任妻子,处死了诸多元老院议员。
[2] 此处克利福德说的是拉丁语(panem et circenses!),该典故出自古罗马讽刺诗人尤维纳利斯(约60—约140)的讽刺诗中。讽刺罗马帝国初年的统治者为维护自己的统治稳定,对民众施以恩惠的"面包"及消磨时光的"马戏",使其安于现状,以免惹是生非。

我的本分；给我生个儿子，他就能在我之后继续统治他的家业。"

"但他并不是你的亲生儿子，不属于你所在的统治阶级；或者说有可能不属于。"她结结巴巴地说。

"我不在乎他的父亲是谁，只要他身体健康，智力不低于正常水平就行。随便给我一个身体健康、智商正常的孩子，我就能把他培养成一个完全称职的查泰莱家继承人。重要的不是谁给予我们生命，而是命运把我们安置于何处。把任何一个孩子放在统治阶级中，他长大后都会成为一个统治者。把国王和公爵的孩子放在平民百姓家中，他们就会成为一个庶民之子，沦为普罗大众。这就是环境所带来的不可能抗拒的压力。"

"也就是说，平民百姓并不是天生卑贱，王孙贵族也不是血统决定的？"她说。

"对啊，我亲爱的！所有这些都是浪漫的幻想。王孙贵族是一种职责，是命运的一部分。而平民百姓则是命运决定的另一种职责。个体完全不重要。重要的是你被培养着承担哪一种职责，你适应的是哪一种职责。贵族并不是由个人构成的，而是由承担职责的整体构成的。而平民百姓之所以是平民百姓，也是因为普罗大众的职责所致。"

"那么，人与人之间就不存在什么共通的人性了！"

"随你怎么理解。我们都需要填饱肚子。但当涉及表达或履行职责时，我相信统治阶级和被统治阶级之间存在着一条鸿沟，而且是无法逾越的鸿沟。二者的职责背道而驰，而不同的职责决定了人与人之间的不同。"

康妮茫然地看着他。

"你不继续往前走了吗？"她说。

他发动了轮椅。在发表了自己的看法后，他这会儿又陷入他那种特有的空洞冷漠之中，康妮特别讨厌他这一点。无论如何，她决定不在树林里和他争论了。

他们眼前出现了一条开阔的马道，豁口两旁分别是榛树树丛和鲜活的灰色树木。轮椅扑哧扑哧地缓慢前行，慢慢开到了马道上的勿忘我花丛中，这些花就像飘浮在路上的奶泡，榛树树影都遮挡不住。前人的脚步已经在花丛中踩踏出一条小路，克利福德开着轮椅沿着中间那条路前行。走在后面的康妮看见了车轮碾过车叶草和喇叭花，碾碎了金缕草的黄色小叶片。轮椅在勿忘我花丛中留下了一道痕迹。

各式各样的花儿都竞相盛开，第一波风铃花在蓝色水洼里绽放着，像静谧的水面一样。

"你之前说得很对，树林里很美。"克利福德说，"简直惊为天人。有什么能比英格兰的春天还美丽呢！"

康妮觉得，这话听起来就像是连春天百花齐放都要经过议会批准似的。英格兰的春天！为什么不是爱尔兰的春天？或者是犹太的春天？轮椅缓慢前行，经过一丛丛结实的蓝铃花——它们像小麦一样挺着身板，碾过牛蒡草的灰色叶片。当他们来到那片树木已被砍伐干净的空地上时，阳光倾洒下来，十分耀眼。蓝铃花把地面铺成了亮蓝色，随处可见，零星夹杂着某些快变成浅紫和深紫色的花朵。蕨菜在蓝铃花丛中抬起它卷曲的褐色脑袋，就像成群的小蛇，要在夏娃耳边私语新的秘密。

克利福德一直开着轮椅来到了山顶，康妮慢慢地跟在后面。

橡树正抽着柔软的褐色嫩芽。万物从严寒中复苏,化作柔软的春意。就连凹凸不平、枝干嶙峋的橡树也长出了最柔软的新叶,在阳光下展开了薄薄的褐色小"羽翼",就像小蝙蝠的翅膀一样。人类为什么就从来不会展露出新意、表现出新气象?腐朽的人类!

克利福德在坡顶停下轮椅,往山下眺望。蓝铃花像洪水一样,把宽阔的马道冲刷成一片蓝色,给整个山坡点亮了一抹温暖的蓝。

"这颜色本身很美,"克利福德说,"但是拿来作画就毫无用处。"

"的确如此!"康妮说,实际对此完全毫无兴趣。

"我要不要冒个险,一路开到泉水那儿?"克利福德说。

"轮椅还能再爬上这个坡吗?"她说。

"我们来试试看,不入虎穴,焉得虎子!"

轮椅开始缓慢地前进,沿着美丽宽阔的马道颠簸而下,一路上遍地都是蓝色的风信子。啊,最后一条船,开过遍布着风信子的浅滩!啊,波涛汹涌的水面上那一叶轻舟,行驶在我们文明的最后一段航程之上!啊,奇怪的轮船,你将缓缓驶向何方。[1] 克利福德安静地坐在冒险之轮上,表情扬扬得意:戴着他那顶旧黑帽子,身穿粗花呢夹克,面色平静,神情谨慎。啊,船长,我的船长,我们辉煌的旅程已然结束![2] 但旅程并没有结束!穿着灰色连衣裙的康斯坦斯沿着轮椅的痕迹走下坡,望着轮椅颠簸下行。

---

1 改编自罗伯特·布里吉斯(1844—1930)《过客》中的诗句。
2 改编自沃尔特·惠特曼(1819—1892)战时诗集《鼓声》中的诗句。

他们经过了通往林中小屋的狭窄小径。谢天谢地,这条小径太窄了,轮椅过不去——几乎连人都很难走过去。轮椅到了坡底,转了个弯,随后消失在她视线中。这时康妮听到身后传来轻轻的口哨声。她猛地回头看了一眼,守林人正大步走下山坡,朝她走来,他的狗紧随其后。

"克利福爵士要去农舍吗?"他望着她的双眼问道。

"不,他只是要去井边。"

"啊!太好了!那我就不用露面了。但我今晚想见你,我十点左右在园林门口等你。"

他再次直勾勾地盯着她的双眼。

"好吧。"她支支吾吾地说。

他们听到了克利福德的喇叭发出"叭叭……叭叭"的响声,这是他在呼唤康妮。她"喂"了一声作为回应。守林人快速做了个鬼脸,用手从下往上轻轻地抚摸着她的乳房。康妮一脸惊恐地看着他,然后开始朝山下跑去,一边跑,一边喊着回应克利福德。男人站在坡顶望着她,然后转过身,微微一笑,走回到他的小径上。

康妮发现克利福德正在缓慢爬坡前往泉边,那泉水位于半山腰,周围都是幽暗的落叶松林。她赶上他时,他已经到了泉边。

"干得不错。"他说,指的是自己的轮椅。

康妮望着落叶松林边如同鬼魅般冒出来的牛蒡叶,它们长着巨大的灰色叶片,当地人们称它为"罗宾汉大黄"。这东西长在井边显得多么幽静和阴沉啊!可汨汨泉水却如此欢快、如此美妙!井边还长着一些小米草和粗壮的蓝色喇叭花……就在那里,井台下的黄色泥土正在动。是一只鼹鼠！它出现在地面上，扒拉着两只粉色的小爪子，晃动着它那个螺丝锥形状的小脑袋，几乎什么都看不见，粉色的小鼻尖翘得老高。

"它好像在用鼻尖看东西。"康妮说。

"比用它的眼睛看得更清楚。"他说，"你要喝点儿泉水吗？"

"你要喝吗？"

她从树枝上取下一个搪瓷杯子，弯下腰去给他装水。他抿了几口。然后她又弯下腰，自己也喝了几口。

"泉水好冰啊！"她倒吸了一口气说道。

"很好喝，是不是？你许愿了吗？"

"你呢？"

"是的，我许了愿。但我不会告诉你许了什么。"

她听到了啄木鸟轻击树木的声音，然后是风吹过落叶松时发出的那轻柔而骇人的声响。她抬起头来。蓝天中飘过朵朵白云。

"好多云！"她说。

"不过是些白色的羔羊。"他答道。

一个黑影穿过这片小空地。鼹鼠已经从柔软的黄土中爬了出来。

"讨厌的小畜生，我们应该把它消灭掉。"克利福德说。

"你瞧！它就像个在布道坛上的牧师。"她说。

她摘了几根车叶草递给克利福德。

"新割下来的牧草！"他说，"闻起来像不像上个世纪那些浪漫的贵妇，她们的头脑毕竟还正常一点！"

她正抬头看着朵朵白云。

"不知道会不会下雨。"她说。

"下雨!为什么!你希望下雨吗?"

他们开始往回走,克利福德小心翼翼地开着轮椅颠簸着下坡。他们来到幽暗的山谷底部,右拐之后往前走了一百码,然后一个急转弯,就到了长长的山坡下,阳光洒在遍布山坡的蓝铃花上。

"靠你了,老姑娘!"说着,克利福德开动轮椅开始爬坡。

这坡十分陡峭,而且崎岖不平。尽管轮椅一副不情愿的样子,但还是慢吞吞地用力往上爬。虽然道路不平坦,它仍在哼哧哼哧往上走,直到驶入四处长满风信子的地方,突然止步不前,挣扎了一下才开出花丛,然后就彻底不动了。

"我们最好按一下喇叭,看看守林人在不在。"康妮说,"他或许可以来帮忙推一下轮椅。我也可以推推看。会有用的。"

"我们让它休息一下吧。"克利福德说,"你不介意的话,可以在轮子下面垫块石头吗?"

康妮找了块石头,然后他们等了一会儿,随后克利福德再次发动马达,轮椅动了起来。它像突发恶疾般挣扎着,踉踉跄跄,还发出了奇怪的声响。

"我来推吧!"康妮走到他身后。

"不!不要推!"他生气地说,"如果要用推的,那还要这该死的东西干吗!把石头垫在下面!"

又等了一会儿,他再次启动轮椅,但轮椅的状态比之前更差。

"你必须让我推一下,"她说,"或者按喇叭叫守林人来。"

"再等等!"

她继续等待，他又试了一次，结果情况更糟糕了。

"如果你不肯让我推，那就按喇叭吧。"她说。

"见鬼！你给我安静一会儿！"

她不再开口——他拼命地启动那台小马达。

"克利福德，你这样只会把这玩意儿彻底弄坏。"她劝诫道，"你是在白费力气。"

"要是我能下来看看这该死的东西就好了！"他恼羞成怒地说道。他按响了喇叭，声音十分刺耳，"或许梅勒斯可以看看哪里出了问题。"

他们在花丛中等待着，地上都是被轮椅碾倒的花朵，天空中柔软的云朵挤作一团。四下一片寂静，突然，一只斑尾林鸽开始咕咕叫起来！克利福德按响喇叭，吓得它闭上了嘴。

守林人此时正好出现了，他带着疑惑的表情大步绕过拐角，行了个礼。

"你了解马达吗？"克利福德劈头就问。

"恐怕我不了解。它出问题了吗？"

"这还用问吗！"克利福德厉声说。

那人关切地蹲在轮子旁边，盯着那个小马达看。

"克利福德爵士，恐怕我对这些机械的东西一无所知。"他平静地说，"如果汽油和机油都足够的话——"

"你就仔细看一眼，看看有没有什么东西坏了。"克利福德语气严厉地打断了他。

守林人把猎枪靠在一棵树上，脱掉外套扔在树旁。那只棕色的猎犬在一旁守着。然后他蹲下来，检查轮椅下方，用手指戳了戳那个油乎乎的小马达,眼见自己那件干净的礼拜日衬衫上沾上了油渍,心生怨气。

"看着似乎没有什么东西坏了。"他说。然后他站起身来,把帽子从前额往脑后推了推,揉着额头,看上去是在思索。

"你看轮椅底下的杆子了吗?"克利福德问,"看看它们是不是都完好!"

守林人整个人趴在地上,缩着脖子,把头伸到发动机下,扭动着脖子检查,用手指戳着。康妮不禁感慨,一个大男人趴在地上看起来多可怜啊,显得脆弱又渺小。

"在我看来,似乎一切正常。"轮椅下面传来守林人闷闷的声音。

"我想你确实也做不了什么。"克利福德说。

"看来我是没办法了!"他爬了起来,像矿工那样蹲在一旁,"肯定没有什么明显的损坏。"

克利福德发动他的马达,然后挂了挡。轮椅仍旧一动不动。

守林人建议道:"油门加大一点,看看……"

克利福德讨厌他打断自己,可他还是把马达弄得像绿头苍蝇一样嗡嗡作响。轮椅咳了几声后又咆哮起来,似乎有好转的趋势。

"听起来它好像可以走了。"梅勒斯说。

但是克利福德已经给它挂了挡。轮椅病恹恹地踉跄了一下,虚弱地向前移动。

"兴许我推上一把,它就能跑起来了。"守林人说着走到克利福德身后。

"别碰!"克利福德厉声说,"它会自己走。"

"但是克利福德！"站在坡上的康妮插话道,"你知道它根本走不动了。你怎么这么固执！"

克利福德气得脸色发白,他猛拉操纵杆。轮椅蹿动了一下,然后摇摇晃晃地向前走了几码,最后停在一片尤其茂盛的风信子花丛中。

"它不行了！"守林人说,"马力不够。"

"它之前能爬上去。"克利福德冷冷地说。

"它这次上不去了。"守林人说。

克利福德没有回答。他开始折腾那个马达,让它一会儿加速一会儿减速,仿佛要用它演奏出什么曲调来。这奇怪的噪声在树林里回荡。然后,他松开刹车,同时猛地挂上了挡。

"你会把它折腾散架的。"守林人含糊说道。

轮椅发疯般地冲向路旁的沟渠。

"克利福德！"康妮大喊一声跑上前去。

但守林人早已抢先一把抓住了轮椅的扶手。尽管如此,克利福德还是用尽全身的力气,好不容易把轮椅开回车道上。而轮椅继续发出奇怪的声音,挣扎着往坡上爬。梅勒斯稳步跟在后面推着轮椅,它开始往坡上走,仿佛是要挽回颜面。

"你看,它在走了！"克利福德一副旗开得胜的样子说道,然后往后一瞥,看到了守林人的脸。

"你在推它吗？"

"如果不推它是不会走的。"

"别碰它。我让你不要推。"

"那它不会动的。"

"让它试试！"克利福德声嘶力竭地咆哮道。

守林人后退一步，然后转身去拿他的外套和猎枪。轮椅立刻不对劲了，它呆呆地停在那里。克利福德像被困在轮椅上的囚犯一样坐在那里，气得脸色苍白。他用手猛拉着操纵杆，因为他的双腿动弹不得。听到轮椅发出了奇怪的响声，他狂躁无比，急不可耐地来回摇晃着小手柄，轮椅发出了更多噪声。但轮椅不肯让步。不，它就是一动也不动。克利福德熄灭马达，满腔怒火地僵坐在那里。

康斯坦斯坐在坡上，看着那些惨遭蹂躏的可怜风信子。"有什么能比英格兰的春天还美丽呢！""我能尽到我统治者的本分。""我们现在需要拿起的是鞭子，而非利剑。""统治阶级！"

守林人拿着外套和猎枪迈着大步赶上来，弗洛西小心翼翼地跟在他脚后。克利福德要求守林人再摆弄摆弄马达。康妮对马达的技术问题一窍不通，但之前有过马达罢工的经历，此刻她耐心地坐在山坡上，仿佛她和这一切都毫无关系。守林人又趴到地上。统治阶级和被统治阶级！

他站起身来，耐心地说："再让它试试吧。"

他说话的语气很平和，几乎像是在哄孩子。

克利福德又试着发动马达，梅勒斯连忙走到轮椅后面开始推。轮椅开始往前走，发动机起了一半的作用，剩下的全靠人力。

克利福德扭过头来，气得脸都黄了。

"你能不能放手！"

守林人立刻松开了他的手，克利福德继续说："你这样推，我怎么知道它到底能不能走！"

守林人放下猎枪,开始穿外套。他受不了了。

轮椅开始缓慢地往后退。

"克利福德,你得刹车!"康妮大喊。

康妮、梅勒斯和克利福德立刻做出反应,康妮和守林人轻轻撞到了一起。轮椅停住了。三人陷入了一片死寂。

"很明显,我要任人摆布了。"克利福德说道,他气得面如土色。

没有人回话。梅勒斯的猎枪背在肩上,神态古怪,面无表情,只剩下一种心不在焉的忍耐。猎犬弗洛西几乎就站在主人的双腿之间守卫着,不安地动来动去,打量着那轮椅,流露出极其怀疑和厌恶的目光,它被困在这三个人之间,显得十分困惑。所有一切都在被碾烂的风信子花丛中静止,活灵活现的人构成了一幅油画,没有人开口说一个字。

"我看这轮椅还是需要推一下。"克利福德终于故作冷静地开口道。

没人回话。梅勒斯还是一副漫不经心的样子,就仿佛他什么也没听见。康妮紧张地望着他,克利福德也回头看了一眼。

"你不介意把轮椅推回家吧,梅勒斯!"他的语气居高临下,十分冷漠。"我希望我没有说什么冒犯你的话。"他又说了一句,语气十分不悦。

"没这回事,克利福德爵士!您需要我来推这个轮椅吗?"

"劳驾。"

守林人走上前去推轮椅——但这次却推不动了。刹车卡住了。他们连推带拉,守林人再次摘下他的猎枪,脱掉外套。克利福德此刻一言不发。最后,守林人抬起轮椅的后背,让它脱离地面,同时用脚猛地一蹬,想把轮子踢松。他没能成功,轮椅重新回到地面。克利福德紧抓着轮椅扶手。守林人不堪重负,累得气喘吁吁。

"别这么做!"康妮对着他喊道。

"如果你能像那样拉一下轮子,就这样!"他一边对她说,一边演示给她看该怎么做。

"不行!你不能再去抬轮椅了!你会弄伤自己的。"她气得脸颊通红。

但他看着她的眼睛,点了点头。她只好按他说的那样抓着轮子,做好准备。他举起轮椅,她使劲拉轮子,轮椅晃动起来。

"我的老天啊!"克利福德惊恐地叫道。

但问题终于解决了,刹车松开了。守林人在轮子下垫了一块石头,然后走到路边坐下来,因为刚才过度用力,他的心怦怦直跳,脸色煞白,头晕目眩。康妮看着他,气得几乎要大喊出来。一时间大家都沉默了,然后是一片死寂。她看见他的手放在大腿上,不停地颤抖。

"你受伤了吗?"她走向他问道。

"没有。没有!"他转过身去,几乎带着怒意。

又是一片死寂。克利福德长满秀发的后脑勺一动不动,就连那只狗也纹丝不动。天空中乌云密布。

最后他叹了口气,用他的红手帕擤了擤鼻子。

"那场肺炎让我元气大伤。"他说。

没有人接话。康妮估计了下,要把那轮椅和魁梧的克利福德抬起来，需要费多大的力气——太沉了，实在太沉了！差点要了他的命！

他站了起来，再次捡起外套，把它挂在轮椅扶手上。

"那么，克利福德爵士，您准备好了吗？"

"就等你了！"

他弯下腰把垫着的石头拿开，然后使出全身的力气去推轮椅。康妮从来没有见过他面色如此苍白——神情如此恍惚。克利福德是个体形魁梧的男人，而山坡又那么陡峭。康妮走到守林人身边。

"我也一起推吧！"她说。

她使出了女人愤怒时的疯狂力量开始推起来。轮椅走得更快了。克利福德转过头来。

"有这个必要吗？"他说。

"很有必要！你想把他累死吗？如果之前马达还能动的时候你愿意——"

但她话没说完。她已经开始喘起粗气。她稍稍松懈下来，因为这活儿出奇地费力。

"哎！慢一点！"在她身旁的守林人说，眼里带着淡淡的笑意。

"你确定没伤到自己吗？"她紧张地问道。

他摇了摇头。她看着他那只短小的手，充满活力，因为风吹日晒早已变得十分黝黑。正是这只手爱抚过她。在此之前，她甚至从来没有认真看过这只手。它看起来像他一样沉稳，有种奇怪的内敛和沉静，让她不禁想要一把握住它，就仿佛它遥不可及似的。她的整个灵魂突然之间偏向了他——他是那么沉默，那么遥不可及！而他也感到自己四肢的力量渐渐恢复过来。他用左手推着轮椅，右手放在她光滑白净的手腕上，温柔地握着它，抚摩起来。力量的火焰顺着他的背蹿到腰间，使他恢复了活力。她突然弯下腰，亲吻了他的手。与此同时，克利福德的后脑勺就在他们面前，纹丝不动。

到了山坡顶端，他们停下来休息，康妮很高兴不用继续推轮椅。她曾短暂地幻想过这两个男人之间可以产生的友谊——一边是她的丈夫，另一边是她孩子的父亲。此刻她明白了自己的梦想是多么荒唐可笑。这两个男人就如同水火，势不两立。他们恨不得置对方于死地。而她有生之年头一次意识到仇恨是一种多么微妙而奇怪的感情。她头一次明确地意识到自己对克利福德的恨意，强烈的恨，恨到希望他能从地球上消失。奇怪的是，坦诚地接受自己恨克利福德这一点，让她感到出奇地自由，并且充满活力。"既然我已经对他怀有恨意，就再也无法和他一起生活了。"她脑海里产生了这个想法。

到了平地上，守林人可以自己推轮椅。克利福德和她闲聊了几句，以此来显示自己镇定自若：他们聊起住在迪耶普的伊娃姨妈，聊起了马尔科姆爵士，他写信来问康妮是愿意和他一起开小汽车去威尼斯，还是愿意和希尔达乘火车去。

"我宁愿坐火车去。"康妮说，"我不喜欢坐汽车长途跋涉，尤其是在尘土飞扬的时候。不过我还是得看看希尔达怎么想。"

"她会想自己开车带你一起去。"他说。

"很有可能！我必须得帮一下忙。你不知道这轮椅有多重。"

她走到轮椅背后，和守林人并肩而行，一同迈着沉重的脚步，沿着粉红色的小路往前推。她不在乎被别人看见。

"为什么不去把菲尔德叫过来,让我在这里等着就行?"克利福德说,"他身强体壮,能胜任这个工作。"

"就几步远了。"她喘着气说。

但到达山顶时,她和梅勒斯都满头大汗。可奇怪的是,这次合作让他们比以前更为亲密了。

"十分感谢,梅勒斯。"他们走到家门口时,克利福德说,"我必须得换另外一种马达了,只能如此。要不你去厨房吃点东西吧?吃饭的时间肯定到了。"

"谢谢您,克利福德爵士。今天我要去我母亲那里吃晚饭,今天是礼拜天。"

"随你吧。"

梅勒斯穿上外套,看了眼康妮,行了个礼,然后就离开了。康妮憋了一肚子气,直接上楼了。

吃午饭的时候,她实在忍无可忍。

"克利福德,你为什么这么过分,完全不体谅一下别人?"她对他说。

"体谅谁?"

"守林人!如果这就是你所说的统治阶级的作为,那我真替你感到丢人。"

"为什么?"

"一个生过大病而且身体还不是很强壮的人!我敢说,如果我是被统治阶级,我就让你干等着。任凭你一直吹口哨。"

"我完全相信你会这么做。"

"如果他双腿瘫痪坐在轮椅上，态度也像你一样，你会怎么对待他？"

"我亲爱的福音传教士，这种把不同的人、不同的性格混为一谈的做法，实在很没品位。"

"你那种缺乏基本同情心的讨厌行为才是最低级的品位。位高者责任重！再瞧瞧你和你的统治阶级！"

"在这件事上我需要承担什么责任？毫无必要地过分同情我的守林人？我才不会这么做。这种事还是交给我的福音传教士去做吧。"

"说得仿佛他低你一等，不配为人似的，我的天！"

"他只不过是我的守林人，我每周付给他两英镑，并给他提供住处。"

"付钱给他！每周两英镑和一个住处，你以为这能买到什么？"

"他的服务。"

"呸！要我说，你还是自己留着那两英镑和你的房子吧。"

"或许他也这么想，但他承担不起这个代价！"

"你，还有你的统治！"她说，"你并不是在统治，不要自以为是了。你只是拥有了比你应得的还要多很多的钱，然后你每周支付两英镑让人们为你工作，如果他们不愿意，就以饿肚子来威胁他们。统治！你的统治给人带来了什么？哎呀，你穷途末路了！你就像任何一个奸商一样，只会仗着有钱欺负别人！"

"你的言谈果然非常儒雅，查泰莱夫人！"

"我向你保证，你在树林里的行为才叫儒雅呢。我实在太替你感到丢人了。唉，我父亲为人处世可比你强十倍——你这位绅士！"

他伸手按铃去叫波尔顿太太。但他已经脸色蜡黄。

她怒气冲冲地上楼回到自己的房间，自言自语道："他，还花钱买人！哼，他可买不了我，所以我也没必要和他一起过下去了。死鱼一般的绅士，还有他那塑料般的灵魂！他们多么擅长用表面的风度和虚假的绅士气质来哄骗别人上当。他们的情感和塑料差不多。"

她制订好了当晚的计划，决定把克利福德置之脑后。她不想去恨他。她不愿在任何感情上和他有纠葛。她希望他对自己一无所知——尤其不要知道自己对守林人的感情。这种关于她对待仆人的态度而引发的争吵已经发生过太多次了。他觉得她对待他们的态度过于亲切，而她则认为，一旦涉及其他人，他就麻木不仁、态度强硬，像块橡胶一样。

吃晚饭的时候，她平静地走下楼，保持着她一贯的端庄神态。他两腮依然泛黄：他非常生气的时候就会肝病发作。他正在看一本法语书。

"你可曾读过普鲁斯特[1]？"他问她。

"我试着读过，但他让我厌烦。"

"他真的非常了不起。"

"或许是吧！可是他很烦人：通篇都是一些圆滑的老生常谈！他没有情感，他只是把大量关于情感的辞藻堆砌在一起。我已经厌倦了人性中的自以为是。"

---

[1] 马塞尔·普鲁斯特（1871—1922），20世纪法国最伟大的小说家之一，意识流文学的先驱，其代表作《追忆似水年华》被誉为20世纪最重要的文学作品之一。

"你更喜欢兽性的自以为是?"

"也许吧!但人要是不那么自以为是,或许还能从中有所领悟。"

"好吧,我喜欢普鲁斯特的细腻和他那教养良好的混乱无序。"

"这会让你变得死气沉沉,真的。"

"我那福音传教士小夫人又开始布道了。"

又来了,他们又吵了起来!但她就是忍不住要驳斥他。他像骷髅一样坐在那里,向她释放出骷髅般冰冷阴暗的意念。她几乎能感觉到那骷髅紧紧地抓住她,把她塞进自己肋骨的牢笼当中。他看上去也满腔怒火——让康妮有点害怕。

她赶紧回到楼上,早早就上床休息。但她晚上九点半又起来了,走到房间外听了听动静。没有任何声音。她匆匆穿上晨衣走下楼。克利福德和波尔顿太太在打牌赌博。他们可能会一直玩到午夜时分。

康妮回到自己的房间,把她的晨衣扔在没整理的床上,穿上一件薄薄的睡袍,外面套了一件白天穿的羊毛衫,穿了一双胶底网球鞋,外面又穿了一件轻便的外套。她已经准备就绪。如果遇到什么人,就说她只是出去溜达几分钟。当她第二天早晨回来的时候,就说自己只是在晨露之中散散步,她经常在早饭前出去散步。除此之外,唯一的风险就是有人在夜里进她的房间。但这是最不可能的——连百分之一的可能性都没有。

贝茨还没有锁门。他通常晚上十点钟把门锁上,早上七点再把门打开。她悄悄地溜出门外,没有被任何人发现。半轮明月挂在空中,光线足以照亮大地,却不会让人看清康妮的深灰色外套。她快步穿过园林,并不是真的因为幽会而感到激动,而是心中燃烧着某种愤怒和叛逆的火苗。带着这样的心情去和情人私会是不合适的。但上战场就要有打仗的样子[1]。

---

1 法语谚语,意为:应当充分利用自己的处境,或者充分利用自己所拥有的条件。

第十四章

她快走到园林门口时,听到门闩"咔嗒"一声。看来他已经到了,在漆黑的树林里等待着,而且已经看到了她!

"你来得真快,"他在黑暗中说,"一切都还好吧?"

"都很好。"

他在她身后轻轻地关上了门,在一片黑暗中打开手电筒照着地面,借着光亮能看到那些苍白的花儿在夜里仍然绽放着。他们安静地往前走,彼此离得有些远。

"你确定今天早上没有被轮椅弄伤吧?"她问。

"没,没有!"

"你之前得过肺炎,之后留下了什么后遗症吗?"

"哦,没什么!只是这病让我的心脏不如以前强壮,肺活量没以前大。但得肺炎的人都有这样的问题。"

"那你是不是不应该剧烈活动?"

"不能太频繁。"

她憋了一肚子火,一言不发,慢吞吞地往前走。

"你恨克利福德吗?"她终于开口道。

"恨他？那倒不会！我见过太多像他这样的人，恨他只会给自己找气受。我事先就知道我不喜欢他这类人，所以反而无所谓了。"

"他是哪一类人？"

"哎呀，你比我更清楚。那种年轻的绅士，有点女里女气，没什么种。"

"什么种？"

"种！男人的种！"

她琢磨了一下这个词。

"可是，就是因为这个吗？"她有点恼火地问。

"男人傻的话，你就说他没脑子；卑鄙的话，你就说他没心肝；懦弱的话，你就说他没胆。当他身上没有野性，没有男性气概的时候，你就说他没种。也就是没什么骨气。"

她思索了一番。

"那你觉得克利福德没骨气？"她问。

"没骨气，而且还使阴招——你一反抗他们，他们就这样，就像大部分这类人一样。"

"那你觉得你比较有骨气？"

"或许还算有点儿骨气！"

她终于看到远处一丝昏黄的灯光。

她停下脚步。

"有亮光！"她说。

"我总是在屋里留一盏灯。"他说。

她又走在他身旁，但没有碰他，纳闷自己干吗要跟他一起回家。

他打开门,他们走进屋,他把门闩上。她心想,这简直就像个监狱!火炉烧得通红,上面的水壶在嘶鸣,桌上放着杯子。

她坐在火炉旁的木头扶手椅上。比起屋外的寒冷,这儿十分暖和。

"我要把鞋脱了,它们都湿了。"她说。

她坐在那儿,把穿着长袜的脚搭在火炉亮闪闪的铁围栏上。他去食品储藏室拿吃的——面包、黄油和牛舌罐头。她暖和起来了,于是脱下外套。他把她的外套挂在门上。

"你想喝可可、茶还是咖啡?"他问。

"我什么也不想喝,"她看着桌子说,"你吃吧。"

"算了,我也不太想吃。我只是得去喂一下狗。"

他踩着向来沉稳的步伐走过砖头地板,把狗吃的食物放到一个棕色碗里。那条西班牙猎犬紧张地抬头看着他。

"喂,这是你的晚饭,可别装出一副没饭吃的可怜模样!"他说。

他把碗放在楼梯口的垫子上,然后坐在靠墙的椅子上,开始脱护腿和靴子。那条狗没有吃东西,反而又跑到了他身边,坐在那里抬头看着他,显得很不安。

他慢慢地解开护腿。狗慢慢又凑近了一些。

"你到底怎么回事?因为有其他人在就感到不安?她是个姑娘,你也是姑娘!赶紧去吃你的晚饭。"

他把手放在它脑袋上,母狗侧着头依偎在他手上。他缓慢轻柔地扯了扯它那光滑的长耳朵。

"去吧!"他说,"去吧,去吃你的晚饭!快去!"

他把椅子朝垫子上饭盆的方向倾斜了一点,那狗温顺地跑过去,开始吃了起来。

"你喜欢狗吗?"康妮问他。

"不,不太喜欢。狗太温顺,太黏人。"

他脱下护腿,又开始解沉重的靴子。康妮从火炉的方向转过身看着房间。这小屋子是如此空旷!可是,在他头顶上方的墙上挂着一张奇丑无比的放大照片,照片里是一对年轻夫妇,显然是他和一个轮廓粗犷的年轻女子——毫无疑问是他的妻子。

"那是你吗?"康妮问道。

他扭转身子,看着头上的放大照片。

"是!这张照片是我们结婚之前拍的,我那会儿二十一岁。"他面无表情地看着那张照片。

"你喜欢这张照片吗?"康妮问他。

"喜欢吗?不!我一直都不喜欢这玩意儿。但她好像把一切都安排好了,就拍了。"

他转过去继续脱靴子。

"如果你不喜欢那张照片,为什么还留下来挂在那儿?也许你妻子想要那张照片呢。"她说。

他突然抬头看着她,咧嘴一笑。

"她把家里所有值钱的东西都带走了,"他说,"可她唯独留下了那玩意儿!"

"那你为什么还留着它?因为舍不得吗?"

"怎么可能,我看都不看它一眼。我几乎都不记得它在那儿了。自打我们搬到这里，那照片就挂在那儿。"

"那你为什么不把它烧掉？"她说。

他又扭过头，看着那张放大的照片。它嵌在棕金相间的相框里，很难看。照片上的男人胡子刮得干干净净，模样机灵，看上去很年轻，穿着一件高领衣服。他身旁是一个身材略显臃肿、轮廓粗犷的年轻女人，她头发蓬松而卷曲，穿着一件深色缎子上衣。

"这倒不算是个坏主意，对吧？"他说。

他已经脱下靴子，换上了一双拖鞋。他站在椅子上，取下照片。原本绿色的墙纸上留下了一大块浅色的印子。

"这下也不用掸灰了。"说着他把那照片靠在墙边。

他走到洗碗池那边，拿来锤子和钳子。他坐在之前的椅子上，开始往下撕大相框背面的纸板，拔下固定纸板的小图钉，拆相框的过程中他全神贯注、沉静专注，他一工作起来就是这样。

他很快就把钉子拔了出来，然后把相框挡板取了出来，接着抽出了那张放大的照片，照片粘在白色的硬衬纸上。他饶有兴趣地看着那张照片。

"这照片上就是我当年的样子，像个年轻的助理牧师，而她则像个泼妇。"他说，"一个一本正经的人和一个泼妇！"

"让我看看！"康妮说。

的确，他的胡子刮得干干净净的，整个人看起来整洁利落，二十年前他还是个利索的小伙。即便在照片中，他的眼神也是机警而无畏的。这个女人也不完全是个泼妇，虽然她的下巴很宽。她身上还是散发着某种魅力。

"人们永远不该留着这些东西。"康妮说。

"的确不该留！就根本不应该拍这种东西！"

他把嵌在硬纸板上的照片撕碎，放在腿上，等撕得足够小，就把所有碎片丢进了火里。

"不过可能会把火弄灭。"他说。

他小心翼翼地把玻璃和背板拿到楼上。

他用锤子敲了几下，相框就碎了，石膏粉到处乱飞。然后他把碎片拿到洗碗池那边。

"我们明天再把它烧了，"他说，"太多石膏条了。"

打扫干净一切后，他坐了下来。

"你爱过你的妻子吗？"她问他。

"爱？"他反问，"你爱过克利福德爵士吗？"

但她不打算让他逃避这一话题。

"可是你喜欢过她吧？"她不愿放弃。

"喜欢？"他苦笑了一下。

"也许你现在还喜欢她。"她说。

"我？"他瞪大双眼。"啊，不可能，我根本不愿想到这个人。"他平静地说。

"为什么？"

但他只是摇了摇头。

"那你为什么不离婚呢？她总有一天会回到你身边的。"康妮说。

他抬头看着他，眼神尖锐。

"她根本不愿意靠近我一英里。她恨我可比我恨她严重多了。"

"你看着吧,她会回来找你的。"

"她不可能回来的。我们之间早就结束了!看到她我都觉得恶心。"

"你会见她的。而且你们甚至都没有依法办理离婚手续,对吧?"

"没有。"

"啊,对吧,那她一定会回来的,而且你还得开门收留她。"

他目不转睛地看着康妮,然后古怪地摇了摇头。

"也许你说得对。我回到这里来本身就是犯傻,但我当时觉得走投无路,必须找个地方落脚。一个人四处流浪、居无定所的时候,就是个可怜的废物。但你说得对。我会去办理离婚,做个了断。我对官员、法庭和法官之类的东西深恶痛绝,但我必须咬牙熬过去。我会去离婚的。"

她看到他咬紧牙关,内心欢欣雀跃起来。

"这会儿我想喝杯茶了。"她说。

他起身去泡茶,但表情依然很凝重。

他们坐在桌旁时,康妮问他:"那你为什么要娶她呢?她和你相比,太过于粗俗。波尔顿太太跟我讲过她的事。波尔顿太太也一直弄不明白你为什么要娶她。"

他目不转睛地看着她。

"我来告诉你。"他说,"我十六岁的时候,交了第一个女朋友。她是奥勒顿那边某个学校校长的女儿,长得很漂亮,真正的美人。我那时刚从谢菲尔德文法学校毕业,算是个聪明有为的年轻人,懂一点儿法语和德语,也挺自视甚高的。她生性浪漫,讨厌平庸。她怂恿我去接触诗歌和阅读,从某种意义上来说,是她造就了今天的我。为了她,我投入所有热情,疯狂地阅读和思考。当时我是巴特利公司的一个职员,身材瘦削,肤色白皙,我所读到的一切都让我热血沸腾。我和她什么都聊——真的是无话不谈。我们可以从波斯波利斯[1]聊到廷巴克图[2]。我们可算是十里八乡文学造诣最深的一对情侣了。和她聊天,我总会滔滔不绝,欣喜若狂,真的是如痴如醉。我简直都有些飘飘然了。她很喜欢我。我们之间唯一的障碍是性。不知为何,她一点儿性欲都没有,至少,她的兴趣不在对的点上。我变得越发消瘦,越发疯狂。然后我说我们必须成为情人。我像往常一样说服了她,所以她同意委身于我。我十分兴奋,可她却从来也不想要。她就是不想做爱。她崇拜我,她喜欢我和她聊天,或者是亲吻她——如果只是做到这一步,她对我也是有欲望的。但要进展到下一步,她则完全不想要。而且,有很多像她这样的女人。我确实想要性爱。所以我们分开了。我很残忍,直接离开了她。接着,我和另一个女孩好上了,她是个教师,曾经因为和一个已婚男人勾搭到一起而闹出过丑闻,差点把他逼疯。她是一个皮肤白皙的温柔女人,属于比较柔弱的那种类型,年纪比我大,还会拉小提琴。可她简直是个魔鬼。爱情中的一切行为她都喜欢,就是不喜欢做爱。她和你缠绵,爱抚你,以各种方式挑逗你,但如果你强迫她和你做爱,她只会咬紧牙关,表现出对你的仇恨。我强迫她和我做爱,她那一脸恨意让我兴致全无。所以我又遭遇了挫折。我

---

[1] 古波斯帝国都城之一,现位于伊朗。
[2] 位于撒哈拉沙漠南缘,尼日尔河中游北岸,是古代西非和北非骆驼商队的必经之地。

讨厌这种有爱无性的关系。我想要一个既想要我又想要做爱的女人。

"然后伯莎·库茨出现了。在我小的时候,她家就在我们隔壁,所以我对他们很了解。他们一家都很粗俗。嗯,伯莎去了伯明翰的某个地方,她自称是给一个贵妇当女伴,可大家都说她是去酒店当女招待之类的。不管怎么说,我当时二十一岁,正当我厌烦第二任女朋友的时候,伯莎回来了,她神气十足,举止优雅,衣着时髦,举手投足散发着迷人的魅力——一种你有时能在女人或是妓女身上感受到的性魅力。我当时正处于一种生不如死的状态。我辞掉了巴特利的工作,因为我觉得在那里当个小职员没什么未来。我回到泰维尔肖,在矿井井口当起了铁匠,主要是给马钉马掌。我父亲之前就是做这个的,我过去总是和他待在一起。这是一份我喜欢的工作——和马打交道,这份工作符合我的天性。于是我不再继续使用他们口中'高雅'的语言了,不再使用标准英语,重新说起了土话。我在家仍然会读书,但我平常靠打铁过活,给自己挣了一辆轻便的双轮小马车,日子过得人模狗样。我父亲去世时给我留了三百英镑。我就这样和伯莎好了,我很高兴她是个粗人。我希望她粗俗,我自己也只想当个粗人。嗯,我娶了她,她也没那么糟。其他那些'纯洁'的女人简直都快让我硬不起来了,但她这方面倒是表现不错。她想要我,而且毫不掩饰自己的欲望。我可高兴坏了。这正是我想要的:一个想与我做爱的女人。于是我痛快地享受了性爱。我对性爱这么热衷,有时还把早餐给她端到床上,我觉得她因此有点儿瞧不起我。她渐渐开始对家里的事漠不关心,我下班回家,她不会给我准备像样的晚餐，如果我稍有怨言，她就冲我发火。我也会大骂回去，然后两个人吵得不可开交。她朝我扔杯子，我便抓住她的脖颈，差点儿把她掐死。诸如此类的事情！但她对我蛮横无理。最后发展到，每当我渴望她的时候，她从不满足我：一次也不肯。她想尽办法拒绝我的求欢，要多残酷有多残酷。可之后当她已经彻底让我失去兴致，不再想要她的时候，她又会来找我亲热、缠绵，勾引我上钩，我每次都任她摆布。但我们做爱的时候，她从来不会和我一起高潮。一次也没有！她只会等着。如果我坚持拖上半个小时，她就会忍更久。当我达到高潮，彻底完事了，她就开始自己动起来，我就得硬挺在她体内，等她扭动着身体尖叫着，最后自己达到高潮。她下体会不停收紧，然后销魂地攀上巅峰。之后她会说：简直太爽了！渐渐地，我对这种性爱感到厌倦，而她待我也越来越过分。她变得越来越难以达到高潮，她的下体撕扯着我，就仿佛有个鸟喙在下面啄我。老天啊，你以为女人下面像无花果般柔软。可我告诉你，那些老妖婆双腿之间长着鸟喙，她们会用喙撕扯你，直到你受不了为止。自己！自己！自己！全都是为了自己！撕扯着、尖叫着！大家都说男人自私，但我怀疑男人的自私根本比不上女人盲目的撕扯——一旦女人们走上这条不归路。她们就像是老娼妓！而她自己也控制不了。我跟她说过，我告诉过她我有多讨厌这样的性爱。她甚至尝试过改变：她会尽量躺着不动，让我来主导。她的确试过。但感觉并不怎么样。我在上面费心尽力，她毫无感觉。她必须要自己动，自己的咖啡自己磨。而这股欲望重新占据着她，就像是某种疯狂的需求，她必须释放自己达到高潮，撕扯、撕扯、再撕扯，就仿佛全身上下除了喙尖外,都毫无知觉,只有通过摩擦和撕扯鸟喙外部的顶端,才能达到高潮。男人过去常说,那些久经欢场的老妓女就是这样。这是一种低下的自尊心,一种疯狂的自尊心——和酗酒的女人没什么两样。无论如何,最后我实在忍受不了。我们分床睡。是她自己先这么做的,她想彻底摆脱我的时候借机发火,说我对她动手动脚。她开始自己住一个房间。到了最后我干脆不让她进我的房间。我再也不想要她了。

"我厌恶和她上床。她讨厌我。我的老天,在孩子出生前,她是多恨我啊!我常常觉得这孩子真的是仇恨的结晶。无论如何,孩子出生后我就再也没碰过她。后来战争爆发,我就参了军。直到我知道她和斯塔克斯门的那个家伙搞在一起,我才回来。"

他脸色煞白,没有继续说下去。

"斯塔克斯门的那个男人是什么样的人?"康妮问。

"像个巨婴一样的家伙,满嘴脏话。她欺负他,他俩都酗酒。"

"要是她回来就糟了!"

"我的老天,是啊!那我就离开,再次销声匿迹。"

二人陷入沉默。相片和背板已经在炉中化为灰烬。

"所以,当你找到一个享受性爱的女人,"康妮说,"你自己反而无福消受。"

"对!似乎是这样!可即便如此,我也宁愿要她,而不是那些完全不肯做爱的女人:我年轻时洁白无瑕的初恋,还有那株闻着就有毒的百合花,还有其他那些女人。"

"其他女人怎么样?"康妮说。

"其他女人?没什么其他的了。只是凭我的经验而言,大多数女人都是这样：她们当中的大多数都想要男人，但是不想要性，但她们可以勉强忍耐，把性作为交易的一部分。更传统的女人就是躺在那里一动不动，让男人去折腾。过后她们也不介意：那就是她们喜欢你的方式。但性爱本身对她们来说没有一点儿意思，甚至令她们反感。大部分的男人都喜欢这样的性爱，可我很讨厌。但狡猾的女人就算自己是那样，也会假装不是。她们假装自己有情欲，会兴奋。但这都是疯狂的胡说八道，她们只是装模作样。还有一种女人喜欢所有的花样，喜欢各种爱抚、拥抱和高潮，就是不喜欢男女间自然的性爱。她们总是喜欢让你在其他地方满足，就是不能在她们身体里面高潮。还有难对付的一类，她们简直像魔鬼一样难伺候，根本没办法让她们高潮，就像我妻子那样，高潮都是靠自己。她们想要掌握主动权。然后有一类女人，她们的身体就像死了一样——麻木不仁，而她们自己也知道这一点。还有一类女人是在你真正'高潮'之前就先抽离，把你赶出来，然后她们继续扭动着腰身，磨蹭着你的大腿，让自己达到高潮。但她们大多是女同性恋。不管女人们自己有没有意识到这一点，她们大都有点同性恋倾向。在我看来，她们几乎全都是同性恋。"

"那你介意吗？"康妮问。

"我恨不得杀了她们。当我和一个女人在一起，而她是个真正的同性恋时，我的灵魂会大声咆哮，想要把她杀掉。"

"那你能怎么办？"

"只能有多快跑多快。"

"你觉得女同性恋比男同性恋更糟？"

"我的确这么认为！因为她们让我吃了更多苦头。可理论上来说，我并不清楚。当我和女同性恋在一起的时候，无论她自己是否意识到这一点，我都会怒火中烧。不行，不行！我不想再和任何女人产生瓜葛了。我想一个人过活——保留我的隐私和体面。"

他脸色苍白，眉头紧锁。

"那我的出现会让你觉得后悔吗？"她问道。

"我之前觉得后悔，可也觉得开心。"

"那你现在是什么感觉呢？"

"我还是后悔，考虑到外界的事：所有错综复杂的问题，所有丑陋的一面，还有相互指责，迟早都会来。那是我灰心丧气、情绪低落的时候。但当我欲血沸腾时，我情绪高昂，甚至有些得意。之前我的确越来越痛苦。我以为这世上已经不存在什么真正意义上的性爱了：世上就不会有一个女人能够自然而然和男人一起达到高潮。"

"那现在，有了我，你开心吗？"她问。

"开心！当我可以忘记其他一切时。当我无法抛开其他杂念的时候，我真的想钻到桌子底下死掉。"

"为什么要钻到桌子底下？"

"为什么？"他笑着说，"我想是为了躲起来吧。宝贝！"

"看来，你和女人相处的经历似乎真的糟透了。"她说。

"我和你说，我骗不了自己。大多数男人都可以勉强做到自我欺骗。他们持有某种态度，然后接受谎言。但我永远也无法自欺欺人。我知道自己想从一个女人身上得到什么，倘若未能如愿，我永远也无法欺骗自己说如愿以偿。"

"可你现在如愿以偿了吗？"

"看上去似乎如此。"

"那你的脸色为什么还是如此苍白，表情还是如此凝重？"

"因为我有满腔的回忆——也许是因为畏惧自我。"

她沉默地坐着。天色已晚。

"你认为男女之事真的如此重要吗？"她问他。

"对我而言很重要。对我来说，能否和女人保有和谐的性爱关系，是我生活的核心。"

"如果你得不到呢？"

"那我就只好自己过。"

她又思忖了片刻，然后问道："你认为自己一直都能善待女人吗？"

"老天，我不能！是我让我妻子变成那样的——主要都是我的错。我把她宠坏了。而且我很多疑。你得做好心理准备。要让我发自内心地信任一个人，是很困难的一件事。所以也许我本身也是个骗子。我无法相信别人。而温存之情是不容误解的。"

她看着他。

"在你血脉偾张的时候，你总该信任自己的身体。"她说，"那种时候你不会不信任自己吧？"

"不会，唉！那就是我卷入这么多麻烦之中的原因。正因为如此，我心中才充满疑虑。"

"就让你的心保持多疑吧，这又有什么关系！"

狗在垫子上躺得不太舒服，叹了口气。照片的灰烬压着火焰,火苗逐渐变弱。

"我们是一对伤痕累累的勇士。"康妮说。

"你也受过伤吗?"他笑着说,"而此刻,我们重返战场了!"

"是啊!我真的觉得害怕。"

"是啊!"

他站起身来,把她的鞋子拿去烤干,然后把自己的鞋子擦干净,放在火边。明天早上,他会给它们上油。他尽可能地把照片纸板的灰烬从炉火上拨开。"这玩意儿即使烧成灰烬,也还是这么肮脏。"他说。然后他拿了一些柴火,放在炉旁的搁架上,准备早上用。然后他出去遛了一会儿狗。

等他回来,康妮说:"我也想出去稍微透透气。"

她独自走进黑夜之中,头顶闪烁着星光。她能闻到夜晚空气中的花香。她能感觉到本来已经湿掉的鞋子变得更加潮湿,但她却想要立刻离开,远离他,远离所有人。

外面很冷。她打了个寒战,回到屋里。他坐在低矮的炉火前。

"啊!太冷了!"她哆嗦着说。

他往火里添了些木柴,然后又去拿了一些柴火,直到炉子里的火噼里啪啦地烧得很旺。金色的火光在炉子里跳跃起伏,让他俩都很开心,温暖了他们的脸庞和灵魂。

他安静地坐在远处。"没所谓的!"她拉起他的手说,"我们尽力而为就好。"

"是啊!"他叹了口气,微微一笑。

他坐在炉火前,她凑到他身边,投入他的怀中。

"那就忘掉吧!"她在他耳边低语,"忘掉吧!"

他迎着火焰扑面而来的暖流，把她紧紧地搂在怀里。火焰似乎本身就拥有让人遗忘的魔力，还有她那柔软、温暖又成熟的身体。慢慢地，他的血气回转，体力和无限的活力又渐渐恢复。

"也许那些女人真心想和你在一起，想要好好爱你，只是她们做不到。也许这不全是她们的错。"她说。

"我知道。难道你以为我不知道自己曾经是怎样一条任人践踏的断脊之蛇吗？"

她突然抱紧了他。她并不想重启这个话题。可出于某种任性的心理，她偏偏继续说了下去。

"可你现在已经不是了。"她说，"你现在已经不是一条任人践踏的断脊之蛇了。"

"我不知道自己算什么。未来可是一片黑暗。"

"不！"她搂紧他抗议道，"为什么这么说？为什么？"

"黑暗的时代即将到来，你、我，乃至于每个人都无法幸免。"他重复了一次，口气像个阴郁的预言家。

"不！你别说这种话！"

他陷入沉默。但她能感觉到他内心绝望的黑暗深渊。那里是所有欲望的坟墓，所有爱的坟墓——这种绝望就像男人内心深处的黑暗洞穴，他们的灵魂迷失在其中。

"你谈论性爱的时候如此冷酷。"她说，"你说得就像是你只考虑自己的愉悦和满足。"

她驳斥他的时候心中有一丝紧张。

"不是的！"他说，"我想要从女人那里得到我的愉悦和满足，可我从来没有得到过：因为除非她能同时从我这里得到她的愉悦和满足，否则我永远也无法得到自己的愉悦和满足。可这两件事从来没有同时发生过。这需要双方的配合。"

"可你从来没有信任过你的女人。你甚至并不真的信任我。"她说。

"我不知道该怎么信任女人。"

"正因如此，你看吧！"

她仍然蜷缩在他的腿上。但他内心一片灰暗，心不在焉，心思根本不在她身上。而她说的每句话都将他推得更远。

"那你究竟相信什么？"她锲而不舍地追问。

"我不知道。"

"你什么都不相信，就像我认识的所有男人一样。"她说。

二人都无话可说。然后他突然清醒过来说道："不，我还是相信一些东西的。我相信要有一颗热诚的心。我尤其相信在爱情中要热诚，要带着热诚的心去做爱。我相信，如果男人能带着热忱做爱，女人也真诚地回应，那么所有的问题都不复存在。而正是那种冰冷无情的性爱，让人心如死灰，让一切变得愚蠢至极。"

"可是你和我做爱的时候并不是冰冷无情的。"她表示抗议。

"我一点儿也不想和你做爱。我的心此刻冷得像冰土豆。"

"噢！"她说完开玩笑似的亲了他一口，"那就煎一煎冰土豆，把它加热一下吧。"他大笑起来，挺直了身子。

"这是真的。"他说，"只要有热诚，怎样都可以。但是女人们不喜欢这样。就连你也不怎么喜欢。你喜欢的是酣畅淋漓、刺激凶猛、残酷冰冷的激烈性爱，事后还要假装一切都是甜蜜的柔情。你对我的柔情在哪儿？你怀疑我，就像猫怀疑狗一样。我告诉你，两个人都要温柔，都要热诚对待彼此，这样才有用。你的确喜欢做爱——但你想要给它扣上伟大而神秘的头衔，只是为了取悦自己的自尊心。对你来说，你自己的自尊心最为重要，比任何一个男人或者和男人在一起都重要，重要五十倍。"

"可这恰巧就是我对你的评价，你自己的自尊心对你来说就是一切！"

"啊！那好吧！"他说着动了一下，作势要起身，"那我们就分开吧。我情愿去死也不要这种冷漠无情的性爱了。"

她挣脱他的怀抱，他站了起来。

"你觉得我想要冷漠无情的性爱？"她说。

"我希望你不想。"他答道，"但不管怎样，你上床去睡觉吧，我会睡在地上。"

她看着他。他脸色苍白，眉头紧皱，他退缩得那么远，就像躲到了北极。男人都一样。

"我得等到早上才能回家。"她说。

"不用回去！上床去睡吧！已经差一刻凌晨一点了。"

"我才不睡呢。"她说。

他穿过屋子拿起自己的靴子。

"那我就出去吧！"他说。

他开始穿靴子。而她盯着他。

"等一下！"她结结巴巴地说，"等等！我们俩这到底是怎么回事？"

他弯腰系着鞋带，没有回话。过了片刻。康妮觉得视线开始模糊，仿佛要晕过去了。她彻底失去了知觉，只是站在那里瞪大双眼，一无所知地看着他，其他什么都不知道了。

因为突然安静了下来，他抬起头，看见她瞪大的眼睛，失魂落魄的样子。就像一阵风把他吹了起去，他站起身，一只脚穿着鞋，一只脚光着，一瘸一拐地走到她身边，把她抱在怀里，让她紧贴着自己的身体，不知怎的，他的身体弥漫着一股刺痛。他就这样搂着她，而她就依偎在他怀中。

然后他的双手往下游走，胡乱抚摸起她来，他的手伸到衣服里，触碰到她光滑温热的身体。

"我的小姑娘！"他喃喃说道，"我的小姑娘！我们别斗嘴了！我们再也不吵架了！我爱你，爱你身上的触感。别和我吵了！不吵！不吵！再也不吵了！让我们在一起吧。"

她抬起头看着他。

"别生气了，"她缓缓说道，"生气没有用。你真的想和我在一起吗？"

她瞪大眼睛，凝视着他的脸。他双手停了下来，突然间一动不动，把脸转到一边。他的身体完全静止了，但没有退缩，没有躲开。

然后他抬起头，直视着她的双眼，脸上露出他那略带嘲讽的奇怪笑容说："是的！让我们发誓好好在一起！"

"可你真这么想吗？"她眼里噙满泪水问道。

"是真的！我的心、五脏六腑和阳具都归你。"

他仍然低头朝她微笑，眼睛里闪烁着一丝嘲讽，还带着些许苦涩。

她默默地流着泪，他拥着她躺在壁炉前的地毯上，直接闯入了她的身体，云雨过后，二人总算平静下来。然后，他们很快就上床睡觉了，因为深夜越来越冷，而且他们已经把彼此折腾得筋疲力尽。康妮小鸟依人般偎依着在他怀中，这让她觉得自己分外娇小。他俩都很快进入了梦乡，睡得很沉。他们就这样一动不动地躺着，直到太阳攀上梢头，天开始亮了。

然后他醒了，看着透进来的亮光。窗帘拉着。他听见树林里乌鸦和画眉扯着嗓门叽喳叫个不停。这肯定是一个阳光明媚的清晨，这会儿大概五点半，是他平常起床的时间。他睡得也太沉了！崭新的一天到来了！怀中的女人仍然蜷成一团，睡梦中显得温柔娇弱。他的手抚摸着她的身子，她睁开了那双满含诧异的蓝色眼睛，望着他的脸庞，半梦半醒间朝他微笑。

"你醒了？"她对他说。

他看着她的双眼，也笑了起来，吻了吻她。她突然之间彻底清醒了，坐了起来。

"真想不到我在这里！"她说。

她环视了一下这间粉刷得雪白的小卧室，天花板是倾斜的，山墙窗户上的白色窗帘拉了下来。房间里除了一个漆成黄色的小衣柜、一把椅子，以及他们正躺着的那张白色小床外，什么家具也没有。

"真想不到我们在这里！"她低头看着他说。他躺在那儿看着她，把手伸进她薄薄的睡衣里，用手指抚摸着她的乳房。在他兴奋和愉悦的时候，看起来年轻帅气。他双眼流露出暖意。而她像花儿一样娇艳欲滴。

"我想把这个脱掉！"她说着，把那件细麻布睡衣拉过头顶，脱了下来。她坐在那里，赤裸着上身，稍有下垂的乳房微微泛着金光。他喜欢把玩她的乳房，让它们像铃铛一样轻轻摇摆。

"你也必须把睡衣脱掉。"她说。

"哦，不行！"

"脱掉！快脱掉！"她命令道。

他脱下那套旧的棉睡衣的上衣，然后把裤子褪去。除去手掌、手腕、脸和脖子，他全身上下白得像牛奶，身材瘦削，但是有肌肉。突然之间，康妮又看到了他光彩夺目的美，就像那天下午她看见他清洗身子时那样。

金色的阳光洒在紧闭的白色窗帘上。她觉得阳光想要破窗而入。

"啊，我们把窗帘打开吧！鸟儿唱得如此愉快！让阳光照射进来吧。"她说。

他背对着她走下床，赤裸着白皙精瘦的身子。他走到窗前，微微弯着腰，拉开了窗帘，朝屋外看了一会儿。他的后背苍白而优美，紧实、小巧的屁股很漂亮，有一种细腻精致的男子气概，他的后颈晒得红通通的，纤细但很结实。

在这具精致而健壮的身体里，蕴含着一种内敛的力量，而不是张扬的雄性荷尔蒙。

"你真是太美了！"她说，"那么纯洁，那么精致！快来！"她张开双手。

他不好意思转过身面对她，因为他赤裸的下身正坚挺着。

他从地板上抓起自己的衬衫，挡着下身向她走来。

"别遮！"她说话时仍然伸着纤细优美的双臂，双乳垂在手臂之间,"让我好好看看你!"

他丢掉衬衫,静静地站在那里望着她。阳光透过低矮的窗户照进屋内,一缕亮光照在他的大腿和紧实的小腹上,而他那勃起的男性器官挺立在一小团鲜艳的金红色毛发中,看上去黝黑而炽热。她看得目瞪口呆,又有些恐惧。

"太奇怪了!"她缓慢地说,"它挺立在那里的模样多奇怪啊!如此硕大!黑乎乎的,又神气十足!是不是?"

男人低头看了看自己瘦削白皙的前身,笑了起来。紧实的胸部之间,长着深色的胸毛,几乎是黑色的。但是在腹部的下方,在那硬挺着的粗壮阴茎周围,却是一团金红色的鲜艳毛发。

"这么骄傲!"她不安地低声呢喃,"而且这么不可一世!现在我知道男人为什么如此霸道了!但它很可爱,真的。就像另一种生物!有点吓人!但是真的很可爱!而且它冲着我来了!——"她咬紧下唇,既恐惧又兴奋。

男人没说话,低头看着硬挺的阴茎,它一点儿下去的意思都没有。"喂!"他终于小声地说,"喂,我的伙计!你意思意思就够了吧。你这脑袋支棱得倒是挺高!你倒是自由自在,谁也不放在眼里!这会儿你倒成我主人了,约翰·托马斯[1]。你是老大?我听命于你?好吧,你比我还要骄傲,还要沉默。约翰·托马斯!你想要她吗?你想要我的简夫人吗?你又把我搅和进来了,你啊你。哎呀,你兴高采烈地抬着脑袋。那你去问她吧!问问简夫人!就说:众城门哪,你们要抬起头来。永久的门户,你

---

[1] 英语口语中指代阴茎的隐晦说法。

们要被举起。那荣耀的王将要进来。[1]哎呀,你这个不要脸的!这就是你想要的。告诉简夫人你想要她。约翰·托马斯,还有简夫人!"

"啊,不要开它的玩笑了。"康妮说着,跪在床上向他爬过去,用双臂搂住他那白皙精瘦的腰,把他拉到自己跟前,这样一来,她低垂晃动的乳房就碰到了他那颤抖勃起的阴茎顶端,一滴黏液蹭在她乳房上。她紧紧地抱住这个男人。

"躺下!"他说,"快躺下!让我进去!"

他现在急不可耐。

云雨过后,当他们都平静下来时,女人非要让他翻过身,好看看那神秘的阳物。

"此刻它如此娇小,柔软得像一个小生命的蓓蕾!"说着,她把柔软的小阴茎握在手里,"它看上去是不是很可爱!那么特立独行,那么奇怪!还如此纯真!它进入我体内深处!你永远也不能侮辱它,知道吗?它也是我的。它不只是你一个人的。它是我的!如此可爱,如此纯真!"她温柔地把阴茎握在手里。

他笑了。

"愿上帝保佑这爱的纽带,是它将我们的心联结在一起。"他说。

"当然!"她说,"即便在它又软又小的时候,我也觉得自己的心和它紧密相连。而且你这里的毛发真美!真的很特别!"

"那是约翰·托马斯的毛发,不是我的!"他说。

---

[1] 出自《圣经·旧约·诗篇》(24:7)。

"约翰·托马斯！约翰·托马斯！"她迅速亲了一下那柔软的阴茎，它又开始硬挺了。

"唉！"男人几乎有点痛苦地伸展着身子说，"它已经扎根在我的灵魂深处了，这个小伙子！有时我真不知道该拿它怎么办。哎呀，它有自己的意志，很难让它满意。可是我又不愿意失去它。"

"难怪人们总是害怕它！"她说，"它是挺可怕的。"

当意识流再次改变方向，朝下流淌时，男人全身战栗。他无法自控，因为他的阴茎随着柔和缓慢的波动，渐渐开始充血，开始膨胀，立了起来，越来越坚硬，傲慢地立在那儿，看着就像一座奇怪的高塔。女人看着这一切，不禁颤抖起来。

"给你！把它拿去吧！它是你的。"男人说道。

她颤抖着，自己的心也融化了。当他进入她体内时，无法言喻的快感像海浪般涌上她的心头，激烈又温柔，随之而来那奇异的快感让人融化，它一波波蔓延，直到她被最后一股疯狂的惊涛骇浪彻底席卷。

他听到远处斯塔克斯门响起了七点的汽笛声。这是星期一的早晨。他微微颤抖了一下，把脸放在她的双乳之间，用她柔软的乳房盖住自己的耳朵，不想听到外面的声音。

她甚至没有听到汽笛声。她静静地躺着，灵魂被洗涤得清澈透明。

"你必须得起来了，不是吗？"他喃喃地说。

"现在几点了？"她有气无力地问道。

"七点钟的汽笛响过了。"

"我想我得起来了。"

她像往常一样，对来自外界的压力感到反感。

他坐起来，茫然地望着窗外。

"你是爱我的，是吧？"她平静地问。

他低头看着她。

"你明明都知道的。为什么还要问我？"他心烦意乱地说。

"我想要你留下我，不要让我走。"她说。

他眼中似乎满是温柔的幽光，无念无想。

"什么时候？现在？"

"现在，把我留在你的心里。然后，我会尽快搬来，和你永远生活在一起。"

他赤裸着身子坐在床上，低着头，不知该作何感想。

"难道你不想这样吗？"她问。

"想啊！"他说。

然后，另一团意识的火焰让他的眼神变得更加幽暗，他看看她，几乎就像进入梦中一样。

"现在别问我这个。"他说，"就让我保持现状吧。我喜欢你。我爱你躺在我身边的时候。拥有可以被深深进入的身体的女人是尤物，是美好的。我爱你，爱你的腿，爱你的身材，爱你的女人味。我爱你身上的女性美。我爱你，我的身体和心都爱你。但是现在别问我这个。不要让我现在说什么。我现在是啥样就啥样吧。以后你想问什么就问什么。现在就让我这样，让我保持现状吧！"

他轻轻地把手放在她的私处，放在她下体柔软的褐色毛发上，而他自己静静地坐在床上，仍然赤裸着身体，脸上毫无表情，几乎像是佛陀的神情。在另一种隐形的意识火焰中，他就这样一动不动地坐着，手放在她身上，等待着心情平复下来。

过了一会儿，他伸手拿起衬衣穿在身上，沉默而迅速地穿戴整齐，看了她一眼就走开了，而她仍然赤身裸体地躺在床上，像那朵名为第戎的荣耀[1]的月季一样，微微泛着金色。她听见他在楼下打开了门。

她依旧躺在那里冥思苦想。要离开他的怀抱是件非常困难的事。他在楼梯口喊道："七点半了！"她叹了口气，下了床。这空荡荡的小房间！除了一个小小的衣柜和一张小床外，什么也没有，但木地板被擦得干干净净。在山墙窗边的角落里放着一个书架，上面摆着一些书，有些是从流动图书馆借来的。她看了一眼。一些关于俄国布尔什维克的书，几本讲旅游的书，一套讲原子与电子的书，一套谈论地心构造和地震原理的，然后是几本小说，还有三本关于印度的书。由此可见！他还真的是个爱读书的人。

阳光透过山墙的窗户洒在她赤裸的四肢上。她看见猎犬弗洛西在外面跑来跑去。榛丛罩上了一层绿色的薄雾，下面长着深绿色的水银菜。这是一个天清气爽的早晨，鸟儿展翅飞翔，欢快地唱着歌。要是她能留下来那该多好！要是外面那个充满烟雾和钢铁的可怕世界不存在就好了！倘若他能给她创造一个世界就好了。

---

[1] 1853年推出的华丽老月季，具有强烈芳香，花朵呈淡黄色、粉红色以及金色，花瓣最多可达四十片，从盛夏绽放到秋季。

她顺着又陡又窄的木楼梯走下来。尽管如此，要是这小房子真能自成一个世界，那她还是会对它感到满足的。

他已经梳洗完毕，神采奕奕，火已经烧起来了。

"你要吃点儿什么吗？"他说。

"不用了！借我一把梳子就行。"

她跟着他走到洗碗池那边，对着后门一个巴掌大的镜子梳理头发。然后她准备好离开了。

她站在屋前的小花园里，看着那些挂满露珠的花朵，那丛灰绿色的石竹花已经含苞待放。

"我想让世界上其他的一切都消失，"她说，"然后和你一起生活在这里。"

"不会消失的。"他说。

他们几乎一言不发地穿过沾满露珠的美丽树林。但他们此时正共处在属于他们二人的世界之中。

对她而言，继续朝着勒格比庄园走令她痛苦。

"我想尽快彻底搬来和你一起生活。"她在分别时说。

他微笑着，没有回答。

她悄无声息地回到家里，没人注意到她，然后上楼回到自己的房间。

第十五章

早餐托盘上放着一封希尔达的来信。

父亲这礼拜要去伦敦,我会在六月十七日去找你,就是星期四。你必须提前做好准备,这样我们才能立刻出发。我不想浪费时间待在勒格比,那地方实在可怕。我可能会在雷特福德的科尔曼家过一夜,所以星期四我应该能和你一起吃午餐。然后我们可以在下午茶时间出发,或许在格兰瑟姆过一宿。我们没必要和克利福德多待一个晚上。如果他不想让你去,我们住一晚只会让他更不乐意。

于是,她又成了棋盘上任人摆布的棋子!

克利福德讨厌她出门,不过那只是因为她不在的时候,他会觉得不安。不知为何,她在身边时,会让他有安全感,可以毫无顾虑地去做他本来在忙的事。他大部分时间都待在矿井里,绞尽脑汁地研究怎样能以最经济实惠的方式采煤,然后如何在开采出来之后卖掉这些煤,而这些问题几乎都是没有解决方案的。他知道自己应该想办法利用开采出来的煤矿,或者把它转化成其他能源,这样一来他就不必卖掉它们,或者不必因为卖不出去而烦恼。但如果他把煤炭转化成电能,他会将其出售还是留着自己使用?而将其转化为石油,过程则过于昂贵和复杂。为了让某个产业存活下去,必须依赖更多的其他产业,简直疯狂。

这的确是疯狂之举,需要疯狂之人才能取得成功。呃,克利福德的确有点疯狂。康妮是这么认为的。在她看来,他对矿井事务的偏执和敏感,似乎就是种疯狂的表现,他的灵感就是在癫狂中产生的。

他把自己所有那些宏图大业都讲给康妮听,她一脸惊奇地听着,任凭他自说自话。然后,这滔滔不绝的话语戛然而止,他打开收音机,又变得呆滞茫然,但很显然,他的计划此时仍旧如同梦境般萦绕在他心中。

现在他每天晚上都和波尔顿太太一起玩二十一点[1]——一种士兵之间玩的游戏,赌注是六便士。一旦开始赌博,他就会再次陷入一种无意识的状态,也许是茫然的迷醉,也许是迷醉的茫然,分不太清楚。康妮不忍心看见他这副模样。但是等她上床睡觉之后,克利福德和波尔顿太太还是会一直赌到凌晨两三点,他们二人并没有逾矩行为,可彼此间存在着一种奇怪的欲望。波尔顿太太和克利福德一样,也沉溺在欲求之中——或许更甚,因为她几乎总在输。

有一天,她对康妮说:"昨晚我输给克利福德爵士二十三

---

[1] 起源于法国赌场的牌类游戏,又名黑杰克。

先令。"

"他真收了你的钱?"康妮吃惊地问。

"当然啦,夫人!愿赌服输!"

康妮严厉地规劝他们,对他俩都发了火。最后的结果就是,克利福德爵士把波尔顿太太每年的工资涨到一百磅,这样她就有钱赌牌了。与此同时,在康妮看来,克利福德似乎真的越来越萎靡不振了。

她终于告诉克利福德,她将在十七号离开。

"十七号!"他说,"那你什么时候回来?"

"最晚七月二十号。"

"好的!七月二十号。"

他用古怪而空洞的眼神望着她,表情像孩子一样茫然,但又带着老人那种古怪而木然的狡黠。

"你不会让我失望的,是吧?"他说。

"让你失望什么?"

"我指的是,你离开后,确定会回来吧?"

"我说到做到,一定会回来的。"

"好!那行!就七月二十号!"

他很奇怪地看着她。

然而,他是真心希望她去的。这听起来奇怪。他毫无疑问是想让她去,希望她稍稍放纵一下,也许会怀着身孕回来,诸如此类。而与此同时,他又害怕她离开。

她在颤抖,等待着可以彻底离开他的真正机会的到来,等待着时机成熟,等待着他们二人都可以成熟地面对这一切。

她坐下来和守林人聊起了她要出国的事。

"等我回来的时候,"她说,"我就可以告诉克利福德我必须离开他。你和我就可以一同离开。他们甚至永远都不需要知道和我一起离开的人是你。我们可以去另一个国家,好不好?我们去非洲或澳大利亚。好不好?"

她对自己的计划感到激动万分。

"你从来没有去过殖民地,是吧?"他问她。

"没去过!你呢?"

"我去过印度、南非和埃及。"

"咱们为什么不去南非呢?"

"我们或许可以去!"他慢慢地说。

"还是说你不想去?"她问。

"我无所谓。做什么我都不太在乎。"

"这样不会让你快乐吗?为什么不去呢?我们的日子不会过得太穷苦。我一年大约有六百英镑,我之前写信问过。虽然不算太多,但也足够了,不是吗?"

"这对我来说是一大笔财富了。"

"啊,那样的生活会多美妙啊!"

"但我应该先办好离婚手续,你也应该把婚离了,不然我们会遇到各种麻烦。"

需要考虑方方面面的事情。

有一天,她问起他的一些情况。他们当时在空地的小屋里,屋外雷雨交加。

"当你还是中尉、军官和上层人士的时候,你难道不快乐吗?"

"快乐？还行吧。我喜欢我的上校。"

"你爱他吗？"

"是的！我爱他。"

"那他爱你吗？"

"是的！从某个方面来说，他是爱我的。"

"跟我说说他的事吧。"

"有什么好说的呢？他是从底层一路被提拔上来的。他热爱军队，终身未娶。他比我年长二十岁，是一个非常有智慧的人，像这样的人在军队里都是十分孤独的。他是一个充满激情的人，是一位非常聪明的军官。我在他手下的时候，对他十分崇拜。我基本上听命于他，对此心甘情愿。"

"那他去世的时候你很难过吧？"

"我自己也差点死了。但当我醒来时，我意识到我生命中的一部分已经死去。但我一直都知道它会以死亡告终。就这一点而言，世间万物都会死去。"

她坐在那里反复思索着他的话。屋外雷声隆隆。他们仿佛身处于洪水中的小方舟里。

"你好像历尽了沧桑。"她说。

"是吗？我觉得自己就像已经死过一两次了。可我现在还活着，还在坚持，并且还搅和进更多的麻烦里。"

她冥思苦想，同时聆听着暴风雨的声音。

"你的上校去世之后，你仍是一个军官和上层人士，难道不快乐吗？"

"不！他们多是一群小肚鸡肠的人。"他突然大笑起来，"上校过去常说：'孩子，英国中产阶级每吃上一口饭都要咀嚼三十下，因为他们的肠胃太窄，哪怕是豌豆那么一丁点儿大的东西，都能噎着他们。他们是有史以来最卑鄙无耻、女里女气的蠢货，他们特别自大，就连鞋带没系对都害怕，陈腐得像变质的猎物，而且总是自以为是。这就是我忍受不了的原因。阿谀奉承，乱拍马屁，舔得舌头都长茧了——但他们永远都是对的。自命不凡到极点！道貌岸然！这一代人都是女里女气的伪君子，每个人只长了半个蛋——'"

康妮大笑起来。大雨倾盆而下。

"他恨那些人！"

"不。"他说，"他根本不在乎。他只是不喜欢他们。这是有区别的。正如他所说，士兵们也变得越来越自命不凡，越来越没胆量，越来越心胸狭窄。人类的命运大多如此。"

"也包括普通老百姓和劳动人民吗？"

"都一样。他们早就没胆量了。汽车、电影院和飞机把它们吸食得干干净净。我告诉你，每一代人都孕育出更胆怯的后代，他们的五脏六腑是用橡胶管做的，腿和脸都是用锡做的。锡人！他们只会扼杀人性去崇拜机械的东西。金钱，金钱，金钱！所有的现代人都把人类古老的情感赶尽杀绝，从中获得真正的快感，他们把从前的亚当和夏娃绞成肉泥。他们全都一个样。全世界都是如此：扼杀真实的人性，一英镑换个包皮，两英镑换一对睾丸。女人的下身算个什么，还不就是做爱的机器！都是一回事。只要给他们付钱，他们就可以阉割这个世界。给他们钱、钱、钱，他们就能把人类的睾丸榨干，让他们都变成转个不停的小机器。"

他坐在小屋里,脸上挂着一副嘲弄的表情。然而,即便如此,他还是竖着一只耳朵,倾听树林中的暴风雨。这让他感到非常孤单。

"但这种情况终究会结束吧?"她说。

"是的,会的。这个世界会实现自我救赎。等最后一个真正的男人被消灭,所有男人都变成孬种——白种人、黑种人、黄种人,各种肤色的人都成了孬种,然后所有人都会走向疯癫。因为理智的根源在他们的睾丸里。然后他们都会疯掉,就会轰轰烈烈地举行宗教大审判。你知道宗教大审判意味着自我牺牲吧?是的,嗯,他们将会举行自己宏大的宗教审判。他们会将彼此作为祭品献祭。"

"你是说自相残杀吗?"

"我就是这个意思,宝贝!如果我们按照现在的速度发展下去,那么一百年后,这岛上活着的人数将到不了一万——可能连十个人都不到。他们激烈地彼此厮杀。"轰隆的雷声渐渐远去。

"那多好啊!"她说。

"非常好!想想人类的灭绝,以及在其他物种出现之前那漫长的空缺,没有什么事比这个更能让你感到平静。如果我们继续保持现状,所有人,知识分子、艺术家、政府官员、实业家和工人,都疯狂地扼杀人类最后的情感、最后一丝直觉、最后一点健康的本能;如果这种情况继续以代数的形式推进,正如当下的状况——那么就跟人类告别吧!再见了!亲爱的!蛇吞下了自己,留下一片虚无,相当的混乱,但并不是毫无未来可言。非常好!

当凶猛的野狗在勒格比狂吠,拉矿的小野马野蛮地践踏着泰维尔肖的矿井平台!赞美你啊,主!"

康妮笑了,但并不是开心地笑。

"那么你应该感到高兴,"她说,"他们都争相赴死,你应该感到高兴才是。"

"我是很高兴。我不会阻止他们。因为就算我想阻止,也做不到。"

"那你为什么这么痛苦?"

"我并不痛苦!只要我的下面还能立起来,我就不在乎。"

"但如果你有个孩子呢?"她说。

他低下了头。

"唉,"他终于开口道,"在我看来,把孩子带到这个世界上是一件错误而痛苦的事情。"

"不!不要这么说!不要这么说!"她恳求道,"我觉得我快要有个孩子了。说你会高兴的。"她把自己的手放在他手上。

"我高兴是为了让你高兴,"他说,"但对我来说,这似乎是对那个尚未出生的孩子的可怕的背叛。"

"啊,不!"她吃惊地说,"那你就不是真正想要我!如果你是这么想的,那你就不可能真正想要我!"

他又陷入了沉默,脸色阴沉。屋外只有雨点打在地面的声响。

"不是这么一回事!"她低声说,"不是这么回事!还有其他的真相。"她觉得他现在如此尖刻,是因为她要故意离开他去威尼斯。这倒让她有点开心。

她把他的衣服拉上去,露出他的小腹,在他的肚脐上亲了一下。然后她把脸贴在他的小腹上，用胳膊搂住他温暖而沉默的腰。洪流之中，只有他们二人同舟共济。

"告诉我你想要个孩子，希望有个孩子！"她把脸贴在他的小腹上呢喃道，"告诉我你想要个孩子！"

"哎呀！"他总算开口了。她感到他的身体颤抖了一下，由于思想的转变和在体内流淌的松弛。"唉，我有时候在想，该有人试试换种活法了，即使是这些矿工！他们现在工作很辛苦，挣得也不多。如果有个男人能对他们说：现在别光想着钱。要说需求，其实我们想要的不多。我们不要为钱而活——"

她用脸颊轻轻地蹭了蹭他的小腹，用手握住了他的睾丸。阴茎带着奇怪的生命力轻轻地动了一下，但没有挺起。外面的雨敲打得很凶猛。

"让我们为其他事情而活吧。我们不要为了赚钱而活着，不管是为了自己，还是为了其他人。现在我们被迫赚钱。我们不得已赚一点钱给自己，而赚的绝大多数都进了老板的腰包。让我们停下来吧！我们一步步停下来吧。我们不需要大呼小叫、怒吼反抗。让我们一点点放弃整个工业生活，回到过往的生活。只要一丁点钱就够了。无论是我和你，老板和主人，哪怕是国王——对每个人来说都一样。真的是一丁点钱就够了。只要下定决心，你就能摆脱这泥沼。"他顿了顿接着说，"而且我会告诉他们：你瞧！你瞧瞧乔！他的动作多优美！看看他的身姿，充满活力，灵活敏捷。他太美了！再看看乔纳！他笨手笨脚，看着很丑，因为他从来不愿意挺直身板。我会对他们说：看看吧！看看你们自己！肩膀一高一低，双腿打弯，脚都肿了！为了那些该死的工作,你们到底把自己折腾成什么模样了?把自己折磨成这样。没必要那么拼命地工作。脱掉衣服看看你们自己。你应该是鲜活、美丽的,而你现在看上去却如此丑陋,一副半死不活的样子。我会这么跟他们说的。我还会让我的工人穿上各种各样的衣服:也许是红色的紧身裤,鲜红色的,还有白色的小短夹克。哎呀,如果男人穿上红色的紧身裤,拥有健美的长腿,单凭这一点,他们一个月内就能改头换面。他们会重新成为男人,变回男子汉的模样!女人们可以随便穿她们喜欢的衣服。因为男人一旦身穿鲜红色的紧身裤走在路上,还在白色的小短夹克下面露出曲线优美的臀部,那么女人也会变回女人。因为男人不像男人,所以女人也不像女人。还有,到时候我要把泰维尔肖整个推倒,盖几幢漂亮的房子,可以住得下我们所有人。再把这个村子清理干净。也不要生很多孩子,因为这个世界已经过于拥挤了。

"可我不会对那些人说教——只是把他们脱得精光,然后说:看看你们自己的模样!这就是给金钱当奴隶的后果!听听你们自己的声音!这就是给金钱当奴隶的后果!你们一直以来都在给金钱当奴隶!看看泰维尔肖!这地方多可怕啊!那是因为这地方建的时候,你们都忙于挣钱。看看你们的女人!她们并不在乎你们,你们也不在乎她们。那是因为你把时间都花在工作上,心里只在乎金钱。你们说不好话,走不好路,也没法好好活着,你们都没法好好满足自己的女人。你们已经变得半死不活。看看你们自己吧!"

他说完后,屋内彻底陷入沉默。康妮一边心不在焉地听,一边把她在回小屋路上摘的几朵勿忘我穿插在他小腹下方的毛发里。屋外的世界一片静谧,稍有寒意。

"你有四种颜色的毛发,"她对他说,"你的胸毛几乎是黑色的,可你的头发并不是黑色;你的胡子很硬,是暗红色的,而你这里的毛发,你的阴毛,就像一丛鲜艳的红金色槲寄生。它们是所有毛发里最可爱的!"

他低头一看,发现腹股沟上的毛发里星星点点的乳白色勿忘我。

"唉!就该把勿忘我放在那里,放在男人或者是女人的阴毛那儿。难道你不关心未来吗?"

她抬头看着他。

"哦,我关心,非常关心!"她说。

"因为当我觉得人类世界注定要灭亡,注定被人类自身那卑劣的兽性赶尽杀绝时,我就会觉得搬到殖民地也不够远。就算登上月球也远远不够,因为即使在月亮上,你回过头也能看到地球,在群星之中,它肮脏、丑陋、野蛮、让人反胃——是人类玷污了它。然后我觉得自己吞下了苦胆,它侵蚀着我的五脏六腑,无论逃到哪里都不够远。但转念之间,我又忘却了这一切。虽然在过去这一百年间人类所遭遇的简直是一种耻辱——男人变成了只会劳作的昆虫,他们的男子气概都被夺走,真正的生活也被剥夺了。我真想让机器从地球表面上完全消灭,彻底结束工业时代,它就像个黑暗的错误。不过,既然我无法让它消失,也没有任何人能做到,那我最好还是保持沉默,试着去过属于自己的人生——如果我还有自己的人生可过的话,对此我深表怀疑。"

外面的雷声已经停息，但本来雨势已经有所减弱，现在却突然下起瓢泼大雨。伴随着暴风雨离去前的呢喃，空中闪过最后的几缕闪电。康妮心里惴惴不安。他已经说了好长时间，但那些话其实不是对康妮说的，而是在对他自己说。绝望的情绪似乎彻底袭上他的心头，而她却感到开心，她厌恶绝望。她知道自己将要离开他，他内心之中刚刚才意识到这一点，这使他又陷入绝望的情绪中。而她感到有点得意。

她打开门，望着直冲而下的滂沱大雨，那雨就像铁幕一样。她突然产生了一种想要冲入雨中，逃离这一切的欲望。她站起身来，开始迅速脱下长袜，然后脱掉裙子和内衣，他屏住了呼吸。她那小兽般的坚挺乳房，随着她身体的晃动而摇摆颤抖。在幽暗的绿光下，她的皮肤呈象牙色。她又套上橡胶鞋，发出一声狂野的轻笑后跑了出去，在暴雨中挺起胸膛，张开双臂，在雨中奔跑着，雨水模糊了她的身影，她跳起了很久以前在德累斯顿学到的韵律舞蹈。她的身影奇异而苍白，时而升起，时而落下，她弯下腰，这样雨水就可以敲打她丰满的臀部，溅起的水珠闪闪发光，然后她往后摇摆，用小腹迎向雨滴，随后又屈身前倾，只剩下丰满的腰身和臀部直面他，仿佛在向他致敬，反复表达着野性的倾慕之情。

他自嘲地笑了一下，脱光了自己的衣服。他实在无法抗拒。他赤裸着白皙的身体，微微打了个寒战，跳出小屋，冲进倾盆大雨之中。弗洛西狂乱地轻吠一声，先他一步冲出了屋外。康妮的头发湿漉漉地贴在头上，她转过滚烫的脸，看见了他。她的蓝眼睛里燃起了兴奋的火焰，转过身去，跑得飞快，动作像冲刺一样怪异,她冲出林中空地,跑到了小径上,湿淋淋的树枝在她奔跑过程中抽打着她的身体。她奔跑着,他只看见她湿漉漉的圆脑袋,前倾着飞速狂奔的湿漉漉的后背,还有她闪烁着光芒的圆润的屁股——一位畏缩着身子的赤裸美人在逃亡。

她跑到宽阔的马道上时,他追了上来,伸出赤裸的手臂搂住了她光滑且湿润的柔软腰肢。她尖叫了一声,挺直身子,她那柔软又冰冷的肉体与他的身体紧紧贴在一起。他疯狂地把她紧紧压在自己身上,而那原本柔软又冰冷的女性肉体,一接触到他的肌肤,就迅速像火焰般燃烧起来。雨水在他们身上流淌,直到他们身上冒起了雾气。他的手紧紧抓住她那沉甸甸的美丽臀瓣,疯狂地将它们推向自己,他在雨中颤抖着,却没有动。然后,他突然抱起她,和她一起倒在小径上,咆哮的雨声反而显得周围格外寂静。他占有了她,快速而激烈,像动物一样快速而激烈地结束了。

他立刻站起身来,擦掉眼里的雨水。

"进屋吧。"他说。然后他们开始朝小屋跑去。他径直跑回屋里,速度很快——他不喜欢下雨。但她跑得没那么快,一边跑,一边顺便采了点勿忘我、剪秋萝和蓝铃花,眼看着他越跑越远。

等她拿着花气喘吁吁地回到小屋时,他已经生起了火,树枝烧得噼啪作响。她那坚挺的乳房上下起伏,她的头发被雨水浸透了,她的脸蛋红通通的,她的身体闪着光,雨水沿着身子向下流淌。她眼睛睁得大大的,上气不接下气,小脑袋湿漉漉的,丰满又天真无邪的臀部滴着水,看上去完全变了模样。

他拿起旧床单从上到下给她擦身子,她像个孩子一样站在那里。然后他关上小屋的门,擦干了自己的身体。炉火在熊熊燃烧。她把头埋在床单的另一头,擦着头发。

"我们用同一条毛巾擦身子,我们要吵架了!"他说。

她抬头盯着他看了一会儿,头发乱蓬蓬的。

"不!"她瞪大眼睛说道,"这不是毛巾,是条床单。"

他俩继续忙着擦干各自的头发。

刚才的行动仍然让他们喘着粗气,两人各自裹着一条军用毯子,但都敞开着前身,对着炉火,他们肩并肩坐在同一块木头上烤火,渐渐平静下来。康妮讨厌毯子接触皮肤的感觉。但是现在床单全都湿透了。

她把毯子丢到地上,跪在泥砌的壁炉边上,把脑袋伸到炉火边,抖动着头发想把它烘干。他注视着她婀娜多姿的臀部曲线。这在今天让他意乱神迷。顺着曼妙的腰际曲线下滑到达那饱满圆润的臀瓣!而在这两臀之间,隐藏着秘密的温热之处,那秘密的入口。

他用手抚摩着她的臀部,轻柔地爱抚着那曲线和浑圆,久久不能自已。

"你的屁股真的太美了,"他用嘶哑的方言说道,语气中充满爱怜,"你的屁股比哪个女人的都好看。这是我见过的最漂亮、最最漂亮的女人的屁股了!它每一丝每一毫都散发着女性的魅力,纯粹的女人味。你可不像其他那些姑娘,她们的屁股又紧又小,跟小伙子似的,对吧!你的屁股真的是又软又翘,让男人为之疯狂。这屁股足以支撑起整个世界,真的!"

他说这话时,一直轻柔地抚摩着她浑圆的臀部,直到仿佛他手下升起了一团火焰。他的指尖一次又一次地触碰着她身体上那两个神秘的洞穴，温柔的火苗一次次拂过。

"要是你拉屎或是撒尿，我会很高兴的。我可不想要一个不会拉屎撒尿的女人。"

康妮听了这话大吃一惊，不禁大笑起来，但他却不为所动，继续说下去。

"你是真实的，真的！你无比真实，甚至还有点风骚。这是你拉屎的地方，这是你撒尿的地方，我用手触摸着它们，有它们我才爱你。它们让我对你着迷。你有一个女人该有的屁股，值得你为之骄傲。一点都不必要为它感到羞耻。"

他用手紧紧地按着她秘密的部位，仿佛在亲密地和它们打招呼。

"我喜欢这里，"他说，"我喜欢这里！如果我只能活上十分钟，能够抚摩你的屁股，和它熟悉起来，我觉得这辈子我就没白活，你明白吗？甭管什么工业制度了！这就是我的一辈子了。"

她转过身，爬到他的腿上，紧紧地抱住他。"吻我！"她呢喃道。

她知道，彼此心中都潜藏着离别的思绪，她最终还是觉得难过了。

她坐在他的大腿上，头靠在他的胸前，她那象牙般光洁的双腿随意地张开，炉火晃动，在他们身上留下斑驳的光影。他低着头坐在那里，看着火光照耀着她身体挤压出的皱褶，看着她双腿敞开处那一丛柔软的褐色毛发。他把手伸到背后的桌子上，拿起她摘回来的那束花，花儿还湿答答的，雨水滴落在她身上。

"无论什么天气，花朵都生长在屋外，"他说，"它们无家可归。"

"连一间小屋都没有！"她含糊说道。

他动作轻柔地用手指把几朵勿忘我放入她私处柔软的褐色毛丛中。

"好了！"他说，"这才是勿忘我该待的地方。"

她低头看看自己的下身，那些奇特的白色小花零星点缀在她褐色的阴毛之中。

"看上去是不是很美！"她说。

"像生命一样美丽。"他回答。

他又在那儿放入一朵粉红色的剪秋萝花苞。

"好了！那就是我，你不会忘记我的地方！那就是蒲草箱中的摩西。[1]"

"你不介意我离开吧，你介意吗？"她抬头看着他的脸，渴望地问道。

但他紧锁的眉头下的那张脸却令人捉摸不透。他脸上看不出一丝表情。

"你想去就去吧，"他说。

他用标准的英语回答。

"要是你不想我去，我就不走了。"说完，她紧紧地依偎着他。

一阵沉默。他俯身把另一块木柴放进火中。火焰在他沉默而

---

[1] 出自《出埃及记》第一章，埃及法老下令将全国所有新出生的以色列男婴溺死，刚出生三个月的摩西被其父母藏在蒲草箱中放入尼罗河。这箱子恰好被在河边洗澡的法老的女儿捡到，她便收养了摩西。

出神的脸上闪烁着。她等待着,可他什么也没说。

"我只是觉得这是开始摆脱克利福德的好办法。我的确想要个孩子。这也给了我机会去,去——"她接着说。

"让他们相信一些谎言。"他说。

"是的,那是众多目的之一。你想让他们知道真相吗?"

"我不在乎他们怎么想。"

"我在乎!我不想让他们用讨厌的冷酷心肠来对付我,至少不要在我人还在勒格比庄园的时候。等我彻底离开之后,他们爱怎么想就怎么想吧。"

他沉默不语。

"可是克利福德爵士期待你回到他身边吧?"

"哦,我一定会回来的。"她答道。然后又是一阵沉默。

"那你会在勒格比庄园生孩子吗?"他问。

她用胳膊搂紧他的脖子。

"如果你不带我离开,我只能在那里生。"她说。

"带你去哪里?"

"去哪儿都行!只要离开就行!但要立刻离开勒格比庄园。"

"什么时候?"

"哎呀,当然是等我回来之后。"

"可是,如果你都已经离开了,何必要多此一举,回来后再离开一次呢?"他说。

"噢,我必须回来。我答应克利福德了!我如此真诚地许下了承诺。再说,我其实是为了回到你的身边。"

"回到你丈夫猎场的看守身边?"

"我不觉得这有什么关系。"她说。

"没关系吗?"他沉思了片刻,"那么你打算什么时候再次离开?彻底离开?具体什么时候?"

"哦,我不知道。我会从威尼斯回来的。然后我们会准备好一切。"

"怎么准备?"

"噢,我会告诉克利福德的。我必须得告诉他。"

"你会吗?"

他又不说话了。她搂着他的脖子。

"不要让我为难。"她恳求道。

"为难什么?"

"让我去威尼斯并且安排好这些事,别让我为难。"

他脸上闪过一丝苦笑。

"我并没有让你为难。"他说,"我只是想知道你到底想要什么。但其实你自己也并不了解自己。你想缓一缓——离开这里,好重新审视一番。我不怪你。我觉得你这样做很明智。你也许更愿意继续留在勒格比当女主人。我不会怪你。我没办法给你一座勒格比庄园。事实上,你很清楚从我这里能得到什么。不,不,我觉得你是对的!我真这么认为!我也不愿意靠你过活,被你养着。这也是一个问题。"

不知怎的,她觉得他好像是在和她对着干。

"但你是想要我的,不是吗?"她问。

"你想要我吗?"

"你知道我想要你。这不是明摆着吗?"

"很好！那你什么时候想要我呢？"

"你知道，等我回来后，我们可以把一切安排妥当。现在你让我忘乎所以。我必须冷静下来，厘清头绪。"

"很好！冷静下来，厘清头绪！"

她有点生气。

"但是你是相信我的，是吧？"她说。

"哦，完完全全相信你！"

她听出了他语气中的嘲讽。

"那就跟我说吧，"她直截了当地说，"你认为我不去威尼斯会更好，是吗？"

"我敢肯定，你最好还是去威尼斯。"他冷漠地回答道，语气中依然略带讽刺。

"你知道我下个星期四出发吧？"她说。

"知道！"

她再次陷入了沉思。最后她说："等我回来，我们就会更清楚彼此的心意了，不是吗？"

"哦，当然！"

一条诡异的静默沟壑阻挡在他俩之间。

"我已经找律师谈过离婚的事了。"他有点勉强地说。

她微微颤抖了一下。

"真的吗？"她说，"那律师怎么说？"

"他说我早就该把婚离了，现在离可能会有些困难了。但因为我之前去参军了，他觉得应该可以顺利解决。只要她别因此又开始找我麻烦就行！"

"非得让她知道吗？"

"是的！要给她发张传票，和她同居的那个男人也会收到，他算是共同被告。"

"这些过场可真讨厌！看来我和克利福德离婚也得经历这一遭。"

他俩又陷入了沉默。

"当然了，"他说，"在接下来的六到八个月里，我必须得过模范般的生活。所以如果你去威尼斯，至少这一两个星期里就少了诱惑。"

"我是诱惑吗？"她抚摩着他的脸庞说，"我很高兴我对你来说是个诱惑！我们别再想这件事了吧！你一开始思考就让我害怕——就像你要一把将我推开。我们别再想这事了。我们分开的时候，有的是时间去思考。分开不就是为了这个嘛！我一直在想，我离开之前，无论如何也要再来和你待一晚。我必须再去一次你家。我星期四晚上来可以吗？"

"你姐姐不是那一天来吗？"

"是的！但她说我们会在下午茶时间出发，所以我们可以趁下午茶那会儿离开。她可以去其他地方过夜，我也就可以来和你睡了。"

"但这样一来，就得让她知道我们的事了。"

"哦，我会告诉她的。我已经跟她透露过一些了。我必须和希尔达好好谈谈。她能帮上大忙的，她很聪明。"

他开始考虑她的计划。

"这么说，你会在下午茶的时候从勒格比庄园动身，假装前往伦敦？你要走哪条路？"

"途经诺丁汉和格兰瑟姆那条。"

"然后你姐姐把你送到什么地方,你再步行或是开车回来?要我说,听起来非常冒险。"

"是吗?好吧,那希尔达可以送我回来。她可以在曼斯菲尔德留宿,傍晚时送我回到这里,然后第二天一早再来接我。这样就简单多了。"

"万一你被人看到了呢?"

"我会戴上防风镜和面纱。"

他仔细思索了一阵子。

"好吧,"他说,"还是一如既往,你想怎么着就怎么着吧。"

"我来见你,难道你不高兴吗?"

"哦,高兴!我当然高兴,"他有点阴郁地说,"我干脆也趁热打铁吧。"

"你知道我在想什么吗?"她突然说,"我突然想到。你是'燃杵骑士'[1]!"

"啊!那你呢?你是热钵夫人吗?"

"没错!"她说,"是的!你是杵爵士,我是钵夫人。"

"那好吧,那我也受封骑士了。那约翰·托马斯就是约翰爵士,配上你的简夫人。"

"对呀!约翰·托马斯受封为骑士!我是'阴毛夫人',你也必须戴上花儿。像这样!"

她往他阴茎上方那一丛红金色的阴毛里放了两朵粉色的剪

---

[1] 英国剧作家弗朗西斯·鲍蒙特(约1584—1616)创作的讽刺喜剧,嘲讽了当时流行的骑士浪漫冒险故事与资产阶级艺术。

秋萝。

"好啦！"她说，"真好看！好美啊！约翰爵士！"

然后她在他黑色胸毛上塞了几朵勿忘我。

"你那里不会把我忘记，对吧？"她吻了吻他的胸口，又在他两边乳头上各放了一朵勿忘我，然后又吻上了他。

"拿我做个日历[1]吧！"他说完开怀大笑，鲜花从他胸前抖落下来。

"稍等一下！"他说。

他站起身来，打开小屋的门。弗洛西本来躺在门廊上，这会儿站起身看着他。

"嘿，是我！"他说。

雨已经停了。屋外潮湿而阴暗，沉静的空气中弥漫着花香。夜幕快要降临了。

他走出屋外，朝着与马道相反方向的小径走去。康妮望着他那瘦削白皙的身影，仿佛她眼前是一个幽灵，一个渐行渐远的幻影。

当他的身影消失在她目光所及之处，她的心情沉到了谷底。她站在小屋门口，身上裹着一条毯子，望着那片被雨水淋湿的树林，一片静谧。

但是他回来了，和平时不同，竟然一路小跑着，手里拿着鲜花。她有点害怕他，仿佛他并非人类。当他走近时，二人四目相接，但她读不懂他眼神中的含义。

---

[1] 在英国，日历上通常印有花朵作为装饰。

他摘回来了耧斗菜、剪秋萝、新割的牧草、一簇橡树嫩枝和含苞待放的忍冬。他把蓬松的橡树嫩枝绕着她的乳房系上,在上面插了一丛蓝铃花和剪秋萝,然后又在她肚脐上放了一朵粉色的剪秋萝,在她的阴毛上点缀了勿忘我和车叶草。

"这是你最璀璨的时刻!"他说,"在简夫人和约翰·托马斯的婚礼上。"

他给自己全身各处的毛发上也插了一些花,用一点金缕草缠绕着自己的阴茎,在肚脐里塞了一朵风信子的花苞。看着他如此专注地装饰自己,她觉得很是有趣。她在他的胡子上插了一朵剪秋萝,那花儿悬在他鼻子底下,晃来晃去。

"约翰·托马斯迎娶了简夫人,"他说,"我们必须让康斯坦斯和奥利弗遂愿。也许——"

他伸出手做出某个手势,然后打了个喷嚏,这喷嚏把他鼻子和肚脐上的花都震落了。他又打了个喷嚏。

"也许什么?"她问道,等着他继续说下去。

他有点迷茫地看着她。

"什么?"他说。

"也许什么?把你刚才想说的话说完。"她追问道。

"啊,我刚才要说什么来着?"

他已经忘了。不知道他那句话究竟想说什么,是她人生中最为遗憾的事情之一。

一缕昏黄的阳光照射在树木之上。

"太阳!"他说,"你该走了。光阴,夫人,光阴!没有羽翼却能飞翔的是什么,夫人?光阴!光阴!"

他伸手去拿衬衫。

"跟约翰·托马斯说晚安吧！"他低头看着自己的阴茎说道，"它在金缕草的怀中很安全！它这会儿倒算不上什么燃杵骑士。"

他把法兰绒衬衫套在头上。

"男人最危险的时刻，"他在脑袋从衬衫领口中钻出来时说，"就是他穿衬衫的时候。那会儿他把头套进一个口袋里。这就是为什么我更喜欢那些美式衬衫，穿它们就像穿夹克一样。"她仍然站在那里看着他。他穿上四角内裤，系好扣子。

"你看看简！"他说，"身处于花朵之中！明年谁会给你这样装扮呢，亲爱的简？是我，还是其他人？'再见了，我的蓝铃花，就此和你分别！'[1]我讨厌这首歌，这是战争初期的曲子。"然后他坐了下来，开始穿袜子。她仍然一动不动地站在那里。他把手放在她浑圆的臀部上。"漂亮的简夫人！"他说，"也许在威尼斯，你会找到一个男人，他会把茉莉花放在你的阴毛上，把石榴花放在你的肚脐上。可怜的简夫人！"

"别说这种话！"她说，"你说这些话只是为了伤害我。"

他低下头。然后用方言说："啊，也许我是，就当我是吧！那好吧，我闭嘴，不说了。但你必须穿好衣服，回到你那座英式豪宅去，那庄园耸立在那儿，如此华丽。时间到了！约翰爵士和简夫人该分开了！把你的衬裙穿好，查泰莱夫人！你站在那儿，就连衬裙都没穿，只有几朵小花遮盖身体，那你不就成了随便的女人了嘛。那好吧，来吧，让我来给你脱光，你这个短尾巴的小

---

[1] 引自一首那个时期在英国很受欢迎的歌曲。

画眉。"他摘下她头发上的叶子，亲吻她潮湿的头发，取掉她胸前的花朵，亲吻她的乳房，再亲吻她的肚脐和阴毛，却留着那里的花儿。"这些花儿必须留在这里。"他说，"好吧，你现在又赤身裸体了，不过是个光着的姑娘，你和简夫人！现在把你的衬裙穿上，因为你必须得走了，不然查泰莱夫人就赶不上吃晚饭，家里人就要问'你到哪里去了，我漂亮的女仆？'[1]"

每当他说土话的时候，她都不知道该如何回应。于是她穿好衣服，准备回到勒格比庄园那个让人感到屈辱的家中。至少她是这么觉得的——它有点让人感到屈辱。

他会陪她走到宽敞的马道上。他的小雏鸡都安全地关在棚子里。

当他俩走上马道时，波尔顿太太正步伐蹒跚地朝这边走来，脸色看上去十分苍白。

"啊，夫人，我们还在想是不是出了什么事呢！"

"没有！什么事也没有。"

波尔顿太太盯着那男人的脸，他神态平静，眼中充满爱意——这是波尔顿太太之前从没见过的一面。她迎着他半笑半讽的目光，他总是对不幸一笑置之。但他亲切地看着她。

"晚上好，波尔顿太太！有你在我就不担心你的夫人了，那我就先告辞了。夫人，晚安！晚安，波尔顿太太！"

他行了个礼，转身离去。

---

[1] 引自一首儿歌。

第十六章

康妮回到家,等待她的是煎熬的盘问。克利福德在下午茶的时候外出,在暴风雨来临之前回到家中,可他的夫人跑到哪儿去了?没人知道,只有波尔顿太太猜测说她可能到树林里散步去了。这么大的暴雨,去树林里!克利福德破天荒让自己陷入紧张的狂躁状态。每一道闪电都让他心惊胆战,每一声雷响都让他吓得直哆嗦。他看着冰冷的雷雨,仿佛这是世界末日一般。他变得越来越紧张、激动。

波尔顿太太试图安慰他。

"她会躲在小屋里,直到暴风雨过去。别担心,夫人没事的。"

"我不想让她在这种雷雨交加的日子待在树林里!我压根儿就不想让她去树林里!已经过去两个多小时了。她什么时候出门的?"

"她刚出去没多久您就回来了。"

"我没在园林里看见她。天知道她在哪里,谁知道她出了什么事。"

"哦,她肯定没事的。您等着看,雨一停她就会回来了。只是这场雨让她耽搁了。"

可是夫人并没有在雨停后立刻回家。事实上，随着时间的流逝，空中只剩太阳最后一点昏黄的身影，仍然没见夫人的踪影。太阳落山了，天色渐渐暗了下来，晚餐的第一声锣敲响了。

"这可不行！"克利福德狂躁地说，"我要派菲尔德和贝茨去找她。"

"啊，不要这样做！"波尔顿太太大喊，"他们会以为夫人寻短见之类的。啊，不能招来流言蜚语呀。让我到小屋去看看她是不是在那儿。我会找到她的。"

最后，经过波尔顿太太的好说歹说，克利福德终于同意让她去了。

正因如此，康妮在马道上碰见了波尔顿太太，她独自一人在那里徘徊，脸色苍白。

"您千万不要怪我出来找您，夫人！但是克利福德爵士心急如焚。他断定您不是被闪电击中，就是被倒下的树砸死了。他本来铁了心要派菲尔德和贝茨到树林里去寻找尸体。所以，我觉得最好还是我来一趟，免得把所有仆人弄得鸡飞狗跳。"

她说这话时十分紧张。她仍然能从康妮的脸上看到激情过后那种平静和半梦半醒的神情，而她也能感觉到自己的话惹恼了康妮。

"很好！"康妮说。除此之外她什么话也没说。

两个女人拖着沉重的步伐安静地走在潮湿的世界里，大颗的水珠滴落林间，就像什么东西炸开发出的声响。她们走到园林时，康妮大步朝前走，波尔顿太太跟在后头，喘着粗气。她的身材日渐臃肿。

"克利福德这么大惊小怪，实在太愚蠢了！"康妮终于愤怒地说了出来，其实她是在自言自语。

"啊，您知道男人是什么德行！他们就喜欢自己瞎紧张。不过，他一见到夫人您就会没事的。"

波尔顿太太知道了她的秘密，这让康妮万分恼火——她肯定知道了。

突然，康斯坦斯在小路上停住了脚步。

"居然让人跟踪我，这行为实在太过分了！"她眼中闪出怒火。

"啊！夫人，可别这么说！他本来是要派那两个男人去的，而他们会直接去小屋。可我实在不知道小屋在哪里。"

康妮听了这话，气得满脸通红。可是，激情仍残存体内时，她无法撒谎。她甚至无法假装自己和守林人之间没什么。她望着另一个女人，她是如此狡猾地站在那里，头垂得很低——可不知怎的，她女性的气质透露出她是盟友的意思。

"哦，好吧！"她说，"既然如此，那就这样吧。我无所谓！"

"哎呀，没事的，夫人！您只是在小屋里避雨。这绝对没什么大不了的。"

她俩继续朝宅邸走去。康妮火冒三丈地冲进克利福德的房间，看着他那张因过分紧张而苍白的面孔和凸出的眼球，气不打一处来。

"我告诉你，我不认为你需要派仆人跟着我。"她大为光火。

"我的天！"他气炸了，"你上哪儿去了，你这女人？你出去了好几个小时，外面狂风骤雨！你去那该死的树林搞什么鬼？你最近在搞什么？雨已经停了好几个小时，好几个小时了！你知道现在几点了吗？你足以把所有人逼疯。你去哪儿了？你到底在搞什么鬼？"

"如果我选择不告诉你呢？"她从头上扯下帽子，甩了甩头发。

他看着她，眼睛都鼓了起来，眼白开始泛黄。勃然大怒对他的健康状况不利——接下来的几天，波尔顿太太的日子会很难熬。康妮突然感到一阵良心不安。

"可是说真的！"她的语气缓和了一点，"任何人都会以为我只是迷路了！暴风雨来临的时候，我只是坐在小屋里，给自己生了火，挺开心的。"

她这会儿语气变得轻松了。毕竟，何必再火上浇油刺激他呢！

他一脸疑虑地看着她。

"看看你的头发！"他说，"看看你自己！"

"是啊！"她平静地回答，"我脱光衣服跑到雨中去了。"

他盯着她，瞠目结舌。

"你一定是疯了！"他说。

"为什么？想在雨中冲个澡就是疯了？"

"那你是怎么擦干自己的？"

"用一条旧毛巾，然后靠着火烘干。"

他仍然目瞪口呆地盯着她。

"万一有人来了怎么办？"他说。

"谁会来啊？"

"谁？怎么了，谁都可能啊！梅勒斯。他去了吗？他晚上肯定会去的。"

"是的,他晚些时候来了,天放晴后他来给雉鸡喂谷子。"

她说话时若无其事的样子令人吃惊。波尔顿太太正在隔壁房间偷听,不由得产生了敬佩之情。试想,一个女人竟能如此轻而易举地搪塞过去!

"假如他过去的时候,你正像个疯子一样一丝不挂地在雨中跑来跑去,怎么办?"

"我想他一定会吓得要命,有多快逃多快。"

克利福德仍然呆呆地望着她。他潜意识里想到了什么,他永远不会知道。而他受到了太大的惊吓,主观意识也无法整理出头绪。他只能接受了她的解释,而大脑中却一片茫然。他很钦慕康妮。他情不自禁地钦慕着她。她看上去气色如此红润、美得放光——爱情的光芒。

"好吧,"他在怒气平缓下来后说道,"你没得重感冒就算走运了。"

"哦,我没有感冒。"她回答道。她心里想着另一个男人的话:你的屁股比哪个女人的都好看!她希望,她真心希望能够告诉克利福德,在那倾盆的雷雨中,有人对她说过这样的话。可是!她还是摆出一副受到冒犯的女王的姿态,上楼去换衣服了。

那天晚上,克利福德想要缓和与康妮的关系。他正在读一本最新出版的科学与宗教的书籍——他的宗教情结完全是虚伪做作的,他以自我为中心,只关心自己未来的前途。自从他和康妮之间的聊天都变成了没话找话——有点类似于做化学实验,他们就养成了探讨书籍的习惯。他们开启对话前会在脑中想好要说什么,就像是在大脑中调配好化学成分。

"哦，对了，你对这个怎么看？"他说着，伸手去拿他的书，"如果我们再经历几个世纪的进化，你就不需要在雨中奔跑来冷却你炽热的身体了。啊，就是这句：'宇宙向我们展示了两个方面——一方面是肉体上的消减，另一方面是精神上的提升。'[1]"

康妮听着，以为他会继续读下去。但克利福德在等着她应声。她诧异地看着他。

"可如果精神上提升了，"她说，"以前下面长着尾巴的地方，又留下了什么？"

"啊！"他说，"他没什么其他的意思。我想，他指的就是'提升'刚好和'消减'相对应。"

"就是说，精神层面大爆炸！"

"不是，但说真的，不是开玩笑——你觉得这话有什么道理吗？"

她又看了他一眼。

"肉体上的消减？"她说，"我看你可是越来越胖了，我自己也没有越发消瘦。你觉得太阳比以前小了吗？对我来说它并没有变小。我想亚当给夏娃的苹果就算比我们现在的橙苹果[2]大，也大不了多少。你觉得大很多吗？"

"好吧，听听他接下来是怎么说的：'它就这样缓慢发展，其缓慢的程度以我们的时间尺度是无法衡量的，进入新的创造状态，在这种状态之下，我们目前所知晓的物质世界，将被某种几

---

1 引自阿尔弗雷德·诺思·怀特海（1079—1142）所著的《宗教的形成》。
2 苹果的一种，颜色为暗橙红色，味道丰富而复杂。这个品种起源于英国，由理查德·考克斯于1825年种植，因此得名考克斯橙苹果。

乎不存在的实体涟漪所取代。'"

她听完觉得十分可笑,心中涌现出各种想要反驳的话。但她只是说了句:"多么愚蠢的鬼话!仿佛他那自以为是的小小意识,能够预见如此漫长的时间长河中所发生的一切!这些话只意味着,他在这个世界上是个物质层面的失败者,所以他想让整个宇宙都成为物质上的失败者。一个自以为是、傲慢无礼的可悲人类!"

"哦,你先听完嘛!不要打断这位伟人庄严的文字:'当今世界的秩序产生于无法想象的过去,并将在难以想象的未来走向毁灭。最后存留下来的是取之不尽的抽象形式的王国,还有由其生灵和上帝决定的那变化莫测的创造力,所有形式的秩序都依赖于上帝的智慧。'——就这样,这就是他的结论!"

康妮坐在那里听着,露出一脸轻蔑的神情。

"他的精神的确爆炸了,"她说,"都在胡扯些什么!难以想象,毁灭后的各种秩序,抽象形式的王国,变幻莫测的创造力,与各种秩序形式搅和在一起的上帝!实在太愚蠢了!"

"我不得不说,说的是有点含混不清,让人听得云里雾里的。"克利福德说,"尽管如此,我认为宇宙在物质层面消减,而在精神层面上有所提升,这种观点还是有一定道理的。"

"你这么认为吗?那就让它提升吧,只要宇宙能把我的身体完好无缺地安全留在地上就行。"

"你喜欢你的身体吗?"他问。

"我爱我的身体!"她脑子里闪过一句话:这是最漂亮、最最漂亮的女人的屁股了!

"但这实在是出人意料,因为毫无疑问,肉体就是个累赘。不过我想,女人的确无法从精神生活中获得极致的愉悦。"

"极致的愉悦?"她抬头看着他说,"这种愚蠢的想法就是精神生活的极致愉悦吗?不用了,谢谢!我还是选择肉体吧。我相信当肉体真正觉醒的时候,肉体的生活比精神的生活更真实。但是有那么多人,就像你那名声在外的风力发电机一样,只是把思想依附在他们的行尸走肉上而已。"

他一脸惊讶地看着她。

"肉体的生命,"他说,"只是动物的生命。"

"那也比专业的行尸走肉的生命要强。但你说的并非事实。人类的肉体才刚刚开始体验真实的生活。古希腊人才刚刚让肉体生活闪烁出零星的火光,然后柏拉图和亚里士多德就掐灭了这星星之火,耶稣最后彻底将其消灭了。但现在,肉体真的要重获新生了,它真的正在从坟墓中爬出来。这将是美妙宇宙中存活的最为美好的生命,这就是人类肉体的生命。"

"亲爱的,你说得好像你要引领它的到来似的!没错,你是要出门去度假了——但请不要因此得意忘形。相信我,无论存在着哪一种上帝,他都在缓慢地淘汰掉人类的内脏和消化系统,从而进化出更高级、更有灵性的生物。"

"克利福德,我为什么要相信你呢?明明我觉得无论存在着怎样的上帝,他最终都在你所说的内脏中苏醒,就像黎明一样,快乐地荡漾起涟漪。当我和你的感受完全相反的时候,我为什么要相信你?"

"噢,的确如此!是什么让你发生了如此巨大的改变?是在雨中赤身裸体狂奔，扮演酒神的女祭司？是对于情欲的渴望，还是对于威尼斯之旅的期待？"

"两个原因都有！你觉得我对于离开表现得如此兴奋很可怕吗？"她说。

"如此直接地表现出来十分可怕。"

"那我就将兴奋之情掩藏起来吧。"

"哦，别费事了！我几乎都要被你的兴奋所感染，都快觉得要出门的是我了。"

"那么，你为什么不来呢？"

"我们已经讨论过这个问题了。事实上，我想最让你兴奋的，就是能暂时告别这里的一切。目前来说，没有什么比和这里的一切说再见更令你激动万分！但每一次离别都意味着别处的相遇。每一次相遇都意味着新的束缚。"

"我不会再进入任何新的束缚。"

"别说大话，诸神都在听着呢。"他说。

她短暂地停顿了一下。

"不！我才没有说大话！"她说。

但她仍然为即将离开而感到兴奋——感觉可以挣脱原来的束缚。她情难自禁。

克利福德睡不着觉，就和波尔顿太太赌了一整夜，直到她困得几乎睁不开眼才肯罢休。

眼看希尔达来接她的日子就快到了。康妮和梅勒斯商量好，如果他们可以顺利再共度夜晚的话，她就在窗外挂一条绿色的披肩。如果计划有变，就挂红色的。

波尔顿太太帮康妮收拾行李。

"说实在的,换个环境对夫人一定大有帮助。"

"我想会的。你不介意独自照顾克利福德一段时间吧?"

"哦,不介意!我完全可以把他哄得服服帖帖。我的意思是,他吩咐我做什么,我都能完成。您不觉得他比之前好多了吗?"

"哦!好太多了!你简直是创造了奇迹。"

"哪里的话!但是男人们都一样——跟巨婴似的,你得奉承他们,哄着他们,让他们觉得自己可以随心所欲。夫人,您没发现这个门道吗?"

"恐怕我没有多少经验。"

康妮停下了手中的活儿。

"就连你的丈夫,你也得像哄婴儿一样哄他吗?"她看着另一个女人问道。

波尔顿太太也停了下来。

"呃!"她说,"我也得好生连哄带骗地对他。但我必须承认,他总是知道我的本意是什么。但他一般还是会向我妥协。"

"他从来不会摆出一副主人的姿态吧?"

"不会!至少,有时候他眼中会出现某种眼神,然后我就知道,我得妥协了。但通常他都会向我妥协。不,他从来不会摆谱。但我也不会。我知道什么时候我不能再继续和他对抗了,然后我就会退让——虽然有时候这也会让我损失不少。"

"要是你坚持反对他呢?"

"哦,我不知道,我从来没有这么做过。即便知道他错了,如果他下定决心,我就会退让。你看,我从来不想破坏我们之间的感情。如果你真的下定决心和男人对着干，那就会杀死你们之间的感情。如果你在乎一个男人，一旦他下定决心，你就必须向他妥协；无论你是对是错，你都得让步。不然你就会破坏某种东西。不过，我必须承认，有时候当我下定决心，哪怕是错了，特德也会让着我。所以我觉得这是把'双刃剑'。"

"那你对你所有的病人也是这样吗？"康妮问。

"哦，那不一样。我完全不会像这样在乎他们。我知道什么对他们好，或者说我尽量去了解什么对他们好，然后我就想方设法帮助他们恢复。这和对待你真正心爱的人不一样。完全不是一回事。一旦你真心爱上一个男人，任何男人需要你，你几乎都可以亲切地对待他们。但这不是一回事。你并不是真正动心。我怀疑，一旦你真正动过心，之后是否还能再次为谁动心。"

这些话把康妮吓坏了。

"你觉得一个人一辈子只能动心一次？"她问。

"或者从未动过心。大多数女人从来没有动过心，也没有打算为谁动心。她们不知道这意味着什么。男人也一样。但当我看到一个动心的女人，我内心就会支持她。"

"那你觉得男人容易生气吗？"

"容易啊！如果你伤害了他们的自尊。但女人不也一样吗？只是男女的自尊不太一样。"

康妮仔细思考着这句话。她又开始担忧起自己去威尼斯这件事。毕竟，虽然只是很短一段时间，可她不就是在冷落她的男人吗？而他看懂了这一点，所以才那么阴阳怪气地挖苦她。

话虽如此！可人类的存在很大程度上受到外部环境这台机器

的控制。这台机器控制住了她,她不可能在五分钟内逃离它的控制。她甚至都不想逃离。

星期四早上,希尔达如期而至,她开着一辆便捷的双座轿车,行李箱牢牢地绑在车后。她看上去还是如往常般端庄娇羞,但她一如往昔,很有自己的想法。她太过有主见,而她的丈夫也意识到了这一点。但现在她的丈夫正在和她闹离婚。是的,她甚至为丈夫提供方便,好让他尽快离婚,尽管她没有情人。目前来说,她准备"远离"男人。自己当家做主让她十分满意,同时她也能管好她的两个孩子,她要"好好地"抚养他们,不知道这"好好地"到底指的是什么。

希尔达也只准康妮带一个旅行箱。但是她已经把一个更大的箱子送到父亲那里了,他要坐火车去威尼斯。开车去威尼斯没什么必要。意大利七月份太过炎热,不适合开车。他舒舒服服地乘火车出发。他刚从苏格兰来到伦敦。

于是,希尔达像一位严肃的阿卡狄亚[1]陆军元帅一样,安排起这次旅程的具体事宜。她和康妮坐在楼上的房间里聊起来。

"可是,希尔达!"康妮有点畏畏缩缩地说,"今晚我想住在这附近。不是在这里,而是在这附近!"

希尔达用灰色的眼睛盯着她的妹妹,感到有些费解。她看上去十分平静——但又常常大发雷霆。

"在这附近的哪里?"她温柔地问。

---

[1] 在古希腊神话中,阿卡狄亚是指位于伯罗奔尼撒半岛的一个山区地带。传说中,这里的人民过着简单而自由的生活,与大自然和谐相处,没有烦恼和焦虑。这种理想状态被视为人类所向往的境界,因此在文艺作品中常以阿卡狄亚之名来象征这种美好的境界。

"呃,你知道我爱上了某个人,对吧?"

"我猜到有这么回事。"

"嗯,他住在这附近,我想和他共度最后一夜。我必须这么做!我已经答应他了。"

康妮的态度变得强硬起来。

希尔达低下她那密涅瓦[1]般的头颅,没有回话。然后她抬起头来。

"你想告诉我他是谁吗?"她说。

"他是我们的猎场看守。"康妮结结巴巴地说,她的脸涨得通红,像个做错事的孩子。

"康妮!"希尔达略带嫌恶地微微耸起鼻子——这个动作是从她母亲那儿遗传来的。

"我知道——但他真的很好,真的懂得疼爱人。"康妮竭力替他辩解道。

希尔达像面色红润的雅典娜,低头沉思着。她真的非常生气,但是她不敢表现出来,因为康妮个性像她父亲一样,会立刻大吵大闹,变得难以管控。

诚然,希尔达不喜欢克利福德——不喜欢他那种冷酷自傲的自以为是,她觉得他利用康妮是一种厚颜无耻的卑鄙行为。她曾希望自己的妹妹可以离开他。但是,作为一个地地道道的苏格兰中产阶级,她厌恶任何"贬低"自己或家族的行为。她终于抬起头来。

---

[1] 罗马神话中司智慧与技艺的女神,即希腊神话中的雅典娜。

"你会后悔的。"她说。

"我不会的。"康妮满脸通红地喊道,"他和别人不一样。我真的很爱他。他是特别棒的情人。"

希尔达仍在沉思。

"你很快就会忘掉他的,"她说,"然后你会因为他而为自己感到羞耻。"

"我不会的!我希望我能给他生个孩子。"

"康妮!"希尔达的语气如铁锤落下般强硬,她气得脸色煞白。

"如果可能的话,我会给他生个孩子。如果我能生下他的孩子,我会非常自豪。"

和康妮再怎么说也没用。希尔达思索着。

"难道克利福德没有怀疑吗?"她说。

"哦,不会的!他为什么要怀疑?"

"我相信你肯定给了他不少可以怀疑的机会。"希尔达说。

"完全没有。"

"今天晚上这事完全是毫无必要的愚蠢行为。这个人住在哪里?"

"在树林另一头的农舍里。"

"他是单身吗?"

"不是!他妻子抛弃了他。"

"他多大年纪?"

"我不知道。比我大。"

康妮的每一个回答都让希尔达更加愤怒,就像她母亲过去那样,气得发疯。但她还是把怒火掩藏了起来。

"如果我是你,我就放弃今晚的逾矩行为。"她平静地建议道。

"我做不到!今晚我必须和他待在一起,否则我就根本没办法去威尼斯。我就是做不到。"

康妮的反应让希尔达想到了她们的父亲,作为缓兵之计,她做出了让步。她答应开车载着康妮一起到曼斯菲尔德用晚餐,天黑之后,把康妮送回车道尽头,第二天早晨再回来接她,自己则在曼斯菲尔德过夜,两地之间只有半小时的车程,十分方便。但她怒火中烧。她把这笔账记在了妹妹头上,气她打乱了自己的计划。

康妮将一条翠绿色的披肩抛在窗台上。

在怒火的支配下,希尔达对克利福德的态度有所缓和。毕竟,他是有脑子的。如果他失去了性功能,那更好——这样就减少了很多争吵!希尔达可不想再和性打交道了,因为在性爱中,男人会变成卑鄙下流、自私自利的讨厌鬼。比起大多数女人,康妮在这方面的确少受很多委屈,如果她自己能够了解到这一点的话。

而克利福德认为,无论如何,希尔达毫无疑问是一个充满智慧的女人,假如她的男人要从政,她会是他一流的贤内助。是的,她一点也不像康妮那么糊涂,康妮更像个孩子——你必须替她找理由辩解,因为她并不是那么可靠。

大家提早在大厅里喝了下午茶,所有的门都大敞着,好让阳光照进来。每个人似乎都在盼望着什么。

"再见,康妮亲爱的!要平安地回到我身边。"

"再见，克利福德！好的，我很快就回来了。"康妮几乎是满怀温情地说。

"再见，希尔达！你会关照她的，对吧？"

"我甚至会加倍关照她！"希尔达说，"她不会太过放纵的。"

"一言为定！"

"再见，波尔顿太太！我知道你会全心全意照顾好克利福德爵士的。"

"我会竭尽所能的，夫人。"

"如果有什么事给我写信，告诉我克利福德爵士的近况。"

"好的，夫人，我会的。祝您玩得愉快，然后早日归来，让我们开心呀。"

每个人都挥手道别。车子开走了，康妮从车里回头看了一眼，只见克利福德在最高的台阶上，坐在他的家用轮椅里。无论如何，他是她的丈夫，勒格比庄园是她的家——这是无法改变的事实。

钱伯斯太太为她打开大门，并祝愿夫人旅途愉快。那辆车悄然驶出了遮掩着园林的幽暗灌木丛，开上大路，矿工们正拖着脚步沿着大路往家走。希尔达转向克罗斯希尔路，这并非主要干道，但可以开到曼斯菲尔德。康妮戴上了防风镜。她们沿着铁路行驶，铁路位于她们下方的路堑里，然后她们过了一座横穿路堑的桥。

"那是通往农舍的小路！"康妮说。

希尔达不耐烦地瞥了一眼。

"我们不能直接出发，实在是太可惜了！"她说，"我们本来九点就能到蓓尔美尔[1]了。"

"我很抱歉给你添麻烦了。"康妮从防风镜后说。

她们很快就到了曼斯菲尔德,那个地方曾经充满浪漫气息,现在却沦为让人沮丧的煤矿小镇。希尔达把车停在汽车旅行指南上推荐的一家旅馆门前,订了一个房间。整段旅程一点意思都没有,她气得几乎不想说话。尽管如此,康妮还是忍不住跟姐姐说起那个男人的一些过往。

"他!他!你管他叫什么啊?你开口闭口只会说'他'。"希尔达说。

"我从来没有叫过他的名字,他也没有叫过我的名字,仔细想想,的确很奇怪。除了我们会叫彼此简夫人和约翰·托马斯。不过他的名字是奥利弗·梅勒斯。"

"你愿意放弃查泰莱夫人的头衔,而去当奥利弗·梅勒斯夫人?"

"我很乐意。"

康妮已经不可救药了。不管怎么说,如果这个男人在印度当过四五年的中尉,他肯定多多少少还是比较体面的。显然他也很有个性。希尔达开始有点松动了。

"但要不了多久,你就会跟他分手的。"她说,"到那时,你就会为跟他有过私情而感到羞愧。可千万不能和下等人搅和在一起。"

"但你不是个社会主义者嘛!你总是站在工人阶级那一边。"

---

[1] 蓓尔美尔街,伦敦街名,以俱乐部多而出名。

"在政治危机中，我可能会站在他们那边，但正因为支持他们，才意识到在生活上和他们搅和在一起是不可能的。这并不是说我势利，只是因为彼此节奏完全不合拍。"

希尔达一直处在真正搞政治的知识分子圈中，所以悲惨的是，她的话让人完全无法辩驳。

旅馆里百无聊赖的傍晚显得十分漫长，最后她们吃了一顿毫无特色的晚餐。之后，康妮把几样东西塞进一个丝绸小包里，又梳了一次头发。

"无论如何，希尔达，"她说，"爱情是很美妙的，在恋爱中你会感受到自己真正活着，而且在创造着什么。"那语气几乎就像是她在自吹自擂。

"我想每只蚊子也都是这么觉得的。"希尔达说。

"你觉得蚊子也这么认为？那它们也太幸福了！"

当晚，夜空十分晴朗，暮光都久久驻足在这座小镇上。整晚都星光璀璨。希尔达满腹怨恨，脸板得就像面具一般，她再次发动汽车，二人疾速往回开，走的是另一条途经博尔索佛的路。

康妮戴上防风镜和伪装用的帽子，安静地坐在车里。正因为希尔达的反对，她反而更加坚定地站到了那个男人的一边，她将与他同甘共苦。

她们开过克罗斯希尔后，就打开了车头灯，一列小火车亮着灯从路堑上疾驰而过，让人真正感觉到身处于黑夜之中。希尔达已经算准了要在桥头拐进小路。她突然放慢了车速，然后转弯驶下公路，车灯照亮了杂草丛生的车道。康妮向车外张望。她看见一个黑影，便打开了车门。

"我们到了!"她轻声说。

可是希尔达已经熄灭车灯,正在全神贯注地倒车、掉头。

"桥上什么也没有吧?"她简短地问道。

"没问题,你掉头吧。"是那男人的声音。

她把车倒到桥上,掉了个头,让车沿着前行的方向开了几码,然后倒进了小道,停在一棵榆树下,车轮碾压着草丛和蕨类植物。然后她关掉所有的车灯。康妮走下车。男人站在树下。

"你等了很久吗?"康妮问。

"没多久。"他答道。

他俩都在等着希尔达下车。但是希尔达关上了车门,坐在里面不动。

"这是我姐姐希尔达。你不过来和她打个招呼吗?希尔达!这是梅勒斯先生。"

守林人抬帽致意,但没有走上前去。

"希尔达,拜托你和我们一起走到农舍去吧。"康妮恳求道,"没多远的距离。"

"那车怎么办?"

"人们会把车停在小路上啊。钥匙在你手上。"

希尔达默不作声,谨慎考虑了片刻,然后她回头看了一眼小路。

"我能倒车绕到灌木丛后面去吗?"她说。

"哦,可以的!"守林人说。

她缓慢地倒车,拐了个弯,停在大路看不见的位置,然后锁好车从车上下来。夜色已深,夜空却十分明亮。人迹罕至的小路旁，疯长着高耸的灌木树篱，显得很荒凉，看上去漆黑一片。空气中弥漫着一股清新的甜味。守林人走在前面，后面跟着康妮，然后是希尔达，三个人都沉默不语。守林人用手电筒照亮了难走的地方，然后他们继续前行，一只猫头鹰在橡树上轻轻地咕咕叫，弗洛西在一旁安静地往前走。无人开口。没什么可说的。

康妮终于看见了房子里的昏黄灯光，她的心不由得怦怦直跳。她有点害怕。三个人仍然排成一列纵队继续往前走。

他打开屋门，在她俩之前走进那温暖却简朴的房间里。壁炉里的火烧得很低，红通通的。桌子上摆着两个盘子和两个杯子，头一次铺上了一块正式的白色桌布。希尔达甩了甩头发，环视了一下这家徒四壁的沉闷房间。然后，她鼓起勇气，直视着那个男人。

他个头中等，身材瘦削，在希尔达看来，他的样貌还算英俊。他安静地和旁人保持着一定的距离，看上去完全不愿意开口说话。

"请坐吧，希尔达。"康妮说。

"坐吧！"他说，"我能给你泡杯茶或是其他什么，还是你想来杯啤酒？啤酒还算冰凉。"

"啤酒吧！"康妮说。

"请给我来杯啤酒！"希尔达故作姿态地说。他看着她，对此熟视无睹。

他拿起一个蓝色的罐子，走向洗碗池那边。等他拿着啤酒回来时，他脸上的表情又变了。

康妮靠着门边坐了下来，希尔达坐在他平常的位置上——

背对着墙,正对着窗角。

"那是他的椅子。"康妮轻声说。希尔达猛然起身,仿佛被椅子烫到似的。

"坐吧,你坐吧!我这里就那一把椅子,你不介意就坐吧,我们这里也没有什么大人物。"他泰然自若地说。

他给希尔达拿来一只玻璃杯,从蓝色的罐子里给她倒了啤酒。

"至于香烟,"他说,"我这里没有,不过你可能自己带了。我自己不抽烟。你要不要吃点东西?"他直接转向康妮:"要是我给你拿来,你吃不吃?你通常都会吃一点的。"他带着一种奇怪的平静和自信说着土话,仿佛他是旅店老板似的。

"有什么吃的呢?"康妮红着脸问道。

"如果你想吃的话,有煮火腿、奶酪、腌核桃——东西不多。"

"那我吃一点。"康妮说:"你要来点吗,希尔达?"

希尔达抬头看着他。

"你为什么要说约克郡话?"她轻声问道。

"这个!这不是约克郡话,是德比郡方言。"

他看向希尔达,脸上带着疏离的微笑。

"那好吧,德比郡方言!你为什么要说德比郡方言?你一开始明明讲的是标准英语。"

"我说了吗?如果我想换,还不能换吗?哎呀,没什么,如果德比郡方言更适合我,就让我说这个吧。如果你不讨厌的话。"

"听起来有点做作。"希尔达说。

"是啊,也许吧!可在泰维尔肖这乡下地方,你说话听起来才是做作。"他又看了她一眼,带着一种审度的奇怪距离感,颇骨微抬，仿佛在说：嘿，你算老几？

他拖着沉重的步子到食品储藏间去拿食物。

两姐妹安静地坐在那里。他又拿了一个盘子和一副刀叉。然后他说："如果你们不介意，我就像往常一样把外套脱了。"

他脱下外套，把它挂在衣钩上，然后坐在桌旁，身上只穿了件衬衫——一件奶油色的薄法兰绒衬衫。

"请自便！"他说，"请自便！不要等着别人来邀请你们！"

他切好面包，然后就坐在那儿不动了。希尔达感受到了他沉默和疏离的力量，就是康妮之前体会到的那样。她看见他的双手随意地放在桌子上，手并不大，皮肤也不粗糙。他并非一个普通的工人阶级，他不是——他只是在假装，假装是工人的一分子！

她一边拿起一点奶酪，一边说道："可是，如果你用标准英语而不是方言跟我们说话，会更自然一些。"

他望着她，感觉到了她那恶魔般的坚定意志。

"会吗？"他用标准英语回答，"会吗？除非你说你希望我下地狱，好让你妹妹再也不用和我见面，或者除非我也说了同样难听的话，否则你我之间无论说什么都不会显得自然吧？我们之间还能说什么自然的话呢？"

"哦，当然有！"希尔达说，"只要礼貌得体就很自然了。"

"也就是第二天性吧！"他说完大笑起来。"算了，"他说，"我厌倦繁文缛节。就让我这样吧！"

这种直截了当的驳斥让希尔达恼羞成怒。无论如何，他本可以表现出自己意识到了别人在给他尊重。可他不仅不以为然，还装腔作势、趾高气扬，他似乎认为是自己在给希尔达面子。简直厚颜无耻！可怜的康妮，误入歧途，掉进这个男人的魔爪之中！

三个人沉默地吃着。希尔达想留意一下他的餐桌礼仪如何。她不得不承认，这男人天性就比她更儒雅，更有教养。她有着苏格兰人的某些笨拙，他则更具有英格兰人那种沉着自持的自信气质，举手投足，一丝不苟。要打败他可是非常困难的。

但他也别想战胜希尔达。

"你真的认为，"她语气多了一丝人情味，"值得冒这个险吗？"

"什么值得冒什么险？"

"和我妹妹这种逾矩的行为。"

他露出了那令人恼火的笑容。

"那你得问她！"

然后他看着康妮。

"姑娘，你是心甘情愿的，对吧？不是我在强迫你吧？"

康妮看着希尔达。

"希尔达，我希望你不要故意找碴！"

"我当然不想没事找事，但总得有人要考虑现实。你的生活必须有某种连续性。你不能随便把事情搞得一团糟。"

三个人都陷入了沉默。

"嗯？连续性！"他说，"那是什么意思？你的生活有什么连续性？我以为你正在闹离婚。那是哪门子连续性？那是延续你自己的固执吧。我倒是能看清楚这些。那对你有什么好处？在你还没有老得不成样子之前，你会厌倦那个所谓的连续性。固执的女人和她自己的执拗——是的，这倒是彻头彻尾的连续性，确实如此。谢天谢地，我不用面对你这样的人！"

"你有什么权利这样对我说话？"希尔达说。

"权利！你有什么权利用你的连续性去支配其他人？别再操心别人的连续性了。"

"我亲爱的先生，你以为我是在关心你吗？"希尔达轻声说。

"是的，"他说，"你关心啊！因为这也是不得已的。你多少算是我的大姨子。"

"还差得远呢，我向你保证。"

"没那么遥不可及，我也向你保证。我也有我自己的连续性，按你说的那种！我的连续性在任何情况下都不比你的逊色。而如果你妹妹到我这里来，是想要一点性爱和温存，那她知道自己想要的是什么。她已经上过我的床了，谢天谢地，上我床的不是你和你的连续性。"一片死寂后，他接着说，"——嗯，我就是个普通人。如果我发了横财，我会感谢神灵庇佑。男人能从你妹妹那样的姑娘那儿得到无尽的欢愉，在你这类女人身上是完全享受不到的。这着实遗憾，因为你本可能是个好苹果，而不是一个又酸又涩的苹果。像你这样的女人需要适当地嫁接一下。"

他看着她，奇怪的笑容若隐若现，带有一丝淡淡的挑逗和欣赏。

"像你这样的男人，"她说，"应该被隔离开来——你不过是在为自己的低俗行为和自私的欲望辩解罢了。"

"是的，女士！幸好世上还剩了一些像我这样的男人。但你自作自受才是活该——孑然一身。"

希尔达站起身来，走到门口。他也站起来，从挂钩上取下外套。

"我孑然一身也完全可以找到路。"她说。

"我对此表示怀疑。"他轻松地答道。

他们又排成可笑的一列纵队，沉默地沿着小路走出去。猫头鹰还在咕咕直叫。他知道自己早该一枪把它打死。

汽车安然无恙地停在原地，沾上了一点露水。希尔达上车发动了引擎。另外两个人在车外等着。

"我想说的是，"她坐在她的"战壕"里说，"我怀疑你们二人未来会不会觉得这一切根本不值得！"

"彼之砒霜，吾之蜜糖。"他在黑暗中回答道，"但对我来说，这既是蜜糖又是美酒。"

车灯亮了起来。

"明天早上别让我等你，康妮。"

"不，我不会的。晚安！"

汽车缓缓爬到公路上，然后迅速开走了，只留下寂静的夜晚。

康妮怯生生地挽着他的胳膊，二人沿着小路往下走。他没有说话。她忍不住一把将他拉住。

"吻我！"她呢喃道。

"不，等等！让我冷静一下。"他说。

这话把康妮逗乐了。她仍然挽着他的胳膊，两人默默地沿着小路快步走去。她很高兴此时此刻能和他在一起。她知道希尔达或许可以强行将她带走，想到这里不禁打了个寒战。他的沉默让人难以捉摸。

他们再次回到小屋时，她高兴得几乎跳了起来，因为她摆脱姐姐了。

"可是你对希尔达也太糟了。"她对他说。

"该有人适时地扇她一巴掌。"

"可是为什么呢？她人又那么好。"

他没有作答，只是沉默地做着那些每晚都要完成的家务。从他的表情看得出他很生气，但不是在生康妮的气。康妮是这么觉得的。他的愤怒让他显得格外英俊，一种内敛的光芒使她心潮澎湃，让她四肢酥软。

可是他还是没有关注她。

直到他坐下来，开始解靴子的鞋带。然后，他抬起头看着她，紧皱的眉头依然蕴藏着怒气。

"你不上去吗？"他说，"蜡烛在那里！"

他迅速扭头示意桌上燃烧的蜡烛。她顺从地拿起蜡烛，走上第一层台阶的时候，他注视着她臀部那丰满的曲线。

这是一个充满情欲的激情夜晚，她受到了一点惊吓，几乎有些抗拒——可是，情欲的强烈快感再次将她穿透，这种快感与柔情蜜意的快感不同，它更剧烈、更可怕，但当下却更令人渴望。她虽然有些恐惧，但还是听任他的摆布，而这种不顾一切、不知廉耻的情欲彻底动摇了她的内核，褪去了她外在的一切，把她变成一个完全不同的女人。那并不真的是爱意，也不是单纯的感官享受。那是一种激烈刺痛的欲望，如火焰般灼热，将灵魂点燃。

这火焰在最私密之处，将内心中最深层、最古老的羞耻感燃烧殆尽。她费尽力气才能迎合他的随心所欲。她必须让自己被动而顺从，就像是奴隶，一个肉体的奴隶。然而，情欲舔舐着她的身体，将她吞噬，当欲望的火焰穿透了她的五脏六腑和胸腔时，她真的以为自己快要死去——然而死得刻骨铭心、酣畅淋漓。

阿伯拉尔[1]说，在他和赫洛伊丝[2]相爱的那些岁月里，他们经历了情感的所有阶段，品尝过情欲的各种绝妙体验，康妮过去时常好奇他这话是什么意思。原来是一回事，一千年以前，一万年以前，都一样！古希腊的花瓶上画着同样的内容，到处都是！情欲的绝妙体验，感官的盛宴！人们必须烧掉虚伪的羞耻感，把身体之中最为沉重的杂质提炼出去，从而达到精纯的状态——这永远都是必要的，用纯粹的欲望之火去燃烧。

在这个短暂的夏夜里，她学到了如此之多。她本以为女人会因羞耻而亡。可没想到，走向死亡的却是羞耻感。羞耻感，也就是恐惧——对生理器官深深的羞耻感，在我们身体根源之处，潜伏着对身体最原始且古老的恐惧，只有情欲的火焰才能将这恐惧驱除。最终，男人阴茎的主动狩猎，将这恐惧唤醒，给它找到了方向，而她则来到了自己生命丛林的中心。此时此刻，她觉得自己已经来到了天性真正的根基之处，而且彻底不再感到羞耻。她就是她情欲的自我，赤身裸体，不再感到羞耻。她体验到胜利的喜悦，几乎感到有些自负。原来如此！原来这才是真相！这才是生命！这才是人的本来面目！这世上没有什么可掩藏的，没有

---

1 彼得·阿伯拉尔（1079—1142），法国著名神学家和经院哲学家，被认为开创了概念论之先河。
2 阿伯拉尔担任讲师时的学生，和阿伯拉尔相爱后偷偷结婚并产下一子，因为婚姻无法对外公布，叔父以为阿伯拉尔欺骗侄女，设计陷害阿伯拉尔，将他阉割，随后赫洛伊丝成为修女，而阿伯拉尔则成为修士。

什么值得羞耻的。她与一个男人——另一个人类,分享了超越底线的赤裸。

这个男人是一个多么肆无忌惮的魔鬼啊!真像是魔鬼一般!只有强壮的女人才能经受得了他。但要想触及肉体丛林的核心,触及感官羞耻的最后以及最深的隐蔽处,并非易事。只有阴茎可以前去探索。他是何等激烈地深入她的身体之中!

以及,因为恐惧,她曾是如此憎恨他的阳物。但她又是多么真心地渴望它!她现在明白了。从根本而言,在她的灵魂深处,她一直都需要被它索求,她一直都偷偷地渴望它,而她之前相信自己永远无法得到它。现在它突然出现,一个男人正在分享她最后也是超越底线的赤裸,她不再感到羞耻了。

诗人和所有其他人都是大骗子!他们让人以为自己需要感情。可人们其实最渴望的是这种激烈的、耗神的、令人恐惧的情欲。竟然能找到一个有胆量这么做的男人,他不会感到羞耻,不会有罪恶感,最后也不会为此不安。如果他事后感到羞耻,还让女人同样羞耻,那可太糟了!可惜大多数男人都像克利福德一样唯唯诺诺,心怀羞耻,实在很可惜!就连米凯利斯也是如此!他们在感官上都太过懦弱,而且以此为耻。精神上极致的愉悦!这对女人来说有什么意义?说真的,这对男人来说又有什么意义?这只会让男人变得混乱而懦弱,就连精神也同样如此。净化心灵、加快大脑的运转,需要的是纯粹的肉欲。纯粹的炽热肉欲,而不是混乱不堪。

啊,上帝,真正的男人是多么稀有的生物!他们大多像狗一样跑来跑去、互相闻嗅、四处交配。她竟然找到了一个既不畏惧也不羞耻的男人！她看着他，此刻的他像一头野兽般沉睡，消失不见，消失在遥远的梦中。她依偎在他身边，不想离他远去。

直到他起床的动静彻底将她唤醒。他正坐在床上，低头看着她。她从他的眼中看到了自己赤裸的身体，那是他对她最直观的认知。而那流动的男性认知中的康妮自身，似乎也从他的眼中流向她，充满欲望地将她包裹起来。啊，半梦半醒间的身体，无力动弹，却充满情欲，多么撩人，多么美好啊！

"该起床了吗？"她说。

"六点半了。"

她必须在八点到达小路的那一头。人身上总是担负着外界的压力，没完没了！

"我可以去做早餐，然后端到这里来吃，可以吗？"他说。

"当然可以！"

弗洛西在楼下轻声呜咽。他起床，脱掉睡衣，用毛巾擦拭了身体。一个人勇敢无畏、生机勃勃的时候，是如此美丽！她默默地看着他，心里是这样想着。

"把窗帘拉开好吗？"

阳光已经洒在清晨嫩绿的叶子上，近处的树林精神抖擞，在天空的呼应下蔚蓝清新。她从床上坐起来，透过天窗望向窗外，仿佛在梦中，赤裸的双臂将赤裸的双乳挤到胸前。他正在穿衣服，而她则在恍惚间憧憬着和他在一起的生活——只是普普通通的生活。

他要离开，逃离她那蜷缩着的诱人裸体。

"我的睡衣彻底找不到了吗？"她说。

他把手伸到被子下摸索着,扯出一块薄薄的丝绸。

"我就说我感觉到脚踝有丝绸的触感。"他说。

但是睡衣几乎被撕成了两半。

"没关系!"她说,"它属于这里,真的。我要把它留在这里。"

"啊,留下吧,晚上我可以把它夹在两腿之间做伴。睡衣上没有名字也没有记号,对吧?"

她套上了那件被撕破的睡衣,坐在那里神情恍惚地望着窗外。窗户开着,清晨的空气飘进屋内,还传来了鸟叫声。窗前不停有鸟儿飞过,她看见弗洛西在外面溜达。已经是早晨了。

她听见他在楼下生火,泵水,从后门走了出去。楼下渐渐飘来了培根的香味,最后他端着一个大黑托盘上来了,托盘刚好能进门。他把托盘放在床上,倒好了茶。康妮穿着撕烂的睡衣蹲在地上,狼吞虎咽吃了起来。他坐在唯一的那张椅子上,把盘子放在自己的膝盖上。

"这多好啊!"她说,"能一起吃早餐太好了。"

他安静地吃着早餐,心里想的是快速流逝的时间。这让她突然想起了什么。

"啊,我多么希望能留在这里和你待在一起,而勒格比在距离我们百万里之外的地方!我真正要逃离的是勒格比庄园。你知道这一点的,不是吗?"

"是的!"

"而且你要向我保证,我们会住在一起,长相厮守,你和我!你向我保证,好吗?"

"好!等我们能在一起的时候。"

"当然能！我们会在一起生活的！一定会的，不是吗？"她倾身向前，抓住他的手腕，不小心弄洒了一点茶水。

"会的！"他一边说，一边把茶水擦干净。

"这下我们不可能不一起生活了，对吗？"她恳求道。

他抬头看着她，微微一笑。

"没错！"他说，"只不过你得在二十五分钟内出发。"

"是吗？"她大喊一声。突然，他竖起一根手指提醒她别出声，然后站了起来。

弗洛西短促地叫了一声，然后尖声狂吠了三下，以示警告。

他一声不响地把盘子放在托盘上，走下楼去。康斯坦斯听见他沿着花园小径走出去。外面自行车铃声叮当作响。

"早上好，梅勒斯先生！有你的挂号信！"

"哦，好的！你有铅笔吗？"

"给你！"

然后是一阵沉默。

"加拿大！"那陌生人说道。

"是的！是我的一个哥们儿，他在不列颠哥伦比亚省。不知道他寄了什么挂号信。"

"可能给你寄了一大笔钱之类的。"

"更像是他想要点钱。"

又安静下来。

"好吧！再次祝你今天过得愉快！"

"好的！"

"再见！"

"再见!"

过了一会儿,他又回到楼上,看上去有点生气。

"邮递员。"他说。

"来得可真早!"她答道。

"负责给乡下送信。他需要来这边送信的时候一般七点会到。"

"你哥们儿给你寄了一大笔钱吗?"

"不是!只是关于不列颠哥伦比亚省某个地方的一些照片和资料。"

"你要去那儿吗?"

"我想也许我们可以去。"

"哦,好啊!我相信那里肯定很美!"

但是他被邮递员的到来弄得心烦意乱。

"那些该死的自行车,你还没反应过来,它就出现在你面前了。但愿他什么也没察觉。"

"他能察觉到什么?"

"你现在必须起床,去做好准备。我到外面去看看。"

她看见他带着猎狗和猎枪到小路上侦察去了。她下楼洗漱,等他回来的时候,她已经收拾好了,几样东西都装进了那个丝绸小包里。

他锁好门,两个人就出发了,但没有直接走上小路,而是穿过树林。他十分警惕。

"你不觉得,人生在世,就是为了拥有像昨晚那样的时光吗?"她对他说。

"是啊!不过,还是要考虑其他的日子。"他相当简短地回答道。

他们在杂草丛生的小路上拖着沉重的步伐前行,他在前面沉默地走着。

"我们会一起生活,构建属于我们的人生,对吧?"她恳求道。

"会的!"他一边回答一边大步往前走,头也没回,"等时机到了!现在,你要到威尼斯或什么地方去。"

她呆呆地跟着他,心情越来越沉重。啊,现在她真的要走了!

他终于停下脚步。

"我就从这里穿过去。"他指着右边说。

但她伸出双臂搂住他的脖子,紧紧地抱住他。

"但你会为我保留这份柔情,对吧?"她呢喃道,"我爱昨晚。但你会为我保留这份柔情的,对吧?"

他吻了她,紧紧地抱了她一会儿。然后他叹了口气,又亲了她一下。

"我得去看看车到那儿了没有。"

他大步跨过低矮的荆棘和欧洲蕨,在蕨丛中踩出了一条小径。他去了一两分钟,然后又大步走了回来。

"车还没到,"他说,"但路上停着面包房的马车。"

他看上去十分紧张不安。

"你听!"

他们听到一辆汽车驶近时发出微弱的喇叭声。车缓慢开到桥上。

她无比悲伤地沿着他踩出来的小径往前走,穿过蕨丛,来到一排巨大的冬青树篱前。他紧跟在她身后。

"这边!从这里出去!"他指着树篱间的一个缺口说,"我就不出去了。"

她绝望地看着他。但他吻了吻她,让她赶紧离开。她痛苦地爬过冬青树篱和木栅栏,跌跌撞撞地走下小沟渠,然后爬上小路,希尔达正一脸恼火地从车里下来。

"你怎么在这里!"希尔达说,"他在哪儿?"

"他不过来了。"

康妮拿着小包上了车,脸上挂满泪水。希尔达抓起那顶摩托车头盔,还有伪装用的防风镜。

"戴上!"她说。康妮伪装好自己,然后穿上那件骑摩托穿的长大衣,她坐在车里,看上去就像一个戴着防风镜的怪物,都认不出是人是鬼。希尔达利落地发动汽车。她们驶出小路,沿着公路前行。康妮回头张望,但完全看不见他的身影。离别!离别!她坐在车里,流下苦涩的泪水。离别来得如此突然,来得如此出人意料。就像生离死别一样!

"谢天谢地,你要离开他一段时间了!"为了避开克洛希尔村,希尔达拐上了另一条路。

第十七章

"要知道,希尔达,"午饭后,当她们快到伦敦时,康妮说,"你从来没有体验过什么是真正的柔情,什么是真正的欲望——如果你在同一个人身上品尝到了柔情和欲望,那感觉会颠覆一切。"

"你行行好吧,不要再吹嘘你的经历了!"希尔达说,"我从来没有遇到过一个男人能和女人亲密无间,把自己完全交给对方的。我想要的是这样的男人。我并没有多渴望他们自鸣得意的柔情和欲望。我并不满足于成为任何男人的小甜心,或者沦为随叫随到的享乐工具。我想要的是一种亲密无间的关系,但我并没有得到。我已经受够了。"

康妮仔细思考了这番话。亲密无间!她认为,这意味着把你的一切都袒露给另一个人,而对方也把他自己的一切袒露给你。但那可太讨厌了。还有男女相处时那种令人疲惫的自我意识!是一种疾病!

"我觉得你和任何人在一起,自我意识都太过于强烈。"她对姐姐说。

"我希望至少自己没有天生的奴性。"希尔达说。

"但也许你有！也许你是自己观念的奴隶。"

康妮这无礼的丫头，竟然说出这样前所未闻的傲慢话语，希尔达一声不吭地开了一段时间的车。

"至少，我不会被别人对我的看法奴役，而那个别人还是我丈夫的下人。"她终于忍无可忍，愤怒而粗鲁地反驳道。

"要知道，并不是这么一回事。"康妮平静地说。

她总是任由姐姐掌控自己。而此时此刻，虽然她内心深处在哭泣，但她已经摆脱了另一个女人的掌控。啊！这本身就是一种解脱，就像获得了重生——摆脱了另一个女人奇怪的掌控和纠缠。女人是多么可怕啊！

康妮很高兴能和父亲碰面，她一直都是父亲最宠爱的女儿。她和希尔达住在蓓尔美尔街附近的一家小旅馆里，马尔科姆爵士则住在他的俱乐部。晚上他带女儿们外出，姐妹俩也喜欢和他一起出门。

他仍然英俊而健壮，只是周遭突然涌现的新世界让他感到有些恐惧。他在苏格兰娶了第二任妻子，新妻子比他年轻，也比他富有。但他尽可能找机会出门度假，避开自己的妻子——他和第一任妻子的婚后生活也是如此。

看歌剧时，康妮坐在他旁边。他的身体略显发福，大腿很粗，但仍然十分强壮结实，这大腿属于一个享尽人生乐趣的健康男人。他乐观却十分自私，他对独立的固执，还有他对情欲那不知悔改的追求——康妮觉得自己可以从父亲那结实、笔直的大腿上看出这一切。真是一个男子汉！可如今却步入了老年，这有点悲哀。因为在他粗壮的男性大腿上，再也看不到那种机警的敏感和柔情的力量，而这一切正是青春的本质，只要青春仍在，这些本质就不会消失。

康妮对于腿的存在产生了意识上的觉醒。对她来说，腿变得比脸更重要，因为脸已经不再那么真实了。拥有鲜活敏捷的双腿的人，实在少之又少！她看了一眼包厢里的男人们。他们的大腿要么像裹着黑色肠衣的黑色肥香肠，要么像穿着葬礼黑裤子的木柴棍，另外还有年轻匀称的腿，却没有任何内涵，既不性感，也不温柔，更加不敏感，只是平庸的长腿，趾高气扬地到处乱跑。这些腿甚至没有她父亲的腿那么性感。这些腿被吓坏了，吓得失去了生气。

但是女人们倒十分无畏。大多数女人的大腿粗得像风车立柱那般可怕！真的很吓人，简直足以让人名正言顺把她们都杀掉！要不然就是那种可怜兮兮的瘦木杆腿！或者是藏在丝袜里的那种匀称的腿，毫无生气可言！太可怕了，数百万条毫无内涵的腿毫无意义地到处跑来跑去！

但她在伦敦并不开心。那里的人看起来形如鬼魅，如此空洞。无论他们外表看起来多么轻松愉快、多么迷人，他们都没有感到真实的快乐。这里一片荒芜。而康妮拥有女人对幸福的盲目渴望，想要确保自己能够得到幸福。

无论如何，她在巴黎仍然能感受到一丝欲望的耸动。但这是多么萎靡不振、疲惫不堪、令人筋疲力尽的欲望啊。因为缺乏柔情而令人疲惫！巴黎很悲哀。最悲哀的城市之一——因为当今机械化的欲望而萎靡不振，钱、钱、钱所带来的压力令人筋疲力尽，甚至在此处产生的怨恨和自负情绪都令人厌倦，简直让人厌烦至死，而且还没有充分的美国化或伦敦化，无法用马不停蹄工作的机器来掩盖这种疲惫！啊，这些男子气概十足的男人，这些游走于街头的男人，这些色眯眯的男人，这些沉溺于美食的男人！他们是如此疲惫！由于他们没有能力给出任何一丝柔情，也得不到任何柔情，所以他们萎靡不振、疲惫不堪。那些精明能干、偶尔还很迷人的女人，对情欲的真相略知一二——她们要比机械化的英国女人更诱人。但她们对柔情的了解就更少了。无止境且紧张乏味的意志，压榨着她们，所以她们也疲惫不堪。人类世界正一点点被透支殆尽。也许它会变得极具破坏性。一种无政府状态！克利福德和他保守的无政府主义！也许它很快就变得不再保守。也许它会发展成激进的无政府状态。

康妮觉得自己变得越来越畏缩，对这个世界产生了恐惧。有时，她走在林荫大道上，走在森林里，或在卢森堡花园里，能够感受到片刻的快乐。但是巴黎已经遍地都是美国人和英国人——穿着古怪制服的奇怪美国人，以及那些单调乏味的英国人，他们在国外根本一无是处。

她很高兴能继续开车出发。天气突然变热了，所以希尔达开车穿越瑞士，越过布伦纳山口，然后经过洛米蒂山脉，到达威尼斯。希尔达喜欢操办事情，喜欢开车以及掌控一切。康妮则乐得清闲。

这次旅途真的很愉快。只是康妮一直问自己：为什么我并不真的在乎？为什么我并没有真正感到欢欣雀跃？这些风景已经让我无动于衷了，这实在太可怕了！可我真的不在乎。这太糟糕了。我就像圣·伯纳德[1]一样，可以乘船行驶在卢塞恩湖上，却连周围的青山绿水都注意不到。我只是对风景不再感兴趣了。人为什么要盯着风景看？为什么要这么做？我拒绝看风景。

是的，无论在法国、瑞士、蒂罗尔或是意大利，她都没有发现什么生命的活力。她只是被汽车拉着，经过了这些地方。所经之地，都不如勒格比真实。比可怕的勒格比更不真实！她觉得如果再也见不到法国、瑞士或是意大利，她也并不在乎。它们一成不变。比起它们，勒格比要真实多了。

至于人！哪里的人都一样，几乎没什么区别。他们都想从你身上赚些钱——或者，如果他们是游客，他们则只想找乐子，必然如此，仿佛要从山石中压榨出血来。可怜的山川！可怜的风景！所有的一切都必须被压榨、压榨、再压榨，好给游客提供刺激和享受。人们一心一意只求享乐，这到底意义何在？

不！康妮对自己说，我情愿待在勒格比庄园，在那里，我可以四处走动，可以安静独处，不用盯着什么东西看，也不用伪装什么。这种游客假装乐在其中的样子实在太丢人了——装得可一点都不像。

她想回到勒格比庄园去，甚至想回到克利福德身边——回到可怜的残疾的克利福德身边。不管怎么说，他不像这群蜂拥而至赶来度假的人那么愚蠢。

但在她的内心深处，她和另一个男人保持着心意相通。她不能失去和他的联结——啊，她不能失去和他的联结，否则她就

---

[1] 圣·伯纳德（1090—1153），法国教士、罗马教皇顾问，因苦修前往卢塞恩湖。

会迷失，彻底迷失在这个由暴发户和贪婪享乐的猪猡组成的世界里。哦，那些只会享乐的猪猡！噢，"尽情享乐！"另一种现代人的疾病。

他们把车停在梅斯特雷[1]的一个车库里，然后乘坐公共汽船前往威尼斯。这是一个天气宜人的夏日午后，浅浅的潟湖表面泛起涟漪，威尼斯在她们身后，阳光过于璀璨，让对岸威尼斯的身影看起来有些暗淡。

到了码头，她们换上了一条贡多拉，把地址告诉了船夫。那船夫身穿一件蓝白相间的上衣，看着普普通通，一点也不引人注目。

"好的！埃斯梅拉达别墅！好的！我知道在哪里！我给住在那里的一位先生当过船夫。但过去还有点距离！"

他看上去似乎是个有些孩子气的鲁莽家伙。他用夸张的动作急躁地划着船，穿过了阴暗的运河支流，两岸黏糊糊的墙壁已经变成可怕的绿色，这些河道是穷人生活的区域，河面上拉着绳子，上面高高挂着洗好的衣物。河面传来的臭水沟味道时浓时淡。

他终于划进了一条开阔的运河，河岸两侧都铺着人行道，河面上架着一座拱桥，笔直地横跨在大运河之上。两个女人坐在船篷下，船夫在她们身后，站的位置更高一些。

"小姐们要在埃斯梅拉达别墅待很久吗？"他一边轻松地划着船，一边用一块蓝白相间的手帕擦着脸上的汗水。

---

[1] 威尼斯位于陆地的中心和人口最多的城市地区。

"大约待上二十来天吧——我们都是已婚妇人了。"希尔达用她那奇怪的沙哑嗓音答道,这让她的意大利语听起来很有异域风味。

"啊!二十天!"那个男人说了一句。他沉默了一会儿,接着又问道:"那夫人们住在埃斯梅拉达别墅的这二十天里,要不要雇个船夫?按天或者按周算都可以。"

康妮和希尔达考虑起他的提议。在威尼斯,最好还是要有条自己的贡多拉,就像在陆地上有自己的汽车一样方便。

"别墅那里有什么?配了哪种船?"

"那里有一艘摩托艇,还有一条贡多拉。可是——"这个"可是"就意味着:那条船不只是供你们使用。

"你怎么收费?"

"一天的费用大概是三十先令,或是一周十英镑。"

"这是市价吗?"希尔达问。

"比市价低一点,夫人,低一点。市价大概是——"

姐妹俩考虑了一下。

"好吧,"希尔达说,"那你明天早上过来吧,我们到时再安排。你叫什么名字?"

他的名字叫乔瓦尼,他想知道明天他应该什么时候到,以及,他到时应该说是在等哪位客人。希尔达没有名片。康妮给了他一张自己的名片。他用他那南方人炙热的蓝眼睛迅速地瞥了一眼名片,然后又看了一眼。

"啊!"他说着,满眼放光,"夫人!夫人,是吧?"

"康斯坦斯夫人!"康妮说。

他点点头,嘴里重复了一遍:"康斯坦斯夫人!"然后小心翼翼地把名片放进上衣口袋里。

埃斯梅拉达别墅的位置的确有些远,坐落在潟湖的边缘,面朝基奥贾。这并不是一座古老的房子,看着很舒适,还有面朝大海的阳台,阳台下方是一座巨大的花园,花园里的树郁郁葱葱,围墙将潟湖阻挡在外。

接待她们的主人是一个身材魁梧、有点粗俗的苏格兰人,他战前在意大利赚了一大笔钱,在战争期间因为表现出强烈的爱国主义而被封为爵士。他的妻子是一个瘦弱苍白、狡猾精明的女人,她自己本身没有财产,不幸的是,她丈夫风流成性,她不得不经常监管他那些肮脏的风流韵事。他是个特别难伺候的主人,仆人们都苦不堪言。不过,由于他在冬天经历了一次轻微的中风,现在比较容易对付了。

别墅里住满了人。除了马尔科姆爵士和他的两个女儿,另外还住了七个人:一对苏格兰夫妇,同样也带了两个女儿;一位年轻的意大利伯爵夫人,是个寡妇;一位年轻的格鲁吉亚王子;还有一位年轻的英国牧师,他曾患过肺炎,为了调养身体,目前在亚历山大爵士的小教堂里供职。那个格鲁吉亚王子身无分文,可相貌英俊,加上适当的厚脸皮,充当个车夫绰绰有余。伯爵夫人像一只安静的小猫,在别处有自己想要勾搭的对象。牧师是个简单纯朴的家伙,之前在巴克斯当牧师——幸运的是,他把妻子和两个孩子留在了家里。格斯里一家四口,是爱丁堡正儿八经的中产阶级,谨慎地享受着一切,只要没有风险,他们就敢于尝试一切。

康妮和希尔达立刻把王子排除在外。格斯里一家差不多都是她们的同类，家境殷实，但很无趣——家中两个女儿都想找夫家。牧师人倒不坏，但太过于恭敬。亚历山大爵士在轻微中风之后，哪怕是在气氛愉快的时候，他也总带着无法摆脱的沉重气息，但这么多漂亮的年轻女子在他家中做客，仍让他欢欣雀跃。库珀夫人沉默寡言、阴险狡猾，她的日子过得不轻松，这个可怜的人，她冷漠警惕地监视着其他女人，这警觉已成为她的第二天性。她会说一些尖酸刻薄的话，这显示出她对人性总体上轻视的态度。康妮发现，她对仆人们也十分专横，不过是以一种隐晦的方式。亚历山大爵士肥头大耳，看上去和蔼可亲，经常讲一些无聊透顶的笑话——希尔达称之为滑稽的幽默感，可库珀夫人手段高明，让亚历山大爵士以为自己才是这群人的主人。

马尔科姆爵士在作画。是的，他仍然会时不时地画一下威尼斯的潟湖景色，与他画的苏格兰风景形成鲜明的对比。所以，他每天早上会带着巨大的画布，乘船到他作画的"景点"。过一会儿，库珀夫人也会带着画板和颜料乘船到市中心去。她沉迷于画水彩画，家中到处摆放着她的画作：玫瑰色的宫殿、幽暗的运河、摇曳的索桥、中世纪的建筑之类的。再晚一些，格斯里夫妇、王子、伯爵夫人、亚历山大爵士，有时还有牧师林德先生，都会到利多岛去洗个海水浴。大家下午一点半才回家，晚一点用午餐。

别墅里的聚会，作为一种家庭聚会，显然是无聊透顶。但姐妹俩并不在意。她们几乎不怎么待在别墅里。父亲带着她们去看画展，延绵不断的沉闷的画作。他带她们去卢切斯别墅，去探望他所有的密友。在温暖的夜晚，他和她们一起坐在广场上，在弗洛里安咖啡馆坐着喝咖啡——他带她们去剧院看哥尔多尼[1]的戏剧。水上游园会灯火通明，还有不少人翩翩起舞。这里是所有度假胜地当中的度假胜地。利多岛上遍地都是被阳光晒得通红或是穿着沙滩睡裤[2]的人，就像一批批没完了涌上沙滩前来交配的海豹。广场上挤着太多的人，利多岛上堆满了太多的人类肢体，太多的贡多拉，太多的摩托艇，太多的汽船，太多的鸽子，太多的冰激凌，太多的鸡尾酒，太多等着要小费的仆人，太多的语言聒噪着，太多的阳光，太多的威尼斯气味，一船船的草莓太多了，太多的丝绸披肩，太多的摊位上摆放着仿若生牛肉片般巨大的西瓜片——太多的享受，总而言之，太过奢靡！

康妮和希尔达穿着夏天的连衣裙四处闲逛。她们认识不少人，很多人也认识她们。米凯利斯突然出现，像狗皮膏药一样，甩都甩不掉。"喂！你们住在哪里？来吃点冰激凌或者其他什么的！坐我的贡多拉去哪里转转吧。"就连米凯利斯也快晒伤了——虽然以如此大面积的晒伤来说，用"烤熟了"描述更贴切。

在某种程度上，威尼斯的生活让人挺开心的，几乎是一种享受。但无论如何，喝着鸡尾酒，泡在温暖的海水里，在烈日下躺在炎热的沙滩上晒日光浴，在温热的夜晚和别人贴着肚皮跳爵士舞，吃着冰激凌让自己凉快下来——这完全就是一种麻醉。而

---

[1] 卡洛·哥尔多尼（1707—1793），意大利剧作家，被誉为现代喜剧创始人，代表作包括《咖啡屋》《骗子》《一仆两主》等。
[2] 沙滩睡裤自19世纪70年代以来就已成为男性公认的睡裤，但在那个时代，女人在公众场合穿裤子是非同寻常的，几乎是禁忌。

这就是大家都想要的，某种迷药：平缓的海水是迷药；阳光是迷药；爵士乐是迷药；香烟、鸡尾酒、冰激凌、苦艾酒。麻醉自己！享乐！享乐！

希尔达有点喜欢这种迷醉的感觉。她喜欢观察每一个女人，揣测她们。女人对女人的好奇心是极其强烈的。她看起来怎么样！她俘获了怎样的男人？她能从中得到怎样的乐子？——男人就像穿着白色法兰绒裤子的大狗，等着被人轻拍抚摩，渴望着打滚撒欢，等着爵士乐响起时和某个女人肚皮贴肚皮，大跳特跳。

希尔达喜欢爵士乐，因为她可以和那些自称男子汉的家伙贴着肚皮跳舞，让他们用身体中心部位控制自己的舞步，带着自己穿梭于舞池之中，然后她可以抽身离开，不再理会"那个家伙"。她只是利用了那些男人一把。可怜的康妮很不开心。她没办法跳爵士舞，因为她根本没办法和某个"家伙"紧贴肚皮跳舞。她讨厌利多岛上一堆堆近乎赤裸的肉体——海里几乎没有足够的空间让他们把自己泡湿。她不喜欢亚历山大爵士和库珀夫人。她不想让米凯利斯或其他任何人跟着她。

康妮最快乐的时光，是她说服希尔达和她一起乘船穿过潟湖，在更遥远的地方找了片僻静的鹅卵石浅滩，她们可以在那里安静地泡海水浴，不受别人打扰，贡多拉则停靠在暗礁后方。

乔瓦尼找了另一个船夫来帮他，因为路途遥远，他在大太阳下工作汗如雨下，非常辛苦。乔瓦尼人很好：像每个意大利人那样亲切友好，却没什么热情。意大利人没有热情——热情需要更深层的底蕴。他们很容易被感动，而且常常表现得很友好，但他们很少有持久的热情。

所以,乔瓦尼已经对这两位夫人动了心,就像他过去也曾对乘他船的那些夫人动心一样。如果她们想要他的话,他随时准备好向她们献身——他暗暗希望夫人们会想要得到他。这样自己可以从夫人们手中得到一份昂贵的礼物,这礼物会派上用场,因为他就要结婚了。他把自己结婚之事告诉了她们,她们也挺爱听的。

他想,这次到潟湖对岸某个偏僻浅滩去,大概意味着有买卖可做:买卖就是做情爱之事,是艳遇。所以他找了一个同伴来帮忙,因为路途的确比较遥远,毕竟这里有两位夫人要伺候。两位夫人,两条大鱼!没算错!还是两位美艳动人的夫人!他完全有理由为此感到骄傲。虽然是那位年长的夫人付钱并且发号施令,但他更希望被那位年轻一些的夫人选中做情爱之事。她的报酬也会更丰厚。

他带来的同伴名叫丹尼尔。他并不是职业的贡多拉船夫,所以在他身上感受不到小贩和男妓的气息。他平常划桑多拉——那种在岛屿之间运输水果和农产品的大船。

丹尼尔长得很帅气,个子高挑,身材匀称,圆圆的脑袋上一头浓密的淡金色细鬈发,一张俊美的男性面孔,看起来有点像狮子般威武,一双眼距有些宽的蓝眼睛。他不像乔瓦尼那样感情奔放,没完没了地说个不停,还嗜酒如命。他沉默寡言,有力而从容地划着船,仿佛只有他独自一人在水面上。夫人是夫人,与他无关。他甚至没有看她们一眼,只是目视前方。

他是个真正的男子汉,乔瓦尼酒喝多了,摇摇晃晃地用蛮力乱划船的时候，他会有点生气。他和梅勒斯一样，都是真男人，不会出卖自己。康妮很同情乔瓦尼的妻子，这个男人太容易对女人过分谄媚。但丹尼尔的妻子是个甜美的威尼斯女子，这类女子现在仍然能见到，她深居在迷宫般的威尼斯水城之中，像花朵一样温婉。

啊，多么悲哀啊，男人先嫖女人，然后女人再嫖男人。乔瓦尼像狗一样垂涎三尺，渴望着出卖自己的身体，想要把自己献给某个女人。当然是为了钱！

康妮眺望远处的威尼斯，低矮的城市在水面上呈玫瑰色。生于金钱，荣于金钱，死于金钱。那要命的金钱！金钱、金钱、金钱，卖身与死亡。

但丹尼尔仍然是个男子汉，能够自由地忠于自己。他没穿贡多拉船夫们穿的那种上衣，只穿了一件蓝色针织衫。他有几分狂野、粗鲁和自傲。所以他只是受雇于那个谄媚的乔瓦尼，而乔瓦尼则受雇于两位女士。仅此而已。当耶稣拒绝魔鬼金钱的诱惑之时，却任由魔鬼成了犹太银行家，掌控了整个局面。

康妮离开潟湖那波光闪闪的湖面，恍恍惚惚地回到住处，便看到家里来的几封信。克利福德定期给她写信。他的信文笔优美——这些信足以出版成书。也正因如此，康妮觉得这些信非常无趣。

她生活在潟湖朦胧的湖光、广阔的天地、空寂、虚无之中，咸咸的海水在周遭拍打——但是十分健康，身心健康、完全无意识地变得健康。这状态令人满足，她陶醉其中，将其余一切都抛诸脑后。此外，她怀孕了。她现在确定了。所以，阳光、湖盐、海水浴、躺在鹅卵石的浅滩上、拾贝壳、乘着贡多拉在海边漂流,这一切让她心神恍惚,而体内的新生命让这一切变得完美,这是另一种健康的完满,令人满足,而且会让感官变得迟钝。

她已经在威尼斯待了两个星期,还打算再待十天或两个星期。璀璨的阳光抹去了时间的存在,身体健康的完满使她忘却了一切。她沉浸在幸福之中心神恍惚。

克利福德的一封信将她唤醒。

我们这里也搞出了一场当地的小闹剧。似乎是守林人梅勒斯那个和人私奔的妻子出现在了农舍,发现自己被拒之门外。他打发她离开,然后锁上了门。然而,据说,等他从树林里回来时,发现那个年老色衰的女人稳稳当当地大躺在他的床上,**"纯"裸体**,或者应该说,**"不单纯"的裸体**。她打破了一扇窗户,从窗户爬进屋里。他没办法靠一己之力把这个维纳斯从自己床上赶下去,于是他败下阵来,据说,他撤回到自己母亲在泰维尔肖的家中,偃旗息鼓。与此同时,斯塔克斯门的维纳斯就住进了农舍,她声称那是她的家,而阿波罗显然就在泰维尔肖安营扎寨了。

我所说的内容只是道听途说,因为梅勒斯并没有亲自来找过我。这些闲话八卦都是我从波尔顿太太那里听来的,她可是我们的闲话鸟,我们的朱鹭,我们四处刨食的美洲鹫。要不是她喊了一句"如果那女人赖着不走,夫人就不会再去树林里了!"我是不会转述这些闲话的。

我喜欢你画的马尔科姆爵士,他大踏步走进大海,白发在风中飘动,皮肤晒得泛着红光。我真羡慕你那里的阳光,这里一直在下雨。但我并不羡慕马尔科姆爵士对肉欲的痴迷。不过,这行为倒也适合他的年龄。显然,随着年龄的增长,人会变得更加贪图肉欲,更像是凡夫俗子。只有青春才能品尝到永生不朽的滋味……

这消息让处于恍惚幸福状态的康妮感到心烦意乱,甚至发展成恼怒。这下她不得不忍受那野兽般的女人的打扰了!这下她不得不开始苦恼!她没有收到梅勒斯的信。他们本来约好不写信的,但现在她想要听他自己说这到底是怎么一回事。毕竟,他是她腹中即将出生的孩子的父亲。让他写信吧!

但是,多么可恨啊!现在一切都乱套了。那些底层的人何等卑鄙肮脏!沐浴在阳光中,慵懒舒适,和英格兰中部那让人沮丧的烂摊子比起来,这里真是太美好了!毕竟,晴朗的天空几乎是生活中最重要的东西了。

她没有和任何人提起自己怀孕的事,甚至连希尔达也不知道。她写信给波尔顿太太,询问确切情况。

她们的艺术家朋友邓肯·福布斯,从罗马北上来到埃斯梅拉达别墅。现在,他成了贡多拉上的第三位客人,他和两姐妹一起到潟湖对岸泡海水浴,充当起护花使者的角色。他是一个文静的年轻人,几乎沉默寡言,他在艺术上颇有造诣。

她收到了波尔顿太太的来信:

夫人,我相信等您见到克利福德爵士时,一定会高兴的。他看起来容光焕发,工作很努力,而且满怀希望。当然,他期待着您回到我们的生活当中。夫人不在，这房子都变得暗淡无光，大家都期盼着您能早日回家。

关于梅勒斯先生，我不清楚克利福德爵士跟您说了多少。似乎是在某天下午，他妻子突然回到家中，他从树林里回到家时，发现她坐在台阶上。她说她要回到他身边，想和他一起生活，因为她是他的合法妻子，他别想和她离婚。可他根本不想和她扯上任何关系，不愿意让她进屋，他自己也没回家。他连门都没打开，就回树林里去了。

但等他天黑后回家时，发现有人闯入屋内，于是，他上楼去看她在搞什么鬼，他发现她一丝不挂地躺在床上。他想用钱打发她，但她说自己是他的妻子，他必须让她回家。我不知道他们当时吵得有多凶。这些都是他母亲告诉我的，她非常苦恼。总而言之，他告诉她，他宁愿死，也不愿意再和她一起过日子，所以他收拾好东西，直接去了他母亲在泰维尔肖山上的家中。他在母亲家过了一夜，第二天穿过园林去了树林，再也没有靠近农舍半步。那一整天他好像都没见过他的妻子。可是第二天，她跑到贝格里，在她哥哥丹的家里骂骂咧咧、撒泼打滚，说自己是梅勒斯的合法妻子，还说他在农舍里和别的女人乱搞，因为她在他的抽屉里发现了一个香水瓶，还在炉灰里发现了几个金嘴烟蒂，其他还有什么，我就不清楚了。后来，邮差弗雷德·柯克也说，有一天清晨，他好像听到有人在梅勒斯先生的卧室里说话，小路上还停了一辆汽车。

梅勒斯先生一直住在他母亲家中，穿过园林到树林里去，她似乎一直待在农舍里。呃，反正外面闲话一直没断过。于是，梅勒斯先生最终叫上汤姆·菲利普斯去了农舍，搬走了大部分的家具和被褥，拧掉了抽水泵的把手，所以她不得不离开。但是她没有回到斯塔克斯门，而是去了贝格里，住进了斯温太太的家里，因为她哥哥丹的老婆不愿意收留她。然后她不停地跑到梅勒斯老太太家去堵梅勒斯，还开始发誓说他已经在农舍里和她睡了，她还去找了律师，要求梅勒斯给她支付赡养费。她变得越来越胖，越来越粗俗，壮得就像一头公牛。她到处散播他的坏话，都是些不堪入耳的内容，说他如何在农舍里睡女人，说他们结婚后他是如何对待她，说他对她做了什么卑鄙下流的兽行，具体我也不确定。我敢肯定这些话很难听，女人一旦开口胡言乱语，所造成的损害是很可怕的。而且无论她多么卑鄙无耻，总会有人相信她，而有的丑闻就再也摆脱不了了。她把梅勒斯先生说成那种对待女人极其粗暴的下流野兽，我敢说这简直令人震惊。而人们太容易相信针对别人的坏话，尤其是这样的内容。她宣称，只要梅勒斯还活着，她就永远不会放过他。不过我要说的是，如果他对她那么凶残，她为什么还这么着急回到他身边？当然，她就快进入更年期了，因为她比他大好几岁。而这些粗俗暴力的女人，一旦进入更年期，总会变得疯疯癫癫……

　　这封信对康妮来说是一个沉重的打击。毫无疑问，即便她身处异国，也要卷入那低俗肮脏的浑水之中。她怒火中烧，因为梅勒斯没能和那个伯莎·库茨一刀两断——不，她气的是他当初为什么要娶这样的人。也许他对低俗无耻的东西有着某种渴望。康妮回想起他俩共度的最后一个夜晚，不禁打了个寒战。他甚至和这个叫伯莎·库茨的女人一起体验过这些肉欲情事！实在让人恶心。要是能摆脱他，彻底甩掉他就好了。他可能其实就是一个很粗鲁、很低俗的人。

康妮对这整件事都感到嫌恶，几乎要嫉妒起格斯里家姑娘们不谙世事的笨拙和未经雕琢的天真。她现在生怕有人知道她和守林人的私情。多么令人难以启齿的耻辱！她既疲倦又恐惧，开始对绝对的体面产生渴望，甚至开始对格斯里家姑娘们那种庸俗又无趣的体面产生了渴望。如果克利福德知晓她的外遇，那真是难以启齿的耻辱！她怕了，害怕社会，以及它刺耳的攻击。她几乎希望能够摆脱这个孩子，彻底撇清关系。简而言之，她陷入了恐惧之中。

至于那个香水瓶，那是她自己干的蠢事。她忍不住给他抽屉里的一两条手帕和衬衫喷香水，很幼稚的行为，她还把小半瓶科蒂牌的林间紫罗兰香水留在他的衣物中。她想让他闻着香水的气味思念自己。至于那些烟蒂，是希尔达留下的。

她忍不住向邓肯·福布斯吐露了这事。她没有说自己是守林人的情人，只是说自己挺喜欢他的，并告诉了福布斯这个男人的身世。

"哦，"福布斯说，"你就看着吧，那些人不把这个人搞垮，不让他吃点苦头，是不会善罢甘休的。如果他在有机会的时候，拒绝跻身中产阶级；如果他是一个捍卫自己性爱自由的男人，那么那些人会让他吃苦头的。他们最无法容忍的就是你在性方面开诚布公。你想多下流就多下流。事实上，你在性爱方面越下流，他们就越喜欢。但是，如果你坚信自己的性爱嗜好，并且不愿让旁人污蔑你的性生活，他们就会把你击垮。把性爱看作自然而然且生机勃勃的事——这是人类仅存的疯狂禁忌。他们自己尝不到这滋味，也不会让你得逞，他们会在此之前先把你杀死。你等着瞧吧，他们会对那个男人穷追猛打的。可他到底做错了什么呢？如果他使出各种招式和他的妻子做爱，他难道没有权利这么做吗？她应该为此感到骄傲才是。但你看，即使是那种低俗的贱女人也背叛了他，利用暴民对性的嗜血本能来摧毁他。面对性爱这件事，你得先假惺惺地啜泣表示后悔，要有罪恶感，并且对其表示恐惧，这样社会才会允许你去做爱。哦，他们不会轻易放过这个可怜的家伙的。"

这下，康妮的反感情绪转了一百八十度。他到底做错了什么？他对她自己，也就是康妮做了什么？他不过是给了她美妙的快感以及自由和活着的感觉罢了。他释放了她温暖而自然的性冲动。而为此，他们不会放过他。

不，不，不应该是这样。她眼前浮现出他的模样，白皙而赤裸的身体，晒黑的脸和双手，低头对着自己硬挺的阴茎说话，仿佛那是另一个生命，脸上闪烁着奇怪的笑容。她又听到了他的声音：你的屁股比哪个女人的都好看！她感受到他的手温暖而轻柔地在她臀间收紧，仿佛是赐福般抚上她的私处。这股暖流在她的子宫中流淌，她的膝间闪烁出小小的火苗，然后她说：啊，不行！我不能背弃这一切！我不能背弃他。我必须忠于他，无论艰难险阻，我都必须忠于他给予我的一切。是他给了我温暖和炽热的生命，在此之前我并不曾拥有这些。我不会背弃这一切的。

她做了一件轻率的事。她给艾薇·波尔顿写了一封信，随信还附了一张给守林人的便条，请波尔顿太太把便条转交给他。她对他说的是：

听闻你妻子给你造成了很大的困扰，我感到十分苦恼，不过别介意，那只是一种歇斯底里的表现。来得快，去得也快。但是我对此深感抱歉，我衷心希望你不要太过介怀。毕竟，不值得为这种人耿耿于怀。她只是一个歇斯底里的女人，想要伤害你。我十天后就回家了，我衷心希望一切都会好起来。

几天以后，克利福德寄来了一封信。他显然有些心烦意乱：

我很高兴听说你准备在十六号离开威尼斯。但如果你在那儿很享受，就不用急着回家。我们想念你，勒格比庄园想念你。但最为重要的是，你应该充分享受阳光，正如利多岛的广告上所说——阳光和睡衣。所以，如果威尼斯真的能够让你心情愉悦，并且能够让你做好准备度过家中可怕的冬季，那就请再多住些日子。就连今天，这里还在下雨。

我得到了波尔顿太太无微不至的悉心照料。她是个古怪的生物。我活得越久，就越意识到人类是多么奇怪的生物。有些人就像蜈蚣一样，拥有一百条腿，或者像龙虾一样，有六条腿。人们一直期望自己的同胞能够言行一致，保有人类的基本尊严，但实际上这两种品质似乎根本不存在。人们不禁要怀疑，自己身上是否还具备一丁点儿这些品质。

守林人的丑闻还没结束，而且像雪球一样越滚越大。波尔顿太太一直在给我说新的信息。她使我想到一种鱼,这种鱼虽然不会说话,可只要它活着,就能通过它的鳃无声地呼吸吞吐闲话。所有闲话都经过她两鳃的过滤,没有什么内容能使她吃惊。就好像别人生活中鸡毛蒜皮的琐事,就是她自己生活中必不可少的氧气。

她十分关注梅勒斯的丑闻,只要我允许她开口,她就会把细枝末节都讲给我听。她的愤怒主要是针对梅勒斯的妻子,她坚持称她为伯莎·库茨,那愤愤不平的样子简直就像是演员扮演角色时一般。我曾被拽到这世上像伯莎·库茨那类女人的肮脏的谎言深处,当我从流言蜚语的洪流中解脱出来,慢慢地浮到水面上时,我仰望光明,不禁怀疑,怎么会有这种事。

我们的世界看似是万物的表面,实际上是深海底部——所有的树木都是海底植物,我们则是奇怪的海底生物,身上长满鳞片,像小虾一样靠海里的腐肉为生,这在我看来是千真万确的事实。我们生活在深不见底的深渊之中,灵魂只有偶尔才会喘着粗气浮上来,上升到穹苍的表面,那里能呼吸到真正的空气。我坚信我们通常呼吸的空气是某一种水,而男人和女人不过是某种鱼类。

但有时,灵魂从海底深处捕食之后,确实会像三趾鸥一样,狂喜地朝着光明飞射出去。我想,在人类的海底丛林中,猎杀在海底生活的那些可怕同类为食,这大概是我们人类的宿命。但我们不朽的命运是逃离,一旦我们吞下了海底的猎物,就会从古老的海洋表面进入真正的光明,再次进入明亮的苍穹之中。到那时,人类就会意识到自己的永恒天性。

当我听波尔顿太太讲这些事情时,我觉得自己在不断地下沉,往下沉,坠入承载着人类秘密的鱼儿摇摆、游动的深渊。肉欲让我啄了一口猎物——然后上升,再往上升,从潮湿的深海进入干燥的苍穹。对你,我可以讲述整个过程。可是和波尔顿太太在一起时,我只是感到一种坠入深渊的感觉,可怕地坠到大海最深处,和海草与苍白的怪物为伍。

恐怕我们只能解雇我们的守林人了。他那离家妻子的丑闻不但没有平息,反而引起了更强烈的反响。他妻子指控他做了一系列难以启齿的丑事,奇怪的是,这女人竟然设法得到了大部分煤矿工人妻子的支持,可怕的鱼,流言蜚语让整个村子变得腐臭。

我听说这个伯莎·库茨先把农舍和林中小屋搜了个底朝天,然后又把梅勒斯堵在他母亲家中。有一天,在她女儿放学回家的路上,她想把自己的女儿抢走,这姑娘和她母亲一个性子;小女孩非但没有亲吻这位慈母的手,反而狠狠地咬了她一口,结果这位慈母抡起另一只手就给了她一耳光,打得她摇摇晃晃地掉进了阴沟里。后来,是她既愤怒又担忧的奶奶把孙女救了上来。

这个女人吐出了数量惊人的毒气。她四处散播夫妻间床笫之事的具体细节,而这些细节通常应该深埋在婚姻的沉默之墓当中。在埋葬了十年之后,她选择把这些细节挖掘出来,还事无巨细地列举出来,实在匪夷所思。我从林利和医生那里听到了这些细节——医生对此挺感兴趣的。当然,其实也没什么大不了的。人类总是对不寻常的性爱姿势有特别的欲望,如果一个男人和他老婆做爱,喜欢用本韦努托·切利尼[1]口中的"意大利式[2]",那

---

[1] 本韦努托·切利尼(1500—1571),意大利金匠、画家、雕塑家。著有《切利尼自传》,该著作极具个人主义色彩,出类拔萃,具有史料价值,被认为是16世纪最重要的文献之一。
[2] 切利尼在其自传中提到,此处指的是"肛交"。

是他个人喜好的问题。不过,我倒是没想到我们的猎场守林人居然懂那么多招式。毫无疑问,是伯莎·库茨自己先怂恿他这么做的。无论如何,这是他俩私人的脏事,与其他人毫无关系。

然而,所有人都在听这些传闻——就连我自己也未能免俗。如果放在十几年前,人们基本的体面会让这种事平息下来。但基本体面已经不复存在,煤矿工人的妻子们全都奋起反抗,丝毫不为自己说的话而感到羞愧。这都让人觉得,在过去的五十年里,泰维尔肖的每一个孩子都是处女生出来的,我们每个不信国教的女性都是光辉的圣女贞德。我们可敬的猎场守林人只是有点拉伯雷[1]的气质,这似乎就让人们觉得他比克里平[2]这样的杀人犯更恐怖、更吓人。然而,如果要相信所有传言的话,那么泰维尔肖这群人也是一群放浪之徒。

麻烦的是,可恶的伯莎·库茨到处传播的不只是自己的经历和苦难。她扯着嗓子大呼小叫,说她丈夫一直在农舍里"藏"女人,还肆无忌惮地说出几个女人的名字。她把几个正派的女人拖进泥沼之中,事情已经发展到不可收拾的地步。法院对伯莎·库茨发出了禁令。

我不得不和梅勒斯当面探讨这件事,因为根本无法让那个女人远离树林。他举止和往常一样,带着迪河上的磨坊工那股气势——如果没人在乎我,那我谁也不在乎,不,我不在乎![3]然

---

[1] 弗朗索瓦·拉伯雷(约1494—1553),文艺复兴时期法国人文主义作家之一,其作品语言直白,喜欢谈论性。
[2] 指因为毒杀自己的妻子,于1910年在伦敦被吊死的霍利·克里平医生。
[3] 改编自爱尔兰剧作家艾萨克·比克斯塔夫(1735—1812)的乡村歌剧《村庄里的爱》(1762),原句为:我不在乎任何人,不,我不在乎,如果没有人在乎我的话。

而，我敏锐地猜测，他就像一条尾巴上拴着锡罐的狗——尽管他很好地假装那锡罐不存在。但我听说，在村里，如果妇女们看到他经过，会把她们的孩子叫开，就仿佛他是萨德侯爵[1]本人似的。他厚着脸皮继续过日子，但恐怕锡罐早已牢牢地拴在他的尾巴上了，而在内心深处，他就像西班牙民谣里的唐·罗德里戈[2]那样反复念叨着："啊，现在它咬住了我罪孽最为深重的部位！"

我问他觉得自己还能否胜任树林里的工作，他说他认为自己并没有疏忽职守。我告诉他，那女人擅自闯入林中是件麻烦事，他对此的回答是：他没有权力逮捕她。然后，我婉转地提及他的丑闻，以及给人带来的不快。"是的，"他说，"人们应该操心自己的性生活，这样他们就不会想去听一大堆关于其他男人怎么上床的闲话了。"

他说这话时带着几分苦楚，但毫无疑问，这句话确实包含着事实。可是，他这种讲话方式，既不文雅，又缺乏尊重。我就暗示了这么多，然后我又听到了锡罐的响声。"克利福德爵士，像您这样身体情况的人，不应该因为我两腿之间那玩意儿而挖苦我。"

口无遮拦地对所有人说这样的话，当然对他一点帮助也没有。教区牧师、林利和巴勒斯都认为，最好让这个人离开这里。

我问他，是否真的让女人在村舍留宿，他只是说："怎么，克利福德爵士，这和您有什么关系？"我告诉他，我要求人们在我的领地上必须行为得体，他对此回答道："那您就得让那些女

---

[1] 多拿尚·阿勒冯瑟·冯索瓦·德·萨德（1740—1814），法国作家，历史上最受争议的色情文学作家之一，被称为情色小说鼻祖，代表作有《索多玛120天》等。
[2] 西班牙歌谣《唐·罗德里戈的忏悔中》的主人公，因性生活不检点，被惩罚抱着两条巨蟒，一条咬着他的心脏，另一条咬着他的阳具。

人把嘴闭紧。"当我追问他在村舍里的生活作风时,他说:"您完全可以编造一段我和我家母狗弗洛西的丑闻。您错过了大好机会。"事实上,要找个厚脸皮的典范,真的很难找到比他厉害的。

我问他,另找一份工作会不会比较困难。他说:"如果您是在暗示想把我辞掉的话,那再简单不过了。"所以,他丝毫不介意干到下个周末就离开,而且显然很乐意把与工作相关的技巧都传授给一个名叫乔·钱伯斯的年轻人。我告诉他,等他离开时,我会额外多付给他一个月的工资。他说他情愿我留着这笔钱,因为我没必要感到良心不安。我问他这话是什么意思,他说:"克利福德爵士,您不额外欠我什么钱,所以您也不必多付我工资。如果您看我还有什么不对,直接告诉我就好。"

好了,事情暂时告一段落了。那女人已经离开了,我们不知道她去了哪里,但是如果她在泰维尔肖露面,就有可能被逮捕。我听说她非常害怕坐牢,因为她的确罪有应得。梅勒斯将于下个星期六离开,这里很快就会恢复正常。

此外,我亲爱的康妮,如果你愿意在威尼斯或是瑞士待到八月初,我会很高兴,因为那样一来,你就可以彻底躲过这一切龌龊的流言蜚语,到了月底,这些流言蜚语就会销声匿迹。

所以你看,我们是深海怪物,当龙虾走过泥潭,它会带起泥沙把水搅浑。我们必须冷静地面对这件事。

克利福德的信中满是愤慨,却没有一丝同情之心,让康妮十分反感。但当她收到梅勒斯的来信后,她才更明白克利福德信中的意思。

秘密已经泄露了，还一并抖出了其他的事。你已经听说了，我老婆伯莎要重新投入我毫无感情的怀抱中，而且还硬住进了农舍，请原谅我用词无礼，她从一瓶科蒂香水中嗅出了背叛的气息。至少在之后的几天里，她并没有找到其他的证据，直到后来发现了烧毁的结婚照，开始鬼哭狼嚎。她在收拾好的卧室里看到了相框玻璃和背板。不幸的是，有人在背板上潦草地画了几幅素描，还反复写了好几个名字首字母的缩写：C. S. R.。然而，这也并没有提供什么线索，直到她闯入林中小屋，发现了你的一本书，是女演员朱迪丝的自传，扉页上写着你的名字——康斯坦斯·斯图尔特·里德。在这之后的几天里，她四处宣扬说我的情人不是其他人，正是查泰莱夫人本人。这消息终于传到了教区牧师巴勒斯先生和克利福德爵士的耳中。然后，他们对我的老婆提出了诉讼，因为她一向怕死了警察，直接就逃跑消失了。

克利福德爵士要求见我，于是我就去见了他。他拐弯抹角地说话，似乎很生我的气。然后，他问我知不知道连夫人的名字也被提及。我说我一直都不曾理会那些流言蜚语，居然从克利福爵士本人口中听到这一信息，感到十分惊讶。他说，这当然是莫大的侮辱。我告诉他，在我洗手池旁的日历上画着玛丽女王[1]，那毫无疑问，女王陛下也成了我后宫的成员。但他并不欣赏这种讽刺。他几乎直接指责我是个不要脸的人，而且连马裤扣子都没扣就四处招摇。我相当于直接对他说，反正他连裤子扣子都不用解开。于是他就把我炒了，下周六我就会离开。因此，这地方以后

---

1 当时英国国王乔治五世的妻子。

和我毫无瓜葛了。

我会前往伦敦,我以前的房东英格太太住在科堡广场十七号,她会给我提供一个房间,或者帮我另外找个住处。

可以肯定的是,常走夜路总会见鬼[1],尤其是如果你还娶了一个叫作伯莎的女人。

信中只字未提康妮,也没有一句问候她的话。康妮对此感到生气。他本可以说几句安慰她或者让她放心的话。但她知道,他是要给她自由,让她自由地回到勒格比庄园,回到克利福德身边。这一点也让她火大。他大可不必装出骑士风度。她真希望他对克利福德说:"是的,她是我的情人,我的情妇,而我为此感到骄傲!"但他的勇气不足以支撑他做到这一步。

所以,在泰维尔肖,他俩的名字已经被人放在一起讨论了!真是一团糟。但谣言很快就会消散。

她很生气,那种复杂而混乱的怒火让她变得迟缓无力。她不知道该做些什么,也不知道该说些什么,所以她干脆什么也不说、什么也不做。她在威尼斯的生活照旧,和邓肯·福布斯一起乘着贡多拉出海,泡海水浴,任凭时光流逝。邓肯十年前曾疯狂地爱过她,现在再次爱上了她。但她对他说:"我对男人的要求只有一个,那就是别来打扰我。"

所以邓肯没有继续来打扰她——他其实很高兴自己能做到这一点。即便如此,他内心还是对康妮怀有独特而温柔的爱意,

---

[1] 出自《圣经·旧约》的《民数记》第三十二章二十三节,领袖摩西通过这句话告诫加德和如本的子孙不要得罪耶和华,他们的罪过会使流放的以色列人受更多的苦。

他想要陪伴在她身边。

"你有没有想过,"有一天他对她说,"人与人之间的联结是多么匮乏。看看丹尼尔!他英俊得就像太阳之子。但你看,在他那英俊的外表之下,却显得如此孤独。不过,我敢打赌,他有妻子和家庭,而且绝不可能抛家弃子。"

"那你去问问他。"康妮说。

邓肯真的去问了。丹尼尔说他已经结婚了,有两个儿子,分别是七岁和九岁。但说这些的时候,他并没有流露出多少真情实感。

"也许只有那些真正能够和别人产生联结的人,才会显露出那种遗世独立的模样。"康妮说,"其他人则会有某种黏性,他们会和人群黏在一起,就像乔瓦尼。"她心里想着:就像你,邓肯。

第十八章

她必须决定下一步该怎么走。她打算周六离开威尼斯,梅勒斯也在同一天离开勒格比庄园——也就是六天后。这样一来,她下周一就可以到达伦敦,然后和他在那里碰面。她给他写了一封信,寄到他在伦敦的地址,让他给自己回信,寄到哈特兰饭店,并在周一晚上七点来找她。

她心中燃烧着怒火,那感觉既奇异又复杂,让她对外界反应变得十分麻木。她甚至不愿向希尔达吐露心事,她持续的沉默让希尔达有些受伤,于是希尔达和一个荷兰女人变得亲近起来。康妮讨厌女人之间那种令人窒息的亲密关系,而希尔达却总是反复陷入这种关系中。

马尔科姆爵士决定和康妮同行,邓肯可以陪着希尔达。这位老艺术家总是很会享受生活——他在东方快车上订了两张卧铺,尽管康妮不喜欢豪华列车,如今列车被庸俗堕落的气氛包围。不过,乘火车可以更快到达巴黎。

每当马尔科姆爵士准备回到妻子身边时,总是心不甘情不愿。这是和第一任妻子在一起时落下的毛病。不过,家里很快要举办松鸡狩猎派对,他想提前回去做准备。康妮皮肤晒得黝黑,看上去明艳动人,她静静地坐着,无心欣赏窗外的风景。

"对你来说,回勒格比庄园有点无聊吧。"父亲注意到康妮的闷闷不乐,问了一句。

"我不太确定我是否会回勒格比。"她用那双蓝色的大眼睛盯着父亲的眼睛,唐突的口气吓了他一跳。父亲那双蓝色的大眼睛流露出惶恐的神情,他向来不是一个拘泥于社会伦理的男人。

"你是说你要在巴黎再住上一段时间?"

"不!我指的是再也不回勒格比庄园了。"

他正在为自己的小问题所烦恼,实在不希望自己还要替女儿分担忧愁。

"怎么了,突然之间?"他问。

"我怀孕了。"

这是她头一次对一个活人说出这句话,这似乎标志着她的生活出现了裂痕。

"你是怎么知道的?"她父亲说。

她笑了。

"我怎么知道的?"

"可这肯定不是克利福德的孩子吧?"

"不!是另一个男人的。"

她挺享受逗她父亲的。

"我认识这个男人吗?"马尔科姆爵士问道。

"不!你从来没见过他。"

两人沉默了好一阵。

"那你有什么打算?"

"我还不知道。这才是问题的关键。"

"不准备和克利福德修补关系了吗?"

"我觉得克利福德会接受这个孩子的。"康妮说,"上次你跟他聊完之后,他告诉我,他不介意我生个孩子,只要我谨慎行事。"

"在这种情况下,他这么说也算是明事理。那我觉得问题就解决了。"

"怎么个解决法?"康妮盯着她父亲的双眼问道。那双蓝色的大眼睛和康妮自己的眼睛很像,但他的眼神中会流露出某种不安,有时是像小男孩一样局促的神情,有时则是闷闷不乐的自私模样,但通常是快乐而谨慎的。

"你可以给克利福德生一个查泰莱家族的继承人,给勒格比庄园添一个准男爵。"

马尔科姆爵士的脸上露出些许愉悦的微笑。

"但我并不想这么做。"她说。

"为什么不呢?因为和另一个男人爱得死去活来?好吧!如果你想听我说建议,我的孩子,我告诉你。一切照旧。勒格比庄园矗立在那儿,并且将屹立不倒。这世界的外部或多或少已经固定不变,我们必须自己去适应它。但在这个世界的内部,在我个人看来,我们可以让自己开心。感情是会变化的。你可能今年喜欢这个男人,明年又喜欢上其他男人。但勒格比庄园仍然屹立不倒。只要勒格比支持你,你就忠于勒格比。然后想怎么让自己开心就都行。但你要是和勒格比庄园一刀两断,就得不到什么好处。如果你想要和它一拍两散也是可以的。你有独立的经济来源，这是唯一不会让你失望的东西，但这笔钱也不是什么大数目。给勒格比庄园添个小准男爵。这是一件有意思的事儿。"

马尔科姆爵士往后靠着椅背，又露出了笑容。康妮没有回答。

"我希望你终于有了个真正的男人。"过了一会儿，他对她说，一副为老不尊的模样。

"我是有了。这就是问题所在。世上没几个真男人。"她说。

"老天啊，确实如此！"他若有所思地说，"的确没几个！好吧，我亲爱的，瞧瞧你，他是个幸运的男人。他不会给你添麻烦吧？"

"哦，不会！他完全让我自己做主。"

"当然！当然！这才是男子汉应有的行为。"

马尔科姆爵士很高兴。康妮是他最宠爱的女儿，他一向喜欢她身上的女性气质。希尔达遗传了太多她母亲的性子，康妮和姐姐不一样。而且他一向不喜欢克利福德。所以他很高兴，对康妮也十分温柔，就仿佛这未出生的孩子是他的孩子一样。

他把康妮送到哈特兰饭店，确保她安顿好，然后回自己的俱乐部了。康妮拒绝了父亲当晚要陪她的好意。

她收到了梅勒斯的一封信：

我不去你住的饭店了，但七点钟我会在亚当街的金鸡咖啡馆门口等你。

他站在那儿，高高瘦瘦，身穿一套正式的薄的黑西服，和以往完全不一样。他天生有一种与众不同的气质,却不像她自己阶层里仿佛是一个模子刻出来的样子。然而,她一眼就看得出来,他在任何一个阶层都可以游刃有余。他有种与生俱来的涵养,这确实比那种一个模子刻出来的贵族阶层要好多了。

"啊,你来了!你看上去气色真好!"

"是的!但你看起来不太好。"

她忧心忡忡地看着他的脸。他瘦了,颧骨都突了出来。但他双眼带着笑意看着她,和他在一起,她感到很自在。就这样,刹那间,她那种要努力保持形象的压力消失了。从他体内流淌出的某样东西,使她内心感到自在和快乐,让她感到安心。以女性此刻追求幸福的敏锐本能,她立刻感应到了这一点。"有他在我感到幸福!"任凭威尼斯阳光普照,都无法给她带来这种内心的充盈和温暖。

"那事对你来说很可怕吧?"她坐在桌子对面问他。他太瘦了;她这下看得更清楚了。他的手放在桌上的姿势是她所熟悉的,就像一只熟睡的动物,一副满不在乎的奇怪模样。她多渴望能握起他的手,亲吻它。但是她没这个胆子。

"人们总是很可怕的。"他说。

"你很介意吗?"

"我很介意,一直都挺介意的。我知道如此介意很愚蠢。"

"你觉得自己像条尾巴上拴着锡罐的狗吗?克利福德说你给人这种感觉。"

他看着她。此时此刻的她太过残忍——因为他的自尊心受到了极大的伤害。

"可能我是有点像。"他说。

她从来不知道,他是何等厌恶这种侮辱。

二人沉默了许久。

"那你想我吗?"她问。

"我很高兴你没有被牵扯进来。"

又是一阵沉默。

"可是,大家相信你和我的传闻吗?"她问。

"不!我觉得至少暂时不会的。"

"克利福德呢?"

"要我说他也不信。他想都没想就把这事压下去了。但发生了这样的事,他自然不会想再见到我了。"

"我怀孕了。"

他脸上的表情,乃至全身都彻底僵住了。他用幽暗的双眼望着她,她完全看不懂他的眼神意味着什么——就像一个燃烧着黑色火焰的幽灵在看着她。

"说你很开心!"她抚摩着他的手恳求道。她看见他心里涌起某种狂喜之情。但那喜悦随即就被某种莫名的东西掩盖了。

"这就是未来。"他说。

"可是难道你不高兴吗?"她追问道。

"我对未来极其不信任。"

"但你不必为任何责任问题而担忧。克利福德会把这个孩子视如己出,他会高兴的。"

她看见他脸色发白,听到这话时畏缩了。他没有回话。

"我应该回到克利福德身边,给勒格比庄园添一个小准男爵吗？"她问。

他望着她，脸色苍白，十分疏离。他脸上闪过一丝难看的苦笑。

"你不必告诉他孩子的父亲是谁吧？"

"哦！"她说，"只要我想，就算他知道了真相，也会接受的。"

他考虑了一会儿。

"是啊！"他最终自言自语道，"我想他会的。"

又是一阵沉默。二人之间隔着一道巨大的鸿沟。

"但是你不希望我回到克利福德身边去，对吧？"她问他。

"那你自己是怎么打算的？"他答道。

"我想和你一起生活。"她简单明了地说。

当他听到她说出这话时，腹间不由得蹿起一小团火焰，他低下了头。然后，他又抬头看着她，满眼担忧。

"如果你觉得值得的话。"他说，"我一无所有。"

"你拥有的比大多数男人都多。拜托，你清楚这一点的。"她说。

"在某种程度上，我明白。"他沉默了一会儿，思索着。然后他继续说："他们以前常说我太像女人。但事实并非如此。我不是女人，并不能因为我不想射鸟、不想赚大钱或者不想出人头地，就说我像女人。我本可以轻而易举地在军队里往上爬，但我不喜欢军队。虽然我能把那些士兵管理得服服帖帖——他们都爱戴我，而我一生气，他们对我又敬又怕。不是因为这一点，都怪那些愚蠢无能的上级，是他们把军队搞死了——彻头彻尾地愚蠢死了。我喜欢那些士兵，他们也喜欢我。但我无法忍受这个世界当权者的胡言乱语和专横无礼。这就是我无法出人头地的原因。我厌恶金钱的厚颜无耻，也厌恶阶级的厚颜无耻。所以，在这样的一个世界里，我能给一个女人什么？"

"可是为什么要给什么呢？这又不是在做买卖。这只是因为我们彼此相爱。"她说。

"不，不！比那个要复杂得多。生活就是不断变化，继续前进。我没办法按照世俗的要求把自己的人生过到阴沟里，就是没办法。所以我自己就成了一张作废的车票。我没有权利让一个女人进入我的生活，除非我有所作为，至少在内心有所收获，好让我俩都保有新鲜感。假如要过上离群索居的生活，假如她是一个真正的女人，那男人必须把自己生活中的某些意义献给他的女人。我不能只做你的男宠。"

"为什么不能呢？"她说。

"为什么，因为我做不到。而且你很快就会厌恶这样的生活。"

"好像你无法信任我似的。"她说。

他脸上闪过一丝笑容。

"钱是你的，地位是你的，决定权在你手上。毕竟，我不过只是夫人您的性伴侣。"

"那你还是什么？"

"你完全可以问这个问题。毫无疑问，它是无形的。然而，对我自己来说，我至少是有价值的。我能看到自己存在的意义，虽然我很理解别人看不出这一点。"

"如果你和我一起生活，你存在的意义就会减少吗？"

他停顿了很久才答道："可能吧。"

她也停下来思考这一点。

"那你生存的意义究竟是什么？"

"我告诉你了，那是无形的。我不相信这个世界，不相信金钱，不相信进步，也不相信我们文明的未来。如果人类想要有未来，那当今社会就必须经历巨大的变革才行。"

"真正的未来会是什么样子的？"

"只有老天知道！我能感觉到我内心存在着某些东西，和愤怒交织在一起。但我不知道这到底意味着什么，我不清楚。"

"让我来告诉你好吗？"她直视着他的脸说，"让我来告诉你其他男人缺少而你所拥有的是什么，而正是这一点将决定未来。让我来告诉你，好吗？"

"那你就告诉我吧。"他答道。

"就是你温柔当中蕴含的勇气，正是这一点——就像你用手抚摩着我的臀部，说我有一个漂亮的屁股时那样。"

他脸上闪过一丝笑意。

"就是那个啊！"他说。

然后他坐在那里沉思。

"没错！"他说，"你说得没错。其实就是那一点。一直以来就是那么一回事。我和部下相处的时候，能感受到这一点。我必须和他们有肢体上的接触，而且不能有所退避。我必须对他们有身体上的觉知，即便在训练的时候让他们吃尽苦头，可还是要温柔地对待他们。正如佛陀所言，这是觉知的问题。但是，就连佛陀自己也会回避身体上的觉知，回避身体上本能的温柔，即便在男性之间，这些也是至善至真的——只要以一种恰当的男性方式表现。它让男人成为真正的男子汉，不那么像只猴子。是的！真的就是温柔，就是性的觉知。性实际上只是一种接触，是所有接触中最为亲密的一种。而我们恐惧的正是接触。我们只是意识混沌不清的活死人。我们必须彻底活过来、清醒过来。尤其是英国人，他们必须细腻一些、温柔一些，和彼此接触。这是我们迫切需要的。"

她看着他。

"那你为什么怕我呢？"她说。

他看了她很久才回答。

"我怕的是金钱，其实，还有地位。怕的是你心中的世界。"

"可难道我心中就不存在柔情吗？"她一脸渴望地说。

他低头看着她，幽暗的眼神变得恍惚起来。

"有是有！可时隐时现，和我心中的一样。"

"可是，难道你就不能相信我们对彼此的柔情吗？"她焦急地凝视着他问道。

她看见他的表情变得更加柔和，放下了防备。

"也许吧！"他说。

二人都没再开口。

"我想让你把我抱在怀里，"她说，"我想让你告诉我，你很高兴我们有了一个孩子。"

她看上去如此美丽，如此温暖，一脸渴望的神情，他的五脏六腑都为她躁动不安。

"我想我们可以去我住的地方。"他说，"不过这又会传出丑闻。"

但她又从他脸上看到了那副满不在乎的神情，他看上去温和而纯洁，一脸柔情。

他们沿着偏僻的街道走到科堡广场，他在那栋房子顶层租了一个房间，是个小阁楼，屋内有个煤气炉可以自己做饭。房间很小，但整洁得体。

她脱下自己的衣服，让他也脱了。怀孕初期的她满面红光，美丽动人。

"我不应该碰你的。"他说。

"不！"她说，"抚摩我！爱我，说你要我。说你会要我！说你永远不会让我离开，不会把我让给这个世界或者任何人。"

她悄悄靠近他，紧紧搂着他那清瘦而强壮的裸体，那是她唯一知晓的家。

"我会要你的。"他说。"只要你愿意，我就把你留下。"

他紧紧地抱住她。

"说你为这孩子感到高兴，"她重复道，"亲亲他！亲亲我的子宫，说你很高兴有了这个孩子。"

但这对他来说更加为难。

"我一直都很害怕把孩子带到这个世界上，"他说，"我真为他们的未来担心。"

"可是你已经把孩子放在我身体里了。温柔地对待他，那就是他的未来了。亲亲他！"

他颤抖了，因为她说的是事实。"温柔地对待他，那就是他的未来了。"——在那一刻，他对这个女人产生了纯粹的爱意。他亲了亲她的腹部以及她的私处，还深深地吻住了她子宫和子宫里胎儿所在的位置。

"噢,你是爱我的!你是爱我的!"她轻声呼喊出来,一如她欢爱时那毫无意识、含混不清的呻吟。他温柔地进入她体内,感到一股温柔的暖流正从他的体内流向她的体内,彼此间燃起了相惜的火焰。

当他进入她的身体时,他意识到这是他必须做的事,要温柔地和她接触,同时也不失去自己作为男人的骄傲、尊严和诚信。毕竟,如果她有钱有地位,而他却一无所有,那么他很可能会因为自尊心太强,太过骄傲,从而克制自己对她的柔情。"我支持人与人之间有身体觉知的接触,"他自言自语道,"以及有温柔的接触。她是我的战友。而这是一场战争,对手是金钱、机器以及世上那些麻木的理想化猴子。她会成为我的后盾。感谢上苍,让我拥有了一个女人!感谢上苍,让我拥有了一个支持我的女人,拥有了一个温柔而且能够感知到我的存在的女人。感谢上苍,她不恃强凌弱,也不是傻瓜。感谢上苍,她是个温柔又有觉知的女人。"当他的种子撒进她体内时,他的灵魂也奔向了她,这已经远远不只是在繁衍后代,而是一种创造性行为。

她这时已经下定决心,绝不会和他分开。但要采取什么方法和手段,仍有待考量。

"你恨伯莎·库茨吗?"她问他。

"别跟我提那个女人。"

"不行!你必须听我说。因为你之前喜欢过她。你曾经跟她,就像跟我一样亲密。所以你必须告诉我。你曾和她如此亲密,现在又这么恨她,这不是很可怕吗?为什么会这样呢?"

"我不知道。她似乎时刻准备着与我作对,时时刻刻——她那可怕的女性意志,她的自由!一个女人可怕的自由,最后演变成最野蛮的霸凌!哦,她总是以她的我行我素和我作对,就像往我脸上泼硫酸一样。"

"可是即使到了现在,她还是不愿和你离婚。她还爱着你吗?"

"不,不!如果说她还不肯放我离开,那是因为她那股邪火,她必须折磨我。"

"但她肯定爱过你。"

"没有!好吧,她确实有过那么一点爱。她被我所吸引。可我觉得,就连这一点她也很讨厌。她在某个瞬间是爱我的。但她总会把对我的爱收回去,然后开始折磨我。她最强烈的愿望就是折磨我,这完全没办法改变。她的意愿从一开始就是错的。"

"也许她觉得你并不是真的爱她,她想强迫你爱上她。"

"我的老天,那这也太过血腥了。"

"但你并不是真的爱她,对吧?这是你对不起她的地方。"

"可我怎么能爱得了?我最初尝试了,我最初试着去爱她。但不知怎的,她总要把我撕碎。算了,我们别谈这个了。这就是命中劫难,仅此而已。这女人是个灾星。最后一次,如果法律允许的话,我会像打白鼬一样一枪把她毙了:一个胡言乱语、幻化成女人形状的灾星!要是我能一枪毙了她,结束这一场悲剧,该多好啊!真应该允许我这么做。当一个女人完全被她自己的意志所支配,而她的自我意志和一切为敌,那就太可怕了,她最终应该吃枪子的。"

"那如果男人被自己的意志支配,最后难道不也应该吃枪子吗？"

"对啊！——都一样！但我必须摆脱这个女人，否则她又会来整我。我本来就想要告诉你的。如果可能的话，我一定要把婚离掉。所以我们必须谨慎行事。你和我，真的不能让别人看见我们在一起。如果她整到你我头上，那我是无论如何也无法容忍的。"

康妮仔细考虑了这番话。

"那么我们就不能在一起了？"她说。

"我们得分开六个月左右。但我想我的离婚判决九月就能下来，然后直到明年三月[1]。"

"可是孩子可能会在二月底出生。"她说。

他沉默了。

"我真希望像克利福德和伯莎这种人都死了。"他说。

"你对他们就不是很温柔了。"她说。

"对他们温柔？是啊，尽管如此，你能为他们做出最温柔的事，也许就是送他们去死。他们根本不知道什么是活着！他们只会破坏生活。他们内在的灵魂丑陋不堪。死亡对他们来说应该是美妙的。真应该允许我朝他们开枪。"

"但你不会这么做的。"她说。

"可是我想这么做！比我射杀一只黄鼠狼还更心安理得。无论如何，黄鼠狼有它的美，还有种孤寂感。但这种人渣到处都是。啊，我要毙了他们。"

---

[1] 在20世纪20年代的英国，离婚裁定等到六个月后无人提出异议才能生效，所以梅勒斯打算在离婚后等待六个月以确保成功。

"那么,也许是你不敢吧。"

"得了吧。"

康妮现在有许多事情要考虑。很显然,他想要彻底摆脱伯莎·库茨。她觉得他的做法很正确。那个女人上次的攻击太过狠毒——这意味着她要独自生活到春天。也许她可以和克利福德离婚。但要怎么离?如果提到了梅勒斯的名字,那么他的婚就离不成了。多让人恶心!人为什么不能说走就走,去到世界尽头,从这一切中解脱出来?

可的确不能。这年头,世界的尽头离查令十字路口[1]不到五分钟的路程。只要有无线电通信,就不存在什么天涯海角。达荷美共和国[2]的国王都能收听到伦敦和纽约的广播。

耐心!耐心!世界是一个庞大的机器,复杂得令人恐惧,如果不想被它撕得粉碎,就必须非常警惕。

康妮向她父亲说了实话。

"父亲,你看,他是克利福德猎场的守林人——但他之前是驻印度的军官。只不过他像 C. E. 弗洛伦斯上校一样,更愿意当个普通士兵。"

然而,马尔科姆爵士对那位著名的弗洛伦斯那种不切实际的神秘主义没有任何好感。他看过太多背后隐藏的是自我吹捧的谦逊。老爵士最为厌恶的自负,就是这种自我贬低式的自负。

"你的守林人是从哪儿冒出来的?"马尔科姆爵士恼火地问道。

"他是泰维尔肖煤矿工人的儿子。但他绝对能上得了台面。"

---

[1] 伦敦市中心的地标。
[2] 贝宁共和国的旧称。

这位被封为爵士的艺术家大为光火。

"在我看来，他就是一个傍大款的。"他说，"而且很显然，你是个很容易得手的金矿。"

"不，父亲，并非如此。如果你见到他，你就知道了。他是个男子汉。克利福德一直都很厌恶他的桀骜不驯。"

"显然，克利福德的直觉难得准了一回。"

马尔科姆爵士无法忍受的是他女儿与一个守林人私通的丑闻。他倒是不在乎私通这件事——他在乎的是丑闻。

"我不在乎那家伙。很明显，他已经把你哄得团团转。但是，天啊，想想那些流言蜚语。想想你的继母，她怎么能容忍这种事！"

"我知道，"康妮说，"人言可畏——尤其你还生活在上流社会当中。而且他也很想和自己的老婆离婚。我想或许我们可以说这是其他男人的孩子，完全不提及梅勒斯的名字。"

"其他男人的？你什么意思？"

"也许可以说是邓肯·福布斯的。他一直都是我们的朋友。他是一位相当知名的艺术家，而且他很喜欢我。"

"哎呀，见鬼了！可怜的邓肯！他这么做能得到什么好处？"

"我不知道。但他甚至可能会挺赞成这个主意的。"

"他会赞成，真的吗？好吧，如果他赞成的话，那他脑子就有点问题了。哎呀，你从来没和他做过什么，是吧？"

"没有！他也并不是真想和我发生关系。他只喜欢我陪伴在他身旁，并不喜欢我碰他。"

"我的老天，这是怎样的一代人！"

"他最希望我能给他当模特,让他作画。只是我一直不愿意。"

"愿上帝保佑他吧!但他看起来仿佛已经被蹂躏到什么都愿意了。"

"无论如何,你不介意流传出去他是孩子的父亲吧?"

"我的天,康妮,这些都是该死的阴谋诡计!"

"我知道!这让人恶心!可我又能怎么办呢?"

"阴谋,诡计;阴谋,诡计!让人觉得自己活得太久了。"

"得了吧,父亲,要是你一生中没有使过阴谋诡计,你才有资格这么说。"

"但我向你保证,那会儿和现在不一样。"

"总是不一样的。"

希尔达到了伦敦,听到新的事态发展时也火冒三丈。她也完全无法容忍自己的妹妹和一个守林人的丑闻闹得尽人皆知。实在是太丢人了!

"我们为什么不干脆销声匿迹,分头前往加拿大英属哥伦比亚省,这样不就不存在丑闻了?"康妮说。

但这主意行不通。丑闻终究还是会被曝光。而且如果康妮要跟那个男人离开,她最好能和他结婚。这是希尔达的主张。马尔科姆爵士不太确定。这段婚外情说不定会结束。

"但是你能去见见他吗,父亲?"

可怜的马尔科姆爵士!他一点也不想和这个男人见面。可怜的梅勒斯,他更不乐意。然而二人还是见了面——两位男士单独在俱乐部的一个包间里共进午餐,彼此上下打量着对方。

马尔科姆爵士喝了不少威士忌,梅勒斯也喝了些酒。他们一直在聊印度，梅勒斯对此十分了解。

这个话题一直持续到他们吃完午饭。直到上了咖啡，侍者离开后，马尔科姆爵士才点上一支雪茄，真挚地说："好吧，年轻人，我女儿你打算怎么办？"

梅勒斯的脸上闪过一丝笑容。

"嗯，爵士，她怎么了？"

"你已经让她怀上了你的孩子。"

"深感荣幸！"梅勒斯咧嘴笑着说。

"荣幸，老天爷！"马尔科姆爵士说，他"扑哧"一声笑了出来，变回苏格兰人那种放浪的模样，"荣幸！那么感受如何？很不错吗，我的孩子，怎么样？"

"很不错！"

"我敢说肯定不错！哈哈！那可是我的女儿，虎父无犬女，我告诉你！我自己也从来不会放过能做得痛快的机会。虽然她的母亲，啊，天啊！"他朝上翻了个白眼，"不过你把她焐热了，噢，你勾起了她的激情，我能看出来。哈哈！她身上有我的血液！你点燃了她枯竭的身体。哈哈哈！不妨告诉你，我非常高兴。她需要这个。啊，她是个好姑娘，是个好姑娘，我知道，只要有个该死的男人把她的欲火点燃，那她就不是省油的灯！哈哈哈！一个猎场看守，噢，我的孩子！要我说，你真是个偷猎好手。哈哈！但是现在，听我说，说正经的，我们该怎么办？言归正传，你知道的！"

正经话题他们没聊多少。梅勒斯虽然有点醉，但比老爵士清醒多了。他尽可能地让谈话正常进行，但也没聊出什么头绪。

"这么说你是守林人！哦，你干得好！这种游戏值得男人花时间，嗯，对吧？要检测一个女人，就是捏一把她的屁股。只需摸摸她的屁股，你就能知道她是否与你相投。哈哈！我羡慕你，孩子。你多大了？"

"三十九岁。"

老爵士扬起眉毛。

"都这么大了！不过，看你的样子，还能再潇洒二十年呢。噢，不管你是不是守林人，你都是一只斗鸡。我用一只眼睛都能看出来。不像那该死的克利福德！一条胆小的猎犬，一点儿种都没有，从来没有过。我喜欢你，我的孩子，我敢打赌你那家伙很好使；噢，你是一只矮脚斗鸡，我看得出来。你是个斗士。猎场看守！哈哈，天哪，我可不会把我的猎场托付给你！但是你看，说正经的，这事儿我们该怎么办？世界上到处都是该死的老娘们儿。"

说正经的，他们什么也没聊成，只是建立起了雄性之间那种古老的惺惺相惜的友谊。

"听着，孩子，如果有什么我能帮你做的，尽管开口。猎场看守！老天爷，但这很有意思！我喜欢！哦，我喜欢！这说明我女儿有胆量。是吧？毕竟，你知道她有自己的经济来源，不多，不算很多，但不至于饿肚子。我会把我的财产留给她的。上帝做证，我会这么做的。她在这个老女人掌控的世界里表现出胆识，这就是她应得的。过去七十多年来，我一直努力想从老女人的石榴裙下脱身，但还是没能成功。但你是真男人，我看得出来。"

"我很高兴您这么想。其他人通常会拐弯抹角地说我是只猴子。"

"哦，他们肯定会这么说！我亲爱的伙计，对所有那些老妇人来说，你不是猴子还能是什么？"

他们非常友好地和彼此告别，剩下一整天里，梅勒斯一直在心里偷着乐。

第二天，他与康妮和希尔达在一个隐蔽的餐厅共进午餐。

"真是太遗憾了，整个情况变得如此不堪。"希尔达说。

"我从中得到了不少乐趣。"他说。

"我觉得，在你们都能自由结婚生子之前，本应该避免怀上孩子的。"

"这火种上帝吹得有点早。"他说。

"我想这不能怪上帝。当然，康妮有足够的钱养活你们两个，但现在的情况让人难以忍受。"

"但是这并不需要你忍受多少，对吧？"他说。

"如果你和她属于同一个阶级的话就不用。"

"或者说如果我被关进动物园的笼子里。"

大家都相顾无言。

"我觉得，"希尔达说，"最好是她谎称另一个男人是孩子的父亲，完全不把你牵扯进来。"

"但我觉得我已经涉身其中。"

"我是说在离婚诉讼中这么说。"

他一脸惊诧地看着她。康妮之前没敢跟他提起找邓肯帮忙的计划。

"我搞不明白。"他说。

"我们有一个朋友可能会愿意假装是孩子的父亲——在离婚诉讼中做共同被告,这样就不用提到你的名字了。"希尔达说。

"你的意思是另一个男人?"

"当然!"

"可是她没有其他男人了吧?"

他惊讶地看着康妮。

"没有,没有!"她急忙说,"我们只是老朋友,很清白,没有男女之情。"

"那为什么这家伙要承担罪名?如果他从你身上得不到什么好处的话?"

"有些男人有骑士精神,并不只看重能从女人身上得到什么好处。"希尔达说。

"找个人代替我,嗯?但这个家伙到底是谁?"

"我们从小在苏格兰就认识的一个朋友,一位艺术家。"

"邓肯·福布斯!"他立刻脱口而出,因为康妮提起过这个人,"那你们怎样才能把责任推到他身上?"

"他们可以一起住在旅店里,或者她甚至可以住到他的公寓去。"

"在我看来,这实在有些小题大做。"他说。

"你还有别的主意吗?"希尔达说,"如果提到你的名字,你就没法和你妻子离婚了,她显然是一个相当难缠的人。"

"这都是些什么事啊!"他郁闷地说。

又是长时间的沉默。

"我们可以一走了之。"他说。

"康妮没办法一走了之。"希尔达说,"克利福德的名声太大。"

强烈的沮丧情绪让三人陷入沉默。

"现实世界就是如此。如果你们想一起生活而不遭受迫害,那就必须结婚。想要结婚,你们就都得先离婚。所以你们打算怎么处理?"

他沉默了很久。

"那你打算怎么替我们安排这事?"他说。

"我们先看看邓肯是否同意充当共同被告,然后我们必须让克利福德跟康妮离婚,而你必须继续办理你的离婚,在你们恢复自由之前,必须暂时分开。"

"听起来像是个疯人院。"

"可能吧!世人会把你们当疯子看,或者比疯子更糟。"

"有什么比疯子还糟的吗?"

"我想是罪犯吧。"

"我还真希望能多捅几刀呢。"他冷笑着说。然后开始生起了闷气。

"好吧!"他最终说道,"我什么都同意。世界是一个疯狂的白痴,没人能杀死它,虽然我是想竭尽全力把它干掉。但你是对的。我们必须尽力自救。"

他看着康妮,目光中流露出屈辱、愤怒、疲倦和痛苦。

"我的姑娘!"他说,"世界要往你的屁股上撒盐了[1]。"

"如果我们不屈服,他们就抓不住我们。"她说。

---

1 民间谚语,往鸟的尾巴上撒盐会让鸟暂时无法飞行,从而捕获,引申为"抓住某人"。

对于密谋对抗世界这档子事，她不像他那么介意。

姐妹俩与邓肯商量时，他也坚持要见见那个有罪的守林人，于是大家一起共进晚餐，这次是在他的公寓里——四个人一起。邓肯是个矮壮、皮肤黝黑、哈姆雷特般沉默寡言的人物，一头黑色的直发，有着奇怪的凯尔特人式的自负。他的画中全是管子、阀门和螺旋形，色彩奇怪，超现代风格，但又蕴含着某种力量，甚至在形式和色调上十分纯粹——只是梅勒斯认为这些画残酷而令人反感。他不敢将这些感受说出口，因为邓肯对自己的艺术主张几近疯狂——这对他来说是一种个人崇拜、个人的宗教。

他们在画室里看画，邓肯那双棕色的小眼睛一直盯着另一个男人看。他想听听守林人会怎么说。他已经知道康妮和希尔达的看法了。

"这就像是纯粹的谋杀。"梅勒斯终于开口道。邓肯万万没想到这番话会出自一个守林人之口。

"那有谁被谋杀了呢？"希尔达相当冰冷地讥讽道。

"我！它谋杀了一个人所有的恻隐之心。"

艺术家心中涌起一股纯粹的恨意。他从另外那个男人的语气中听出了厌恶和轻蔑。而他自己痛恨别人提起恻隐之心。那种病态的情感！

梅勒斯站在那里，高高瘦瘦的，看上去很疲惫，他以飘忽不定的疏离眼神望着那些画，就像一只飞蛾在画布上翩翩起舞。

"也许被谋杀的是愚昧，多愁善感的愚昧。"艺术家讥笑道。

"你这么认为吗？我觉得所有这些管子和振动的波纹比任何东西都更为愚蠢，而且还很多愁善感。在我看来，它们表现出极端的自怨自艾，以及神经质般的自以为是。"

另一波恨意让艺术家的脸色变得蜡黄。但他仍然保持着高傲的姿态，一言不发地把画作转向了墙壁。

"我想我们可以去餐厅了。"他说。四个人接连走出画室，气氛十分沉闷。

喝完咖啡，邓肯说："我一点也不介意冒充康妮孩子的父亲。但有个条件，她要来给我当模特。多年来，我一直想让她当我的模特，但她总是拒绝。"他说这话时的语气，就像中世纪宗教大审判官宣布火刑的最终宣判一样。

"啊！"梅勒斯说，"那么，你是有条件才答应帮忙的？"

"当然！只有答应这个条件，我才会帮忙。"这位艺术家在讲话的过程中，试图表现出对另一个男人极度的蔑视。他做得有点过了。

"最好同时也让我来当模特。"梅勒斯说，"最好把我俩画在一起，伏尔甘[1]和维纳斯被困在艺术之网当中。在我当守林人之前，我曾经做过铁匠。"

"谢谢你，"画家说，"我对伏尔甘的胴体没兴趣。"

"就算把他弄成管子的模样，再修饰一番也不行？"

没有回答。这位艺术家已经不屑于继续和梅勒斯说话了。

这是一个沉闷到极点的聚会。在那之后，艺术家一直忽略另一个男人的存在，只和两位女士对话，言辞十分简单，仿佛那些辞藻是从他阴郁自负的内心深处挤出来的。

---

[1] 罗马神话中的火神，维纳斯的丈夫，他抓住了妻子和战神偷情，用网把这对情人罩住。

"你不喜欢他,但他没那么糟糕,真的。他其实很善良。"他们离开时康妮解释道。

"他是一条痴迷于螺纹还得了犬瘟的小黑狗。"梅勒斯说。

"的确,他今天不太友好。"

"你愿意去给他当模特吗?"

"哦,我其实不那么介意。他不会碰我的。只要这能为你和我之后共同生活铺出一条路来,那我什么都不介意。"

"但他会在画布上亵渎你。"

"我不在乎。他只是把他对我的感觉画出来,而我不介意他那样做。我绝对不会让他碰我的。但是,如果他认为用他那猫头鹰般的艺术家的眼睛盯着我看就算是做了什么,那就让他盯吧。他可以随心所欲地把我画成空管子或是波纹。这是他要操心的事。他因为你说的那些话而讨厌你,你说他那些管子艺术多愁善感又自以为是。不过你说得当然没错。"

第十九章

亲爱的克利福德,恐怕你所预料的事情已经发生了。我确实爱上了另一个男人,希望你能和我离婚。我现在和邓肯一起住在他家中。我跟你提过他和我们一起在威尼斯游玩。我为你感到非常难过,但请尽量心平气和地接受这一事实。你实际上也不再需要我了,我也无法忍受再回到勒格比庄园。我感到非常抱歉。但请试着原谅我,和我离婚,找一个比我更好的伴侣。我并不适合你,我想我太缺乏耐心,也太自私。但我再也无法回去和你一起生活了。对你,对这一切,我感到非常抱歉。但如果你不让自己情绪激动,你就会发现你对此没那么在意。你其实并不真的在意我这个人。所以请原谅我,放我走吧。

克利福德收到这封信时,内心并没有感到惊讶。在内心深处,他早就知道她要离开自己了。但他完全拒绝在表面上承认这一点。因此,从表面上看,这封信对他来说是最可怕的打击。他表面上始终平静地表现出对妻子的信任。

我们就是这样。我们凭借着意志的力量,把内心的直觉和外在的知觉切断。这会造成恐惧或是焦虑不安的状态,等事情发生的时候,这种状态会让打击的威力增强十倍。

克利福德就像个歇斯底里的孩子。他面色惨白且茫然地坐在床上,把波尔顿太太吓坏了。

"怎么了,克利福德爵士,发生什么事了?"

没有回答!她吓死了,生怕他中风了。她急忙摸摸他的脸和脉搏。

"哪里疼吗?试着告诉我您哪里疼。告诉我啊!"

没有回答!

"啊,天啊,天啊!我得给谢菲尔德的卡林顿医生打电话,干脆直接让莱基医生马上过来。"

她正往门口走时,传来他空洞的声音:"不用!"

她停下脚步转身看着他。他面色土黄,表情呆滞,看上去像个白痴。

"您的意思是不想让我去请医生?"

"是的!我不需要医生。"他的声音十分阴森。

"噢,可是克利福德爵士,您身体不适,我可承担不起这个责任。我必须去请医生,否则别人会责怪我失职的。"

片刻的沉默,然后那个空洞的声音又响起了:"我没有生病。我妻子不回来了。"——仿佛是一座雕像在说话。

"不回来了?您指的是夫人吗?"波尔顿太太往床边走了几步,"噢,您可别胡思乱想。夫人一定会回来的。"

床上的雕像表情没有丝毫变化,但他把一封信从床罩上推了过来。

"你看!"他用阴森的语气说道。

"哎呀,如果这是夫人写的信,我相信夫人是不会想让我看她写给您的信的,克利福德爵士。如果您愿意,您可以告诉我她说了些什么。"

但那张脸上的表情仍然丝毫没变,凸起的蓝眼睛眨都没眨一下。

"看吧!"他又说了一次。

"好吧,如果我必须这么做,是因为我遵循您的指令,克利福德爵士。"她说。

然后她看完了那封信。

"呃,夫人这么做真让我震惊,"她说,"她明明如此诚恳地承诺,说她会回来的!"

床上那张脸上的表情似乎变得更加疯狂,更加僵硬和恍惚。波尔顿太太看着那张脸,很是担心。她知道自己将要面对的是什么——男性的歇斯底里症。她在护理士兵的过程中,对这种麻烦的癔症有所了解。

她对克利福德爵士有些不耐烦了。任何一个头脑清醒的男人都会知道自己的妻子爱上了别人,并且准备要离他而去。她甚至可以肯定,克利福德爵士内心深处是绝对清楚这一点的,只是他不愿意承认罢了。如果他早些承认这一点,并为此做好准备,或者他承认了这一点,并积极地和妻子一起努力挽回婚姻,那他还比较像是个男子汉。但是并没有!他明明知道,却一直试图欺骗自己,说事实并非如此。他感受到魔鬼在扭他的尾巴,却假装那是天使在对他微笑。这种自欺欺人的状态,现在已经带来了虚伪和混乱的危机,也就是歇斯底里,这其实是一种精神错乱。"事情之所以发展到这个地步,"她带着一丝对他的恨意,内心想着,"是因为他一直都只想着自己。他如此沉迷于自己不朽的自我之中,以至于遭受挫折时,他就像一具包裹在自己的绷带当中的木乃伊。瞧瞧他那副模样!"

但陷入歇斯底里的状态是很危险的,而她是护士,把他从这情绪中解救出来是她的责任。任何唤起他男子气概和自尊心的尝试,只会让他的状态变得更糟——因为他的男子气概已经消失殆尽,就算不是彻底消失,也是暂时不复存在了。他只会像虫子一样蠕动,变得越来越软,精神变得越来越混乱。

唯一的办法就是释放他的自怨自艾。就像丁尼生[1]笔下的那位贵妇,他必须哭出来,否则就会死去。

于是,波尔顿太太率先痛哭起来。她用手掩面,突然轻声啜泣起来。"我真不敢相信夫人能够做出这样的事,我不敢相信!"她哭了起来,突然唤醒了她过去所有的悲痛和哀伤,开始为自己的痛苦与懊丧而流泪。她的痛哭看起来非常真诚,因为她的确有值得为之哭泣的过往。

克利福德一想到康妮这个女人如何背叛自己,再加上被波尔顿太太悲伤的情绪所传染,泪水涌入他的眼中,顺着他的脸颊流了下来。他在为自己而哭泣。波尔顿太太一看到他那张毫无表情的脸上流下眼泪,就急忙用她的小手帕擦干自己沾满泪水的脸,倾身靠向克利福德。

---

[1] 阿尔弗雷德·丁尼生(1809—1892),英国维多利亚时代最受欢迎及最具特色的诗人,此处指的是其诗作《公主》中的人物。

"好了,您不要苦恼,克利福德爵士!"她动情地说,"好了,不要苦恼,不要苦恼,您这样只会伤着自己的身子!"

他安静地抽泣着,倒吸一口气时,身体突然颤抖了一下,眼泪顺着他的脸流得更快了。波尔顿太太把手放在他的胳膊上,自己的眼泪又流了下来。他再次浑身颤抖,一阵痉挛,她用双臂搂住他的肩膀。"好了!好了!好了!好了!您就别苦恼,别苦恼了!别伤心了!"她悲叹道,自己的眼泪也流个不停。她把他拉向自己,环抱着他宽阔的肩膀,而他则把脸埋在她胸前不停啜泣着,他宽大的肩膀笨重地上下抖动。与此同时,她轻轻地抚摸着他那淡金色的发丝说:"好了!好了!没事了!都过去了!都过去了!没关系的!都没关系的!"

他伸出双臂搂住她,像个孩子似的紧紧依偎在她身上,泪水浸湿了她浆洗过的白围裙领口以及淡蓝色棉衣的衣襟。他终于完全释放出了自己的情绪。

于是,她最终吻了吻他,把他搂在胸前轻轻摇晃,在心里自言自语道:"唉,克利福德爵士!啊,趾高气扬的查泰莱家族!你们已经沦落到这个地步了吗!"最后,他像孩子一样进入了梦乡。她觉得自己筋疲力尽,就回到自己的房间。在房中,她又哭又笑,自己也有些歇斯底里了。太荒谬了!太可怕了!如此落魄!太丢人了!而且也很让人难过。

打那天之后,克利福德和波尔顿太太相处的时候,表现得就像孩子一样。他会拉着她的手,把头靠在她胸前。有一回,她轻轻地吻了他一下,他说:"好啊!吻我!吻我!"在她用海绵擦洗他那白皙健壮的身体时,他也会说同样的话:"吻我!"她会随意在他身上的某个部位轻轻落下一吻,带着逗弄他的意味。

他躺在那里,表情古怪又空洞,像个孩子,还带着一点孩子的好奇。他会用孩子气的大眼睛注视着她,像崇拜圣母般轻松自在。这对他来说,是彻底的放松,放下了自己所有的雄性尊严,退回到儿童时期的状态,这行为很反常。然后他会把手伸进她的怀里,抚摸她的乳房,欣喜若狂地亲吻,成年男人回到儿童时期的心理——这种狂喜是反常的行为。

波尔顿太太既兴奋又羞愧,她对这种行为爱恨交织。可是,她从来没有拒绝或是责备过他。两个人肉体之间的关系变得更为亲密,这是一种反常的亲密关系,他退化成孩童,可以毫不掩藏地表达自己的坦率和好奇,这看上去几乎就是某种宗教上的狂喜,简直就是对"除非你再次变回幼儿[1]"这句话变态而真实的诠释。——而波尔顿太太则成为万物之母,拥有无穷的力量和权力,用自己的意志力和爱抚把这个金发的大男孩完全控制于股掌之中。

克利福德现在成了孩子般的男人——过去多年间他一直在转变成孩童,奇怪的是,当他以这样的状态出现在外界,反而比他过去作为大男人时更为敏锐、更为精明。这个扭曲的大小孩现在成了一个真正的生意人。在处理业务时,他是个十足的男子汉,如针般尖锐,如钢般坚硬。当他出去和其他男人打交道,为了达到自己的目的,让自己的矿井赚钱时,他表现出让人难以置信的精明、强硬以及果断的魄力。似乎在被迫献身给万物之母

---

[1] 出自《马太福音》第十八章第三节。

后,他获得了对于物质世界中商业经营的洞察力,而且他还被赋予了某种神奇的超人类力量。他沉湎于个人情感之中,男性自我彻底消失殆尽,可这似乎赋予了他第二天性——冷酷、近乎高瞻远瞩、精明的商业头脑。在生意场上,他简直不近人情。

波尔顿太太对此扬扬自得。"他发展得多成功!"她会骄傲地对自己说,"而这都归功于我!我敢保证,他和查泰莱夫人在一起的话,绝不会取得如此巨大的成功。她不是那种优先考虑男人需求的人。她都是为自己考虑。"

可与此同时,在她那令人费解的女性灵魂中的某个角落里,她又是如此鄙视他、憎恨他!在她眼中,他是被打倒的野兽,是在地上摸爬滚打的怪物。虽然她竭尽所能地帮助他、支持他,但在她那古老健全的女性意识最深处,她蔑视他,那种原始的轻蔑之情甚至毫无穷尽。就连最悲催的流浪汉也比他强。

他对康妮的态度很奇怪。他坚持要再见她一面。此外,他还坚持要她回到勒格比庄园来。在这一点上,他非常执着,没有任何商量的余地。康妮曾经真诚地承诺要回到勒格比庄园。

"但这又有什么用呢?"波尔顿太太说,"难道您就不能放她走,彻底摆脱她吗?"

"不行!她说过她会回来的,那她就必须回来。"

波尔顿太太不再表示反对。她了解克利福德的性子有多执拗。

他给身在伦敦的康妮写了封信。

我无须告诉你,你的来信对我造成了怎样的影响。如果你尝试一下,也许能设想得到,但毫无疑问,你不会浪费精力设身处地为我着想。

作为回复,我要说的是:在我做任何决定之前,我必须在勒格比庄园亲眼见到你。你曾经真诚地承诺会回到勒格比,我希望你信守诺言。除非我们在勒格比庄园,在正常情况下见面,否则我不会相信任何事,也不理解任何事。我无须多言,这里还没有任何人起疑心,所以你回家来是再正常不过的事。然后,如果在我们把事情谈妥之后,你仍然坚持己见,那毫无疑问,我们可以达成某种协议。

康妮把这封信拿给梅勒斯看。

"他要开始报复你了。"他把信递回给康妮。

康妮默不作声。她有些惊讶地发现,自己害怕克利福德。她不敢靠近他。她害怕他,仿佛他代表着邪恶和危险似的。

"我该怎么办?"她说。

"如果你什么也不想做,就不用做什么。"

她回了封信,想要把克利福德打发掉。他回信说:

如果你现在不回勒格比庄园来,我就当作你总有一天会回来,然后对外也如此表现。我让生活一切照旧,在这里等你,哪怕等上五十年。

她吓坏了。这是一种阴险的恐吓。她毫不怀疑他这个人说到就能做到。他不会和她离婚,那孩子就成了他的,除非她能找到某种方法证明孩子是私生子。

经过一段时间的担心、烦恼之后,她决定回勒格比庄园。希尔达会陪她一起回去。她写信把这个消息告诉克利福德。他回信说:

我并不欢迎你姐姐,但我也不会将她拒之门外。我相信准是她纵容你背弃自己的义务与责任,所以别指望我会给她好脸色。

姐妹俩前往勒格比庄园。她们到达的时候,恰逢克利福德外出。波尔顿太太出来迎接她们。

"啊,夫人,这可不是我们所期待的愉快归来,是吧?"她说。

"不是吗?"康妮说。

所以这个女人知道内情!其余的仆人又知道多少,有多少猜疑?

她走进了宅邸,她现在全身上下的每一个细胞都恨透了这里。这一幢乱糟糟的大房子对她来说似乎代表着邪恶,威胁着她。她不再是它的女主人,而是它的受害者。

"我不能在这里待太久。"她对希尔达低声说,心生恐惧。

她走进自己的卧室,重新回到属于她的房间,仿佛什么都没有发生过,这让她备受煎熬。她憎恨在勒格比庄园四壁之中度过的每一分钟。

直到她们下楼用晚餐时才见到克利福德。他穿着正装,还系了一条黑领带,故作矜持,很有高傲的绅士派头。用餐时,他表现得十分得体,聊天过程中也彬彬有礼——但这一切似乎都带有一丝疯狂的气息。

"仆人们知道多少?"趁波尔顿太太离开房间时,康妮问道。

"关于你的打算?完全不知道。"

"波尔顿太太知道。"

他脸色一变。

"波尔顿太太并不完全算是仆人。"他说。

"哦,我并不介意。"

气氛一直很紧张,直到喝完咖啡,希尔达说她要上楼回房间去。

希尔达离开后,克利福德和康妮沉默地坐在那里。二人都不愿意先开口说话。康妮很高兴他没有装出一副可怜兮兮的样子,她尽量让他保持傲慢的样子。她只是静静地坐着,低头看着自己的手。

"我想你完全不介意自己违背诺言?"他终于开口道。

"我也没办法。"她含糊地说。

"如果你都没办法,那谁有办法?"

"我觉得没有人办得到。"

他带着冰冷的怒意,好奇地看着她。他已经习惯了她的存在,就仿佛康妮已经深嵌于他的意识之中。可现在,她胆敢背叛他,破坏他日常生活的秩序?她胆敢试图把他搞得人格错乱?

"你究竟是为了什么,要背弃这一切?"他刨根问底。

"爱情!"她说。最好是用陈词滥调蒙混过关。

"对邓肯·福布斯的爱?但在你遇见我的时候,你并不觉得他值得你的爱。你的意思是说,你如今爱他胜过生命中的一切?"

"人是会变的。"她说。

"也许吧！也许你会心血来潮。但你还是得说服我，让我相信这个改变的重要性。我就是不相信你会爱上邓肯·福布斯。"

"可是为什么要让你相信呢？你只需要和我离婚，不必相信我的感觉。"

"我为什么要和你离婚？"

"因为我不想再生活在这里了，而你其实也不需要我。"

"你说什么！我并没有改变。对我来说，既然你是我的妻子，我就希望你能安静、体面地生活在我的屋檐下。撇开个人的感受，我向你保证，我已经对你非常忍耐了，就因为你一时的心血来潮，勒格比庄园的生活秩序被彻底打乱，体面的日常生活被破坏，这对我来说像死一样痛苦。"

沉默了一段时间后，康妮说："我没办法。我必须离开。我想我快要生孩子了。"

他也沉默了一会儿。

"难道是孩子的缘故你才非走不可？"他终于问道。

她点了点头。

"可为什么？难道邓肯·福布斯这么在乎他的种？"

"肯定比你更在乎。"她说。

"是这样吗？我要我的妻子，我没有理由让她离开。如果她愿意在我家里生个孩子，那很欢迎，我也很欢迎那个孩子——只要不破坏生活的体面和秩序。你是想告诉我邓肯·福布斯对你的吸引力更大？我不相信。"

一阵沉默。

"可是难道你看不出来吗？"康妮说，"我必须离开你，我必须和我爱的男人一起生活。"

"不，我看不出来！我一点也不在乎你的爱情，也不在乎你爱的那个男人。我不相信这种胡说八道的鬼话。"

"可是你要知道，我相信。"

"你相信吗？我亲爱的夫人，我向你保证，你太聪明了，不可能会相信自己真的爱上了邓肯·福布斯。相信我，即便到了现在，你更在乎的其实还是我。那我为什么要向这种胡言乱语妥协？"

她觉得他的话是对的，自己不能继续隐瞒下去了。

"因为我爱的其实不是邓肯，"她抬头看着他说，"我们为了照顾你的情绪，才说是邓肯的。"

"为了照顾我的情绪？"

"是的！因为我真正爱的人——说出来会让你恨我的——是梅勒斯先生，就是之前我们这里的守林人。"

如果他能从椅子上跳起来，他早就这么做了。他气得脸色蜡黄，双眼瞪着她，一副天塌下来的样子。

然后他朝后靠在椅子上，喘着粗气，抬头望着天花板。

最后他挺直身子坐起来。

"你的意思是说，你现在跟我说的是实话？"他表情狰狞地问道。

"是的！你知道我说的是实话。"

"你和他什么时候开始的？"

"春天。"

他像困在陷阱中的野兽般安静。

"那么，农舍卧室里的那个女人就是你了？"

所以他内心深处其实一直都很清楚。

"是的！"

他仍然坐在轮椅上，身子往前倾，像走投无路的野兽一样紧盯着她。

"天啊，真该让你们这种人从世界上消失！"

"为什么？"她突然激动地轻声反驳了一句。

但他似乎没听见。

"那个人渣！那个狂妄自大的乡巴佬！那个悲催的无赖！你在这里的时候就和他搞在一起，而他只是我的一个仆人！天啊，天啊，女人下贱起来简直没有底线！"

他气得失去理智，她就知道他会这样。

"你的意思是说你要和这样一个无赖生孩子？"

"是的！我快要生了。"

"你快要生了！你是说你已经确定怀孕了！你确定怀孕多久了？"

"六月份就知道了。"

他说不出话来，脸上又现出了孩子那种奇怪空洞的神情。

"我很好奇，"他最终开口说，"怎么能允许这种生物出生到这个世界上。"

"什么生物？"她问道。

他表情诡异地看着她，没有回答。很明显，他甚至不能接受梅勒斯存在的事实，无法接受梅勒斯和自己的生活产生任何联系。这种纯粹的仇恨无法言喻，也让他无能为力。

"你的意思是说,你要嫁给他?——并冠上他那肮脏的姓氏?"他沉默许久后问道。

"是的,这正是我所希望的。"

他再次目瞪口呆。

"好吧!"他最终说道,"这证明了我一直以来对你的看法是正确的——你不正常,你失去了理智。你是那种又疯癫又变态的女人,非要追求堕落不可,你渴望肮脏的生活。"

突然间,他站在了道德制高点,把自己看作善的化身,而像梅勒斯和康妮这种人,则是肮脏和邪恶的化身。他整个人似乎要渐渐消失在圣洁的光芒之中。

"所以你不觉得最好还是和我离婚,把这事彻底了结?"她说。

"不!你想去哪儿就去哪儿,但我是不会跟你离婚的。"他像白痴一样说道。

"为什么不?"

他愚蠢固执地默不作声。

"难道你要让这个孩子在法律上属于你,成为你的继承人?"她说。

"我不在乎那个孩子。"

"但如果是个男孩,那他在法律上就是你的儿子,他将继承你的爵位,拥有勒格比庄园。"

"我不在乎这些。"他说。

"但你必须在乎!如果可能的话,我会阻止这个孩子在法律上属于你。如果孩子不能属于梅勒斯的话,那我宁愿他是私生子,只属于我一个人。"

"你想怎么办就怎么办吧。"

他毫不动摇。

"你真的不和我离婚吗?"她说,"你可以拿邓肯做挡箭牌!没必要提及那个人的真实姓名。邓肯不介意的。"

"我永远也不会和你离婚的。"他斩钉截铁地说。

"但是为什么呢?就因为我想让你这么做?"

"因为我按照我自己的意愿行事,而我并不想这么做。"

多说无益。她上楼把结果告诉希尔达。

"我们最好明天就离开,"希尔达说,"让他冷静一下。"

所以康妮花了半宿时间收拾她的私人物品。第二天一早,她没有告诉克利福德,就让人把箱子送到了车站。她决定在午饭前再见他一面,只是为了道别。

但她和波尔顿太太聊了几句。

"我必须和你告别了,波尔顿太太,原因你是知道的。不过我可以信任你不会到处乱说。"

"哦,您可以信任我,夫人,虽然这对我们这里来说的确是个沉重的打击。但我希望您和另一位先生在一起会感到幸福。"

"另一位先生!是梅勒斯先生,我很爱他。克利福德爵士知道了,但不要跟任何人提起。如果有朝一日你觉得克利福德爵士愿意跟我离婚,请务必告诉我,好吗?我想正式嫁给我爱的人。"

"我相信您会如愿以偿的,夫人。哦,您可以信任我。我会忠于克利福德爵士,我也会忠于您,因为我看得出来,你们两个人都没有错。"

"谢谢你!还有,你看!我想把这个送给你,可以吗?"

于是康妮再次离开了勒格比庄园，和希尔达一起去了苏格兰。梅勒斯去了乡下，在一个农场里找了份工作。他们的计划是，无论康妮是否能离得了婚，如果可能的话，他都应该把婚离掉。他在农场工作六个月，这样一来，他和康妮就可以有一个属于自己的小农场，他就可以把精力投入在经营农场上。因为他总得有事可做，哪怕是体力活儿。就算康妮的钱可以作为农场的启动资金，可他总要自力更生。

所以他们只能等到春天，等到孩子出生，等到初夏再次来临。

> 老希诺，格兰奇农场
> 九月二十九日

我费尽心思在这里找了份差事，因为我之前在军队里认识理查兹，他是这家公司的工程师。这农场不是私人所有，它属于巴特勒细矿煤矿公司，他们在农场种植牧草和燕麦，给拉煤的小马当饲料。但他们养了牛、猪等其他家畜，我在这里劳作，每星期能挣三十先令。农场主罗利尽可能给我安排各种各样的工作，这样从现在干到下一个复活节，我就能尽量多学些东西。我没听说伯莎的任何消息。我不知道她为什么没在判决离婚的时候露面，也不知道她人在哪里，在谋算着什么。但如果我乖乖等到三月，我想我就自由了。你也别担心克利福德爵士了。他总有一天会想要摆脱你的。如果他不来打扰你，那就已经很不错了。

我在火车头路的一户人家寄宿，非常不错。房东先生是高地公园的火车司机，个子很高，留着胡子，是个非常虔诚的教徒。女主人叽叽喳喳说个不停，她喜欢一切高级的东西，整天说着一口标准英语，开口闭口都是"请允许我！"但战争让他们失去了唯一的儿子，这对他们来说是巨大的打击。他们还有一个个子很高的女儿，在接受培训准备当老师，她脑子不太灵光，我有时会给她辅导一下功课，所以我们就像一家人一样。他们都是很正派的好人，对我非常好。我想，我在这里受到的照顾比你还好呢。

我喜欢干农活儿。这算不上多振奋人心，但我也不需要什么刺激。我习惯和马、牛打交道，虽然它们很女性化，但是对我能起到抚慰的作用。当我坐在它们身边，把头靠在它们身上挤奶时，我感到一丝慰藉。农场里有六头上好的赫里福德奶牛。我们刚收割完燕麦，虽然手很疼，还经常下雨，但我很喜欢割燕麦的过程。我没太留意其他人，但和他们相处得不错。大多数事情我就直接忽略了。

这里的矿井不太景气。这里和泰维尔肖一样是个煤矿区，只是景色更美。我有时坐在惠灵顿酒馆和矿工们交谈。他们总在发牢骚，却不会做出任何改变。正如大家所说，诺丁汉—德比这一代矿工们的心没长错地方[1]，但他们身体的其他器官肯定没长对地方，在这世上根本派不上用场。我喜欢他们，但他们对我起不到鼓舞作用——他们没剩多少老公鸡的斗志了。他们说了很多有关国有化的事，开采权的国有化，整个产业的国有化。但你不可能只把煤炭业国有化，而其他产业保持原状吧。他们谈到要给煤炭寻找新的用途，就像克利福德爵士尝试做的那样。这方法或许在某些地方行得通，但不见得能成为整个产业的新出路。我觉

---

[1] 表示矿工们心地善良。

得很难。不管把煤炭变成什么,你都得把它卖出去。那些工人对什么都无动于衷。他们觉得这该死的一切都注定要失败,我也这么认为。而他们自己也会被拖下水,难逃厄运。有些年轻人滔滔不绝地谈论起苏维埃,但他们对此也没多少信念。他们对任何事情都不抱信心,只是觉得所有一切都乱成一团、千疮百孔。即使在苏维埃的统治下,你仍然要卖煤——这才是困难所在。

我们这里有大量的工业人口,大家都得吃饭,所以这该死的齿轮必须以某种方式继续运转下去。这年头女人比男人更能说,而且她们还比男人更自信。男人都很瘫软,他们觉得这世界要完蛋了,所以得过且过,一副无药可救的样子。总而言之,大家只会空谈,没人知道到底能做些什么,年轻人因为没有钱可花而满肚子怨气。他们的整个人生都建立在消费之上,现在却没钱可花了。这就是我们的文明和教育——培养大众完全靠花钱度日,然后把钱花得精光。矿井每周只开工两天或是两天半,即便到了冬天,也没有好转的迹象。这意味着男人只靠二十五先令或是三十先令养家糊口。女人最受不了这一点。但这年头,她们花钱花得最疯狂。

要是能跟他们说清楚生活和花钱不是一回事就好了!但这没用。如果他们接受的教育是学会生活,而不是如何挣钱、花钱,那他们靠二十五先令也能过得很幸福。如果男人们像我说的那样,穿上红色紧身裤,他们就不会把钱看得如此重要——如果他们可以跳舞、可以跳跃、可以唱歌、可以打扮得时髦帅气,那他们挣一点钱也就足够了。他们可以自己取悦女人,同时也被女人取悦。他们应该学会赤身裸体照样英俊帅气,学会在人群中歌唱，学会跳古老的集体舞，学会雕自己坐的凳子，学会绣自己的徽章。这样一来，他们就不需要钱了。这是解决工业问题的唯一途径——训练人们拥有生活的能力，而且活得潇洒，根本不需要花钱。但我们无能为力。他们现在都是一根筋。而大多数人甚至都懒得尝试去动脑思考，因为他们无法思考。他们应该活蹦乱跳、快快乐乐，对伟大的潘神[1]心存敬意。他永远都是大众唯一的神。少数人如果愿意，可以去信奉更高级的宗派。但普罗大众还是永远都别信教了吧。

但矿工们并不是没有信仰的群体，绝非如此。他们是一群可悲的人，一群行尸走肉般的男人：对他们的女人来说虽生犹死，对生活来说也是如此。年轻男孩骑着摩托车载着女孩招摇过市，一有机会就去跳爵士舞，但他们都是活死人。而且这样的生活需要钱。有了钱，钱会毒害你；没钱的话，就要饿肚子。

你肯定已经厌倦了我说这些。但我不想喋喋不休地讲自己的事，我这里也没什么事发生。我不喜欢脑子里一天到晚只想着你，那只会把我俩弄得一团糟。不过当然了，我现在活着的目的，就是为了我们能一起生活。我很害怕，真的。我感觉恶魔就在空气中，他要来抓我们。或者不是恶魔，而是贪欲之神——我想，那终究只是人们的群体意愿，他们渴望金钱，痛恨生活。总而言之，我感觉到空中有两只苍白的大手在挥舞，只要有任何人试图好好生活，想要不为金钱而活，那双大手就会扼住他们的喉咙，夺取他们的性命。苦难的日子即将到来。苦难的日子即将

---

[1] 希腊神话中人身羊足的畜牧之神。

到来,小伙子们,苦难的日子即将到来![1]如果事态按照目前的状况发展下去,那么对于工业大众来说,未来除了死亡和毁灭,什么都没有。有时候,我焦虑得五脏六腑都搅成一团,而你,却即将生下我的孩子。不过没关系。过去所有苦难的日子,都没能把番红花[2]吹散——甚至无法吹息女人的爱。所以它们吹不灭我对你的思念,也吹不灭你我之间的那一点点微光。明年我们就可以团聚了。虽然我很害怕,但我始终坚信,你我终将相聚。男人必须自食其力,竭尽全力奋斗,然后相信一些超越自身的力量。未来是无法保障的,人只能坚信自己的最佳表现,以及凌驾在它之上的某种力量。所以我相信我们之间的小小火焰。对我来说,现在这是世上唯一的东西。我没有朋友,没有知心好友,只有你。而现在,我生命中唯一在乎的就是这小小的火焰,还有孩子,但那是随后要考虑的问题。你我之间的火舌,才是我的圣灵降临节[3]。以前的圣灵降临节不太对。用我和上帝做比喻,总有点太过自以为是。但是你我之间那小小的火舌——这才是对的!这才是我所信守,也会一直信守的,管他克利福德和伯莎、煤矿公司和政府,还有那些拜金的大众,都一边儿去吧。

其实,这才是我不愿意开始想你的原因。这只会折磨我,对你也毫无好处。我不想让你和我分离。但如果我开始烦恼,那也

---

[1] 此处改编自19世纪流行歌曲的歌词,原本的歌词为"好日子即将到来,小伙子们,好日子即将到来"。
[2] 在第八章引用《新约·约翰福音》时曾提到,番红花经历寒冬后于初春绽放。
[3] 天主教礼仪年规定,每年复活节后第五十天为"圣灵降临节",又称"五旬节"。圣灵降临节为复活节后第七个星期日。《圣经·新约》中说,耶稣复活后第四十天升天,第五十天差遣圣灵降临。那天,圣母和门徒们在晚餐中祈祷,天主圣灵借"猛风之声、火舌之形"降临。

只是耗费情感。耐心，永远要有耐心。这是我人生中度过的第四十个冬天。已经过去的那些冬天我无能为力。但这个冬天，我要守护着我那团圣灵小火焰，让心中得到安宁。我不会让别人把它吹灭。我相信某种更高层次的神秘力量，它甚至不会让番红花被吹散。你在苏格兰，而我身处英格兰中部，我不能用我的双臂拥抱你，不能把我的双腿缠绕在你身上，可你的某部分总还是陪伴着我。我的灵魂和你一起在圣灵小火焰中轻轻地扑动，就像做爱时那般静好。我们的欢爱点燃了火焰。就连花儿也要在太阳和大地欢爱后才得以绽放。但这是如此微妙的事，需要耐心和长时间的等待。

所以我现在喜欢贞洁，因为这是性爱所带来的平静。我现在喜欢守身如玉。我爱它，就像雪花莲[1]爱下雪一样。我爱这种禁欲的状态，它是我们做爱过程中平静休憩的时刻，现在我们之间仿佛有一朵白色火舌变成的雪花。当真正的春日降临，我们再次相聚，我们就可以尽情欢爱，让白色火焰变成明亮的金黄色，闪闪发光。但不是现在，还没到时候。现在是守贞的时候，禁欲的感觉是如此美好，就像往我灵魂之中注入冰凉的河水。贞操之河流淌于你我之间，我爱极了它。它就像淡水和雨水。男人怎么能无聊到整天想去和女人调情。像唐璜[2]这样的人是多么可悲啊，永远无法从性爱中得到平静，而那小小的火焰时刻燃烧着，无法像身处于河畔那样，在余暇中冷静地保守贞洁。

---

[1] 草本植物，在《圣经》的故事中，在亚当与夏娃被逐出伊甸园后，发现大地被冰雪覆盖。这时，一个天使出现，将雪花变作雪花莲，并告诉夏娃要怀抱希望。夏娃受到鼓舞，重燃希望并等待着夏天的到来。——编者注
[2] 中世纪西班牙传说中的人物，以长相俊美与风流成性著称，欧洲很多文学作品的主人公。

好吧，写了这么多都是因为我无法碰触到你。如果我能搂着你入睡，墨水就能好好待在瓶子里了。正如我们可以一起做爱一样，我们也可以一同守贞。但我们必须分开一段时间，我想这确实是更为明智的方式。只要我们有信念就行。

别担心，别担心，我们不用担忧。我们真心相信这小小的火焰，相信守护它不被吹熄的无名之神。我感受到大部分的你一直陪伴在我身边，真的，只可惜不是全部的你。

别管克利福德爵士了。如果他完全没有联系你，那也无所谓。他也不能真的对你做什么。再等等，他最终会想放开你的，彻底把你抛弃。如果他不愿意这么做，我们会想办法远离他。但他会做个了断的。到了最后，他会像吐掉恶心东西那样把你吐出来。

此刻，我甚至放不下手中的笔。

但很大程度上你我其实始终在一起，我们只能信守这一点，并朝着目标前进，以便能尽早相聚。约翰·托马斯向简夫人说晚安，虽然它有点垂头丧气，但心中满怀希望。

图书在版编目（CIP）数据

查泰莱夫人的情人 /（英）D.H. 劳伦斯著；张羽佳译. -- 北京：台海出版社，2024. 10. -- ISBN 978-7-5168-3916-4

Ⅰ. I561.45

中国国家版本馆 CIP 数据核字第 2024X9S412 号

查泰莱夫人的情人

著　者：〔英〕D.H. 劳伦斯　　　　译　者：张羽佳

责任编辑：俞滟荣

出版发行：台海出版社
地　　址：北京市东城区景山东街20号　　邮政编码：100009
电　　话：010-64041652（发行，邮购）
传　　真：010-84045799（总编室）
网　　址：www.taimeng.org.cn/thcbs/default.htm
E-mail：thcbs@126.com

经　　销：全国各地新华书店
印　　刷：河北鹏润印刷有限公司
本书如有破损、缺页、装订错误，请与本社联系调换

开　本：787毫米 × 1092毫米	1/32
字　数：310千字	印　张：14.125
版　次：2024年10月第1版	印　次：2024年10月第1次印刷
书　号：ISBN 978-7-5168-3916-4	

定　价：49.80元

版权所有　翻印必究